SASKIA LOUIS
Love and Hockey 1
Dax & Lucy

Impressum

Copyright © 2023 by Saskia Louis
Saskia Louis, Wegemanns Feld 16, 45527 Hattingen
saskia.louis@web.de, saskialouis.com

Taschenbuchausgabe 1. Auflage März 2023
Lektorat: Marie Weißdorn, Korrektorat: Klaudia Szabo
Buchsatz: Naomi Wilde

Umschlaggestaltung: Sarah Buhr / www.covermanufaktur.de
unter Verwendung von Stockmaterial von
© Stock.adobe.com, © Shutterstock.com

ISBN: 9783754627099

Herstellung und Druck über tolino media GmbH & Co. KG,
Albrechtstr. 14, 80636 München. Printed in Germany.
Fragen zu Produktsicherheit an: gpsr@tolino.media.

SASKIA
LOUIS

LOVE
AND
HOCKEY

DAX & LUCY

ÜBER DIE AUTORIN

Saskia Louis kam 1993 mit einer Menge Fantasie zur Welt, die sie seit der vierten Klasse nutzt, um Geschichten zu schreiben. Zusammen mit ihren älteren Brüdern wuchs sie in der Kleinstadt Hattingen auf, doch über die Jahre hat sie ihr Zuhause in unterhaltsamer Frauenliteratur und Fantasy gefunden. Heute lebt sie in Köln und wünscht sich, dass Menschen mehr singen als schimpfen würden. Ihr größter Traum ist es, den Soundtrack zur Verfilmung eines ihrer Bücher zu schreiben.

PROLOG

Lucy James wollte drei Dinge: Respekt, Erfolg ... und zuallererst einen leeren Mülleimer, in den sie sich übergeben konnte.

Denn verdammt noch mal, sie war nervös! So nervös, dass ihr Magen die lächerlichsten Verrenkungen machte. Als besuche er als offensichtlicher Anfänger einen Yogakurs für Fortgeschrittene. Sie ballte ihre Finger zur Faust, um sie vom Zittern abzuhalten, während sie konzentriert tief ein- und so leise wie möglich durch den zu einem Lächeln verzogenen Mund wieder ausatmete. Damit die streng aussehende Frau mit kurzen grauen Haaren und rotumrandeter Brille vor ihr nicht mitbekam, dass sie kurz vor einer Panikattacke stand.

Leslie Forth war immerhin alles, was sie irgendwann mal sein wollte. Eine PR-Ikone! Vor dreißig Jahren die erste Frau in den USA, die Leiterin des PR- und Marketingteams einer Sportmannschaft geworden war. Nicht irgendeiner unbekannten Eishockey-Mannschaft, sondern der L.A. Hawks, die landesweit auf Cornflakespackungen gedruckt und dreifache Stanley-Cup-Gewinner waren. Ja, Leslie Forth war eine Pionierin in einer von Männern dominierten Welt und Lucy würde in ihre Fußstapfen treten.

Nachdem sie sich übergeben hatte. Und dann gründlich die Zähne geputzt. Vermutlich würde sie also erst morgen anfangen, die Macht des NHL-Marketings an sich zu reißen.

Aber das war okay.

Sie war jung, sie hatte Zeit … und bei Gott, sie musste sich entspannen! Sie hatte ihren Traumjob bereits bekommen, sie würden sie nicht direkt am ersten Tag wieder feuern.

Oder?

Oh Mann, wenn sie weiter nicht zuhörte, würde sie die Kündigung eh nicht mitbekommen.

»… verlieren Sie auf keinen Fall Ihren neuen Ausweis! Ohne haben Sie weder Zugang zur Parkgarage noch zu den Büroräumen.«

Lucy katapultierte sich zurück in die Gegenwart und räusperte sich vernehmlich. »Natürlich nicht«, antwortete sie sachlich und wischte die feuchten Handflächen an ihrem Bleistiftrock ab. »Ich werde darauf achtgeben. Aber machen Sie sich keine Gedanken, ich bin sehr sorgfältig.«

»Das behaupten viele der neuen Mitarbeiter und Mitarbeiterinnen, aber plötzlich fällt Ihnen der Ausweis aus der Tasche, nur damit Sie einen mit neuem, hübscherem Passfoto bekommen, auf dem Sie die Augen offen haben oder lächeln.« Mrs Forth' geschürzte Lippen gaben deutlich zu verstehen, dass sie nichts für solche Oberflächlichkeiten übrighatte.

»Mir ist herzlich egal, wie ich auf meinem Ausweisfoto aussehe«, versicherte Lucy ihr sofort.

»Wunderbar.« Genau das hatte ihre Chefin offenbar hören wollen, denn sie deutete ein Zähnefletschen an, das Menschen mit schlechter Sehstärke mit einem Lächeln verwechseln könnten. »Das Foto wird ohnehin eines Ihrer geringsten Probleme sein. Am schwierigsten wird der Umgang mit den Spielern.«

Lucy nickte. Zu dem Schluss war sie auch schon gekommen.

»Ich sag es mal ganz unverblümt: Die meisten von ihnen freuen sich nicht gerade darüber, herumkommandiert zu werden. Erst recht nicht von einer Frau. Aber es ist äußerst wichtig, sich nicht von ihnen beeindrucken zu lassen. Denn wenn die Spieler das Gefühl bekommen, dass Sie Angst vor ihnen haben oder sie anhimmeln, können Sie gleich einpacken. Dann büßen Sie jede Autorität ein. Haben Sie das verstanden?«

»Das wird kein Problem sein«, erwiderte Lucy fest. »Ich arbeite stets professionell und habe nicht vor, mich von ein paar Eishockey-Hünen einschüchtern zu lassen.«

Mrs Forth verengte die Augen. Unter dem kalten Licht der Neonlampen blitzten sie skeptisch auf, als versuche sie Lucy aus dem Gesicht abzulesen, ob sie log.

Ja, den Blick kannte Lucy bereits. Sie war mickrige ein Meter sechzig groß und sah für ihr Alter recht jung aus. Die meisten Leute nahmen sie erst einmal nicht ernst. Viele bekamen bei ihrem Anblick das Verlangen, Worte wie *Süße* und *Kleines* in den Mund zu nehmen und ihr den Kopf zu tätscheln. Es war unglaublich entnervend und bedeutete, dass sie sich immer doppelt so sehr hatte anstrengen müssen wie ihre Mitstreiter. Sie hatte klüger, professioneller, witziger und durchsetzungsfähiger als ihre Kommilitonen oder die arroganten, chauvinistischen Kollegen sein müssen. Immer höhere Schuhe, aber prüdere Kleidung als alle Frauen tragen müssen, mit denen sie je auf der Arbeit verkehrt hatte. Weil sie zu klein und ihre Hüfte sowie Brüste eine Spur zu ausladend waren und sie nur so ernstgenommen worden war. Das war nicht fair, aber die Wahrheit. Ebenso wie es die Wahrheit war, dass sie professionell bleiben und sich nicht einschüchtern oder um den Finger wickeln lassen würde.

Ja, sie liebte Eishockey, und dass sie jetzt eng mit den Spielern zusammenarbeiten durfte, war teilweise der Grund für die flatternden Schmetterlinge in ihrem Magen. Aber nicht, weil sie sie anhimmelte und gern mit ihnen ins Bett hüpfen wollte. Sie würde niemals etwas mit einem Sportler anfangen, danach könnte sie ihre Karriere vergessen! Nein, sie freute sich, weil sie die harte körperliche Arbeit und Disziplin der Spieler respektierte. Weil sie verstand, was für Opfer nötig waren, um seine Ziele zu erreichen.

»In Ordnung«, sagte Leslie nachdenklich und blickte kurz auf das Klemmbrett in ihren Armen, bevor sie mit den Fingern darauf trommelte. »Nun, Ihr Lebenslauf ist sehr beeindruckend, ich frage mich nur ...«

»Ja?«, hakte sie vorsichtig nach.

»Wissen Sie was? Ich werfe Sie direkt ins kalte Wasser. Dann werden wir ja sehen, ob Sie schwimmen oder nicht.« Zufrieden über diese Entscheidung nickte Mrs Forth. »Was halten Sie davon?«

Lucy schluckte den Kloß in ihrem Hals hinunter, nickte jedoch ebenfalls. »Sicher.« Sie war beeindruckt davon, wie überzeugend dieses Wort aus ihrem Mund kam, denn die Schmetterlinge in ihrem Magen hatten sich in aggressive Krähen verwandelt. Aber sie hatte doch nur darauf gewartet, sich beweisen zu dürfen, oder? Besser jetzt als nie. »Was genau ist denn das *kalte Wasser*, wenn ich fragen darf?«

Sie rechnete mit dem Schlimmsten. Spontan eine Pressekonferenz leiten. Sich eine Idee für eine Werbekampagne aus dem Ärmel schütteln. Innerhalb einer halben Stunde im L.A.-Nachmittagsverkehr irgendwo einen nicht-grünen Smoothie besorgen. Solche Dinge der Unmöglichkeit eben.

Doch aus Mrs Forth' Mund kamen nur zwei Worte: »Dax Temple.«

Irritiert zog sie die Augenbrauen zusammen. »Der Spieler? Der Flügelstürmer der Hawks?« Sie stöhnte innerlich angesichts ihrer dämlichen Frage. Denn natürlich meinte Mrs Forth den derzeit erfolgreichsten Stürmer der NHL und nicht etwa eine neuartige Religion!

Mrs Forth nickte ernst und reichte ihr das Klemmbrett.

»Ja. Ich will, dass Sie Dax Temple auf seine Pressekonferenz in einer Stunde vorbereiten. Hier sind die Dinge aufgelistet, über die er reden darf, und hier die, die er besser für sich behalten sollte.« Sie tippte auf besagte Punkte.

»Okay«, sagte Lucy langsam. Einen Spieler für eine Pressekonferenz zu briefen, hörte sich nur halb so wild an. »Kein Problem.«

Die Mundwinkel der älteren Frau zuckten, als hätte Lucy gerade etwas sehr Witziges gesagt. »Das ist die richtige Einstellung. Aber ich will ehrlich sein, Dax ist etwas ... kompliziert.« Sie räusperte sich. »Er lässt sich nicht gern sagen, was er zu tun und zu lassen hat. Außerdem ist heute sein Geburtstag und das ist immer ein ... schwieriger Tag. Aber wenn Sie mit ihm zurechtkommen, muss ich mir keine Sorgen mehr machen, dass Sie gut in die Organisation passen.«

Mir verengten Augen sah Lucy ihre Chefin an.

Dax Temple war schwierig? Was sollte das denn bedeuten? Doch bevor sie den Mund öffnen und nachfragen konnte, trat Mrs Forth bereits einen Schritt zurück.

»Er müsste oben im Besprechungsraum C sitzen. Am besten gehen Sie sofort, damit er nicht warten muss.«

Lucy blieb nichts anderes übrig, als wieder zu lächeln und zu nicken. Das hier war ein Test. So viel hatte sie verstanden. Das war ihre Chance, zu brillieren. Ihren Platz im PR-Team zu festigen und ihren Boss zu beeindrucken. Und zur Hölle, das würde sie tun!

»Kein Problem«, wiederholte sie leichthin und machte sich auf den Weg zu den Treppen. Die Krähen in ihrem Magen beruhigten sich und die Übelkeit verschwand. Es war die Unsicherheit, die sie verrückt machte. Doch jetzt, da sie eine klare Anweisung hatte, fühlte sie sich schon besser. Sie hatte eine Aufgabe bekommen, die sie zur Zufriedenheit ihrer Chefin erledigen würde. Punkt.

Doch als sie Besprechungsraum C erreichte, stellte sie verblüfft fest, dass er leer war. Kein breitschultriger Eishockeyspieler in Sicht. Stirnrunzelnd trat sie zurück in den Flur, sah den Gang auf und ab und bemerkte einen blonden, großen Mann in Sportshorts und L.A. Hawks-Trikot, der auf sie zukam. Hastig lief sie ihm entgegen. »Entschuldigung, vielleicht können Sie mir ja helfen. Ich suche Dax Temple.«

Als der Spieler stehen blieb, erkannte sie ihn als Matthew Payne, ebenfalls Flügelstürmer und laut den Medien Dax' bester Freund. Jackpot!

Er sah einmal kurz an ihr hinab – was aufgrund ihrer Größe nicht lang dauerte –, bevor er laut schnaubte. »Glaub mir, wenn ich dir sage: Nein, tust du nicht.«

Sie blinzelte verwirrt. »Ähm, doch.«

»Okay, Vielleicht suchst du ihn – aber du möchtest ihn nicht finden.«

»Doch«, beharrte sie. »Das ist mein Ziel.«

Der Typ verengte die Augen und sah ihr forschend ins Gesicht. »Du bist neu hier, oder?«

Sie räusperte sich und strich sich fahrig eine rote Strähne hinters Ohr. »Ja, ich habe gerade in der PR-Abteilung angefangen. Heute ist mein erster Tag, aber ...«

»Okay, dann lass mich dir einen Tipp geben«, unterbrach er sie und beugte sich mit eindringlichem Blick vor. »Quasi als Einstandsgeschenk: Wenn du ein langes, glückliches Leben führen willst, sprich Dax an seinem Geburtstag einfach nicht an.«

»Aber für mich gehört zu einem glücklichen Leben, dass ich diesen Job behalte, und dafür muss ich ihn auf eine Pressekonferenz vorbereiten«, erwiderte sie verblüfft. »Es ist meine erste Aufgabe. Die kann ich nicht vermasseln.«

Payne zog eine Grimasse und kratzte sich den Nacken. »Shit. Miese erste Aufgabe. Hat Leslie sie dir gegeben? Sie muss ja große Hoffnung in dich legen.«

Lucy wusste nicht, was sie darauf antworten sollte. Stattdessen sagte sie nur: »Könntest du mir einfach verraten, wo er ist?«

Der Spieler stieß einen Schwall Luft aus, nickte jedoch. »Schön. Das Arschloch ist im Fitnessraum.« Er deutete den Gang runter. »Dritte Tür links. Viel Glück dir.«

»Okay«, antwortete Lucy, mittlerweile etwas beunruhigt. »Danke.«

»Bedank dich nicht bei mir«, meinte er kopfschüttelnd. »Im Gegenteil. Ich schulde dir einen Drink dafür, dass ich dir verraten habe, wo du ihn findest.« Er hob die Hand und lief dann in die entgegengesetzte Richtung davon.

Mit zusammengezogenen Augenbrauen sah sie ihm nach. Das war seltsam gewesen, oder?

Warum sollte Payne seinen besten Freund als Arschloch bezeichnen? Vielleicht hatte die PR-Abteilung das mit der Freundschaft der Presse nur gesteckt, weil es mehr Karten und Trikots verkaufte, wenn die Spieler wirklich befreundet waren. Was wusste sie schon. Es war auch irrelevant. Sie hatte eine Aufgabe zu erledigen. Und so schlimm konnte Dax Temple nicht sein. Sie hatte eine Menge Interviews mit ihm gesehen und da hatte er immer freundlich und witzig gewirkt. Klar, er war auch für seine Bettgeschichten und die teilweise ausartende Rivalität mit Jack West bekannt, aber welcher NHL-Spieler hatte keine kleinen Schwächen? Nein, sie kannte den Stürmer nicht und würde ihm ohne Vorbehalte entgegentreten. So viel Respekt und Güte hatte jeder Mensch verdient.

Zufrieden reckte sie das Kinn, lief den Flur hinab und hielt vor dem Fitnessraum inne. Die Tür war geschlossen, also klopfte sie.

Niemand antwortete.

Sie klopfte erneut, diesmal lauter. Sie hörte deutlich ein gleichmäßiges Stampfen hinter der Tür. Vielleicht trug Mr

Temple ja Kopfhörer und antwortete deswegen nicht? Sie beschloss, dass es einen Versuch wert war, und öffnete die Tür. Eine Reihe von Laufbändern, Hantelbänken, Beinpressen und anderen Geräten kam zum Vorschein. Oh Mann. Fitness*raum* war die Untertreibung des Jahrhunderts. Fitness*halle* würde viel eher passen. Eine Fensterfront, durch die der kalifornische Sommerhimmel zu sehen war, zierte die eine Seite, weiße Wände die anderen. Hier auf den Geräten fand bestimmt der ganze Kader der L.A. Hawks Platz. Doch jetzt waren sie alle leer. Bis auf ein einziges Laufband zu ihrer Rechten, direkt an der Wand, von dem das gleichmäßige Stampfen herrührte.

Lucy stellte sich auf die Zehenspitzen, um über die anderen Geräte hinwegzusehen. Ihr Herz sprang ihr in den Hals, als sie den ersten Blick auf den Mann erhaschte, der unbarmherzig das Laufband malträtierte.

Jap, das war Dax Temple. Eins achtundachtzig großer Muskelmann mit dunklen Haaren, die sich über seine Ohren wellten, und einem Fünftagebart, dem nur noch ein paar Millimeter fehlten, um vorsichtige alte Damen die Straßenseite wechseln zu lassen. Er sah besser aus als im Fernsehen. Und das selbst von Weitem. Was vielleicht auch daran lag, dass er kein Shirt trug. Ganz vielleicht.

Denn heidewitzka! Sixpacks sahen in Wirklichkeit so viel beeindruckender aus als im Fernsehen! Bei denen vermutete Lucy jedes Mal, dass sie gephotoshoppt waren. Doch diese Muskeln waren sehr real. Ihr Puls schoss in die Höhe – denn natürlich war sie professionell, aber eben auch eine Frau mit zwei Augen –, also reckte sie das Kinn noch ein wenig höher. Sie war froh, an ihrem ersten Arbeitstag High Heels mit zwölf Zentimeter Absatz zu tragen statt der üblichen acht. Die gaben ihr immer noch etwas mehr Selbstbewusstsein. Doch an den Anblick von halbnackten, muskulösen Männern würde sie sich ohnehin gewöhnen müssen.

14

Sie umrundete das letzte leere Laufband und blieb direkt vor Dax Temple stehen. Er trug keine Kopfhörer, fiel ihr auf. Hörgeräte ebenso wenig. Er hatte also keine Ausrede dafür, dass er sie immer noch nicht ansah.

Sie räusperte sich.

Er reagierte nicht.

»Hallo«, sagte sie freundlich. »Ich bin Lucy James, ich bin neu in der PR-Abteilung.« Sie streckte die Hand aus und wartete darauf, dass er das Laufband abstellte oder zumindest die Hand zur Begrüßung hob.

Er tat nichts dergleichen. Er hob nicht einmal den Blick. Stattdessen starrte er stur auf die Anzeige des Laufbandes und joggte weiter.

Irritiert zog sie die Augenbrauen tiefer ins Gesicht und fragte sich, was sein Plan war. Sie würde sicher nicht einfach wieder gehen, wenn er kein Lebenszeichen von sich gab.

Mittlerweile zog sich die Stille zwischen ihnen zäh in die Länge, sodass Lucys kleiner Finger nervös zuckte. Also räusperte sie sich erneut und sagte: »Ach, übrigens: Herzlichen Glückwunsch z...«

»Wenn du mir jetzt zum Geburtstag gratulierst, schlag ich dir beim nächsten Spiel einen Puck gegen den Kopf«, unterbrach er sie, seine Stimme dunkel und staubtrocken. »Es wird wie ein Unfall aussehen. Aber du wirst wissen, dass es Absicht war.«

Perplex weitete sie die Augen. »Ich ... *was?*« Sie musste sich verhört haben.

Doch Temple antwortete nicht. Er wandte wieder das Gesicht ab, stellte das Laufband höher und beschleunigte seinen Schritt. Er lief nun laut Anzeige zwölf Stundenkilometer und fing nicht einmal an zu schnaufen. Liebe Güte, wenn Lucy schneller als Schrittgeschwindigkeit lief, hielten ja schon Autos am Straßenrand an und sie wurde gefragt, ob sie einen Krankenwagen brauchte! Aber das tat jetzt überhaupt nichts zur Sache, denn: Hatte er gerade damit gedroht, sie zu verletzen? Nein, das musste ein Scherz gewesen sein. Humor ... den sie ehrlich gesagt nicht ganz verstand. Aber gut. Das passierte. Mit manchen Menschen war sie eben einfach nicht auf einer Wellenlänge. Kein Drama.

»Ähm, Mr Temple, hat Ihnen niemand gesagt, dass Sie jemand aus der PR-Abteilung in Besprechungsraum C erwartet? Um Sie auf die Pressekonferenz in einer Stunde vorzubereiten?«, hakte sie vorsichtig nach.

»Doch«, antwortete er knapp und kratzte sich die Brust.

»Oh. Ich dachte nur, da der Raum leer war ... haben Sie die Zeit vergessen?« Sie hatte gehört, das passierte manchen Menschen, wenn sie Sport machten. Sie konnte das nicht bestätigen. Sie und Sport waren auch nicht auf einer Wellenlänge.

»Nein.«

»Oh«, wiederholte sie und hasste es, wie dümmlich sie sich dabei anhörte. Aber wie in Gottes Namen sollte sie auch reagieren? Jetzt gerade hörte es sich nämlich an, als habe er absichtlich den Termin versäumt.

»Mr Temple«, versuchte sie es aufs Neue und gab sich Mühe, die Ungeduld aus ihrer Stimme zu filtern. »Egal, ob Sie den Termin verpasst haben oder nicht – ich habe Sie ja Gott sei Dank dennoch gefunden und wir können die Pressekonferenz sehr gern hier besprechen.«

»*Gott sei Dank*«, wiederholte er hölzern und blickte abwesend auf einen Punkt am Boden. »Ich bin mir ziemlich sicher, dass es *Matt sei Dank* heißen müsste, aber in Ordnung. Ich will dir deinen Glauben nicht absprechen.«

Lucys Blick folgte automatisch dem von Dax Temple ... und sie stutzte. Vor dem Laufband stand eine Torte. Eine Torte, die aussah, als wäre sie im falschen Teil der Stadt durch eine dunkle Gasse gestreunt. Denn sie war scheinbar einer Straßengang zum Opfer gefallen. Oder zumindest einer Faust.

Mit offenem Mund starrte Lucy erst das zerknautschte Sahnemonstrum, dann Temple an. »Haben Sie die Torte vermöbelt?«, fragte sie perplex.

»Nein, natürlich nicht. Denn das wäre wahnsinnig. Was ich offensichtlich nicht bin«, erwiderte er, ohne mit der Wimper zu zucken.

»Aber warum ist dann dort ein Faustabdruck dr...«

»Meine Fresse, Lady«, unterbrach er sie genervt. »Warum stehst du immer noch hier?«

Sie schluckte und drückte das Klemmbrett an ihre Brust. »Wie ich schon sagte: Ich bin hier, um die Pressekonferenz in einer Stunde ...«

»Ich habe Ohren, ich weiß, warum du hier bist! Meine Frage ist, warum du nicht wieder gehst!«

»Wegen der Pressekonferenz«, beharrte sie, diesmal lauter, da seine Ohren offensichtlich nicht funktionierten. »Ich muss mit Ihnen durchgehen, welche Themen Sie umschiffen sollten und welche Sie näher ausführen dürfen. Abgesehen davon heiße ich nicht *Lady*. Ich bin Lucy James. PR-Assistentin.«

Er seufzte schwer und das erste Mal seit gefühlt zwei Stunden sah er ihr direkt ins Gesicht. Seine Augen waren blau, fiel ihr auf. Eisblau. Sein Blick so intensiv und düster, dass sie gern einen Schritt zurückgestolpert wäre. Aber ihre Schuhe waren nicht zum Stolpern geeignet, wenn sie sich keinen Knöchel brechen wollte, also ließ sie es.

»Lucy James«, wiederholte er gedehnt, so als müsse er sich den Namen auf der Zunge zergehen lassen, bevor er entschied, ob er ihn mit einem Happs verschlingen wollte oder nicht. »Schön, Lucy James. Lass mich dir eine Frage stellen: Was muss ich tun, damit du endlich gehst und mich in Ruhe lässt?«

»Nun, wie ich bereits sagte«, bemerkte sie überrascht. »Ich soll mit Ihnen die anstehende Pressekonferenz vorbereiten und wollte Sie briefen, was Sie sagen und was Sie nicht sagen dürfen.«

»Darf ich sagen, dass du nervst?«

Sie lachte nervös auf. »Nein. Ich habe hier eine Liste, auf der genau steht ...«

»Was ich sagen darf und was ich nicht sagen darf, schon verstanden«, unterbrach er sie, bevor er mit verengten Augen ihre Statur musterte. »Du wiederholst dich. Seit fünf Minuten erzählst du mir immer wieder dasselbe. Soll ich lieber einen Arzt rufen? Möglicherweise hast du ja einen Schlaganfall.«

Sie presste die Lippen zusammen. *Dax Temple ist kompliziert* hatte Leslie Forth gesagt. Sie konnte ihrer Chefin nicht zustimmen. Ihn *kompliziert* zu nennen, war einfach diskriminierend gegenüber dem Begriff *kompliziert*.

»Mir geht es blendend«, sagte sie gepresst. »Danke der Nachfrage.«

»Kein Problem. Ich bin stets um die Sprachkompetenz unserer Mitarbeiter besorgt. Es gibt so viele schöne Worte und es wäre doch sehr schade, wenn du immer nur dieselben benutzt, oder?«

Oh, Lucy wusste, welche zwei Worte sie gern benutzen wollte, aber dann würde man womöglich ihre Professionalität anzweifeln. »Mr Temple«, sagte sie mit Nachdruck. »Können wir jetzt endlich anfangen?«

Er zog eine Grimasse und schüttelte den Kopf. »Ich weiß nicht. Ehrlich gesagt fühle ich mich nicht wohl dabei, all diese privaten Sachen mit einer Praktikantin zu besprechen.«

»All diese privaten Sachen, die Sie gleich mit zwanzig Journalisten teilen wollen?«, fragte sie scharf.

»Ja, genau die.«

»Nun, dann ist es ja gut, dass ich keine Praktikantin bin.«
Skeptisch zog er die Brauen zusammen. »Bist du sicher?
Du siehst sehr jung aus.«

»Ich bin fünfundzwanzig.«

»Ich glaube, da haben deine Eltern dich angelogen, Luna«, meinte er bedauernd. »Du bist höchstens zwölf.«

»Lucy. Mein Name ist Lucy«, erwiderte sie tonlos.

»Warum stellst du dich mir dann als Luna vor?«, wollte er irritiert wissen.

»Ich habe nicht ...« Sie brach ab und blinzelte. Denn nein. Das war kein Humor. Das war ... alles andere als das. Ihre Wellenlänge war definitiv nicht das Problem! Trotzdem behielt sie ihr Lächeln auf dem Gesicht. Professionell. Sie musste professionell bleiben. »Weißt du was, Dax, ich fange einfach an.« Die Höflichkeitsform hatten nur Leute verdient, die höflich waren. Also verzichtete sie darauf. »Es dauert auch gar nicht lang, wir müssen die Punkte nur einmal kurz durchgehen.«

Sie zog das Klemmbrett von ihrer Brust, blickte auf die Liste hinab – und lief augenblicklich tiefrot an. Erst jetzt ging ihr auf, dass es ein Fehler gewesen war, das Klemmbrett nicht vorab zu studieren. Denn einige der Punkte, die dort standen ... Nein, das war lächerlich. Mr Temple würde doch auf keinen Fall auf die Idee kommen, der Presse *so etwas* zu verraten. Jeder Mensch wusste, dass das eine dumme Idee war und eine schrecklich skandalöse Schlagzeile zur Folge hätte! Aber es stand auf der Liste, also ... Shit.

»Nun«, begann sie vorsichtig, sodass ihre Stimme beinahe unter Dax' lauten Schritten auf dem Laufband unterging. »Es ist ja offensichtlich, dass du der Presse nicht verraten kannst, mit wie vielen Frauen du exakt geschlafen hast, richtig? Das müssen wir, denke ich, nicht näher erläutern.«

»Aber es sind fünfundfünfzig«, sagte er langsam. »Ich habe gestern extra alle Frauen abgewiesen, damit es dieselbe hübsche Zahl bleibt. Wenn ich es unerwähnt lasse, hätte ich gestern völlig umsonst auf einen Orgasmus verzichtet. Das kommt mir wie Verschwendung vor.«

Ihr Mund wurde trocken und ihre Wangen brannten wie ein Osterfeuer. Das hatte er gerade nicht wirklich gesagt.

»Bist du Jungfrau, Luna?«, fragte er interessiert.

Sie verschluckte sich fast an ihrer eigenen Spucke. »Entschuldigung?«

»Na ja, nur eine Jungfrau kann bei dem Gedanken an Sex so unfassbar rot werden. Aber jetzt, da ich darüber nachdenke, ist es vielleicht besser, wenn deine Blume noch unberührt ist. Mit zwölf Sex zu haben, ist wirklich viel zu früh.« Vielsagend hob er die Augenbrauen, zog eine Wasserflasche aus der Halterung und öffnete sie.

Lucy starrte ihn an ... und ein Knoten bildete sich in ihrer Brust. Ein roter, heißer Knoten aus Wut und Verachtung.

Für wen zum Teufel hielt sich dieser Vollidiot?

Sie war freundlich und zuvorkommend und professionell gewesen, und er stand da, musterte sie herablassend und machte sich über sie lustig?

Er nahm sie nicht ernst. Er brachte ihr keinen Respekt entgegen. Und wenn sie eines wirklich hasste, dann wenn irgendwer ihr das Gefühl gab, einen schlechten Job zu machen. Wenn jemand es ihr unmöglich machte, gute Arbeit zu leisten und zu beweisen, was in ihr steckte.

Sie krallte die Fingernägel in das Holz des Klemmbretts.

... wenn sie das Gefühl bekommen, dass Sie Angst vor ihnen haben oder sie anhimmeln, können Sie gleich einpacken, hallte Leslie Forth' Stimme in ihrem Kopf wider.

Oh, sie hatte keine Angst vor Dax Temple. Und sie hatte kein Problem damit, ihm das zu beweisen.

»Meine Zahl ist elf, Mr Temple, aber ich fühle mich trotzdem nicht dazu berufen, es einem Journalisten zu erzählen«, sagte sie kühl.

Dax verschluckte sich an seinem Wasser und spuckte es auf das Display des Laufbandes. Lucy lächelte freundlich. Das war befriedigender als ihre fiktive Nummer elf.

»Elf?«, hustete er ungläubig.

»Dieser schockierte Ausruf aus dem Mund von Mr Fünfundfünfzig?«, erwiderte sie gelassen. »Sicher, dass die Zahl nicht gelogen und du bei minus zwei Sexualpartnerinnen bist?«

»Minus zwei?« Er verengte die Augen. »Wie soll das gehen?«

»Na ja. Wenn ich eine schlechte Performance in der Kiste hingelegt habe, ziehe ich persönlich immer ein paar Punkte ab. Und wenn man so ein Großkotz ist wie du, kann man nur etwas anderes kompensieren wollen.« Sie zuckte die Schultern. »Davon würde ich nicht freiwillig erzählen. Also, können wir uns darauf einigen, dass niemand von uns einer weiteren Seele seine Liste an Sexualpartnern gibt, ja? Das wäre super.« Sie nickte zufrieden und strich den ersten Punkt auf der Liste durch.

Er lachte trocken auf. »Hast du gerade impliziert, dass ich schlecht im Bett bin?«

»Ich habe nichts impliziert. Wenn überhaupt, habe ich es festgestellt«, erwiderte sie tonlos. »Kommen wir zu Punkt zwei: Du wirst auf gar keinen Fall das Wort *Pussy* benutzen, selbst wenn sich Mitglieder des gegnerischen Teams wie eine weibliche Katze verhalten sollten. Du wirst nicht halbnackt bei der Konferenz aufkreuzen, nur um danach eine Journalistin abzuschleppen, die deine Muskeln ach so toll findet. Und unter keinen Umständen ist es dir erlaubt, den Namen Jack West in den Mund zu nehmen, ihn mit einem Mittelfinger oder dem Wort *Wichser* oder *Hurensohn* zu kombinieren, haben wir uns verstanden?«

»Es ist mir also verboten, die Wahrheit zu sagen?«, schlussfolgerte Dax und neigte nachdenklich den Kopf.

»Alles, was meine Mutter mir je beigebracht hat, ist also Schwachsinn?«

»Ich hoffe nicht. Aber alles, was du innerhalb der letzten zehn Minuten von dir gegeben hast, *ist* Schwachsinn«, stellte sie scharf fest.

Er lächelte breit. »Vielen Dank. Ich habe mir Mühe gegeben und hatte Angst, dass das nicht rüberkommt.«

Sie stöhnte laut auf und legte den Kopf in den Nacken. »Meine Güte, nimmst du überhaupt irgendetwas ernst?«, fuhr sie ihn an. »Ich für meinen Teil tue es und ich gebe dir einen Tipp: Komm über dein Jack West-Problem hinweg. Ich weiß ja, dass ihr beide eine dämliche Rivalität miteinander habt.« Jeder, der sich für Eishockey interessierte, wusste das! Seit Dax Temple vor etlichen Jahren als arroganter Rookie in die NHL gekommen war und mit großer Klappe verkündet hatte, dass Jack West »ein überbezahlter Eis-Troll mit Hackfresse« war – und ebendieser ihn bei seinem ersten Spiel vor dem ganzen Stadion vorgeführt hatte, gönnten die beiden sich nichts mehr auf dem Eis.

»Aber Jack West ist äußerst beliebt und es schadet deinem Image, dass du ihn nicht magst. Schön, dann hat er eben bei deinem ersten Spiel der ganzen Welt bewiesen, dass du noch nicht reif genug warst, um mit einer gestandenen Größe wie ihm zu konkurrieren. Aber das ist Jahre her und du solltest nicht mehr nachtragend sein. Du hast den Streit damals schließlich angefangen. Jack West ist ein netter Kerl – und niemand kann verstehen, warum du ihn *immer* noch hasst! Warum er *dich* hasst hingegen ...« Sie hob die Schultern. »Mir fallen direkt ein, zwei Gründe ein.«

Das Lächeln wich von Dax Temples Gesicht. »Du weißt nichts über mich und Jack West«, sagte er, seine Stimme auf einmal gefährlich leise. »Also, hör auf von Dingen zu sprechen, die du nicht verstehst. Und ja, ich nehme etwas ernst. Und das ist die Tatsache, dass ich mir von kleinen

PR-Ladys, die noch grün hinter den Ohren sind, nicht den Mund verbieten lasse. Richte Leslie aus: Wenn sie will, dass ich an meinem beschissenen Geburtstag eine Pressekonferenz halte, dann werde ich sagen, was ich will und wie ich es will. Und es ist egal, wie hoch deine Schuhe sind, wie sehr du dein Kinn reckst und wie tapfer du mir irgendwelche Sprüche reindrückst: Wir beide wissen, du gehörst hier nicht her. Wenn du mit Eishockeyspielern rumhängen willst, empfehle ich dir die Ice Lounge – das ist die Bar, in der man alle anderen Groupies findet.«

Lucys Magen zog sich zusammen, doch sie setzte ein süßliches Lächeln auf und trat einen Schritt zurück. »Wie sagtest du noch so schön: Du weißt nichts über mich oder wo ich hingehöre. Aber ich denke, das wäre alles für heute. Ich freue mich schon sehr auf das nächste Treffen, Dax. Du bist genau so charmant, wie die Presse behauptet.« Damit wandte sie sich um und bewegte sich in Richtung Tür.

»Danke sehr, Luna!«, rief er ihr nach. »Ich gebe dir zwei Wochen, dann kündigst du.«

Abrupt blieb sie stehen und wirbelte herum. »Herzlichen Glückwunsch«, sagte sie feierlich und schlenderte zurück zu dem Laufband, das er noch immer mit seinen Füßen bearbeitete.

»Habe ich dir nicht verboten, mir zum Geburtstag zu gratulieren?«, knurrte er.

»Oh, ich hab nicht zum Geburtstag gratuliert«, stellte sie klar und blieb vor ihm stehen. »Sondern dafür, dass du definitiv das größte Arschloch im ganzen Stadion bist. Das ist es doch, was du mir gerade beweisen wolltest, oder? Also: Gratulation. Du magst noch nie einen Stanley Cup gewonnen haben, ganz im Gegensatz zu Jack West, aber zumindest den Titel hast du sicher ... Ach, ja: Noch etwas.« Sie hob die Hand und schlug mit der Faust auf den roten Stopp-Knopf des Laufbands.

Es kam zum abrupten Stillstand. Dax Temple nicht.

Mit einem lauten »Uff« rannte er gegen das Display, bevor er vom plötzlichen Aufprall nach hinten taumelte und wie ein Sack Kartoffeln zu Boden fiel.

Lächelnd sah sie auf ihn hinab. »Es ist unhöflich, halbnackt und unkonzentriert ein Businessmeeting abzuhalten. Falls dir das nicht klar war, weil du etwas grün hinter den Ohren bist – jetzt weißt du es.«

Ohne ein weiteres Wort drehte sie sich auf dem Absatz um und stolzierte aus dem Raum.

Das hier war ihr verdammter Traumjob. Sie würde bleiben. Sie würde erfolgreich sein. Sie würde allen beweisen, dass sie Respekt verdiente. Und sie würde es sich nicht von einem arroganten Vollpfosten wie Dax Temple kaputtmachen lassen.

Sie stieß die Tür auf und warf sie geräuschvoll wieder zu. Wo zur Hölle war Matthew Payne? Er schuldete ihr verdammt noch mal einen Drink!

KAPITEL 1

Ein Jahr später ...

Dax Temple ist ein Geschenk Gottes.
Das hatten die Zeitungen nach seiner zweiten Woche bei den L.A. Hawks geschrieben. Dax Temple – ein Segen des Himmels, der den Hawks schon immer gefehlt hatte und sie zu neuem Ruhm führen würde.
Dax Temple – vom Teufel geküsst.
So hieß es nach seiner vierten Woche, denn Dax war zu gemein auf dem Eis und zog zu oft seine Handschuhe aus und ging einem Gegner an die Gurgel, um ihn noch guten Gewissens in einem Atemzug mit Gott zu nennen.
Dann war Dax das zweite Mal im Ring auf Jack »The Saint« West getroffen – ein paar Monate nach dem ersten katastrophalen Spiel, das ihn noch bis heute in seinen Albträumen verfolgte – und der Kuss war schleunigst als Analogie fallen gelassen worden, sodass nur noch der Teufel übrigblieb. *Dax Devil.* Der Name hatte sich schneller verbreitet als eine Geschlechtskrankheit während des Springbreaks. Die Presse hätte nicht glücklicher darüber sein können, denn sie machte mit den Schlagzeilen *Devil vs. Saint* Millionen. Dax hatte den Spitznamen nie zu schätzen gewusst. Er wusste, wie die Hölle aussah und hatte kein Bedürfnis, je wieder dorthin zurückzukehren. Aber es lohnte sich nicht dagegen anzukämpfen, denn die Fans liebten den Scheiß. Die Sport-News liebten den Scheiß. Das Inter-

net liebte den Scheiß. Dass Dax der Scheiß unfassbar auf die Nerven ging, interessierte niemanden. Stattdessen ergötzten die Fans sich an der Rivalität der beiden Spieler. Manche waren davon überzeugt, dass Dax furchtbar nachtragend und nie über seinen verletzten Stolz beim ersten Spiel hinweggekommen war. Die meisten vermuteten jedoch, der anhaltende Hass zwischen ihnen lag daran, dass sie ineinander endlich einen ebenbürtigen Gegner gefunden hatten, der sie daran erinnerte, dass sie nicht unbesiegbar waren. Das wollte niemand hören, schon gar kein professioneller Hockeyspieler, der auf die dreißig zuging.

Das PR-Team der Hawks meinte, dass Dax den gegnerischen Spieler natürlich nicht hassen würde. Es sei nur eine harmlose Rivalität, die sie anspornte, auf dem Eis ihr Bestes zu geben.

Doch das PR-Team log.

Denn Dax hasste Jack mit einer Inbrunst, die den Teufel stolz gemacht hätte. Und der Grund dafür hatte rein gar nichts mit Eishockey zu tun. Doch das wusste niemand und er hatte nicht vor, es irgendwem zu erzählen. Jack ebenso wenig. Wahrscheinlich, weil ihm klar war, dass Dax ihn umbringen würde, wenn er den Mund aufmachte. Oder weil das Einzige, was sie gemeinsam hatten, der Wunsch war, ihre Vergangenheit nicht auf der Titelseite einer Klatschzeitung gedruckt zu sehen. Es war Dax egal. Ihm war alles egal, was Jack West betraf, solange er nur ab und an die Möglichkeit bekam, ihn auf dem Eis in Grund und Boden zu stampfen. Zumindest war es seit zehn Jahren so.

Bis jetzt.

»... und es freut uns sehr, Jack West ab nächster Woche in unserem Team begrüßen zu dürfen! Ich bin mir sicher, dass er eine gute Ergänzung für unseren Kader abgeben wird. Alle Mitglieder der Hawks-Organisation freuen sich darüber.«

»Ach du Scheiße«, sagte Matt Payne laut und ließ den Helm fallen, den er sich soeben vom Kopf gezogen hatte.

»*Was?*«, rief Leon Alvarez, ihr bester Verteidiger, der sich gerade die Haare trocken rubbelte, und sah entgeistert zu ihrem Trainer Parker Gray, der gerade die frohe Kunde überbracht hatte. »Das kann nicht dein Ernst sein, Boss!«

»Okay, beruhigt euch«, ging Austin Fox dazwischen. Der Teamkapitän sah es als seine verdammte Aufgabe an, immer den Frieden zu wahren. Egal ob auf dem Eis, in der Umkleide oder am Pokertisch.

Bei dem Wort *beruhigen* drehten sich ausnahmslos all seine Kollegen in der Umkleide zu Dax um. Er konnte es ihnen nicht übelnehmen. Alle hier wussten, was er von Jack West hielt. Ebenso, wie alle wussten, dass er nicht dafür bekannt war, ruhig zu bleiben.

Doch heute machte er eine Ausnahme. Heute sagte er nichts. Heute starrte er einfach nur steinern nach vorn, die Lippen zusammengepresst, die Hände auf den Knien.

Oh, unter normalen Umständen wäre er ausgetickt. Wenn er wollte, konnte er nun einmal das größte Arschloch im ganzen Stadion sein, wie eine nervige, kurvige Rothaarige mal festgestellt hatte. Aber er hatte es bereits gewusst. Er wusste schon seit drei Monaten, dass ein Transfer im Gespräch war. Und die Zeit hatte er gewissenhaft dafür genutzt, seine Wut in brutalen Workouts im Fitnessraum zu ersticken, seinen Frust in teurem Scotch zu ertränken und seine Sorgen in den warmen Betten fremder Frauen zu vergessen. Er war nicht unbedingt stolz auf die letzten Monate, aber er hatte sie gebraucht, um sich in Ruhe darauf vorzubereiten, jetzt einen kühlen Kopf zu bewahren. Niemanden wissen zu lassen, was diese Info wirklich mit ihm anstellte.

Denn er hasste es, dass West noch immer solche Macht über ihn hatte, aber noch mehr würde er es hassen, wenn die anderen es wüssten. Am allermeisten sein Team, das seit Jahren seine Familie war.

»Leute«, rief Parker Gray laut und alle wandten sich widerwillig wieder dem Trainer zu. »Ich weiß, dass es überraschend kommt, aber wir können einen weiteren fantastischen Center gebrauchen. Nichts für ungut, Fox.« Er nickte dem Kapitän zu. »Und ihr wisst alle, dass West verdammt noch mal der Beste ist. Ihr habt schließlich oft genug gegen ihn verloren. Also reißt euch zusammen. Ich bin mir sicher, dass er eine tolle Ergänzung fürs Team wird, wenn wir die nächsten Wochen vorm ersten Spiel noch mal vernünftig fürs Training nutzen.«

Wieder landeten alle Blicke auf Dax, als warteten sie auf seine Erlaubnis, West doch mögen zu dürfen. Matt legte sogar zögerlich eine Hand auf seinen Arm. Als ahne er, dass Dax die emotionale Unterstützung brauchte. Aber noch immer beachtete er sie nicht. Er hatte genug damit zu tun, die Hitze niederzuzwingen, die sich in seiner Brust sammelte und ihm das Atmen erschwerte. Es war lächerlich. Absolut lächerlich! Er war besser als das. Besser als seine verdammten Emotionen und Wut. Das Eis war immer der einzige Ort in seinem Leben gewesen, an dem er Frieden und Ruhe hatte finden können, und das würde er sich verdammt noch mal nicht von West kaputtmachen lassen.

»Das PR-Team bereitet mit Feuereifer die Pressekonferenz vor, auf der der Transfer verkündet wird«, fuhr Gray fort, doch Dax hörte ihm nicht mehr zu.

Gott, es war beschissen. Es war so unfassbar beschissen. Er würde West nicht mehr aus dem Weg gehen können. Er würde mit ihm reden müssen. Mit ihm im selben Flugzeug, Bus, in derselben Umkleide sitzen müssen ...

»Alter, warum rastest du nicht aus?«, murmelte Matt ihm zu und stieß ihn mit der Schulter an.

»Ich wusste es«, antwortete er tonlos.

»Was? Woher? Niemand weiß so was, bevor Gray es uns erzählt!«

Er zuckte die Achseln und verzichtete auf eine Antwort. Matt war seit sieben Jahren sein bester Freund. Sie waren in derselben Saison zu den Hawks gekommen, hatten die gleichen Einstandsrituale zusammen durchstehen müssen. Einander nach brutalen Trainingssessions und herzzerreißenden Niederlagen aufgebaut. Ihre Unsicherheiten ebenso wie ihre Triumphe geteilt.

Dax war für Matt da gewesen, als sein Großvater, der ihm das Eislaufen beigebracht hatte, vor ein paar Jahren überraschend gestorben war. Matt hatte niemandem verraten, dass Dax sich letzte Saison nicht beim Training auf dem Eis das Handgelenk verstaucht hatte, sondern über seine eigene Türschwelle gestolpert war. Und das auch noch völlig nüchtern. Doch selbst er hatte keine Ahnung, warum Dax wirklich auf West sauer war.

»... ansonsten werdet ihr alle noch in den nächsten Tagen dazu gebrieft, was ihr zum Trade von West posten oder in Interviews erzählen dürft«, lenkte Gray wieder die Aufmerksamkeit auf sich und widerwillig sah Dax zu ihm auf.

»Wer brieft uns?«, wollte Fox wissen.

Matt verzog das Gesicht. »Bitte nicht der Drache. Ich schwöre, jedes Mal, wenn ich mit Forth rede, läuft es mir eiskalt den Rücken runter. Die alte Frau ist im Bund mit Dämonen. Mit Sicherheit hat sie selbst Kameras auf den Toiletten angebracht, um sicherzugehen, dass wir uns nach dem Pinkeln die Hände waschen. Damit kein Journalist jemals etwas anderes behaupten könnte.«

»Leslie ist gruselig«, stimmte Fox zu und schüttelte sich.

Gray schnaubte laut. »Unfassbar. Lauter 90-Kilo-Männer in die Knie gezwungen von einer süßen, alten Dame.«

Oh, bitte. Dax hatte ihren Trainer schon dabei beobachtet, wie er sich hinter seinem Auto versteckt hatte, als die

Head of PR mit dem Klemmbrett im Anschlag aus dem Verwaltungsgebäude geschritten war.

»Aber ihr könnt euch entspannen. Lucy James ist für die Pressekonferenz zuständig.«

Allgemeines, erleichtertes Aufseufzen war die Antwort ... während Dax' Nackenhaare zu Berge standen.

Lucy James.

Wenn er den Namen nur hörte, ging sein ganzer Körper in Alarmbereitschaft. Er hatte ihr zwei Wochen gegeben, bevor sie kündigte. Das war elf Monate her. Alle mochten sie, alle hielten sie für dieses kluge, hübsche, freundliche Wesen, das ihnen das Leben erleichterte. Dax wusste es besser. Ja, sie war klug und scheiße, sie war hübsch, viel zu hübsch für seinen Geschmack, aber sie war nicht freundlich und sie erleichterte ihm definitiv nicht das Leben. Im Gegenteil. Denn nicht er war der Teufel, egal was die Presse behauptete. Sie war es.

»Also, zusammengefasst«, fuhr Gray fort. »Ihr haltet alle die Klappe, bis Lucy euch was anderes sagt, ist das klar?«

»Natürlich ist das klar, wir würden alles für die süße Lucy tun«, bemerkte Leon seufzend und legte sich eine Hand auf die Brust. »Es ist wirklich eine Schande, dass sie diese bescheuerte Regel hat, nichts mit Spielern anzufangen. Sonst hätte ich schon längst ...«

»Hey«, unterbrach Matt ihn scharf und warf ihm einen warnenden Blick zu. »Lass das. Sonst erzähle ich Lucy, dass du sie süß genannt hast, und du weißt, was dann passiert. Du wachst morgen früh ohne dein Lieblings-Körperteil auf.«

Dax schnaubte. Nicht, weil Matt einen Witz gemacht hatte, sondern weil es höchstwahrscheinlich stimmte. Er kannte keine Frau, die es derart in Rage versetzte, wenn man sie als süß bezeichnete. Was ein Grund dafür war, warum er bis heute nicht verstand, wie Matt, der Verräter, mit Lucy *be-*

freundet sein konnte. Dax war es schleierhaft, wie man freiwillig Zeit mit ihr verbringen konnte. Aber vielleicht beherrschte sie ja ein paar Zaubertricks, von denen er nichts wusste. Oder wohnte mit einer Unmenge an Unterwäsche-Models zusammen. Das würde die Sache zumindest erklären.

Leon verdrehte die Augen. »Meine Güte, jetzt wird einem hier auch noch die Redefreiheit genommen.«

»Redefreiheit ist nicht in allen Fällen etwas Gutes«, bemerkte Dax und klopfte ihm auf die Schulter.

»Ah, natürlich. Jetzt spricht er wieder«, bemerkte der Verteidiger säuerlich.

Fox seufzte schwer. »Okay, heute Abend um acht erwarte ich euch alle bei mir. Bevor die Saison losgeht, müssen wir wohl noch ein paar teamfördernde Maßnahmen ergreifen. Einige von uns scheinen nämlich ihre Manieren vergessen zu haben.«

Teamfördernde Maßnahmen hieß in etwa so viel wie Bier, Poker und Pool, also scheiße ja. Das könnte Dax wirklich gebrauchen.

»Leon hat sie nicht erst heute vergessen«, murmelte Matt. »Die sind ihm mit seinem ersten siebenstelligen Gehaltscheck abhandengekommen.«

»Hey, das hab ich gehört!«, beschwerte der Verteidiger sich laut, bevor er leiser hinzufügte: »Und könntest du so was bitte nicht vor meiner Mutter sagen, wenn sie zum Eröffnungsspiel kommt? Sie würde es mir nie verzeihen, wenn ich den Anschein erwecke, als hätte sie bei meiner Erziehung versagt.«

Dax lachte leise und schloss die Augen, während Matt in den Raum warf, ob Leon nicht mal überlegt hätte, einfach nachzudenken, bevor er den Mund öffnete. Fox schlug Elektroschocktherapie vor. Ihr Trainer gab zu bedenken, dass das möglicherweise Leons Fähigkeiten als Spieler beeinträchtigen könnte – ein paar gezielte Rippenstöße würden es auch tun.

Und zum ersten Mal seit drei Tagen entspannte Dax sich. Wie jedes Mal, wenn er aus der Sommerpause zurückkam und das Training und der Bullshit, der aus dem Mund seiner Kollegen drang, ihn von seinem Leben außerhalb von Eishockey ablenkte.

Eishockey war sein Zuhause. Das würde er sich nicht nehmen lassen, nicht einmal von Jack West. Er würde einfach lernen müssen, neben ihm zu koexistieren. Das war alles. Er hatte schon Schlimmeres überstanden.

»Das wollte ich hören«, rief Gray zufrieden. »Das ist unser Jahr, Leute! Mit West haben wir nicht nur eine Chance, sondern die besten Karten der ganzen NHL für den Cup! Und hey, Temple, kann ich dich kurz mal draußen sprechen?« Er hob die Augenbrauen und nickte zum Ausgang ihrer Umkleide.

Klasse.

»Das wird schon, Dax«, murmelte Matt zu seiner Linken und klopfte ihm auf den Rücken. »Ich weiß, die Sache mit West ist suboptimal, aber ... wir sind alle auf deiner Seite. Ich kann ihm gern beim ersten Training ein Beinchen stellen. Bei mir glauben die Leute, dass es ein Unfall war.«

Dax lächelte matt, bevor er seufzend aufstand. Das war schön zu hören, doch lösen würde das sein Problem auch nicht.

»Ich überleg es mir. Danke«, brummte er dennoch. Denn es war immer gut, einen Plan B zu haben. »Bis nachher.« Er hob die Hand, bevor er ihrem Trainer nach draußen folgte. Er hatte wenig Lust, über ihren Neuzugang zu reden. Aber er wusste es besser, als den Boss schon vor Anfang der Saison wütend auf sich zu machen.

Als er die Tür schloss, vibrierte sein Handy mit einer Nachricht, also zog er es aus seiner Tasche.

Könntest du aufhören, mich zu ignorieren, und einfach mit mir reden?

Er knackte mit dem Kiefer und löschte die Nachricht.

Er stand nicht so auf Reden. Die beiden Brünetten, die gestern Nacht neben ihm gelegen hatten, Gott sei Dank auch nicht. Denn es gab so viel bessere Dinge, die man mit dem Mund tun konnte ...

Sein Trainer war da offenbar anderer Meinung.

»Erklär mir das hier, Temple«, sagte er angespannt und hielt ihm ein Stück Papier hin.

Dax blinzelte verwirrt und nahm es entgegen. Es war ein Blogartikel von irgendeiner Gossip-Sportseite und natürlich befand sich ein Bild von ihm unter der rot leuchtenden Überschrift.

Dreier, Dreck und Drama – der Teufel vom Eis in Höchstform

»Mhm. Charmante Titelzeile«, stellte er fest. »Für meinen Geschmack eine Alliteration zu viel, aber ansonsten ...«

»Das Bild ist noch charmanter«, sagte sein Trainer eisern.

Dax musste Gray rechtgeben. Es hatte schon schmeichelhaftere Fotos von ihm gegeben. Aber zumindest die beiden Frauen, die an jeweils einem seiner Arme hingen, sahen sehr hübsch und glücklich aus. Und nur halb so besoffen wie er.

»Erwartest du von mir, dass ich den Artikel lese?«, fragte er interessiert. »Denn das muss ich nicht. Ich war gestern dabei.«

»Na ja, ich dachte, du musst einen Filmriss gehabt haben, schließlich warst du um zehn Uhr abends bereits so betrunken, dass du laut verkündet hast, dass du jetzt gleich einen Dreier haben wirst, bevor du einem sechsjährigen Jungen erklärt hast, dass er die Schule nicht ernstnehmen muss, er solle lieber berühmter Sportler werden, dann bekäme er alles, was er wollte!«

»Ganz ehrlich, warum sitzt ein sechsjähriges Kind abends um zehn direkt vor einer Sportsbar?«, beschwerte Dax sich. »Es ist doch nicht meine Schuld, dass die Eltern nicht besser auf ihren Sohn aufpassen.«

»Großer Gott, Temple, hörst du dir selbst zu?«, zischte Gray und eine Ader sprang auf seiner Stirn hervor. »Das Tragische ist: Das ist noch nicht einmal das Schlimmste, was du an diesem Abend von dir gegeben hast!«

Dax runzelte die Stirn und neigte den Kopf. Zugegeben, der ganze Abend war etwas nebelig, aber er war sich ziemlich sicher, dass er die richtig verwerflich-dreckigen Dinge erst gesagt hatte, als er mit den beiden hübschen Damen in seinem Loft gewesen war.

»Soll ich deinem Gedächtnis auf die Sprünge helfen?«, fragte Gray düster. »Du hast gesagt, dass du *Coca-Cola* eklig findest und schon immer lieber Pepsi getrunken hast.«

Was faselte Gray da? »Und?«

»*Coca-Cola* ist der größte Sponsor der Hawks, Dax!«

Ach ja. Richtig. Er zuckte die Achseln. »Und?«, wiederholte er.

»*Und?*« Unglaube verzerrte Grays Züge. Er war nur knapp zehn Jahre älter als Dax, aber zurzeit erinnerte sein Gesichtsausdruck stark an den seines Vaters, wann immer Dax ihn aus dem Casino geschleift hatte.

Dax biss die Zähne aufeinander und umschloss den Würfel in seiner Hosentasche mit der Faust. So wie er es immer tat, wenn er an seinen Vater dachte ... oder sich davon abhalten musste, die Beherrschung zu verlieren.

»Sie waren heute Morgen kurz davor, als Sponsor abzuspringen! Wenn Lucy sie nicht zum Bleiben gebracht hätte, würde ich dich allein aus Wut die ersten drei Spiele auf der

Bank lassen. Du solltest ihr verdammt noch mal die Füße küssen.«

Lucy.

Immer wieder Lucy.

Gott, wie konnte sie ihn wie einen Vollidioten aussehen lassen, ohne überhaupt anwesend zu sein? Schön. Es wäre eine Lüge zu behaupten, dass er im letzten Jahr nicht mehrfach daran gedacht hatte, sie zu küssen. Ihre Füße hatten dabei allerdings nie eine Rolle gespielt. Ihre spöttisch verzogenen Lippen hingegen ... Ja, die würde er gern mal persönlicher kennenlernen. Aber nur, um sie verdammt noch mal zum Schweigen zu bringen, denn zur Hölle, die Frau regte ihn auf!

Er zerquetschte den Würfel in seiner Hosentasche mit den Fingern, behielt jedoch zwanghaft eine gelassene Miene auf dem Gesicht. Es wäre ein taktischer Fehler, Lucy James wissen zu lassen, dass sie ihm unter die Haut ging, und Gray würde zweifelsohne sofort mit dieser Information zu ihr rennen. Weil er es zu verdammt witzig finden würde.

»Ganz ehrlich, Gray: Du bist es, der den alten Clark dazu überredet hat, fucking West zu kaufen – und jetzt fragst du, warum ich gestern ausgetickt bin? Weiß unser werter Besitzer überhaupt, was du dem Team damit angetan hast?«

Der Trainer verengte die Augen und verschränkte die Arme. »Du wusstest es? *Woher* zur Hölle? Die Verhandlungen waren streng geheim!«

»Bin Hobby-Wahrsager«, erwiderte er trocken. »Hab es in meinen Teeblättern gelesen.« Wenn er Grays Gesichtsausdruck Glauben schenken konnte, fand er das nicht lustig. Was tragisch war, denn Dax fand sich sehr witzig.

»Okay, ist egal«, bemerkte Gray abgehackt. »Das rechtfertigt trotzdem nicht, dass du unsere Sponsoren erzürnst und der Presse suggerierst, dass du einen Scheiß auf Kinder und Bildung gibst.«

»Das verstehst du falsch«, erwiderte Dax tonlos. »Ich gebe einen Scheiß auf die Presse und auf West. Den Rest finde ich eigentlich sehr wichtig.«

Gray seufzte schwer und fuhr sich durch die Haare. »Shit, Dax, du musst dich zusammenreißen. West und du, ihr beide seid erwachsene Männer. Legt eure Fehde beiseite. Und ganz ehrlich: Wenn ihr in einem Team seid, habt ihr gar keinen Grund mehr, einander zu hassen.«

Oh, da lag er falsch.

»Dax, das Team ist dir gegenüber loyal«, wisperte Gray eindringlich und trat einen Schritt auf ihn zu. »Sie hassen West nur, weil du es tust. Also ... gib dir einen Ruck. Ich habe keine Lust, dabei zuzusehen, wie ihr euch während des Trainings an die Gurgel geht. Hebt das für die Gegner auf! Was diesen Artikel angeht.« Dax sah deutlich, wie ein Muskel an Grays Kiefer hervorsprang. »Er ist nicht der Erste dieser Sorte. Die letzten drei Monate waren eine Katastrophe.«

»Und? Ich hatte Pause.«

»Die Presse aber nicht, Dax. Das geht so nicht weiter. Die Trikotverkäufe von dir sind gesunken, die Ticketkäufe zurückgegangen. Du verbreitest schlechte Stimmung und dein Image war noch nie so beschissen. Alle mögen den charmanten, lustigen Teufel. Aber der Teufel, der Kindern rät, die Schule zu schmeißen, und mehr Mittelfinger als Verstand zeigt? Nicht so sehr. Du kommst zu spät und unvorbereitet zu deinen Pressekonferenzen. Du trinkst zu viel. Du ignorierst die Anrufe der Marketingabteilung. Du willst keine Interviews geben ... Ich sag es ganz ehrlich: Du bist ein zertifizierter PR-Albtraum, der die Marketing-Engel zum Weinen bringt.«

Dax verengte die Augen. »Waren das Lucys Worte?«

»Es ist egal, von dem die Worte sind! Sie sind wahr.«

Fuck, ja, es waren Lucys Worte.

Nur sie nutzte solch fantasievolle Vergleiche.

»Was willst du hören, Gray?«, fragte er feindselig. »Dass ich ein guter Junge sein werde? Dass ich mich Leslies PR-Regime beuge und mich nur noch mit Cola in der Hand ablichten lasse?«

Gray sah ihn resigniert an. »Ehrlich gesagt gibt es nichts mehr, was du sagen kannst. Es war schlichtweg zu viel. Und jetzt, da West auch noch kommt ... Sagen wir einfach, PR und Marketing sorgen sich darum, dass du ihnen das Leben schwer machen wirst.«

Jup. Das waren absolut berechtigte Gedanken.

»Schwachsinn. Ich bin so fit wie nie, das Ganze wird mein Spiel nicht beeinträchtigen.«

»Nein, aber die verdammten Ticketverkäufe und das Wohlwollen unser Sponsoren!«

»Schön«, murmelte er düster. »Ich verspreche, mich mehr zusammenzureißen.«

Parker Gray schüttelte den Kopf und kratzte sich unbehaglich den Nacken. »Ich fürchte, das reicht uns nicht mehr, Dax. Wir haben ... an eine andere Lösung gedacht.«

Verwirrt runzelte er die Stirn. »Was für eine Lösung?«

KAPITEL 2

»Auf gar keinen Fall.«

»Lucy ...«

»Nein!«, sagte sie lauter. »Das kannst du vergessen, Leslie, ich werde nicht den Babysitter für Dax Temple spielen! Das steht nicht in meiner Jobbeschreibung.«

»Deine Jobbeschreibung umfasst alles, was sich um PR-Probleme des Teams dreht«, erinnerte ihre Chefin sie sachlich und strich eine graue Haarsträhne hinter ihr Ohr. »Dax Temple ist ein PR-Problem.«

»Nein, Dax Temple ist unerträglich«, widersprach sie, stemmte die Hände auf den Tisch und stand auf. »Leslie, ich bitte dich. Du kannst doch meine Talente nicht darauf verschwenden, Dax Temple Bierflaschen aus der Hand zu reißen und der Presse zu verkaufen, dass er ein netter Kerl ist. Das wird uns niemand glauben!«

»Deine Talente sind genau der Grund, weshalb ich dich darauf ansetze«, beharrte die Marketingchefin. »Und ich fürchte, deine Aufgaben werden etwas weitreichender sein, als Dax Bierflaschen zu entwenden.«

»Was soll das denn heißen?«, wollte sie wissen und die Unruhe, die zuvor noch in ihrem Magen gewütet hatte, wandelte sich zu Panik. »Ach, weißt du was? Ich will es gar nicht wissen, denn die Antwort lautet immer noch Nein.« Es war egal, was für *weitreichende Aufgaben* es sein würden. Sie konnte unmöglich die nächsten Wochen lang jeden Tag aufs Neue mit diesem arroganten Blödmann konfrontiert werden. Das würde ihrem Blutdruck überhaupt nicht guttun, ganz zu schweigen von ihrem Boxsack, den sie sich vier Wochen nach ihrem zweiten Arbeitstag angeschafft hatte. Dem Tag, an dem Dax sie vor versammelter Mannschaft gefragt hatte, ob sie denn schon bei Sexpartner Nummer zwölf sei oder noch immer mit Nummer elf herumtingle. Sie war so unfassbar rot geworden, dass Feuerwehrautos auf der ganzen Welt vor Neid erblasst waren.

Lucy liebte alles an ihrem Job. Sie liebte es, Pressemitteilungen zu schreiben, sie liebte es, dafür bezahlt zu werden, Eishockeyspiele anzusehen und den Spielern danach in der Kabine zu erklären, welchen Fragen von Journalisten sie lieber ausweichen und wie vage sie ihre Antworten formulieren sollten. Sie liebte das Reisen, sie liebte die Vielfältigkeit ihrer Aufgaben. Sie liebte es sogar, nachts von einem der Spieler aus dem Schlaf geklingelt zu werden, damit sie ein Problem für ihn aus der Welt schaffen konnte, mit dem er Leslie nicht behelligen wollte. Weil er zu viel Angst vor ihr hatte. Ja, Lucy liebte alles an der Hawks-Organisation – außer Dax Temple. Außer sein selbstgefälliges Lächeln und seine Unfähigkeit, jemals ein Shirt zu tragen. Denn immer, wenn sie mit ihm sprechen musste, war er halbnackt. Als versuche er aktiv, ihr Sprachzentrum außer Gefecht zu setzen. Gott, der Kerl machte sie *wahnsinnig*!

»Nein«, wiederholte sie. »Nein, nein. Alles, aber nicht das, Leslie.«

Die streng aussehende Frau faltete die Hände auf dem Tisch und hob eine Augenbraue. »Ich fürchte, ich habe mich nicht klar genug ausgedrückt. Es war keine Frage, Lucy. Es war eine Anweisung. Du hast eine besondere Verbindung zu Temple, die kein anderer aus unserem Team hat. Du bist die einzig logische Wahl.«

»Mit Verlaub, Leslie, bist du wahnsinnig? Ich habe keine besondere Verbindung zu ihm. Ich habe ein Steakmesser mit seinem Namen darauf in meiner Handtasche.« Sie beäugte ihre Handtasche skeptisch, die so klein war, dass nicht einmal ein Taschenmesser dort hineingepasst hätte. Aber der Gedanke zählte!

Leslie schmunzelte amüsiert. »Weißt du, es ist dieser Feuereifer, der dich so gut in deinem Job macht und der Dax davon abhalten wird, weiter seine Karriere zu zerstören.« Sie schnaubte. Sie wünschte, es wäre so. Aber so viel Macht besaß sie einfach nicht.

»Lucy«, begann Leslie erneut, diesmal mit ungewohnt weicher Stimme. »Du arbeitest noch nicht einmal ein Jahr hier. Es ist daher viel zu früh, dir eine Beförderung zu geben. Allerdings arbeitest du härter als alle anderen und wenn du dazu in der Lage sein solltest, Temple zu bekehren ... könnte man durchaus darüber reden.«

Lucy biss sich von innen auf die Unterlippe. Oh, das war nicht fair! Leslie wusste genau, dass sie eine Beförderung mehr wollte als kalorienfreie Schokolade.

»Okay«, presste sie zwischen den Zähnen hindurch. »Nehmen wir an, ich würde mich der Sache annehmen. Was genau, wenn ich fragen darf, sind das für Aufgaben, die in meinen Bereich fallen würden?«

»Du sorgst dafür, dass er nicht datet. Keine Affären mehr hat. Mit niemandem mehr schläft. *Gar nicht.* Denn die Frauengeschichten schaden ihm an meisten. Dann achtest du darauf, dass er auf Partys nicht mehr so viel trinkt, kein Aufsehen erregt und sich nicht von der Presse ablichten lässt. Du wirst ihn auf Fundraiser schleppen, dazu zwingen, ein paar Kinderkrankenstationen zu besuchen und so eine weiße Weste zu bekommen, dass selbst der liebe Gott im Himmel getäuscht werden und ihn bei sich aufnehmen würde. Ach, und natürlich sorgst du dafür, dass die Presse denkt, er und Jack West würden langsam, aber sicher beste Freunde werden.«

Ungläubig starrte sie ihre direkte Vorgesetzte an. »Soll ich auch noch Krebs heilen und in der Zeit zurückreisen, um die Dinosaurier zu retten?«

»Was du in deiner Freizeit tust, ist mir gleich«, antwortete sie, ohne mit der Wimper zu zucken.

Lucy lachte trocken auf. »Das ist ... eine Menge.«

»Wir bezahlen dir natürlich die Überstunden.«

»Wie lange?«, wollte sie hölzern wissen. »Wie lange muss ich auf ihn ... aufpassen?«

»Fangen wir mit dem nächsten Monat an und gucken dann, wo wir stehen«, schlug Leslie diplomatisch vor. »Du beginnst morgen. Ich will, dass du Dax davon überzeugst, an der Pressekonferenz teilzunehmen, in der verkündet wird, dass Jack West zu den Hawks wechselt.«

Sie seufzte schwer. »In Ordnung. Dagegen wird er sich bestimmt nicht sträuben.«

»Nun ...« Leslie räusperte sich. »Jack West wird ebenfalls anwesend sein.«

Lucys Schultern sackten nach unten und das laute Stöhnen blieb ihr im Halse stecken. Dax hatte ihr mehr als einmal glasklar zu verstehen gegeben, dass er dem *Saint* nirgendwo anders als auf dem Eis begegnen wollte. »Klasse. Nichts leichter als das«, wisperte sie.

Als Lucy fünf Minuten später Leslie Forth' Büro verließ, fühlten sich ihre Füße an wie Blei.

Vier Wochen Dax Temple. Jeden Tag. Jeden Abend.

Die Presse hatte recht. Er war der Teufel und hatte sie soeben in die Hölle gestoßen. Sie würde es niemals zugeben, aber kein Mensch auf dieser Erde verunsicherte sie so sehr wie dieser eine Stürmer der L.A. Hawks. Sie hatte ihren Mund nicht unter Kontrolle, wenn es um ihn ging! In seiner Gegenwart sagte sie Dinge, tat sie Dinge, dachte sie Dinge ... die ihr allesamt nicht gefielen!

Sie stöhnte so laut auf, dass sie fast das Klingeln ihres Handys überhört hätte. Dann seufzte sie leise, als sie den Namen auf der Anruferkennung sah. Sie wusste genau, worum es in diesem Telefonat gehen würde, und sie hätte heute gern auf eine weitere Diskussion verzichtet. Doch ihre Schwester konnte wahrlich nichts dafür, dass sie einen schlechten Tag hatte, also hob sie ab.

»Hey Madison, was gibt's?«, wollte sie wissen, während sie den weißen, mit Eishockeyfotos gepflasterten Gang entlang, an den Fahrstühlen vorbei zum Treppenhaus schritt. Da sie Sporttreiben hasste, versuchte sie zumindest so oft wie möglich die Stufen zu nehmen. Es half nicht wirklich gegen die Speckrollen an ihrer Hüfte, aber zumindest beruhigte es ihr Gewissen.

»Du bist dran«, begrüßte ihre ältere Schwester sie bestimmt.

Lucy seufzte tief und nahm die erste Stufe. »Nicht heute.«

»Bitte! Ich war gestern da und er ist ein Wrack. Er saß in einem Meer aus Fotoalben und Taschentüchern. Ich hatte gehofft, dass es besser wird, wenn er Mitglied im Bowlingteam ist, aber ... Ach, dort war wohl irgendeine Frau, die ihn an Mom erinnert hat und ... na ja. Du kannst es dir vorstellen. Ab dann ist er die übliche Abwärtsspirale hinabgeschlittert, aus der er sich nicht selbst wieder raushieven kann.«

Lucys Herz sank und sie verlangsamte ihren Schritt. »Kann Rachel sich nicht ausnahmsweise um ihn kümmern? Sie ist schließlich die Psychotherapeutin in der Familie. Sie weiß vielleicht, was hilft.«

»Rachel wohnt in Chicago, Lucy. Sie kann nicht eben mal vorbeischneien.«

Ja, das wusste sie, aber sie war so unendlich erschöpft von diesem Tag, von ihrem Leben, vom Gedanken an Dax Temple ...

»Es gibt Skype. Das Telefon, tausend Möglichkeiten.«

Ihre älteste Schwester führte eine sehr erfolgreiche Psychotherapie-Praxis und war die klügste Person, die sie kannte. Wenn jemandem eine Lösung dazu einfiel, wie man ihrem Vater über eine Distanz von zweitausend Meilen hinweg helfen konnte, dann ihr.

Madison seufzte schwer. »Du weißt, dass er von all diesem technischen Schnickschnack nichts hält. Und er hat den Pin seines Handys vergessen, dreimal den falschen eingegeben und ... Bitte, Lucy?«

Lucy blieb stehen und fuhr sich mit Daumen und Mittelfinger über die Augen. Sie liebte ihren Vater, aber sie hasste es, zu ihm zu fahren. Hasste es, ihn trösten zu müssen, ihn dazu zwingen zu müssen, zu essen, auszugehen, sein Leben zu leben. Er erinnerte sie nur immer wieder schmerzlich daran, warum sie ihr Leben niemals vollständig teilen würde.

»Ich weiß, dass es anstrengend ist, Lucy«, fuhr Madison leise fort. »Glaub mir. Aber in ein paar Wochen bist du wieder ständig unterwegs, weil du den Hawks hinterherreist, und die größte Last wird auf meinen Schultern liegen und ... ich brauche Hilfe. Ich schaffe es nicht allein. Ich kann nicht meine Dating-Agentur führen und gleichzeitig jeden Abend sichergehen, dass Dad nicht in seinem eigenen Dreck versinkt.«

Lucy schluckte schwer und nickte. Ihre Schwester hatte recht. Sie stemmte den Großteil der Arbeit, die aufgrund ihres Vaters anfiel – und schaffte es trotzdem, eine unfassbar erfolgreiche Dating-Agentur zu leiten. Während Lucy einen erwachsenen Mann babysitten musste, um vielleicht eine Beförderung zu ergattern!

»In Ordnung«, murmelte sie. »Ich meine ... natürlich. Ich kümmere mich um ihn.«

Ihre Schwester atmete erleichtert aus. »Danke. Es ist okay, wenn du erst morgen hinfährst, aber ich glaube, er trinkt nicht vernünftig. Ich musste ihm das Wasser geradezu hinunterzwingen und das Haus zu verlassen, würde ihm auch mal wieder guttun. Für einen Spaziergang hatte ich gestern leider nicht die Zeit, also ...«

»Mach dir keine Gedanken, Maddie. Für diese Woche ist er meine Verantwortung.«

»Oh Mann, danke. Und tut mir leid, dass ich dir das auflade, du hörst dich erschöpft an.«

Sie nickte und lief den Rest der Stufen hinunter. »Ich bin erschöpft, ich habe gerade die degradierendste Aufgabe meiner gesamten Laufbahn zugewiesen bekommen.«

»Oh oh. Was musst du tun?«

»Nun, du hast die unglaubliche Ehre, mit der neuen persönlichen Assistentin des unerträglichsten Mannes der Vereinigten Staaten zu reden. Wobei persönliche Assistentin nur eine hübsche Bezeichnung für persönliche Lebens-Zensur-Beauftragte oder auch Babysitterin ist.«

Einige Sekunden lang herrschte absolute Stille am anderen Ende der Leitung. Dann sagte Madison sachlich: »Ich habe absolut keine Ahnung, wovon du redest. Ich dachte, du bist PR-Beraterin. Keine persönliche Assistentin.«

»Das dachte ich auch! Aber Mr Dax Temple konnte sich ja nicht zusammenreißen und musste rumhuren und zu viel trinken und sich insgesamt wie ein Schwachkopf aufführen und braucht daher jetzt persönliche Imagebetreuung. Von mir.«

Maddie lachte laut auf. »Oh mein Gott. Es geht um Dax Temple? Deine heiße Nemesis?«

Lucy verdrehte die Augen. »Er ist nicht heiß und nicht meine Nemesis.«

»Ah, ich würde aufpassen, was du sagst, Lucy. Kleine Sünden bestraft der liebe Gott sofort und Temple als irgendetwas anderes als teuflisch attraktiv und heißer als ein Pizzaofen zu beschreiben, wäre eine Todsünde!«

»Schön, er mag heiß sein, aber er ist nicht mein Todfeind«, kapitulierte sie mit erhobener Hand. »Er ist nur ein Mann, den ich nicht mag. Davon gibt es viele.«

»Nein«, widersprach Maddie sofort. »Er ist etwas Besonderes.«

»Ist er nicht«, knurrte sie. »Das hätte er nur gern.«

Madison lachte leise. »Oh, du hättest dich gerade hören sollen. Wie ein Hund, der einen Knochen vor sich liegen hat. Er ist etwas Besonderes, Lucy. Ob du willst oder nicht.«

»Schön, dass wenigstens eine von uns beiden über die Tatsache lachen kann, dass die nächsten Wochen die Hölle für mich werden.«

Madisons Lachen wurde lauter. »Sorry. Das tut mir natürlich wirklich leid. Aber hey, sieh es doch als Chance, endlich ... na ja, Frieden mit ihm zu schließen. Oder zumindest einen Waffenstillstand auszuhandeln.«

Missmutig presste Lucy die Lippen zusammen, während sie das Foyer in langen Schritten durchquerte und Jeff, dem Security Guard, kurz zulächelte. »Ja, das wäre wahrscheinlich die vernünftige und erwachsene Herangehensweise an die Situation.«

»Aber in seiner Gegenwart fühlst du dich weder vernünftig noch erwachsen?«, schlussfolgerte Madison.

»Exakt das.«

»Na gut, dann kann ich dir wohl nur viel Glück wünschen. Aber hey: Wenn es dir zu viel wird, komm runter nach Santa Monica. Ich gebe dir einen Cocktail aus und du darfst so viel über deinen gut aussehenden Hockeygott herziehen, wie du willst. Wir laden Matt einfach nicht ein, dann kann er uns nicht die Stimmung versauen, indem er behauptet, Dax sei eigentlich ein guter Mensch, wenn man ihn nur besser kennenlerne.«

Das war eine wunderbare Idee. »Danke, der Gedanke hilft mir tatsächlich.«

46

»Sehr gut. Und oh, du kannst diesen Max mitbringen, mit dem du im Moment ausgehst! Dann kann ich ihn kennenlernen.«

Lucy verzog das Gesicht.

Sie stellte ihrer Schwester nie ihre Typen vor und das aus gutem Grund. Das Ganze wäre viel zu ... intim. Es würde heißen, dass es was Ernstes war. Und *ernst* lag Lucy nicht.

»Ja, vielleicht«, sagte sie dennoch vage, weil sie wusste, dass Maddie ihr lockeres Datingleben nicht guthieß. »Ich sag Bescheid und melde mich noch mal bei dir, wenn es was Neues wegen Dad gibt, okay?«

»Gern. Kopf hoch, ja? Du bist stark und unabhängig und bla und bla und der ganze Rest!«

Sie grinste. »Du solltest ein Selbsthilfebuch schreiben. Niemand kann sich so gewählt ausdrücken wie du.«

»Danke, ich gebe mir Mühe«, antwortete Maddie bescheiden. »Bis dann.«

»Jup«, meinte Lucy und legte auf.

Ihre Schwester hatte vollkommen recht. Sie war stark und unabhängig und der ganze Rest. Sie würde Dax deutlich zu verstehen geben, wie die nächsten Wochen aussehen würden. Sie würde klare Grenzen ziehen und sich von ihm nicht verunsichern lassen.

Mit neuer Energie drückte sie die Tür zum Parkplatz auf ... und blieb wie angewurzelt stehen.

Keine zehn Meter entfernt, gegen ihr Auto gelehnt, stand Dax.

Die langen, in Jeans verpackten Beine ausgestreckt, die Arme vorm Körper verschränkt. Er hatte die Ärmel seines Karo-Hemdes bis zu den Ellenbogen hochgekrempelt und gab so die Sicht auf seine sehnigen, braungebrannten Unterarme frei.

Er stand nicht auf seinen Skates, er hatte sich nicht einmal zu seiner vollen Größe aufgerichtet und sah trotzdem übermächtig aus. Das T-Shirt unter dem offenen Hemd lag eng an seiner Brust an und fiel locker über seinen Rumpf, ließ nichts und doch zu viel für die Fantasie übrig – obwohl sie gar keine Fantasie brauchte, denn dank seiner exhibitionistischen Züge wusste sie genau, was sich darunter verbarg.

Ihr Mund wurde trocken und eine Gänsehaut kletterte ihre Wirbelsäule hinab. All ihre Nervenenden standen unter Strom. Ihre Zunge wurde schwer, ihre Finger klamm, während ihr Herz einen Schlag übersprang. Vor Erwartung. Vor Angst. Vor beidem.

Shit. Er *war* etwas Besonderes. Und sie hasste es.

Hasste den Effekt, den er auf sie hatte. Hasste es, dass ihr Puls in die Höhe schoss. Dass Adrenalin und eine seltsame Mischung aus Vorfreude, Furcht und Anspannung durch ihre Adern pumpten.

Genauso wie sie es hasste, dass er in genau dem Moment aufsah, als sie die Tür hinter sich fallen ließ. Als hätte er gewusst, dass sie genau hier stand und ihn anstarrte.

KAPITEL 3

Dax wusste immer, wenn Lucy in der Nähe war. Er hörte es an dem gleichmäßigen Klacken ihrer High Heels, die sie nie auszog. Er spürte es an dem Kribbeln in seinem Nacken. An einem unruhigen Ziehen in seinem Bauch.

Es war, als würde sie eine Energie ausstrahlen, die ihn automatisch veranlasste, sein Bewusstsein zu schärfen. Eine reine Selbsterhaltungsmaßnahme seines Körpers, da war er sich sicher. Der Lucy-Radar war schlichtweg überlebenswichtig, damit er sich mental auf sie vorbereiten konnte.

Ach, Shit. Er sollte längst nicht mehr hier sein. Es dämmerte bereits und das Training war seit einer Stunde vorbei. Er sollte nicht an Lucys altem Honda lehnen, er sollte auf Austin Fox' Couch sitzen, ein Bier trinken und mit den anderen darüber fachsimpeln, wer diese Saison ihr gefährlichster Gegner auf dem Eis wurde. Doch er konnte nicht fahren, bevor er nicht mit ihr geredet hatte.

Dax wusste, dass Lucy ihn ... na ja, milde gesagt scheiße fand. Ebenso wusste er, dass sie durchaus Anlass dazu hatte. Ihr erstes Treffen war etwas suboptimal verlaufen. Er war nicht stolz darauf, wie er sich verhalten hatte, aber es war nun einmal sein Geburtstag gewesen und ... na ja. Es wäre die Pflicht von Leslie oder zumindest Matt gewesen, sie darauf aufmerksam zu machen, dass es an diesem Tag eine unfassbar dumme Idee war, ihm auf den Sack zu gehen.

Aber egal, was für Differenzen sie miteinander hatten, er hatte immer angenommen, dass sie zumindest eine Gemeinsamkeit teilten: Die Gewissheit, dass sie nicht gut zusammenarbeiteten. Die Sicherheit, dass sie die Anwesenheit des anderen in etwa so sehr genossen wie Fußpilz.

Was bedeutete, dass sie auf gar keinen Fall diesem schwachsinnigen Plan zugestimmt hatte, seine Aufpasserin zu spielen. Er war sich zu neunundneunzig Prozent sicher, dass Gray einen Scherz gemacht hatte. Dass er ihm mit der Aussicht, dass Lucy James ihn ab morgen für die nächsten vier Wochen auf Schritt und Tritt verfolgen würde, nur hatte Angst machen wollen.

Dennoch: Er brauchte Gewissheit. Damit er besser schlafen konnte. Also trommelte er gleichmäßig mit den Fingern auf seinen Bizeps, während er Lucy dabei beobachtete, wie sie langen Schrittes und mit wie immer gerecktem Kinn näher kam.

Sie versuchte sich damit größer zu machen, doch es war aussichtslos. Nichts und niemand hätte verbergen können, wie winzig sie war. Sie reichte ihm ohne Schuhe sicherlich kaum bis zur Schulter und selbst mit den Mörderabsätzen musste sie noch zu ihm aufsehen. Trotzdem zeigte sie niemals Angst. Wich niemals zurück. Gab niemals nach.

Ihr Gesicht war nicht sanft in seiner Gegenwart wie bei Matt. Niemals fröhlich und ausgelassen wie bei Gray oder Fox. Es war hart und beeindruckend unnachgiebig. Und wenn er sie wütend machte – eine Disziplin, in der er, wenn er das bescheiden bemerken durfte, exzellent war –, dann verdunkelten sich ihre hellbraunen Augen zu schwarzen Kohlen und ihre roten Haare fingen an zu leuchten.

Es war das Faszinierendste, Gruseligste und Heißeste, was er jemals bei einer Frau beobachtet hatte.

Nein. Schwachsinn. Nicht das Heißeste. Das ... Verstörendste. Das war das Wort, das er gesucht hatte.

Sie lief weiter auf ihn zu, den Blick fest auf sein Gesicht gerichtet, die dunkelroten Haare hoch zu einem Pferdeschwanz gebunden, sodass er kaum noch ihre Schultern streifte. Hatte sie die Haare jemals offen getragen? Er konnte sich nicht erinnern. Er wusste lediglich, dass er sie noch nie in etwas anderem als einem Bleistiftrock, schwarzen High Heels und einer hochgeschlossenen Bluse gesehen hatte. Die Art von hochgeschlossen, die automatisch die Fantasie eines Mannes anfeuerte. Und die Art von Rock, die ihre Kurven nicht verbergen konnte. Er hasste, wie sie sich anzog. Es war Folter. Eine einzige, perfekte Provokation. Aber darin war sie schon von Anfang an gut gewesen. Besser als jeder in der Organisation. Das gesamte Team miteingeschlossen.

»Ich bin also ein zertifizierter PR-Albtraum, der die Marketing-Engel zum Weinen bringt?«, begrüßte er sie trocken und stieß sich vom Auto ab. Den Blick auf ihre bereits jetzt funkelnden Augen gerichtet, damit er nicht dazu hingerissen wurde, mit ihm ihren Körper hinabzuwandern, so wie er es jedes Mal tun wollte, wenn er sie sah.

»Oh, ich wurde noch nie von einem berühmten Eishockeyspieler zitiert«, erwiderte sie gespielt aufgeregt und blieb einen halben Meter vor ihm stehen. »Welch eine Ehre.«

Er schnaubte, bevor er im Plauderton fragte: »Nur so aus Interesse: Bist du in diesem Szenario einer dieser Engel? Denn einen Dämon als Boten Gottes zu verkaufen, finde ich selbst für deine Verhältnisse etwas blasphemisch.«

Sie hob belustigt eine Augenbraue. »Also erstens: Ich bin überrascht, dass du das Wort kennst. Gerade, wenn man bedenkt, wie viele Pucks und Fäuste du schon gegen den Kopf bekommen hast. Zweitens: Der Tag, an dem ich wegen eines Mannes weine, wird niemals kommen. Und drittens: Was tust du hier? Müsstest du nicht deinen letzten Tag in Freiheit genießen, bevor dir morgen dein Marketing-Engel die Ketten anlegt?« Sie deutete mit beiden Daumen auf sich.

Sein Magen verkrampfte sich und er spürte, wie ihm das Blut aus dem Gesicht floss. Das konnte nicht ihr Ernst sein. »Du hast zugestimmt?«, fuhr er sie an, denn bei Gott, er konnte sich nicht zurückhalten. »Bist du geistesgestört? Wir können nicht vier Wochen lang aufeinanderhocken! Das überleben wir nicht.«

Zu seiner Überraschung sah er, wie ihre Mundwinkel zuckten. »Weißt du, genau das habe ich auch gesagt«, bemerkte sie. »Aber Leslie schien der Meinung, dass ich die perfekte und einzige Kandidatin für den Job bin, also ...«

Er lachte trocken auf und seine Hände verkrampften sich um seinen Bizeps. »Es ist absolut unnötig, mir eine persönliche PR-Beraterin an die Seite zu stellen.«

Lucy runzelte die Stirn und neigte den Kopf. »Ist es das, was Gray dir gesagt hat? Mir wurde vermittelt, dass ich deine Babysitterin bin.«

Dax' Kiefer knackte und sein Zwerchfell zog sich vor Wut zusammen. Gott, sie genoss das hier, oder? »Du wirst Leslie sagen, dass du diese Aufgabe unmöglich annehmen kannst«, sagte er gefährlich leise und trat einen Schritt vor, sodass er nun über ihr aufragte. Sodass er ihr so nah war, dass er die Wärme spürte, die von ihrem Körper ausging. »Du wirst ihr klarmachen, dass es nicht dein Job ist, mir nachzustellen – und wenn du es doch tust, werde ich zur Polizei gehen und dich als verdammte Stalkerin anzeigen.«

Er sah sie schlucken, dennoch wich sie nicht vor ihm zurück. Sie blinzelte nicht einmal.

Natürlich nicht. Denn sie hatte verdammte Nerven aus Stahl. Sie ließ sich nie von ihm einschüchtern. Das war unfassbar entnervend.

»Es ist süß, dass du versuchst mir Angst zu machen«, bemerkte sie in zuckrig-freundlichem Tonfall. »Aber immer wenn dein Kopf so rot ist wie jetzt, erinnerst du mich an eine Ampel ... und es ist sehr schwer, sich vor Ampeln zu fürchten. Und nur fürs Protokoll: Ich bin genauso unglücklich über die Lage wie du.«

Irritiert schüttelte er den Kopf. »Warum hast du dann zugestimmt?«

»Ich hatte keine Wahl!«, rief sie entgeistert. »Du kennst Leslie, oder?«

Ja. Es hatte seinen Grund, dass die Hawks sie nur *der Drache* nannten. »Okay. Zusammengefasst: Ich will nicht, dass du mir hinterherrennst, und du willst mir nicht hinterherrennen.«

»Jap.« Sie nickte. »Und die Lösung ist einfach: Hör auf, Scheiße zu bauen.« Das sagte sie so leicht. Aber meistens fand die Scheiße ihn von ganz allein.

»Klar«, meinte er dennoch und wippte auf seine Hacken zurück. »Mach ich.«

Misstrauisch verengte sie die Augen. »Und wieso glaube ich dir nicht?«

»Gute Menschenkenntnis?«

Sie seufzte. »Leslie verlässt sich auf mich. Der Job ist mir wichtig. Also werde ich tun, was ich tun muss, Dax.«

»Und wieso hört sich das wie eine Drohung an?«

»Gute Menschenkenntnis?«

Er schnaubte, doch ärgerlicherweise zuckten auch seine Mundwinkel. Die Verräter. »Okay, pass auf«, sagte er im Plauderton und hob abwehrend die Hände. Es wurde Zeit, den Kurs zu wechseln. Er kannte Lucy besser, als ihm lieb war. Wenn Leslie ihr eine Aufgabe gegeben hatte, würde sie sie gewissenhaft erledigen. Egal, was sie dafür tun musste. »Ich versteh es. Wirklich. Du lebst für deinen Job. Ich lebe für meinen Job. Wir beide können es nicht leiden, wenn uns reingeredet wird oder uns ein nerviger Zwerg das Leben schwer macht, aber ...«

»Ah, Dax, du musst dich selbst wirklich nicht als Zwerg bezeichnen. Du magst keine emotionale Größe haben, aber zumindest körperlich bist du schon der Hockey-Standard«, warf sie ein.

»Aber ...«, fuhr er unbeirrt fort. »Wenn wir lebend durch die nächsten Wochen kommen wollen, sollten wir vielleicht ... Regeln aufstellen.« Er konnte die Katastrophe nicht verhindern, aber er konnte sie abschwächen.

»Regeln?«, echote sie skeptisch und nun war sie es, die ihre Arme verschränkte. »Was für Regeln?«

»Regeln, die es uns beiden erleichtern, unseren Job zu machen und nicht wahnsinnig zu werden«, stellte er klar. Letzteres war dabei das Wichtigere. »Drei Stück.« Sonst verlor er selbst die Übersicht. »Und für jede Regel, die ich aufstelle, darfst du ebenfalls eine aufstellen. Ein fairer Deal.«

Lucys Augen waren noch immer misstrauisch verengt, doch langsam nickte sie. »Gib mir ein Beispiel.«

Er fuhr sich durch die Haare, während er kurz darüber nachdachte, was ihm wohl am meisten auf die Nerven gehen würde. Die Antwort war nicht schwer zu finden. »Okay, meine erste Regel zum Beispiel wäre: Was ich mit wem in meinem Hotelzimmer, im Flugzeug oder im Bus mache, ist meine Sache«, erklärte er knapp. »Ich habe wirklich keinen Bock darauf, dass du mir, während wir auf Auswärtsspielen sind, jede Sekunde in den Nacken atmest. Ich muss mich so entspannen können, wie ich es für richtig halte. Sonst spiele ich scheiße und das will niemand.«

Sie schürzte nachdenklich die Lippen und tippte sich mit dem Zeigefinger gegen das Kinn. »Also, eigentlich hat Leslie mir aufgetragen, dich vollkommen vom Trinken, Daten und allgemeinen Rumvögeln abzuhalten, aber ... ich schätze, das ist fair.« Zur Hölle, sie war wirklich der einzige PR-Mensch, den er kannte, der so leger das Wort *rumvögeln* in den Mund nahm. Normalerweise waren die sehr penibel, was ihre Wortwahl betraf.

»Ja«, fügte sie nach einer Weile hinzu. »Im Flugzeug und Bus sind ohnehin keine Fotografen und wenn du, was das Hotelzimmer angeht, diskret bist und es wirklich kein Journalist mitbekommt, sollten wir kein Problem bekommen. Wenn doch ...« Sie zog eine Grimasse und sah ihn fast entschuldigend an. Fast. »Na, dann muss ich dich leider aktiv davon abhalten und das wird hässlich werden.« Es war keine Drohung. Es war ein Versprechen. Und Shit, er glaubte ihr. Auch wenn er zugegebenermaßen gern sehen würde, wie sie es versuchte.

»Gut, dann darfst du deine erste Regel aufstellen«, meinte er und nickte ihr zu.

»Du musst aufhören, mich Luna zu nennen«, sagte sie wie aus der Pistole geschossen.

Er konnte sich nur schwer ein Lächeln verkneifen. »Na ja«, erwiderte er gedehnt. »Es ist schließlich dein gottgegebener Name, also ...«

»Okay, die Verhandlung ist somit beendet«, stellte sie tonlos fest und wollte sich an ihm vorbei zu ihrem Auto drängen.

Er musste lachen. »Okay, okay. *Lucy*, warte!« Er streckte hastig die Hand aus, fischte nach ihrem Handgelenk und zog sie zurück. Es fühlte sich absurd zart und zerbrechlich zwischen seinen rauen Fingern an. Manchmal vergaß er, dass er sie schrecklich leicht verletzen könnte, obwohl sie stärker war als die meisten Menschen, die er kannte. Die Wärme ihrer Haut ging auf seine über, während der Geruch nach Zitrone und etwas anderem, Süßen in seine Nase drang ... Hastig ließ er sie los. Kein Körperkontakt. Das sollte auch eine Regel sein. Aber das könnte die falsche Botschaft vermitteln.

»Lucy«, wiederholte er laut, damit sie wusste, dass er es ernst meinte. »Sorry. Natürlich kann ich aufhören, dich Luna zu nennen.«

»Schön«, sagte sie feindselig und rieb sich über das Handgelenk, an dem er sie eben noch gehalten hatte. Hatte er ihr wehgetan? Oder wollte sie nur seine Berührung wegwischen? »Wenn wir schon mal dabei sind, kann ich dir auch direkt meinen Punkt zwei nennen, er ist nämlich themenverwandt.«

Er hob die Augenbrauen. »Was denn?«

»Du musst mich vor den anderen Spielern mit Respekt behandeln.« Ihr Kinn glitt noch eine Spur höher. »Du wirst mich vor ihnen nicht mehr bloßstellen, nicht meine Autorität untergraben, mir keine dummen Sprüche drücken. Wenn das Team oder irgendwer von der Organisation dabei ist, wirst du jede Gemeinheit, die dir im Kopf herumschwirrt, einfach vergessen.«

»Mhm«, machte er und rieb sich den Nacken. Er schätzte, es war ein fairer Wunsch ihrerseits ... aber gleichzeitig war es auch sehr schade.

Denn es machte eine Menge Spaß, ihre Wangen dazu zu bringen, Feuer zu fangen.

Und zu sehen, wie Lucy peinlich berührt den Mund öffnete, sich über die vollen Lippen leckte und ihn wortlos wieder schloss, hatte auch etwas für sich. Nichtsdestotrotz nickte er. »Kein Problem.«

Ihre Miene verdüsterte sich. »Wenn es kein Problem ist, warum kannst du dich sonst nie zurückhalten?«

Er grinste. »Aus demselben Grund, aus dem du es nicht kannst: Weil es zu verdammt witzig ist.«

Ihre Wangen liefen rosa an und sie wandte hastig das Gesicht ab. Jap, er hatte recht. Ihr machte es auch Spaß, ihn vorzuführen. »Schön, schön«, meinte sie nach einer Weile, ihre Miene wieder die Professionalität selbst. »Was ist dein zweiter Punkt?«

»Meine Schwester.«

»Was ist mit ihr?«

»Wenn ich mit Anna Zeit verbringe, bist du in einem Radius von zehn Meilen nicht zu finden.«

Unzufrieden zog sie die Brauen tiefer ins Gesicht. »Aber du kannst dich auch zusammen mit deiner Schwester betrinken, Frauen aufreißen und randalieren.«

Er schnaubte laut und seine Schultern spannten sich an. Für was für ein Arschloch hielt sie ihn eigentlich? Ihm war nicht viel im Leben wichtig. Aber Eishockey und Anna waren es. Selbst Lucy sollte wissen, dass er kein ganz so großer Bastard war.

»Weißt du, wie meine Schwester aussieht, Lun...« Er räusperte sich. »Lucy?«

Verdutzt öffnete sie den Mund. »Ähm, nein.«

»Eben«, antwortete er abgehackt. »Und woran liegt das? Weil ich sie niemals in meinen verdammten Pressezirkus mit reinziehen würde.«

Sie nickte langsam. »Verstehe. Okay. Wenn du mit deiner Schwester zusammen bist, lass ich dich in Frieden.«

»Wunderbar.« Erleichtert atmete er aus. »Mein letzter Punkt: Jack West.«

»Ja, der Name ist mir bekannt. Warum bekommt er eine eigene Regel?« Interessiert sah sie ihn an.

»Weil ich nicht will, dass du ihn dafür benutzt, mein Image aufzubessern. Ich will nicht mit ihm essen gehen, damit die Presse denkt, wir freunden uns an. Ich will auf Partys nicht mit ihm für Fotos posieren. Ich werde keine Frage bei einem Interview beantworten, in der sein Name vorkommt. Ich werde ihn nicht umarmen, ich werde nicht so tun, als wäre ich von seinem spielerischen Talent oder gar seiner Persönlichkeit begeistert. Egal, was du auch vorhast, um mich wie einen Engel erscheinen zu lassen: Er wird kein Teil deiner Pläne sein.«

Er erkannte an ihrem missmutigen Gesichtsausdruck, dass sie ebendies vorgehabt hatte.

»Also«, sagte sie langsam und holte tief Luft. »Ich will ganz ehrlich sein: Das könnte zum Problem werden. Allem voran aus dem Grund, dass Leslie dich morgen um zehn bei der Pressekonferenz erwartet, bei der sein Transfer zu den Hawks verkündet wird. Jack West wird auch anwesend sein, es werden definitiv Fotos von euch gemacht werden und ich würde darauf wetten, dass von dir erwartet wird, dass du zumindest so etwas sagst wie: *Ich habe ihn schon immer als würdigen Gegner respektiert.* Zumindest davor kann ich dich unmöglich schützen.«

Fuck.

Stöhnend rieb er sich mit beiden Händen übers Gesicht. Damit hätte er rechnen müssen.

Natürlich würde sich die Presse darum reißen, sie gemeinsam auf ein Bild zu bekommen. Natürlich würde jede Sportsendung innerhalb der nächsten Wochen dieselbe Frage stellen: *Können Devil und Saint auf dem Eis zusammenarbeiten? Wird es der Mannschaft schaden oder ihr zugutekommen, dass der Besitzer der Hawks diesen umstrittenen Kauf gemacht hat?*

»Aber ...«, sprach Lucy hastig weiter. »Du musst kein Einzelinterview geben, wenn du nicht willst. Und die Konferenz dauert maximal zehn Minuten – und ...« Sie seufzte schwer. »Wenn du möchtest, kann ich nur eine einzige Frage in deine Richtung dirigieren und den Rest abschmettern oder an Gray oder eben Jack West selbst weitergeben.«

Das würde nicht reichen. So wie drei Monate nicht gereicht hatten, um sich auf den Tag morgen vorzubereiten.

Aber es war nicht Lucys Schuld. Ausnahmsweise. Ihr Angebot war sogar fast schon ... nett. Obwohl es ihm sehr widerstrebte, dieses Wort in Zusammenhang mit ihrem Namen zu nennen.

»Schön«, knirschte er widerwillig. Irgendwann musste er ihn wiedersehen. Ihm die Hand zu geben, würde er hinbekommen. »Aber danach: Nichts mehr mit Jack West im Titel.«

Lucy blickte ihm neugierig ins Gesicht. »Er geht dir wirklich unter die Haut, oder?«, stellte sie einige Sekunden später überrascht fest.

»Nein«, log er. »Er ist nur ein Arschloch, das ist alles.«

Sie glaubte ihm nicht, doch sie war freundlich genug, das Thema fallen zu lassen. »Abgemacht. Kein Jack West. Dafür wirst du aber ein Kinderkrankenhaus mehr besuchen müssen.«

»Jaja, was auch immer«, sagte er ungeduldig. »Also, was ist deine letzte Regel?« Erwartungsvoll sah er sie an.

»Ach ja, richtig ...« Sie räusperte sich und kämmte mit den Fingern ihren Pferdeschwanz. »Also, ich werde mich die nächsten Wochen um ein paar ... Privatangelegenheiten kümmern müssen«, sagte sie schließlich zögerlich. »Termine wahrnehmen müssen, die ich nicht absagen oder verschieben kann. Und ...« Sie stockte und eine sachte Röte kroch ihren Hals hinauf. »Na ja, es ist nicht wirklich eine Regel, vielleicht ist es viel eher eine Bitte ...« Sichtlich unangenehm berührt rang sie die Hände, bevor sie tief durchatmete. »Also: Bitte stell keinen Blödsinn an, während ich nicht dabei bin, um ihn wieder geradezubiegen, ja? Denn du hast recht, meine Arbeit ist mein Leben. Aber manchmal kann ich ... manchmal muss ich andere Prioritäten setzen und es wäre toll, wenn du das nicht gegen mich verwenden würdest.«

Die Unsicherheit in ihren großen, braunen Augen war so präsent, dass Dax überrascht den Mund öffnete. Die Schärfe in ihrer Stimme war verschwunden. Ebenso wie die Härte in ihrem Gesicht. Dort blieb nichts als rohe Emotion zurück. War das Angst? Oder Hoffnung? Er konnte es nicht genau sagen.

»Was genau meinst du?«, fragte er tonlos.

»Ich muss ab und zu ...« Sie brach ab und schüttelte den Kopf. »Es ist egal, was ich muss. Ich werde dir Bescheid geben, wenn ich nicht erreichbar bin, und in dieser Zeit wäre es toll, wenn du dich einfach unauffällig verhalten könntest. Oder mir zumindest eine Nachricht schreibst, wenn du das Gefühl hast, unbedingt ausgehen zu müssen. Damit ich ... andere Arrangements treffen kann.«

Neugierig beugte er sich vor. Lucy war einiges, aber eigentlich nie geheimnisvoll. »Was für eine Privatangelegenheit ist das?«

Sie sah ihn nicht an. Stattdessen schaute sie an ihm vorbei zu ihrem Auto.

Er stutzte. Es passte nicht zu ihr, seinem Blick auszuweichen. Es ließ sie ... verletzlich wirken. Etwas, das Lucy kategorisch nie bereit war, vor ihm zu zeigen.

»Es ist, wie das Wort schon verspricht, privat«, sagte sie mit Nachdruck in der Stimme. »Aber es ist wichtig für mich und ... ja. Wenn ich dir schreibe, ich sei nicht erreichbar, lass dich einfach nicht innerhalb der nächsten Stunden mit zwei Brünetten am Arm und einer Pepsi in der Hand ablichten.«

Er verengte die Augen.

Das Ganze gefiel ihm nicht.

Dass sie es als *Bitte* tarnte. Ihm preisgab, dass ihr etwas anderes wichtiger war als ihr Job. Ihm ging auf, dass er sie schlichtweg nie als Person mit ... nun, einem Leben außerhalb der Organisation wahrgenommen hatte. Aber natürlich hatte sie eins. Er hatte nur rein gar keine Ahnung davon, wie es aussah. Vielleicht würde er Matt deswegen mal fragen müssen, um ...

Nein. Lächerlich. Es interessierte ihn gar nicht.

»Gut«, sagte er knapp. »Krieg ich hin.«

»Schön.« Sie sah sichtlich erleichtert aus. »Das war dann alles, oder?«

60

»Ich weiß nicht ... brauchst du nicht noch meine private Handynummer, um mir diese sagenumwobenen Warnungen zu schicken?«

Sie winkte ab. »Nein, die hab ich.«

»Ernsthaft?«, rutschte es ihm heraus. Seine Privatnummer hatten nur eine Handvoll Leute. Nicht einmal alle Spieler der Hawks besaßen sie.

»Jop. Natürlich«, sagte sie fröhlich und Dax war fast erleichtert, dass sie zu ihrem süffisanten, unverletzlichen Ich zurückgekehrt war. »Ich hab deine Schuhgröße, die meisten Namen der Frauen, mit denen du schon geschlafen hast, und sogar einen Schlüssel zu deinem Loft. Ich bin also komplett ausgestattet.«

Er schnaubte laut. Einen Schlüssel zu seinem Loft, sicher.

»Okay, dann schreib mir eine Nachricht, damit ich deine habe und ... dich darüber informieren kann, wenn ich ausgehen will.« Die Worte schmeckten so bitter auf seiner Zunge, dass er das Gesicht verziehen musste. Shit, das war lächerlich. Er brauchte jetzt ernsthaft eine Erlaubnis dafür, einen trinken zu gehen?!

Als hätte Lucy seine Gedanken gelesen, sagte sie im nächsten Augenblick: »Am besten verzichtest du heute schon darauf, zu trinken. Wenn die Saison losgeht, lebst du ja ohnehin meistens abstinent, aber es wäre nett, wenn du morgen auf den Fotos mit Jack West nicht aussiehst, als hättest du in einem Bierfass geschlafen.«

»Klar. Keine Party für mich«, sagte er trocken, hob die Hand und wandte ihr den Rücken zu.

Klasse. Die nächsten vier Wochen würde er eine Babysitterin und Jack im Nacken haben. Also tat er das einzig Vernünftige, das er jetzt noch tun konnte: Er fuhr zu Fox, um sich ein letztes Mal so richtig die Kante zu geben.

Denn Alkohol war keine Lösung – aber verdammt noch mal, er half!

KAPITEL 4

Die Sonne verschwand bereits hinterm Horizont, als Lucy in der Einfahrt ihres Vaters hielt. Er wohnte in Burbank, zwei Straßen von den Walt Disney Studios entfernt. Als Kind hatte Lucy es unglaublich cool gefunden, so nah an dieser märchenhaften Welt zu wohnen. Heute jedoch erinnerte es sie nur daran, dass das Leben kein Märchen war. Dass normalen Menschen keine Vögel beim Anziehen halfen. Oder sie von einer guten Fee nicht mit drei Wünschen gesegnet wurden.

Nein, normale Menschen schafften es manchmal nicht einmal, zu duschen und sich frische Socken anzuziehen, wenn es ihnen nicht gut ging. Und ihr Vater war heute einer dieser normalen Menschen. Denn er saß in Jogginghose, mit fettigen Haaren und löchrigen Socken im wild überwucherten Vorgarten. Eine Bierflasche neben seinem klapprigen Gartenstuhl und ein Fotoalbum auf dem Schoß. Das Haus war einmal wunderschön gewesen, mit weißer Fassade und rotem Dach. Gefüllt mit Gelächter und guten Erinnerungen. Doch all das war zusammen mit ihrer Mutter unter der Erde verschwunden. Verdreckt und tief vergraben, wo ihr Vater es nicht mehr finden konnte. Egal, wie oft sie ihm sagten, dass er es versuchen musste.

Lucys Herz zog sich schmerzhaft zusammen, als sie das quietschende Gartentor öffnete und langsam den Weg entlangschritt. Sie hasste es, ihren Vater so zu sehen. So absolut ... hilflos. Als hätte er einfach aufgegeben.

Er hatte die Trauer und Verzweiflung schon vor Jahren gewinnen lassen und es zerrte an ihm. An seiner Haut, die sich weiß und wie Papier über seine Knochen spannte und ihn wie siebzig, nicht wie sechzig aussehen ließ.

Das Tor fiel blechern hinter ihr zu und ihr Vater sah überrascht auf. »Oh, Lucy, ich habe gar nicht mit dir gerechnet.«

Nein, denn wenn sie sich vorher anmeldete, hieß es meistens, dass sie nicht kommen sollte. Dass es kein guter Tag sei und dass er Ruhe bräuchte.

»Ich war in der Gegend und dachte, ich schau mal vorbei«, bemerkte sie lächelnd und trat auf die mit Unkraut gespickte Wiese. »Was siehst du dir an?«, wollte sie wissen und hockte sich neben ihn, den Arm um seine Schultern gelegt. Sie hoffte jedes Mal, dass die menschliche Nähe und Wärme vielleicht halfen. Ihn daran erinnerten, dass er nicht allein war, egal, ob er sich so fühlen sollte oder nicht. Aber sie konnte nicht mit Gewissheit sagen, ob er es überhaupt bemerkte.

»Hochzeitsbilder«, murmelte er und glitt mit den Fingerspitzen federleicht um das große Foto herum, das offen lag. »Gott, eure Mutter war so wunderschön.«

Lucy lächelte und drückte seine Schulter. Ja, das war sie gewesen. Mit ihren dunklen, schweren Haaren und ihren grünen Augen. Ihrer zierlichen Figur, die das weit fallende, spitzenbesetzte Hochzeitskleid nur noch einmal betonte. Den Rücken stets gestreckt, den Kopf erhoben. Stolz, aber herzlich. Sensibel und unendlich intelligent.

Sie sah aus wie Rachel, Lucys älteste Schwester. Sie hatte am meisten von ihrer Mom mitbekommen und manchmal beneidete Lucy sie darum. Dass sie bei ihrem Collegeabschluss dabei gewesen – aber Lucys verpasst hatte. Dass sie ihr mehr Weisheiten mit auf den Weg gegeben hatte. Noch hatte erleben können, wie erfolgreich Rachel war. Ihr Blick schweifte zu dem Mann neben ihrer Mutter. Ein strahlendes

Lächeln auf dem Gesicht, das seinen dunklen Anzug erhellte. Ihr Vater war mal glücklich und fröhlich gewesen. Es war heutzutage nur schwer, sich daran zu erinnern. »Das ist ein sehr schönes Foto«, murmelte sie. »Ihr seht sehr ... zufrieden aus.«

»Das waren wir«, antwortete ihr Vater fest. »Es war der perfekte Tag. Trotz Regen. Obwohl herauskam, dass eure Mutter schon schwanger war.« Er lachte leise und tief, versunken in der Erinnerung. »Euer Großvater war so wütend auf mich. Hat mir vorgeworfen, ich hätte sie verführt. Obwohl es genau andersherum war.«

Er fuhr fort damit, von dem Empfang und der wütenden Rede seines Schwiegervaters zu sprechen. Die Geschichte hatte Lucy bereits an die zwanzigmal gehört. Doch sie unterbrach ihn nicht. Madison meinte immer, sie müsse ihn aufhalten, bevor er sich zu sehr in der Vergangenheit verlor – aber wie könnte Lucy, wenn er endlich wieder ein Lächeln auf dem Gesicht hatte?

Er ist nicht glücklich, Lucy. Er erinnert sich nur daran, dass er glücklich war! Rachels Stimme hallte in ihrem Kopf wider und sie presste die Lippen zusammen, während sie nervös den Ring an ihrem Mittelfinger drehte.

Aber ihre älteren Schwestern wussten es nicht immer besser. Nur weil sie älter und erfolgreicher waren, hieß das nicht, dass sie ... dass sie ...

»Du trägst ihren Ring!«, bemerkte ihr Vater plötzlich und zog im nächsten Moment ihre Hand auf das Fotoalbum. »Den ich ihr in unserem ersten gemeinsamen Urlaub gekauft habe. Ich erinnere mich gar nicht daran, dass sie ihn dir geschenkt hat.«

»Doch«, murmelte sie. »Ein paar Tage vor ...« ... *ihrem plötzlichen Tod.*

Sie räusperte sich, doch beendete ihren Satz nicht. Es war das, was ihrem Vater am meisten zu schaffen machte. Dass er sich nicht einmal auf den Tod hatte vorbereiten können. Ihre Mutter war ohne Vorwarnung gestorben. Durch ein geplatztes Hirnaneurysma.

»Sie wusste einfach, dass ich ihn mag«, sagte sie und entzog ihm hastig die Hand. Sie befiel die irrationale Angst, ihr Dad könne ihn ihr wegnehmen, um ihn dem Schrein ihrer Mutter hinzuzufügen, der noch immer ein ganzes Zimmer im oberen Stockwerk einnahm. »Deswegen hat sie ihn mir einfach gegeben.« Ein Geschenk, von dem sie beide nicht gewusst hatten, dass es ihr letztes sein würde. »Aber ich finde es schön, ihn zu tragen. Damit ich sie immer ... immer bei mir habe, verstehst du?«

Ihr Vater sah auf. Das Lächeln war von seiner Miene verschwunden und Tränen standen in seinen Augen. »Aber das tun wir nicht, Lucy. Wir haben sie nicht immer bei uns. Du und deine Schwestern noch weniger als ich. Wenn wir nicht an ihren Erinnerungen festhalten, wird sie verschwinden.«

»Sie *ist* schon verschwunden, Dad«, sagte sie leise und sah ihn ernst an. »Und du musst ... du musst sie endlich gehen lassen. Es ist ungesund, nur an Erinnerungen festzuhalten und keine neuen zu machen, Dad.«

Er presste die Lippen zusammen und schüttelte steif den Kopf. »Wie könnt ihr drei immer noch von mir verlangen, dass ich eure Mutter einfach vergesse?«

Sie schluckte, während ihr Magen sich bitter zusammenzog. »Niemand will, dass du sie vergisst, Dad.«

»Doch, genau das tut ihr! Ihr habt sie doch schon vergessen. Ihr lebt euer fröhliches, perfektes Leben und verschwendet keinen Gedanken an sie!« Zornig wischte er sich die Tränen von seinem faltigen Gesicht.

»Das stimmt nicht«, flüsterte Lucy, während ein hoffnungsloses, verzweifeltes Brennen ihre Kehle hochwanderte. Doch sie ignorierte es. Es war ihr mittlerweile so vertraut, dass sie es kaum noch wahrnahm. Denn das hier war noch lange nicht das Schlimmste, das ihr Vater ihr bereits an den Kopf geworfen hatte. Wenn er sich in seiner Trauer verlor, dann ... dann sagte er Dinge, die er nicht so meinte. Tat Dinge, die er nicht kontrollieren konnte. Aber das war okay. Sie kam damit zurecht. Sie wusste, dass es ihm nicht ernst damit war. Dass er nicht wirklich dachte, dass seine Töchter ihre Mutter bereits vergessen hatten. Auch wenn Lucy sich manchmal dabei erwischte, wie sie versuchte, sich an ihren Geruch zu erinnern ... und versagte. Sie vermisste ihre Mutter auch, aber ... das Leben ging weiter. *Musste* nach drei Jahren weitergehen. Ihr Vater sollte sich auf die Menschen konzentrieren, die noch lebten. Die ihn liebten und atmeten und ihn brauchten.

Doch er war unfähig dazu. Denn ohne ihre Mutter war er *nichts* mehr. Zumindest glaubte er das. Und der Gedanke, so abhängig von einem anderen Menschen zu seinen, dass er darüber entscheiden konnte, ob man glücklich oder unglücklich war ... der Gedanke, dass Lucy nach dem Tod ihres Partners so hilflos und verzweifelt enden könnte wie ihr Vater ... Der Gedanke war ernüchternd und grauenhaft.

Ihr Vater war mehr als die Ehe zu ihrer Mutter! Mehr als nur ein Puzzleteil. Es war gut, zu trauern – aber schrecklich, sich derartig in der Trauer zu verlieren, dass man nicht mehr funktionierte. Doch ihr Vater weigerte sich, zur Therapie zu gehen. Weigerte sich, sich helfen zu lassen.

Also taten Madison und sie das Einzige, was sie tun konnten: Sie waren für ihn da.

»Lass uns reingehen, Dad, ja?«, sagte Lucy weich und griff nach seinem Ellbogen. »Ich koch dir was. Und dann können wir vielleicht noch spazieren gehen. Nachdem du geduscht hast.«

»Es ist schon Abend. Es lohnt sich nicht mehr, zu duschen. Und ich will nicht spazieren gehen. Die Nachbarn gucken immer so.«

Ja, das passierte, wenn man sich die Haare nicht mehr wusch und immer mit einem Fotoalbum im Arm herumlief. »Mal sehen, okay?«, sagte sie vage, denn sie wusste, dass es keinen Sinn hatte, darauf zu beharren.

Sie begleitete ihn ins Haus, kochte, hörte sich weitere Geschichten über ihre Mutter an und fragte sich, ob ihr Vater bis ans Ende seiner Tage einfach unglücklich bleiben würde. Ob er für immer glauben würde, dass sein Leben ohne Betty James an seiner Seite keinen Wert hatte.

Lucys Handy vibrierte und sie zog es aus ihrer Tasche, während die Nudeln auf dem Herd anfingen zu kochen.

Die Nachricht war von Max. Er wollte wissen, ob sie an Halloween Zeit für ein Doppeldate mit seinen Freunden hätte.

Kopfschüttelnd ließ sie das Telefon sinken.

Sie hatte ihm gesagt, dass sie keine Beziehung wollte. Dass sie nur ein wenig Spaß haben wollte. Und ein Doppeldate fühlte sich sehr danach an, als wolle er ihre Affäre zum nächsten Level katapultieren.

Aber Lucy ging nie zum nächsten Level. Sie war noch nie verliebt oder länger als ein paar Wochen mit jemandem zusammen gewesen. Sie datete, sie schlief mit den Kerlen, sie schoss sie ab. Sie hatte Max dreimal getroffen, vielleicht war es an der Zeit, ihn zurück in die Wildnis zu entlassen.

Also schrieb sie zurück:

Sorry, Max, das wird nichts mit uns! Hoffe aber, du findest, was du suchst.

Denn sie war es definitiv nicht. Sie würde sich niemals in derselben Position wie ihr Vater befinden.

Niemals.

KAPITEL 5

Dax wusste, dass er ein verdammter Glückspilz war.

Nicht weil er reich war. Nicht weil er gut aussah. Obwohl beides natürlich stimmte. Sondern schlichtweg, weil er einen Job hatte, den er liebte. Er liebte das Eis, das schabende Geräusch und die Linien, die seine Kufen hinterließen. Er liebte das Spiel, das Adrenalin, das durch seinen Körper pumpte und ihm für ein paar Minuten das Gefühl gab, unbesiegbar zu sein. Er liebte seine Mannschaft und er liebte das Wissen, dass ein einziger Moment über Gewinnen und Verlieren entscheiden konnte.

Doch so sehr er seinen Job auch vergötterte, wenn Dax drei Dinge nennen sollte, die er furchtbar daran fand, müsste er nicht einmal nachdenken. Die Antwort war klar: Journalisten, Fotografen – und die Heinis, die ihn dazu zwangen, mit ebendiesen zu interagieren.

Er hatte noch nie verstanden, warum Leute interessierter an seinem Leben waren als etwa an dem des Schornsteinfegers, der einmal im Jahr seinen Kamin überprüfte. Dax fielen direkt ein Dutzend Dinge ein, die er gern über ihn wissen wollte. Wie viele Menschen berührten ihn beiläufig, um etwas Glück abzubekommen? War er schon einmal in einem Schornstein stecken geblieben? Hatte er schon einmal versucht, die Schornsteinfegerszene aus Mary Poppins nachzustellen? Wie nannte man dieses Puschelding, mit dem er den Kamin säuberte? Und fand er das Märchen von Aschenputtel diskriminierend?

Dax hingegen war einfach ein – zugegebenermaßen sehr sportlicher – normaler Typ, der fast täglich mit einem Stück Kunststoff auf einen Puck eindrosch, in der Hoffnung, ihn in ein Netz zu bugsieren.

Wenn es nach ihm ging, war das alles, was Menschen an ihm interessant finden sollten. Aber nein. Sie wollten wissen, wie er Weihnachten verbrachte, was er gern aß, welche Eigenschaften er bei Frauen toll fand, ob er sein Klopapier knüllte oder faltete – und natürlich, wie er mit Jack fucking West zusammenarbeiten würde. Wie ihm Leslie Forth immer wieder aufs Neue einbläute.

»Du solltest diesen grimmigen Gesichtsausdruck komplett aus deinem Repertoire streichen, Temple«, wies ihn der Drache schneidend an. »Besonders im Zusammenhang mit West. Er ist jetzt in deinem Team. Er ist ein Verbündeter.«

Wir sind Verbündete. Wir gegen ihn. Wenn wir zusammenhalten, wird uns nichts passieren.

Die Worte drangen unaufgefordert in seine Gedanken und hastig presste er die Augen zusammen und schüttelte den Kopf, um sie wieder loszuwerden.

»Ich weiß nicht, Leslie. Wie soll ich auf die albernen Pressekonferenz-Hinweise reagieren, wenn ich den Gesichtsausdruck streiche?«, gab er trocken zurück. »Denn ernsthaft: Ich soll lächeln, als gäbe es kein Morgen mehr? Wäre das Ende der Welt nicht eher Anlass dazu, traurig zu sein?«

Der scharfe Blick, den der Drache ihm zuwarf, hätte Metalldosen zerteilen können. »Du wirst tun, was ich dir sage, oder du setzt das erste Spiel aus«, unterrichtete sie ihn. »So einfach ist das.«

Er schnaubte und schaute unauffällig über ihre Schulter. Wo zur Hölle war Lucy? Sie hatte ihm versprochen, dass er nur eine Frage würde beantworten müssen. Er wollte, dass sie ihr Versprechen hielt. Shit, was war in seinem Leben schiefgelaufen, wenn er sich schon nach Lucy James sehnte?

»Wenn du mir nicht glaubst, frag deinen Trainer«, fuhr der Drache unbeirrt fort und nickte nach links, wo Gray stand, der immer wieder von seiner Uhr zur Eingangstür und zurück sah.

»Gray«, bellte der Drache.

»Was?«, fuhr er auf und blinzelte sie an.

»Sag Temple, dass er das erste Spiel aussetzt, wenn er sich nicht gleich benimmt und der Presse verkauft, dass er Jack West vergöttert. Zumindest wird er ihm für die Kameras die Hand geben und lächeln müssen.«

Eine zarte Röte kroch Grays Hals hinauf. »Ähm ...«, machte er und brach ab.

Oh, das konnte doch nicht wahr sein. Der Trainer der Hawks fürchtete sich vor nichts und niemandem. Er hatte schon Goalie Moreau niedergestarrt, der bekanntermaßen Kinder mit einem Blick zum Weinen brachte. Und dann ließ er sich von einer sechzigjährigen Frau mit Zahnstocherarmen in die Knie zwingen?

»Ist ja schon gut. Ich gebe ihm die Hand«, murmelte Dax genervt.

»... und da hatte ich auf eine Umarmung gehofft«, drang eine tiefe, ruhige Stimme hinter seinem Rücken hervor.

Seine Schultern versteiften sich und er vergrub die Hände in den Hosentaschen. Wie automatisch berührte er mit den Fingerspitzen den Würfel in seiner rechten. Doch das kühle Plastik konnte das Blut nicht davon abhalten, in seinen Ohren zu rauschen. Er drehte sich um. Wollte vor Jack nicht den Anschein erwecken, er hätte Angst vor ihm. Angst vor der gesamten Situation. Auch wenn Dax nicht sicher war, ob es nicht doch genau das war, was sein Herz schneller schlagen ließ.

Angst. Vor zu vielen Emotionen.

»West«, sagte er kühl und nickte dem Neuankömmling zu.

»Dax«, erwiderte der andere Mann und hob einen Mundwinkel. Als würden sie sich ständig treffen und im selben Raum aufhalten.

Gott, wann hatte er Jack zuletzt ohne Helm und Hockeykluft gesehen? Er konnte sich nicht mehr daran erinnern. Es musste fast zehn Jahre her sein und trotzdem hatte er sich nicht großartig verändert. Er trug die blonden Haare noch immer kurz, war noch immer ein paar Zentimeter größer und breiter als er. Noch immer ein paar Jahre älter und ein paar Tore besser. Noch immer ein treuloser Bastard.

»Ah, Jack. Genau rechtzeitig«, sagte Gray erleichtert und schlug mit ihm ein. »Schön, dass du da bist. Freut mich, mit dir zusammenzuarbeiten. Die Konferenz geht in einer Viertelstunde los und ich wette, der Dra... äh, Leslie will dich noch kurz einweisen.« Er nickte zu der grauhaarigen Frau, die bereits auf sie zukam.

»Sehr erfreut, dich kennenzulernen, Jack«, sagte sie harsch und streckte die Hand aus. »Wie du vielleicht weißt, hat Höflichkeit nichts in diesem Sport verloren, deswegen nennen sich hier alle beim Vornamen.«

»Klar. Ich kenne es nicht anders«, antwortete er leichthin und ergriff die Hand der PR-Chefin, während er ihr ein breites Lächeln schenkte. »Ebenfalls erfreut.«

Leslies Augenbrauen fuhren entzückt in die Höhe. »Siehst du das, Dax? Er kann lächeln, als gäbe es kein Morgen mehr«, bemerkte sie, bevor sie an Jack gewandt hinzufügte: »Genau das möchte ich gleich sehen, wenn du Temple vor der Kamera die Hand schüttelst, ist das klar?«

»Kein Problem.«

Der Drache seufzte auf. »Das ist es, was ich hören wollte. Bring die Worte Dax bei und du hast was gut bei mir. Bitte und Danke sind zwei Ausdrücke, die er nie gelernt zu haben scheint. Wir ...«

»Mrs Forth?«, unterbrach sie in diesem Moment ein schlaksiger Kerl in Skinnyjeans und mit Headset auf dem Kopf. »Wir haben nicht genug Stühle. Der Andrang der Presse ist doch größer als erwartet. Ich sollte nachfragen, ob Sie vielleicht wiss...«

»Um alles muss man sich selbst kümmern«, schnitt sie ihm gehetzt das Wort ab. »Gray, komm mit, du kannst die Stühle schleppen. Wir holen euch beide gleich ab«, ergänzte sie dann mit warnendem Blick in ihre Richtung. »Bitte, danke, wir freuen uns auf die Zusammenarbeit. Das will ich gleich von euch hören!«

Eine Sekunde später waren sie allein.

»Und ich dachte, ich hätte dir beigebracht, Bitte und Danke zu sagen«, meinte Jack leise und hob eine Augenbraue.

»Das Einzige, was du mir beigebracht hast, ist, einen Feigling zu erkennen«, gab Dax tonlos zurück. »Aber weißt du, was schön daran ist, dass du hier bist? Ich bin nicht mehr das größte Arschloch im Stadion.«

Jack schnaubte laut und wippte auf seine Hacken zurück. Das hatte er schon als Jugendlicher gemacht. Immer, wenn er nervös gewesen war.

Und es war eine Genugtuung, zu wissen, dass er nur halb so unbeeindruckt davon war, Dax wieder gegenüberzustehen, wie er ihm weismachen wollte.

»Komm schon, Dax«, murmelte er. »Ich hab versucht, nett zu sein. Ich versuche seit zehn Jahren, nett zu sein. Ich hab dich zumindest vorgewarnt, dass ein Transfer zu den Hawks im Raum steht, oder nicht? Obwohl ich es niemandem sagen durfte und eine saftige Geldstrafe hätte bekommen können. Weil ich wusste, dass du es lieber früher als später wissen wollen würdest.«

»Ja, fantastisch, Jack«, erwiderte er tonlos. »Du hast mir eine Nachricht mit den Worten: *Werde vermutlich bald von den Hawks gekauft* geschrieben. Gratuliere. Du hast einmal etwas richtig gemacht. Ich bin mir sicher, die Medaille dafür ist schon unterwegs.«

Jack rieb sich mit der flachen Hand übers Gesicht. »Ich will keine Medaille. Ich möchte nur reden.«

»Ja, so viel ist in den Nachrichten klargeworden, mit denen du mich tyrannisierst. Aber weißt du was, reden ist wirklich nicht meine Stärke. Dich ignorieren hingegen schon. Und hey, weißt du, wer mir beigebracht hat, mich auf meine Stärken zu besinnen? Du.«

»Fantastisch. Und was gedenkst du zu tun, Dax?«, fragte Jack freudlos, sein Blick auf einmal hart. »Willst du versuchen, mich nicht anzusehen, während du mir den Puck zupasst? Mir kleine Hassbotschaften auf die beschlagenen Spiegel der Umkleide schreiben? Mir keine Vorlagen geben, weil dann ich das Tor schießen würde? Der Presse somit Munition liefern, uns in Stücke zu reißen? Du weißt genauso gut wie ich, dass wir allesamt scheiße spielen werden, wenn das Team mir nicht vertraut. Wenn sie Angst haben, dich anzupissen, wenn sie nett zu mir sind. Und soweit ich mich recht entsinne ...« Er verengte die Augen. »Egal, wie unterschiedlich wir sind, wir lieben Hockey. Und wir wollen in die verdammten Playoffs. Und noch bin ich nicht wirklich wütend auf dich, sondern nur leicht irritiert und genervt. Aber wenn du uns die Saison vermiest, haben wir ein ganz anderes Problem. Und du weißt, dass ich noch immer stärker bin als du. So viel hat sich nicht geändert.«

Dax' ganzer Körper war mittlerweile so angespannt, dass er fürchtete zu zerspringen. Doch er gab Jack nicht die Genugtuung, aus der Haut zu fahren. So wie er es von ihm kannte und erwartete. Denn auch wenn sich so viel nicht geändert hatte – Dax hatte es schon.

»Ich weiß gar nicht, was ihr alle habt«, sagte er gelassen. »Die Presse liebt es, dass wir uns hassen. Warum ihnen nicht geben, was sie wollen?«

»Aber ich hasse dich nicht«, erwiderte Jack ruhig. »Ich habe dich nie gehasst.«

Ja, das wäre ja noch schöner. »Kein Problem«, meinte Dax gönnerhaft. »Ich empfinde genug Hass für uns beide.«

Jack seufzte und ließ die Schultern sinken. »Es ist zwölf Jahre her, Dax. Es wird Zeit, dass wir ... keine Ahnung.« Fahrig strich er sich durch die Haare. »Uns zusammenraufen. Wenn schon nicht für uns, dann zumindest für Anna. Ich habe nämlich vor, sie regelmäßig zu sehen. Ich will ... mehr. Mehr, als ich die letzten Jahre bekommen habe.«

Dax ballte die Hände in seinen Hosentaschen zu Fäusten, sodass die Kanten des Würfels unangenehm in sein Fleisch schnitten, doch als er sprach, war seine Stimme noch immer ruhig. »Das hättest du dir früher überlegen müssen, Jack. Bevor du mitten in der Nacht abgehauen und nie wiedergekommen bist. Beschissenstes Geburtstagsgeschenk ever.«

Sein Gegenüber seufzte schwer und schloss einige Momente lang die Augen. »Ich kann nicht ändern, was passiert ist, okay?«, murmelte er schließlich erschöpft. »Aber du könntest damit aufhören, Anna von mir fernzuhalten.«

»Ich halte sie nicht fern«, fuhr er ihn an. Denn wenn er glaubte, dass er dazu in der Lage wäre, kannte er Anna verdammt schlecht. »Wenn sie dich nicht sehen will, ist das ihre Entscheidung. Sie hatte bereits mit sechs Jahren ihren eigenen Kopf, wie du verdammt genau weißt.«

»Sie fühlt sich, als würde sie dich verraten, wenn sie auch nur mit mir redet, Dax«, erwiderte Jack bissig. »Und ich kann nicht Teil von ihrem Leben sein, ohne auch Teil von deinem zu sein!«

»Natürlich kannst du das«, antwortete er steif, auch wenn ihm der Gedanke, dass Jack mehr Zeit mit Anna verbrachte, bitter aufstieß. »Aber vielleicht solltest du es lieber lassen, wenn du nur vorhast, wieder zu verschwinden. Letztes Mal hat Anna sechs Tage lang geweint. Und wenn es diesmal sieben sind, muss ich dich womöglich umbringen.«

»Also, jetzt fängst du an, mich anzupissen«, erwiderte Jack düster.

»Na, dann muss ich irgendetwas richtig machen.«

Jack schnaubte, bevor er abgehackt und mit verengten Augen sagte: »Mir ist egal, was du sagst oder denkst, Dax. Ich werde nicht wieder verschwinden. Ich werde dich nicht in Ruhe lassen. Ich bin nicht mehr der Kerl von vor zwölf Jahren, aber ich bin immer noch dein verdammter Bruder. Und das wird sich niemals ändern.«

Dax' Magen zog sich zusammen und die alte Wut, die alte Enttäuschung, die er seit einem Jahrzehnt nicht in der Lage war abzulegen, stieg in ihm auf. Brannte heiß in seinen Adern und sauer auf seiner Zunge.

»Halbbruder«, presste er zwischen den Zähnen hervor.

Ein Muskel an Jacks Kiefer zuckte, als hätte Dax mit der Faust ausgeholt, doch er ließ seinen Blick nicht sinken. Er war schon immer derjenige mit den Nerven aus Stahl gewesen. Wann immer Dax bereits an die Decke gegangen war, hatte er nur einen Mundwinkel gehoben.

»Für mich ist es ein- und dasselbe, Dax. Bruder, Halbbruder. Ich geb einen Scheiß drauf. Und ich möchte nicht deinen erstgeborenen Sohn, ich will nur, dass du mit mir redest! Weil du verdammt noch mal meine Familie bist!«

Jemand sog scharf die Luft ein und beide wirbelten überrascht herum. Sie waren nicht mehr allein. Keinen Meter hinter ihnen stand Lucy.

Und ihrem schockierten Gesichtsausdruck nach zu urteilen, hatte sie den Großteil ihrer Unterhaltung mit angehört.

Dax schloss die Augen und seufzte leise.

Fuck.

KAPITEL 6

Oje.

Oje, oje, oje.

Lucy schnappte nach Luft und ihre Umgebung fing an, sich zu drehen. Hatte Jack West gerade gesagt, dass er ... dass er und Dax ... dass sie *Brüder* waren?

Nein. Das konnte nicht stimmen. Das hätte sie gewusst. Das hätte die ganze Welt gewusst! Die beiden waren berühmt. Sie hätten das nicht geheim halten können. Und überhaupt, wenn sie Brüder waren, würden sie sich nicht so hassen.

Oder?

Aber warum sollte Jack West behaupten, Dax' Bruder zu sein, wenn es nicht wahr war? Oh Gott, die beiden starrten sie an. Unangenehm. Intensiv. Jack neugierig und Dax ... vorwurfsvoll. Ihre Wangen fingen Feuer und hastig räusperte sie sich. »Ähm, es tut mir leid«, sagte sie zögerlich und rang die zitternden Finger ineinander. »Ich bin zu spät. Der Verkehr war die Hölle und ... das interessiert euch gar nicht, oder?«

Sie antworteten nicht.

»Na ja, egal«, fuhr sie hastig fort und hob abwehrend die Hände. »Was ich sagen wollte: Keine Sorge, ich hab nichts gehört. Gar nichts! Nichts von Brüdern oder Familie oder ... irgendetwas.«

»Oh, großer Gott«, murmelte Dax düster, trat vor und zerrte sie im nächsten Moment am Arm an Jack West vorbei in die dunkelste Ecke, die die Eingangshalle zu bieten hatte. Was nicht besonders dunkel war, da Dutzende Halogenleuchten über ihren Köpfen hingen.

»Au«, sagte sie überrascht und versuchte ihn abzuschütteln. »Lass das!«

»*Ich* soll es lassen?«, erwiderte er ungläubig und ließ abrupt ihren Arm los, sodass sie einen Schritt nach hinten stolperte. »Als du mir erzählt hast, dass du jetzt meine Babysitterin bist, habe ich nicht damit gerechnet, dass dein Job auch miteinschließt, private Konversationen zu belauschen!«

»Das tut er nicht«, sagte sie hastig, ihr Atem hektisch, ihre Gedanken wie Flummis, die unkontrolliert in ihrem Kopf herumsprangen. »Es war ein Versehen, es ... es ... es ...« Ihr fehlten die Worte. Ihr fehlte die Luft. Ihr Herz schlug in dreifacher Geschwindigkeit. Denn Dax sah wütend und ernst aus und ... Mist, was, wenn es wahr war? Wenn sie Brüder waren?

Das würde für einen Shitstorm sorgen! Die Presse würde sich um diese Information reißen.

Ihr verdammter Job war es, Dax davon abzuhalten, sich in einen weiteren Skandal verwickeln zu lassen, und bereits am ersten Tag erfuhr sie, dass er einen geheimen Bruder hatte? Und dann auch noch Jack West, seinen erklärten Erzfeind?

In was für einer Soap-Opera lebte Dax bitte?

»Oh Gott«, wisperte sie und drückte sich eine Faust an die Stirn. »Oh Gott, oh Gott ...«

Das war ein Desaster! Ein PR-Albtraum.

Scheiße! Sie würde niemals eine Beförderung bekommen. Im Gegenteil. Leslie würde sie feuern, wenn Dax unter ihrer Aufsicht einen solchen Medienzirkus lostrat. Sie sollte Dax' Image retten, nicht dabei zusehen, wie es in die Tonne gekloppt wurde!

Was tun? *Was tun?*

Weiße Punkte tanzten vor ihren Augen und das Blut dröhnte in ihren Ohren. Ihre Hände kribbelten, ihr Mund war trocken ... oh nein, sie bekam eine Panikattacke, oder? Denn das Wort *Katastrophe* blinkte mittlerweile in drei verschiedenen Signalfarben vor ihrem inneren Auge auf und ...

»Atme, Lucy«, wies Dax sie grob an, drückte fest ihre Schultern und sah ihr direkt in die Augen. »Atme, bevor du umkippst. Ich habe gerade nämlich überhaupt keine Lust, dich aufzufangen.«

In einem einzigen lauten *Wusch* entließ sie die Luft aus ihrer Lunge, von der sie nicht gewusst hatte, dass sie sie anhielt.

»Du ... und Jack West«, stieß sie aus. »Ihr ... Nein!«

Stöhnend kniff Dax die Augen zusammen und sie sah ihm deutlich an, dass er diese Unterhaltung nicht führen wollte.

Dann hatte er verdammt noch mal Pech gehabt! Nächstes Mal musste er seine Geheimnisse eben leiser ausplaudern!

»Nein!«, wiederholte sie, während sie die feuchten Handflächen an ihrem Rock abstrich. »Nein, nein. Das hätte die Presse herausbekommen! Irgendjemand muss es doch wissen und derjenige hätte es längst weitererzählt. Irgendwer ... Nein! Das ergibt keinen Sinn und ...«

»Okay, komm runter«, sagte Dax eindringlich und im nächsten Moment umfasste er ihr Gesicht mit beiden großen Händen und zwang ihren Kopf zum Stillstand. »Mann. Du schüttelst dir gleich noch eine Gehirnerschütterung. Der Punkt ist, *dass* es niemand weiß und dass es so bleiben soll. Es geht niemanden etwas an, was Jack und ich ...« Er brach ab und atmete tief durch. »Es geht niemanden etwas an. Punkt.«

»Oh mein Gott, die Presse würde durchdrehen, wenn sie das wüsste«, hauchte sie. »Sie würde, sie würde ...«

»Ich weiß, was sie würde«, flüsterte er scharf. »Niemand von uns könnte auch nur einen Fuß aus der Tür bekommen, ohne eine Kamera im Gesicht zu haben. Deswegen wirst du es niemandem weitersagen, richtig?«

Sie öffnete den Mund, um zu antworten – doch wusste nicht, was. Sie konnte keinen klaren Gedanken fassen.

Sie musste es Leslie sagen, oder nicht? Damit sie sich eine Strategie zurechtlegen konnten, nur für den Fall, dass es doch irgendwann rauskommen würde. Es wäre ihre Pflicht, ihre ... ihre ...

Dax' Daumen wanderte sacht über ihre Wange und sie vergaß, wie sie den Satz in ihrem Kopf hatte enden lassen wollen. Warum lagen seine Hände gleich noch um ihr Gesicht? Und konnte er das lassen, es ... es irritierte sie.

»Niemandem, Lucy«, wiederholte er eindringlich, als hätte er ihre Gedanken gelesen.

Sie schluckte und sah ihm in die Augen. Sein Blick war noch nie so intensiv gewesen. Noch nie so ... weich. So voller Emotionen. Und erst jetzt bemerkte sie, wie rau sich seine Finger auf ihrer Haut anfühlten. Wie sanft seine Berührung war, doch wie stark seine Hände. Sie blinzelte, atmete zitternd ein. War sein Gesicht gerade auch schon nur Zentimeter von ihrem entfernt gewesen? Sie spürte seinen Atem auf ihren Lippen. Er roch nach warmem Waldboden und kaltem Eis.

Hastig trat sie einen Schritt zurück und zog seine Hände von ihren Wangen. Sie fassten sich nicht an. Nie. Sie war professionell. Hochprofessionell.

»Okay«, sagte sie fest und atmete tief durch. »Okay, okay. Moment. Lass mich nachdenken. Ihr seid ... Brüder, und niemand weiß es. Außer euch und mir jetzt.« Sie runzelte die Stirn. »Nein. Wahrscheinlich weiß es eure Schwester auch. Nicht zu vergessen eure Eltern. Aber niemand anderes soll es erfahren. Weil es schlimm enden würde. Weil die

Journalisten wissen wollen würden, warum ihr es geheim gehalten habt. Weil sie ...« Sie stockte und sah blinzelnd zu ihm auf. »Moment: Warum habt ihr es geheim gehalten?«

Dax rieb sich mit Daumen und Mittelfinger über die Augen und holte tief Luft. Als er sie das nächste Mal ansah, war sein Blick wachsam und aufrichtig. »Weißt du noch gestern, als du mir erzählt hast, dass du dich um eine Privatangelegenheit kümmern musst? Und es mich nicht zu interessieren hat, worum es dabei geht?«, wisperte er.

Sie nickte.

»Gut.« Vielsagend hob er die Augenbrauen. »Denn das hier geht nur mich und Jack was an und ... bitte. Behalt es einfach für dich.«

Bitte.

Das Wort hallte in ihrem Kopf nach. Hatte er in ihrer Gegenwart jemals *Bitte* gesagt? Sie konnte sich nicht erinnern.

»Versprich es mir«, sagte er, seine Stimme eindringlich leise und warnend. »Meine Vergangenheit geht niemanden etwas an, Lucy. Mir gehört sehr, sehr wenig auf dieser Welt. Weil ich alles mit den Fans und der Presse teilen muss. Aber meine Vergangenheit gehört mir.«

Seine Augen waren dunkler als sonst. Nicht verzweifelt, aber kurz davor. Und Lucy wusste nicht, was sie mit dem Ausdruck anfangen sollte. Sie war jeden Tag der vergangenen elf Monate wütend auf diesen Mann gewesen. Doch jetzt, als er sie so ansah, mit dem Wort *Bitte* auf den Lippen ... konnte sie nicht anders, als Mitgefühl mit ihm zu haben. Denn sie verstand, was er meinte. Es war sein Leben. Und sie konnte vielleicht darauf achten, dass seine Taten nicht dem Team schadeten. Aber sie hatte nicht das Recht, zu bestimmen, an wen er seine Geheimnisse weitergeben musste.

Seine Vergangenheit gehörte ihm. Seine Gegenwart gehörte der Welt. Seine Zukunft dem Verein. Und seine Familie war ... privat. Seine Sorgen, seine Ängste nicht für fremde Ohren bestimmt.

Wer wusste das besser als sie?

»Okay«, sagte sie leise und senkte den Blick. »Ich werde es nicht weitersagen.«

»Versprich es«, forderte er tonlos.

Sie lachte trocken auf und sah ironisch von unten her zu ihm auf. »Was bringt es dir, wenn ich es verspreche?«, wollte sie wissen. »Mein Versprechen ist dir doch ohnehin nichts wert.«

Sichtlich irritiert zog er die Augenbrauen zusammen. »Wer sagt das?«

»Oh, komm schon, Dax.« Sie schnaubte. »Du magst mich nicht.«

»Und?«, hakte er ungeduldig nach. »Was hat denn das damit zu tun, ob ich darauf vertraue, dass du dein Wort hältst?«

»Es hat alles damit zu tun«, meinte sie ungläubig. »Du hältst mich für einen schlechten Menschen und schlechte Menschen halten ihr Wort nicht.«

»Was? Wovon zur Hölle redest du?« Sein Gesicht war eine Maske des Unverständnisses. »Ich halte dich nicht für einen schlechten Menschen. Ich halte dich für einen nervigen Menschen. Das ist ein Unterschied. Aber das heißt doch nicht, dass ich ...« Er stockte kurz und sah skeptisch zu ihr herunter. »Jetzt lass es dir nicht zu Kopf steigen, aber das heißt nicht, dass ich keinen Respekt vor dir hätte. Ich vertraue darauf, dass du Richtig und Falsch unterscheiden kannst. Denn wenn das nicht der Fall wäre, läge ich wohl schon tot im Graben.« Die Worte kamen nur zögerlich über seine Lippen, als habe er Angst, sie später zu bereuen. Doch jetzt konnte er sie nicht mehr zurücknehmen. Sie hingen zwischen ihnen in der Luft und machten sie heiß und bedeutungsschwer.

»Nein, tust du nicht«, sagte sie verärgert, denn was redete er da? Einer der Gründe, warum sie ständig so furchtbar wütend auf ihn war, war sein fehlender Respekt vor ihr. »Das sagst du jetzt nur, um mich dazu zu bringen, dich zu mögen.«

Er lachte. Laut. Es war ein ehrliches, tiefes Lachen, das sie vor Überraschung zusammenzucken ließ. »Oh, komm schon, ich bin kein Vollidiot. Ich weiß, dass dieser Zug längst abgefahren ist. Und Lucy, wenn ich mich bei dir einschleimen wollen würde, hätte ich dir gerade nicht gesagt, dass ich dich nervig finde! Es ist die Wahrheit. Es ist sehr, sehr schwer, keinen Respekt vor dir zu entwickeln. Du kannst dumme Sprüche wegstecken. Du bist mutig, du sagst deine Meinung. Das tun nicht viele Leute, wenn sie vor mir stehen.«

»Aber ...« Ein Ziehen setzte in ihrer Mitte ein und sie konnte sich nicht entscheiden, ob es ein bitteres oder ein süßes Ziehen war. Sie hatte die letzten elf Monate damit verbracht, sich seinen Respekt zu erarbeiten – und erfuhr jetzt, dass das gar nicht nötig gewesen war? Dass sie ihn schon immer gehabt hatte?

Sie fühlte sich, als habe er mit dieser Information einen Teil ihres Stammhirns lahmgelegt. Denn die Tatsache, dass Dax Temple sie nicht respektierte, war eine der Säulen gewesen, auf die sie ihren Hass auf ihn gestützt hatte. Und ohne diese Säule wusste sie nicht, wo sie stand.

»Aber du nimmst mich nie ernst«, beendete sie nach einer scheinbar endlosen Ewigkeit ihren Satz.

Verdutzt sah er zu ihr herunter. »Ich mache mich über dich lustig«, stellte er klar. »Ich bringe dich aus dem Konzept, weil du dann weniger gefährlich für meinen Geisteszustand bist. Aber das heißt doch nicht, dass ich dich nicht ernstnehme.« Stirnrunzelnd neigte er den Kopf. »Wenn ich ehrlich bin, habe ich sogar etwas Angst vor dir.«

Sie musste lachen. Diese Situation wurde immer absurder. »Niemand hat Angst vor mir. Ich bin zu klein, um eine ernsthafte Bedrohung darzustellen.«

Dax trat einen Schritt näher und beugte sich langsam zu ihr herunter. Nahm ihr so den Raum und die Luft zum Atmen.

»Es kommt nicht immer auf die Größe an, Lucy«, murmelte er, seine Stimme so rau und leise, dass ihr eine Gänsehaut die Wirbelsäule hinunterkletterte. »Und die anderen scheinen dich und deinen eisernen Willen wohl einfach nicht so gut zu kennen, wie ich es tue.« Ruckartig richtete er sich wieder auf und trat zurück. »Also: Versprichst du es mir? Das ist unser Geheimnis?«

Er streckte die Hand aus und sah sie erwartungsvoll an.

Und was sollte Lucy anderes tun, als sie zu ergreifen und zu flüstern: »Ich verspreche es.«

Wie Schakale auf Aas warf sich die Presse auf Dax und Jack, sobald sie das Podium bestiegen und sich auf ihre Plätze fallen ließen. Lucy hatte damit gerechnet und normalerweise war sie gut darin, die unangenehmen Fragen geschickt zu übergehen und die vernünftigen an den richtigen Empfänger zu dirigieren. Doch heute war sie ... durcheinander. Unkonzentriert. Das Wort *Was?* glitt ihr so oft über die Lippen wie sonst nur das Wort *Arschloch*, wenn sie von Dax redete. Sie hätte gern behauptet, dass es an der Lautstärke lag, die die zwei Dutzend Journalisten und Journalistinnen mit ihren geschrienen Fragen heraufbeschworen. Doch das stimmte nicht. Sie hörte einfach nicht richtig zu. Ihr Kopf war gefüllt mit Fragen und Zweifeln und dem Bild von Dax' Gesicht. Sanft, nicht hart.

Leslie war verschwunden, um sich um einen anderen PR-Notfall kümmern, und hatte Lucy das Feld überlassen und sie war froh drum. Denn sie wollte nicht, dass ihre Chefin sah, wie langsam ihr Kopf heute funktionierte. Wie lange sie brauchte, um Reportern zu sagen, dass sie »Zurzeit keine detaillierten Einzelheiten zum Trainingsstand preisgaben« oder etwa »Keine Informationen zu einer eventuellen Übernahme von Darron Clarks Sohn als Besitzer hätten.«

Tatsächlich war sie dankbar für Jack West. Sie kannte ihn sonst nur vom Spielfeld und Interviews im Fernsehen, doch eines wurde ihr innerhalb weniger Sekunden klar: Er wusste, wie man mit der Presse umging. Er wusste, wie er sich als der Heilige verkaufte, der ihm den Spitznamen *Saint* eingebracht hatte. Er strahlte beständige und warme Ruhe sowie Gelassenheit aus –während Dax ein einziges, angespanntes Bündel war, das seinen Mund nicht öffnete.

Lucy beobachtete die beiden, die Hände auf dem Tisch verschränkt, Jack mit einem Lächeln auf dem Gesicht, Dax' Miene nicht feindselig, aber auch nicht kinderfreundlich.

Brüder. Sie waren Brüder.

Halbbrüder.

Doch sie waren scheinbar zusammen aufgewachsen und ... Es war irrelevant. Sie verband mehr als Rivalität. Sie verband das Blut, das durch ihre Adern floss.

Langsam ließ sie den Blick zwischen den beiden hin- und herschweifen. Die Unterschiede zwischen ihnen waren groß. Jack war blond mit grünen Augen, Dax dunkelhaarig mit blauen Augen. Jack glattrasiert, Dax' Fünftagebart der Traum eines jeden Holzfällers. Beide hatten eine andere Körperhaltung. Jacks war offen und frei. Dax' verspannt, die Schultern hochgezogen.

Doch da war ihr ausgeprägtes Kinn, die Art, wie sie die Augenbrauen zusammenzogen, wenn einer der Journalisten eine dumme Frage stellte ... und sie wusste, dass Dax' Wange das gleiche Grübchen zierte, das Jack zur Schau stellte, wenn er lachte.

Ja, sie waren miteinander verwandt.

Und Dax hasste Jack trotzdem.

Was war passiert? Was hatte ein scheinbar so gutherziger und offener Mensch wie Jack West tun können, um seine Familie gegen sich aufzubringen?

»Mr Temple, Ihre Rivalität mit Jack West ist unter allen Eishockeyfans bekannt«, scholl eine männliche Stimme über das stetige Blitzlichtgewitter hinweg. »Was sagen Sie dazu, jetzt mit ihm zusammenarbeiten und für dasselbe Team spielen zu müssen? Wird Ihre gegenseitige Abneigung Ihr Spiel beeinflussen?«

Lucys Magen zog sich zusammen.

Eine Frage.

Sie hatte ihm versprochen, dass sie eine Frage zu ihm durchließ. Und das war sie.

Sie nickte ihm zu, erlaubte ihm so zu antworten, und einige Sekunden lang verhakten sich ihre Blicke. Wie zwei Ösen, die ineinandergriffen, dafür bestimmt, die Spannung zu halten. Dann sagte Dax langsam, aber mit fester und neutraler Stimme: »Ich habe Jack West schon immer als würdigen Gegner respektiert.«

Es beantwortete die Frage nicht. Aber es war ein gutes Zitat. Das Zitat, das sie ihm selbst in den Mund gelegt hatte.

Sie lächelte. Ein erleichtertes, großzügiges Lächeln – und für eine Sekunde glaubte sie fast, dass Dax' Mundwinkel ebenfalls zuckten. Doch sie war sich nicht sicher, denn eine Sekunde später wurde sie abgelenkt.

»Mr West«, rief derselbe Reporter. »Was sagen Sie dazu?«

Jack zuckte nonchalant die Schultern und klopfte Dax einmal kurz auf den Rücken. »Ich freu mich drauf, mit Dax zusammenzuspielen. Er ist einer der besten und ehrgeizigsten Stürmer der Liga ...« Er grinste und warf Dax einen Seitenblick zu. »... und sicherlich scharf darauf, noch was von mir zu lernen.«

Lucy rechnete es Dax hoch an, dass er kein Anzeichen von Wut zeigte. Stattdessen hob er einen einzelnen, zynischen Mundwinkel und sagte ruhig: »Wir werden dann ja noch sehen, wer was von wem lernt.« Im nächsten Moment streckte er Jack die Hand hin – und der andere Spieler ergriff sie fest.

Lucy Schultern verloren an Spannung und erneut lächelte sie. Das war alles, was sie hatte sehen wollen. Alles, was die Presse zu sehen bekommen würde.

»Keine weiteren Fragen mehr«, sagte sie schneidend und stand auf, bevor sie Jack und Dax bedeutete, die Bühne zu verlassen.

Ja, sie waren Brüder. Ja, sie hatten sich zerstritten und es brannte Lucy unter den Fingernägeln, herauszufinden, weshalb. Doch es war irrelevant. Es hatte sie nicht zu interessieren. Sie war nicht mit Dax befreundet. Sie war kein Teil seines Lebens. Sie war seine Babysitterin.

Es ist sehr, sehr schwer, keinen Respekt vor dir zu entwickeln. Du kannst dumme Sprüche wegstecken. Du bist mutig, du sagst deine Meinung. Das tun nicht viele Leute, wenn sie direkt vor mir stehen.

Sie schluckte und wandte dem Blitzlichtgewitter den Rücken zu. Ja. Nur seine zeitweilige Babysitterin.

Nicht weniger – und definitiv nicht mehr.

KAPITEL 7

»Sie passt auf dich auf? Nicht dein Ernst! Oh Gott, es war ein Fehler, mir das zu erzählen.« Matt lachte laut genug, sodass die anderen Spieler, die neben ihnen in der Schlange standen, zu ihnen herübersahen. Sie befanden sich an einem Ende der Eishalle und warteten darauf, mit dem Speedparcours, den einer der Co-Trainer aufgebaut hatte, an der Reihe zu sein. Leider war die Akustik in der Halle lächerlich gut und Hockeyspieler sehr schnell vom Warten gelangweilt.

»Was ist so witzig?«, wollte Fox wissen und skatete zu ihnen.

Matt grinste breit und es war egal, wie viele warnende Blicke Dax seinem Freund zuwarf, auch ein Meteoritenhagel hätte ihn nicht davon abhalten können, die nächsten Worte auszusprechen. »Unser süßer Schlingel hier hat in den letzten Monaten zu viel Chaos gestiftet. Das Management belohnt ihn mit Lucy als Babysitterin, die ihn auf den rechten Pfad führen soll.«

Einige Sekunden lang starrte Fox ihn nur ungläubig an. Dann grinste er so breit, dass zwei ganze Fäuste in seinen Mund gepasst hätten. Dax musste es wissen, denn er zog gerade in Erwägung, seine in dem Gesicht des Teamcaptains zu versenken.

»Sie ist meine persönliche Image-Beraterin«, knurrte er verärgert ... aber wem machte er was vor?

Es war nur ein hübsches Wort für Babysitterin.

Fox schien das klar zu sein, denn er lachte jetzt laut. »Fuck, die arme Lucy. Es erscheint mir nicht fair, dass sie für deine Sünden büßen muss.«

Ungläubig sah er Fox an. Oh, bitte, Lucy war viel besser gerüstet und nicht zu vergessen gefährlicher, als er es je sein könnte! Sie könnte mit nur einem verärgerten Blick ganze Nationen in die Knie zwingen. Obwohl derzeit eher ihr schockierter und verwirrter Blick in Dax' Kopf herumspukte.

Shit, wie sie ihn angesehen hatte, als sie herausgefunden hatte, dass Jack sein Bruder war ... als hätte er soeben verkündet, dass er eigentlich eine Frau war.

Sie hatte das Recht, schockiert zu sein, das wusste Dax. Es grenzte an ein Wunder, dass niemand herausgefunden hatte, dass Jack und er Brüder waren. Doch sie waren auf unterschiedliche Schulen gegangen, hatten aus guten Gründen nie Leute zu sich nach Hause eingeladen und waren immer eher für sich geblieben. Außerdem trug Jack den Nachnamen seines Vaters. Schon damals hatte kaum jemand gewusst, dass Dax überhaupt Geschwister besaß. Und als Jack berühmt geworden war, hatte er in seinem ersten TV-Interview behauptet, Einzelkind zu sein. Vermutlich, weil er die Vergangenheit hatte hinter sich lassen wollen.

Dax war erst fünf Jahre später in die NHL eingestiegen – weil er nicht von zu Hause weggekonnt hatte, bis Anna sicher auf dem College gewesen war – und hatte es nicht für nötig gehalten, ihn zu korrigieren. Letztendlich war ihre Mutter gestorben, ihre Väter wollten ohnehin nichts mit ihnen zu tun haben ... und plötzlich hatte es niemanden außer Anna und sie selbst gegeben, die das unfreiwillig entstandene Geheimnis hätten ausplaudern können.

Und nun Lucy.

Automatisch flog sein Blick nach rechts zu den Tribünen, wo die PR-Beraterin mit einer Decke über ihren Beinen und dem Laptop auf dem Schoß in der untersten Reihe saß. Seiner Meinung nach nahm sie ihren Job, ihn nicht aus den Augen zu verlieren, etwas zu ernst, aber hey, wenn sie sich den Arsch abfrieren wollte, war das ihre Entscheidung.

Du hältst mich für einen schlechten Menschen.

Mann, sie hatte da wirklich eine Menge Blödsinn von sich gegeben und das gefiel ihm nicht. Sie war zu überrascht davon gewesen, dass er ihr Respekt entgegenbrachte.

Könnte es womöglich sein, dass er es in den letzten Monaten etwas damit übertrieben hatte, sie zu ärgern ... und Lucy verletzlicher war, als er gedacht hatte?

Nein.

Oder?

Genervt von seinen eigenen Gedanken schüttelte er den Kopf. Nein. Lächerlich. Sie war eine unbezwingbare Felswand und er ihr vollkommen egal. Sie würde sich nicht von ihm und seinen dämlichen Sprüchen beeinflussen lassen.

»Sie wird die nächsten Wochen schon überleben«, sagte er deswegen trocken. »Ihr solltet euch Sorgen um mich machen. Mir ist es nämlich offiziell verboten, Frauen aufzureißen.«

Matt grinste und klopfte ihm auf die Schulter. »So ein bisschen Zölibat hat noch niemandem geschadet. Vielleicht besinnst du dich dann ja mal wieder auf die wichtigen Dinge im Leben.«

»Wie dir wehzutun, wenn du solche Sachen von dir gibst?«, wollte er interessiert wissen.

»Worüber redet ihr?«, mischte sich Leon ein, der vor ihnen stand und sich nun umdrehte. »Über Jack? Denn halleluja, der Typ macht mich fertig.« Er nickte über seine Schulter zum Parcours.

»Nein, wir reden über Lucy«, stellte Fox klar, hielt dann jedoch inne, um an Leon vorbei aufs Eis zu spähen. »Shit, West ist schnell«, murmelte er beeindruckt.

Dax wandte den Kopf, gerade noch rechtzeitig, um zu sehen, wie Jack an den Hindernissen vorbeifegte, als wären sie Luft.

»Ey, er hat die gleiche Fußarbeit wie du, Temple«, meinte Leon, den Blick auf Jacks Füße gerichtet, die ebenso wie der Puck, den er vor sich herführte, nur schwarze Schlieren auf dem Eis waren. »Muss sie von dir abgeguckt haben.«

Dax biss die Zähne aufeinander. Es war andersherum. Er war es, der sich die Fußarbeit von seinem Bruder abgeguckt hatte. Jack hatte ihm gezeigt, wie er die Kufen der Skates nach außen drücken musste, um stärker abbremsen und Kurven schärfer nehmen zu können. Jack hatte ihm beigebracht, wie er den Puck mit den Füßen vor dem Gegner schützte. Jack hatte seine Haltung korrigiert, seinen ersten Hockeyschläger für ihn gestohlen und ihm beigebracht, wie er die Ellbogen einsetzte, um schneller übers Eis zu kommen. Jack hatte ihm so ziemlich alles gezeigt, was er über Hockey wusste. Sein Bruder war nur drei Jahre älter, aber bereits mit zehn ein kleines Genie auf dem Eis gewesen. Er war der Grund, warum Dax es überhaupt so weit gebracht hatte.

Und er hasste es.

Hasste, dass er ihm so viel zu verdanken hatte, obwohl er gern ausschließlich wütend auf ihn sein würde. Doch das Eis war zuerst Jacks Zuflucht gewesen, bevor er Dax eingeladen hatte, sie mit ihm zu teilen.

»Fuck, mit ihm könnten wir dieses Jahr tatsächlich eine Chance auf den Cup haben«, meinte Matt zufrieden.

»Jup«, stimmte Fox zu.

»Jaja. Was war jetzt mit Lucy?«, hakte Leon nach und hob die Augenbrauen.

Matts Grinsen war so breit, dass es sich im Eis reflektierte. »Ach ja. Lucy ist jetzt offiziell Dax' Image-Beraterin. Sie passt darauf auf, dass er keinen Blödsinn anstellt, der in der

Presse landet. Erzähl es ruhig allen weiter. Jedes Mitglied der Hawks hat etwas mehr Freude in seinem Leben verdient.«

Dax hatte mit dem lauten Lachen seines Kollegen gerechnet, freuen tat er sich trotzdem nicht darüber.

»Gott, sie hasst dich so sehr«, meinte Leon schadenfroh und schüttelte den Kopf. »Sie wird dir das Leben zur Hölle machen.«

Dax knackte unzufrieden mit dem Kiefer. »Ach was. So schlimm ist es nicht. Hassen ist ein starkes Wort.«

»Nein, nein«, widersprach Matt. »Er hat recht. Immer, wenn ich mit ihr einen trinken gehe, erwähnt sie früher oder später, was für ein furchtbarer Mensch du bist. Mann, das werden ein paar lustige Wochen.«

»Du gehst mit Lucy einen trinken?«, fragte Leon schockiert.

»Ja, warum?«

»Das ist die Frage, die ich ihm auch immer stelle«, bemerkte Dax unzufrieden. Die beiden verstanden sich für seinen Geschmack viel zu gut. Reichte es nicht, dass Lucy ihm den letzten Nerv stahl? Musste sie ihm auch noch den besten Freund nehmen?

Matt zuckte die Schultern. »Ich mag sie. Sie ist witzig. Ihre Schwester Maddie übrigens auch. Und hey, du darfst dich gar nicht darüber aufregen.« Er deutete mit dem Zeigefinger auf Dax. »Du bist schuld daran, dass ich sie letztes Jahr auf einen Drink einladen musste. Du und dein Arschloch-Ich.«

»Was?« Er verstand kein Wort von dem, was Matt sagte. Oder vielleicht war es auch nur sein Arschloch-Ich, das es nicht verstehen wollte.

»Matt, sei netter«, bemerkte Fox knapp und sah ihn warnend an. »Es ist offensichtlich, dass Dax dich nicht braucht, um sich wegen der nächsten Wochen beschissen zu fühlen.«

»Ja, aber ich helfe ihm gern dabei, sich noch ein wenig schlechter zu fühlen«, erwiderte er fröhlich. »Das ist einfach die selbstlose Art von Mann, die ich bin.«

»Oh Gott«, seufzte Leon verträumt. »Ich bin so verdammt neidisch. Was würde ich dafür geben, dass Lucy nur eine einzige Nacht lang auf mich aufpasst.«

»Wer ist Lucy?«, mischte sich eine neue Stimme zu ihnen. Dax' Schultern verkrampften sich und er blickte auf. Jack war offenbar fertig mit dem Parcours.

»Hey, West, das eben war eine verdammt beeindruckende Showeinlage«, sagte Fox diplomatisch. Denn dem Kapitän war es egal, welcher Mitspieler wen hasste. Team war Team.

Furchtbare Einstellung.

»Danke«, antwortete er zufrieden. »Und Lucy ...?«

»Sie da«, erklärte Leon und schnipste zur Tribüne.

Jack folgte der Geste mit dem Blick und nickte langsam. »Ah ja. Dax' Freundin.«

»Freundin?«, echoten Matt und Fox gleichzeitig, ihre Gesichter eine Grimasse des Unverständnisses.

»Lucy hasst Dax«, informierte Leon ihren Neuzugang freundlicherweise. »Und das Gefühl beruht auf Gegenseitigkeit.«

Jack hob die Augenbrauen und sah ehrlich überrascht aus. »Was? Moment.« Mit gerunzelter Stirn blickte er zu Lucy auf den Tribünen und dann wieder zu Dax. »Ihr beide seid nicht zusammen?«

Die Mitspieler hätten schockierter nicht sein können, wenn Jack erzählt hätte, dass er Eishockey scheiße fand. »Shit, nein«, stieß Matt irritiert aus. »Wie kommst du denn darauf?«

Jack kratzte sich den Nacken, den Blick noch immer verwirrt auf Dax' Gesicht gerichtet. »Na ja, es hat gewirkt, als ob ... es sah gestern zumindest so aus, als ob ...« Er räusperte sich und schüttelte den Kopf. »Vergesst es.«

Niemand vergaß es.

»Gestern?«, wollte Matt scharf wissen und sah Dax auffordernd an. »Was war gestern?«

»Nichts«, erwiderte Dax tonlos und sah Jack düster an. »Ich hab keinen Schimmer, wovon West redet.«

»Ich verwechsle sie«, stimmte Jack mit ein und blickte wieder zur Tribüne. »Ist auch egal, also ... Lucy. Sie ist süß. Ist sie zufällig Single?«

Dax' Magen zog sich zusammen. Die Reaktion war genauso überraschend wie unwillkommen, denn sie ergab absolut keinen Sinn. Jack konnte fragen, was er wollte.

»Ah, vergiss es«, meinte Leon und winkte ab. »Sie fängt nichts mit Spielern an. Das ist ihre einzige Regel und die nimmt sie sehr ernst.«

»Wirklich?«, fragte er gedehnt und sein Blick huschte zu Dax. »Interessant.«

Dax zog die Augenbrauen zusammen. Ihm gefiel nicht, wie Jack das sagte. Als wisse er mehr als alle anderen. Überhaupt. Er hatte nichts an Lucy interessant zu finden.

»Na ja, noch bin ich kein echter Spieler«, sagte Jack unschuldig. »Erst nach dem ersten Spiel gehöre ich offiziell zur Mannschaft, oder? Und ich date während der Saison nicht, die nächste Woche ist also meine einzige Chance, noch Action zu bekommen ...«

Leon grinste breit. »Versuch's ruhig. Du wärst nicht der Erste, den sie abblitzen lässt.«

»Ach, mal sehen«, meinte er vage – und skatete im nächsten Moment zu der Tür, die in die Bande eingelassen war. Dax fuhr ihm nach, bevor seine Beine verstanden, was sie da eigentlich taten. Er wusste nur, dass Jack hier nicht reinkommen und jeden Aspekt seines Lebens infiltrieren konnte. Die Mannschaft, seine Familie ... Lucy.

»Lass sie in Ruhe«, sagte er dunkel und griff nach Jacks Arm.

Mit gehobenen Augenbrauen wandte sein Bruder sich zu ihm um. »Ah, also ist sie doch deine Freundin«, mutmaßte er mit gesenkter Stimme.

»Schwachsinn.« Er lachte trocken auf. Allein die Vorstellung war lächerlich. »Hast du Leon nicht gehört? Wir hassen uns.« Auch wenn Hass nicht das Wort war, das er mit ihrem Gesicht in Verbindung brachte. Viel eher war es eine tiefe Unruhe, die seinen Körper überfiel, wann immer sie ihr süßlich-spöttisches Lächeln aufsetzte. Kein Hass. Nur ... Vorsicht?

Jack sah ihn mitleidig an, bevor er mit gesenkter Stimme sagte: »Du kannst mir erzählen, was du willst, Dax, aber Frauen, die man hasst, sieht man nicht so an, wie du Lucy gestern angesehen hast.«

»Was?«, fragte er und blinzelte irritiert. »Ich hab sie angesehen, wie ich jede PR-Beraterin ansehe, die mir auf die Nerven geht.«

»Du willst also mit all deinen PR-Beraterinnen in die Kiste?«, wollte Jack leise wissen. »Das ist ein wenig exzessiv, findest du nicht? Selbst für deine Verhältnisse.«

Diese Aussage kam so überraschend und direkt, dass Dax zurückzuckte. Blinzelnd öffnete er den Mund. Er wollte nicht ... nicht mit Lucy ... das war ... *Was zur Hölle?*

»Ich hab keine Ahnung, welche Drogen du nimmst, Jack, aber du hast keinen Schimmer, wovon du redest«, knurrte er.

»Ah, okay. Mein Fehler«, sagte er leichthin, bevor er den Kopf neigte. »Warum genau darf ich sie dann nicht fragen, ob sie mit mir ausgehen will?«

»Sie hat es nicht verdient, von einem schmierigen Typ angemacht zu werden.«

»Ah, das lass sie doch mal schön selbst entscheiden.«

»Nein«, sagte er abgehackt. »Denn es ist egal, ob ich mit ihr schlafen will oder nicht.« Und das wollte er definitiv nicht! »Sie gehört trotzdem irgendwie zu meinem Leben und du tust es nicht. Ich würde diese zwei Welten gern getrennt halten.«

Ja, das war es, was ihn störte.

»Weißt du, Daxxy«, murmelte Jack und legte ihm eine Hand auf die Schulter. »Das hört sich für mich nach einer freundschaftlichen Bitte an und du hast gestern sehr deutlich gemacht, dass du weder mein Bruder noch mein Freund sein willst. Also ... Pech gehabt.«

Im nächsten Moment zog er die Tür der Bande auf und trat von der Eisfläche. Ein Knoten formte sich in Dax' Bauch und seine Finger zuckten. Jack sollte ihn nicht derartig provozieren können. Schon gar nicht, indem er Lucy benutzte. Überhaupt war jegliche Sorge völlig unnötig. Lucy würde nie im Leben mit Jack ausgehen. Sie datete keine Spieler. Sie hatte sich die Worte *Professionalität* und *Erfolg* mit Sicherheit auf ihr Handgelenk tätowieren lassen, damit sie sie auch ja nicht vergaß. Niemand würde sie ernst nehmen, wenn sie mit jemandem aus der Mannschaft schlief. Das würde sie niemals riskieren.

Und dennoch flog sein Blick wieder zu ihr. Suchte ihren Körper ab, als könne er dort etwas finden, das ihm zuvor noch nie aufgefallen war. Sie saß in der ersten Reihe und blickte konzentriert auf ihren Bildschirm. Ihre schwarze, hochgeknöpfte Bluse stand im Kontrast zu ihrer auffällig hellen Haut. Die dunkelroten Haare wie immer aus ihrem Gesicht zurückgekämmt und mit einem Haargummi zusammengefasst. Die Wolldecke über ihren Beinen verbarg den engen Bleistiftrock, den sie hundertprozentig trug. Doch ihre Füße lugten darunter hervor. Ihre kleinen Füße, die wie jeden Tag in High Heels steckten. Heute trug sie diese lächerlichen, schwarzen Exemplare, die mit Bändern um ihre nackten Fesseln befestigt waren. Sie waren zu sexy für ein Businesskostüm. Sie musste frieren, oder nicht? Sie saß schließlich in einer verdammten Eishalle! Aber das schien ihr egal zu sein. Manchmal hatte er das Gefühl, dass ihre Schuhe das einzige Kleidungsstück waren, das sie benutzte, um ihren sonst so langweiligen Outfits eine persönliche Note zu verleihen. Die Schuhe, deren Riemen an ihrer Haut klebten wie fremde Finger. Fuck, wahrscheinlich behielt sie die Teile sogar noch im Bett an.

Augenblicklich blitzte ein Bild von Lucy in weißen Laken in seinem Kopf auf. Nackt bis auf die schwarzen Stilettos.

Sex. Lucy.

Die zwei Worte in seinem Kopf waren genug, um eine Reihe an Bildern loszutreten, eines dreckiger als das andere.

Lucy, wie sie die Hände in den Laken verkrampfte, während er ihren Hals hinableckte.

Lucy, wie ihre Augen glasig wurden, während er ihr Bein über seine Schulter legte und ihren Oberschenkel hinabküsste, nur ein Ziel vor Augen.

Lucy, wie sie endlich keine Widerworte mehr gab, weil sie zu sehr damit beschäftigt war, seinen Namen zu stöhnen, während er ...

Er zuckte zusammen und riss abrupt den Blick von ihr los. Er war kurz davor hart zu werden. Mitten auf dem Eis. Dutzende Hockeyspieler um ihn herum. Das konnte nicht sein beschissener Ernst sein! Fest rieb er sich übers Gesicht, während er die Augen zusammenkniff.

Verflucht seien Jack und seine dummen Worte!

Shit, er konnte nicht recht haben, oder? Er konnte Lucy nicht wollen. Nicht auf diese Art und Weise!

Ruckartig wandte er den beiden den Rücken zu.

Es reichte. Auch wenn Jack ihn wie einen fühlen ließ, er war kein kleiner Junge mehr. Er konnte Richtig und Falsch unterscheiden. Und andere Dinge mit Lucy James tun zu wollen, als sie zu knebeln und in einen düsteren Schrank zu sperren, war definitiv falsch!

KAPITEL 8

Es war viel zu kalt.

Sie hatte die absolut falschen Schuhe für einen Besuch in der Eishalle an, aber zu ihrer Verteidigung: Sie hatte nicht damit gerechnet, hier sitzen zu müssen.

Doch Leslie war der Meinung, dass irgendwer vom PR-Team das erste gemeinsame Training mit Neuzugang Jack West beobachten sollte, um eine Pressemitteilung darüber zu schreiben, wie er sich ins Team integrierte – und sicherzugehen, dass Dax Jack nicht an die Gurgel ging.

Sie war die glückliche erste Wahl für diese Aufgabe gewesen. Also fror sie sich seit einer Stunde den Hintern ab, nur um Dax dabei zu beobachten, wie er Jack so gut wie möglich ignorierte. Das war nicht gerade Blockbuster-Kino und sie war froh, zumindest nebenbei noch etwas vernünftige Arbeit zustande zu bekommen. Wie zum Beispiel die Fototermine von Dax im Kinderkrankenhaus zu planen, die diese Woche anstanden, und eine Liste an Fragen zu erstellen, die Dax bei einem Interview sorglos beantworten könnte, um wie ein freundlicher Kerl zu wirken. Nicht wie ein Mann, dessen Kopf nur mit Rachegedanken für Jack West gefüllt waren.

»Ist der Platz noch frei?«

Lucy blinzelte und blickte auf.

Als hätte sie ihn allein mit ihren Gedanken heraufbeschworen, stand Jack West vor ihr und sah erwartungsvoll zu ihr hinab.

»Solltest du nicht auf dem Eis stehen?«, wollte sie wissen und nickte zu den anderen Spielern, die sich immer noch dem Parcours widmeten.

West hob eine Achsel. »Jeder hat eine kleine Pause verdient. Vor allem so hart arbeitende Menschen wie ich.«

Sie hob einen Mundwinkel. »Ich bin mir sicher, dass eure Trainer das anders sehen, aber klar. Setz dich neben mich. Auch wenn die gesamte Tribüne frei ist. Werde zu einem dieser seltsamen Menschen, die sich in der Bahn auf den Platz dir direkt gegenüber setzen, obwohl der Rest des Abteils vollkommen unbesetzt ist.«

Er grinste breit und ließ sich neben sie fallen. »Danke für die freundliche Einladung.«

»Immer«, erwiderte sie fröhlich und schlang die Decke enger um ihre Beine, während sie aufs Eis blickte und Dax dabei beobachtete, wie er den Parcours bezwang. Den Puck eng an seinem Schläger führend, als wäre er daran festgeklebt.

Viele Leute behaupteten, Eishockey sei ein brutaler Sport. Weil zu oft die Fäuste der Spieler flogen und sie andauernd in Bande krachten, Holz auf Holz schlug, Schulter gegen Schulter. Lucy war anderer Meinung. Eishockey war pure Eleganz. Niemand brachte diesen Aspekt der Sportart besser zur Geltung als Dax Temple. Denn er skatete nicht übers Eis, er tanzte. In einem selbstgewählten Rhythmus, mit dem die meisten Gegner nicht mithalten konnten. Es war egal, ob sie ihn mochte oder nicht – wann immer sie ihn auf dem Eis sah, erfüllte eine nervöse Ehrfurcht ihre Brust, die ihre Finger feucht werden ließ und ihren Nacken zum Kribbeln brachte. Denn wenn ein Mann sich auf zwei dünnen Kufen so geschmeidig bewegen konnte, dann musste er auch in anderen körperlichen Bereichen talentiert sein.

»Er war immer besser als ich darin, den Puck so nah am Körper zu halten«, murmelte Jack abwesend.

Überrascht wandte Lucy den Kopf.

»Ich hab es nie zugegeben. Nicht als Gegner auf dem Spielfeld und als eingebildeter Teenager erst recht nicht, aber ... er ist wie ein Magnet. Wenn der Puck ihm gehört, gehört der Puck ihm.«

Da schwang echte Bewunderung in seiner Stimme mit, die Lucy stutzen ließ. Den meisten Hockeyspielern fiel es sehr schwer, ihre eigenen Unzulänglichkeiten einzusehen, geschweige denn laut auszusprechen. Ach was, das beschränkte sich nicht nur auf Hockeyspieler! Diese Regel galt für alle Menschen.

Doch Jack schien kein Problem damit zu haben.

»Und weißt du, was das Traurige ist?«, murmelte er und warf Lucy einen kurzen Seitenblick zu. »Heute hätte ich kein Problem damit, es ihm zu sagen. Aber heute würde Dax es nicht wie ein Kompliment auffassen, weil er heute nicht mehr den Wunsch verspürt, mich zu beeindrucken. Heute würde er denken, dass ich die Worte nutze, um ihn zu manipulieren. Um ihn um Vergebung zu bitten.«

Lucy blinzelte mehrfach. Schließlich fragte sie: »Warum erzählst du mir das?«

»Weil du die Einzige bist, der ich es erzählen kann«, sagte er schlicht und eine bittere Note schwang in seiner Stimme mit. »Denn du bist die Einzige hier, die weiß, dass Dax und mich sehr viel mehr verbindet als eine Liebe zu Eishockey. Richtig? Denn du hast gestern den ganzen Streit mit angehört.«

Sie schluckte und das schlechte Gewissen nagte sofort wieder an ihr. »Ich werde es nicht weitersagen«, flüsterte sie hastig. »Wirklich nicht. Ich habe Dax mein Wort gegeben und ich werde es halten.«

Er nickte unbeeindruckt. »Ich weiß.«

»Du weißt?«, echote sie verblüfft. »Wie kannst du das wissen? Du kennst mich nicht.«

»Nein, aber ich vertraue Dax' Menschenkenntnis. Und seinem verzweifelten Wunsch, niemanden wissen zu lassen, dass wir verwandt sind.«

»Oh, okay«, sagte sie langsam und klappte den Laptop zu. »Weswegen sitzt du dann neben mir, wenn nicht um sicherzugehen, dass ich euer Geheimnis bewahre?«

»Das ist eine gute Frage, Lucy.« Er verengte die Augen. »Ich glaube, ich habe gehofft, dass du mir etwas über ihn erzählen kannst.«

Überrascht wandte sie den Kopf. »Was erzählen?«

»Irgendetwas«, murmelte er. »Irgendetwas, das mir hilft, ihn besser zu verstehen. Herauszufinden, wie ich ihn dazu bringen kann, mich nicht mehr zu hassen.«

Sie musste lachen. »Du fragst die Falsche. An dem Versuch scheitere ich nämlich selbst noch.«

»Nein, das ist nicht wahr«, sagte Jack ernst. »Dax hasst dich nicht.«

Hitze wanderte in ihre Wangen. »Nein, vermutlich nicht. Aber ... wir verstehen uns auch nicht sonderlich gut.«

»Aha«, meinte Jack vage und musterte sie skeptisch, so als würde er ihr nicht glauben.

»Und selbst wenn ich etwas wüsste, was dir helfen könnte, würde ich es dir nicht verraten«, fügte sie hastig hinzu. »Das, was zwischen euch passiert, ist ...« Sie brach ab und räusperte sich. »Es ist eure Sache. Ich möchte nicht zwischen die Fronten geraten.«

Jack nickte. »Weil deine Loyalität bei ihm liegt?«

Sie öffnete den Mund, aber wusste nicht, wie sie darauf antworten sollte. Denn das war eine interessante Frage. Noch vor einer Woche hätte sie gesagt, dass das Schwachsinn war. Doch jetzt bewahrte sie sein Geheimnis für ihn. Jetzt hatte sie seinen Respekt ... jetzt wusste sie irgendwie gar nichts mehr.

»Verstehe«, murmelte Jack.

Na, wenigstens einer von ihnen beiden.

Wie automatisch flog ihr Blick zurück aufs Eis und erschrocken stellte sie fest, dass Dax zu ihnen herübersah. Sein Blick war saurer als ein Glas Milch, das zu lang in der Sonne gestanden hatte. »Ähm, warum starrt Dax uns an, als hätten wir seinen Lieblingshockeyschläger überfahren?«, wollte sie interessiert wissen.

Jack winkte ab. »Ach, weil ich ihm erzählt habe, dass ich zu dir rübergehe, um dich anzumachen.«

»Oh.« Verwundert blinzelte sie ihn an. »Aber das machst du nicht?«

»Nein.«

»Warum nicht?«, rutschte es ihr heraus.

Er lächelte amüsiert. »Möchtest du von mir angemacht werden, Lucy?«

»Gott, nein.« Ihre Wangen wurden gleich noch ein wenig heißer. Sie zog eine Grimasse. »Ähm, sorry, ich bin mir sicher, du bist ein netter Kerl, aber ich date keine Spieler.«

»Ja, das habe ich schon gehört. Ich hätte vermutlich trotzdem mit dir geflirtet, einfach weil du witzig bist und ich gern flirte, aber ... nein.« Er grinste breit. »Ich glaube, wenn ich wirklich mit dir ausgehen würde, könnte Dax ...« Er brach ab. »Es wäre die Sache einfach nicht wert. Also bleibe ich dabei, ihn allein mit dem Gedanken etwas anzupissen.«

Sie sah ihn misstrauisch an. »Wenn du mit mir ausgehen würdest, könnte Dax was?«, fragte sie scharf. »Und du machst ihn absichtlich wütend? Ich dachte, du wünschst dir, er würde aufhören, dich zu hassen.«

»Oh, das tue ich«, sagte er ehrlich. »Aber er ist eben immer noch mein Bruder, ob er will oder nicht, und ich konnte nicht widerstehen.« Er hob hilflos die Schultern. »Abgesehen davon ist es besser, ihn wütend zu machen, als gar keine Reaktion von ihm zu bekommen.«

»Ist es das?«, fragte sie zweifelnd.

»Jap«, antwortete er bestimmt, bevor er nachdenklich zu ihr herübersah. »Hat Dax dir irgendetwas von seiner Kindheit erzählt?«

Sie warf ihm einen ironischen Blick zu. »Natürlich nicht. Er erzählt niemandem etwas über seine Kindheit. Was, schätze ich, der Grund ist, warum niemand weiß, dass ihr Brüder seid.«

Er lächelte, doch es erreichte seine Augen nicht. »Ich kann es ihm nicht übelnehmen. Ich rede auch nicht gern drüber. Aber Dax war schon immer ein ... sehr emotionaler Mensch. Ein Hitzkopf, impulsiv und arrogant auf dem Feld.«

»Was du nicht sagst. Kann ich mir überhaupt nicht vorstellen«, erwiderte sie trocken.

Jack hob einen Mundwinkel. »Es war ein Ausgleich für ihn. Er konnte zu Hause nie das machen, was er wollte, und außerhalb hat er dann nichts anderes getan. Zu Hause war er der Engel, der er sein musste, um Anna, Mom und mich nicht in Schwierigkeiten zu bringen. Aber in der Schule, auf dem Feld ...« Er zuckte die Schultern. »Der Spitzname *Devil* kommt nicht von ungefähr. Ist auch egal. Wenn dann doch irgendetwas von Dax' Eskapaden an die Ohren seines Vaters drang, hat das nie ein gutes Ende genommen.«

Das Blut floss aus Lucys Gesicht und ihr Atem stockte.

»Er hat ihn nicht geschlagen oder so«, sagte Jack hastig, als er das Entsetzen auf Lucys Gesicht sah. »Aber es gibt andere Wege, einem Kind das Gefühl zu geben, einen Dreck wert zu sein. Ich war nicht wirklich sein Sohn, mich hat es nie gestört, wenn Temple Senior scheiße war. Aber über Dax hatte er Macht, die er ausgenutzt hat. Dax war deswegen sehr wütend auf seinen Vater. Immer wütend. Und irgendwann ... hat er aufgehört wütend zu sein.«

»Warum?«, wisperte sie und ihre Stimme verlor sich fast in den Geräuschen von Dutzenden Kufen auf Eis.

»Weil ich ihm gesagt habe, dass es die Wut ist, die seinem Vater Macht gibt«, meinte Jack kühl. »Weil ich wusste, dass es ihm erst besser gehen wird, wenn er lernt, die Wut zu vergessen und durch Gleichgültigkeit zu ersetzen. Dass er die Menschen, die er wirklich und wahrhaftig hasst, ignorieren soll. Und es sich nur lohnt, mit denjenigen zu streiten und zu diskutieren, die er respektiert.« Er hob freudlos einen Mundwinkel. »Natürlich hat er auf mich gehört. Und wie ich es vorhergesagt habe, ging es ihm besser.« Er seufzte schwer. »Ich habe mich damals für sehr klug und weise gehalten. Jetzt bin ich der Idiot, der nicht in Angst davor lebt, dass Dax ewig wütend auf mich ist. Ich lebe in der ständigen Angst, dass er es irgendwann nicht mehr ist. Dass er meinen Rat ein weiteres Mal befolgt und ich ihm gleichgültig werde«, schloss er leise.

Ein Kloß arbeitete sich ihren Hals hinauf und ihre Augen brannten. Das hörte sich nach einer schrecklichen Kindheit an. Und nach einer schrecklichen Last, die beide Brüder ständig mit sich herumtragen mussten.

»Also«, sagte Jack leichthin. »Das ist der Grund, warum es immer besser ist, bei Dax eine Reaktion hervorzurufen. Erst wenn keine Reaktion mehr kommt, hat man verloren. Und eine Sache haben wir in jedem Fall gemeinsam: Wir verlieren nicht gern. Und ich mag meine Familie schon einmal verloren haben, aber den Fehler mach ich nicht zweimal.«

Lucy starrte ihn an. Ihr Herz schlug laut und schwer in ihrer Brust, während eine andere Kälte als die der Eishalle auf ihrer Haut brannte. »Warum erzählst du mir das?«, fragte sie erneut.

»Ich habe eine Theorie«, erklärte er leise. »Eine Theorie, in der es nicht schaden kann, wenn du mich magst und besser verstehst.«

»Okay«, sagte sie perplex.

Denn er hatte mit seiner Geschichte das Gegenteil erreicht. Sie verstand ihn definitiv nicht. Er redete, als hätte er zu viele Glückskekse gegessen.

»Danke fürs Zuhören, Lucy«, meinte er lächelnd und stand auf. Er war riesig auf seinen Skates und dennoch schien er in den letzten Minuten merkwürdig in sich zusammengeschrumpft zu sein.

»Kein Problem«, krächzte sie und rutschte unsicher auf ihrem Sitz hin und her. »Aber ... na ja. Da du ja anscheinend an deiner Beziehung mit Dax arbeiten willst: Ich glaube, er fände es überhaupt nicht gut, wenn er wüsste, was du mir gerade erzählt hast.«

»Nein, vermutlich nicht«, sagte er leichthin. »Aber er kann nicht noch wütender auf mich werden, also ...« Er zuckte die Schultern.

Sie wollte fragen, warum das so war.

Was Jack getan hatte.

Doch sie musste den Mund nicht aufmachen, um zu wissen, dass er ihr nicht antworten würde. Stattdessen bahnte sich eine andere Frage einen Weg aus ihrem Mund. »Hast du sie verdient?«

»Entschuldige?« Er wandte sich um und hob die Augenbrauen.

»Dax' Wut. Hast du sie verdient?«

Einige Herzschläge lang antwortete Jack nicht. Er sah sie nur ungerührt an, sein Blick unergründlich. Und gerade als Lucy schon glaubte, er würde ihr nicht antworten, murmelte er ein einziges Wort: »Definitiv.«

Er wandte sich um und war schon auf halbem Weg zurück zum Eis, als sie ihm noch einmal nachrief: »Jack, was ich noch sagen wollte: Es wird ihn nicht interessieren. Dass du so tust, als würdest du mit mir flirten.«

Das Lächeln, das auf seinem Gesicht erschien, stellte mit seinem Leuchten einen Weihnachtsbaum in den Schatten.

»Was sagt man dazu? Anscheinend kenne ich Dax doch besser als du.«

Sie verdrehte die Augen und seufzte schwer. Jack musste noch eine Menge über seinen Bruder lernen. Denn wenn sie eins wusste, dann dass es Dax egaler nicht sein könnte, mit wem sie ausging.

KAPITEL 9

»Du wirst nicht mit Jack ausgehen.«

Lucy schrak zusammen, blickte auf und seufzte schwer. Natürlich. »Die Anschnallzeichen sind an, Dax. Du darfst überhaupt nicht hier stehen«, erinnerte sie ihn.

»Hast recht«, sagte er knapp, bevor er sich neben ihr in den Sitz fallen ließ. »Besser so?«

Stöhnend zog sie die Finger von der Tastatur. Sie hatte gehofft, den Flug nach Edmonton, Kanada, wo die Hawks morgen ihr Saisonauftaktspiel hatten, für die Arbeit nutzen zu können.

Doch erst hatte Matt sie damit genervt, dass ihm langweilig war, sodass sie ihm letztendlich ihr liebstes Kreuzworträtsel aus der New York Times hatte opfern müssen, und jetzt machte es sich Dax neben ihr gemütlich. Dabei hatte sie innerhalb der letzten Tage ohnehin schon zu viel Zeit mit ihm verbracht. In ihrer Mission, ihn wie den wundervollen, mitfühlenden Menschen darzustellen, der er nicht war, hatten sie zusammen zwei Kinderkrankenhäuser besucht, ein Meet & Greet mit ein paar Fans veranstaltet und ein YouTube-Video für den Kanal der Hawks erstellt, in dem Dax aufstrebenden Eishockeyspielern Tipps zur besseren Technik gab.

Dax hatte sich geweigert, ein Interview zu geben, weil er der Meinung war, dass jeder vernünftige Journalist ihm eine Frage zu Jack West stellen würde, die er nicht beantworten wollte. Lucy gab ihm insgeheim recht – aber selbstverständlich nicht laut – und würde ihn schon noch zumindest zu ein paar Statements für die Presse überreden. Alles in allem war die letzte Woche jedoch ein voller Erfolg gewesen. Es war schön, auch mal etwas Nettes über Dax im Internet zu lesen, und wie er mit den Kindern im Krankenhaus umgegangen war, war unfassbar süß gewesen. Die Kids waren so schrecklich aufgeregt gewesen und Dax überraschend geduldig und überhaupt nicht genervt ...

Sie schweifte ab.

»Dax, ich muss arbeiten«, sagte sie angespannt.

»Hm«, machte er lediglich, bevor er seine Rückenlehne weiter zurückstellte, die langen Beine ausstreckte und mit geschlossenen Augen die Hände hinterm Kopf verschränkte. Er wirkte sehr zufrieden mit seinem Platz. Lucy lehnte sich augenverdrehend zurück und nutzte seinen Moment der Unaufmerksamkeit, um ihren Blick seinen Körper hinunterwandern zu lassen.

Wieso trugen die Spieler beim Reisen eigentlich immer Anzug? Diese Tradition verstand sie überhaupt nicht. Sportler mussten nicht respektabel aussehen. Sie mussten verschwitzt und rau aussehen. Nicht, als würden sie ebenfalls gute Businessmänner abgeben. Außerdem sollte Slim Fit wirklich bald mal aus der Mode kommen. Diese weißen Hemden, die an Dax' starken Schultern und definierten Muskeln klebten wie eine zweite Haut, waren wirklich ... nicht FSK 16. Und das sollten Hemden sein. Wahrscheinlich waren die Anzüge nur ein weiteres Mittel dazu, weibliche Fans in die Ohnmacht zu treiben. Mehr Trikots zu verkaufen, weil Anzüge Männer automatisch besser aussehen ließen, egal ob sie kantige Kiefer und eisblaue Augen hatten. Denn Eishockeyspieler in engen, schwarzen Jacketts und diesen Hemden ...

»Leute anzustarren, ist sehr unhöflich, Lucy«, murmelte Dax abwesend.

Sie zuckte zusammen. »Ich starre nicht«, sagte sie sofort.

»Zu lügen, ist auch sehr unhöflich«, fuhr er fort. »Weißt du, normalerweise erlaube ich nur Frauen, die in meinem Bett liegen und auf Runde zwei warten, oder Fans, die dafür zahlen, mich so intensiv anzustarren. Fällst du in eine dieser beiden Kategorien?«

Hitze stieg in ihren Kopf und ruckartig wandte sie das Gesicht ab. »Deine Krawatte ist schief, das ist alles«, erklärte sie trocken. »Also komm mal runter von deinem hohen Ross.«

Er lachte leise. Ein tiefes, raues Lachen, das in ihrem ganzen Körper nachvibrierte. »Also dafür, dass du im Marketing arbeitest, kannst du erschreckend schlecht lugen. Und sagte ich nicht, dass das unhöflich ist?«

Sie seufzte, klappte energisch ihren Laptop zu und schlug dann mit der Faust auf den Knopf an seinem Sitz, der ihn wieder in eine senkrechte Position beförderte. Seine Hände fielen zu den Seiten, ansonsten blieb er in seiner entspannten Pose, sein Gesichtsausdruck pure Gelassenheit.

Blödmann.

»Okay, ich höre zu«, sagte sie genervt. »Du hast irgendetwas davon gefaselt, dass ich unbedingt mit Jack ausgehen sollte?«

Er öffnete ein Auge und warf ihr einen düsteren Blick zu. »Gibst du auch mal Dinge von dir, die nicht erzürnend sind?«, wollte er sachlich wissen.

Sie hob eine Schulter. »Ach, manchmal. An ausgewählten Sonntagen. Aber in deiner Gegenwart eher nicht.«

Er schnaubte, gähnte kurz und öffnete dann auch das andere Auge. »Okay, dann sag ich es eben noch mal: Du wirst nicht mit Jack ausgehen.«

»Jack«, murmelte sie und klopfte sich mit dem Zeigefinger gegen das Kinn. »Jack ... Jack ... da klingelt was. Jack Ryan ... Jack Frost ... Jack Sparrow?«

»Piraten sind wirklich kein guter Umgang für so winzig kleine Menschen mit so großer Klappe wie dich«, belehrte er sie. »Du würdest am ersten Tag über die Planke geschickt werden. Und du weißt genau, wen ich meine. Du versuchst nur wieder, mich zu provozieren, aber an deiner Stelle würde ich aufpassen.« Er verengte die Augen und beugte sich zu ihr vor, sodass sein Oberschenkel ihren streifte. Warm und hart.

Ein Schauder überlief ihren Rücken, doch sie würde einen Teufel tun, das Dax wissen zu lassen. Also reckte sie nur das Kinn und hob eine Augenbraue. »Aufpassen?«, echote sie unbeeindruckt.

»Ja«, wisperte er und senkte den Kopf. »Denn wir befinden uns in einer Blechkiste, fünfzehntausend Meter über dem Boden. Hier kannst du nicht weglaufen und ich könnte dich auf jegliche Art und Weise bestrafen, die mir beliebt.«

Ein träges, selbstzufriedenes Lächeln breitete sich auf seinem Gesicht aus. Ihr Mund wurde trocken und ihre Lippen fingen an zu kribbeln.

Sie würde sich gern zurücklehnen und Abstand zwischen sie bringen. Denn sie spürte die Hitze seines Körpers auf ihrer Haut. Konnte das süße Ziehen in ihrem Magen nicht ignorieren. Und ihr dreckiger Verstand reagierte sofort auf das Wort *bestrafen*.

Oh Gott, das war lächerlich! Fifty Shades of Grey hatte wirklich einen sehr schlechten Einfluss auf diese Welt gehabt.

Sie räusperte sich und setzte ihre professionellste Miene auf. »Warum darf ich nicht mit Jack ausgehen?«, wollte sie wissen und verschränkte die Arme vor der Brust. »Und wieso gibst du dich dem Irrtum hin, dass du ein Mitspracherecht in meinem Privatleben hättest?«

»Du hast es in meinem, da erscheint es mir nur fair, wenn ich das gleiche Recht bekomme.«

»Nein«, meinte sie schlicht. »Ich schlafe mich nicht durch Los Angeles. Ich habe keinem Kind gesagt, dass es die Schule schmeißen soll. Ich habe keinem Journalisten den Mittelfinger gezeigt. Somit gelten bei mir andere Regeln.«

»Nein. Ich glaube nicht. So wie ich das sehe, Lucy, bist du meiner Güte ausgeliefert«, erwiderte er eklig freundlich. »Ich habe mich die letzte Woche benommen und Leslie wird sehr glücklich darüber gewesen sein. Aber ich bin sehr wankelmütig und wer weiß, wie das nächste Woche aussieht?« Er seufzte theatralisch. »Auf mich kann man sich eben einfach nicht verlassen.«

Lucy presste die Lippen aufeinander. »Ich bin sicher, dass ich es bereuen werde, zu fragen, aber was zur Hölle willst du genau von mir?«

»Schön, dass du fragst.« Er grinste breit, bevor er sachlich sagte: »Es ist ganz einfach: Wenn ich nicht daten darf, dann darfst du es auch nicht.«

Ein unbeholfenes Lachen drang über ihre Lippen. »Bitte, was?«

»Du hast mich schon gehört. Es ist nur fair.«

Sie zeigte ihm den Vogel. »So ein Schwachsinn. Ich darf machen, was ich will.«

»Nein«, war seine schlichte Antwort und mit verengten Augen lehnte er sich vor. »Du willst, dass ich ein guter Junge bin, also unterstütz mich darin, einer zu bleiben. Das ist wie mit Männern, die für ihre schwangeren Frauen auf rotes Fleisch und Alkohol verzichten.«

Ungläubig weitete sie die Augen. »Aber du bist nicht schwanger und ich bin nicht dein Ehemann!«

Er winkte ab. »Eine Formalie. Hier sollte dasselbe Prinzip greifen.«

»Warum?«, entfuhr es ihr ungläubig.

»Weil es mich ablenkt.«

»Dich lenkt es ab, wenn *ich* date?«

»Mich lenkt der Gedanke ab, dass irgendwer datet und ich es nicht darf.«

»Oh großer Gott.«

Sie ließ den Kopf gegen die Lehne hinter ihr fallen. »Du bist absolut albern und ich bleibe dabei: Ich kann machen, was ich will. Aber falls es dich beruhigt, ich gehe natürlich nicht mit Jack aus, denn er ist ein Spieler und ich date keine Spieler.«

»Richtig«, murmelte Dax und neigte nachdenklich den Kopf. Er öffnete den Mund ... doch sagte nichts. Sah sie eine Weile nur unentschlossen an. Schließlich fragte er leise: »Würdest du mit ihm ausgehen, wenn es anders wäre?«

Überrascht weitete sie die Augen. »Ähm ... keine Ahnung. Warum ist das relevant?«

Ruckartig wandte er das Gesicht ab und lehnte sich zurück in den Sitz. »Ist es nicht«, sagte er knapp.

Verwirrt betrachtete sie sein Profil. »Also«, meinte sie langsam, als die Stille zwischen ihnen zu zäh wurde. »Da du gerade schon von letzter Woche gesprochen hast, ich bin dir tatsächlich dankbar. Du warst toll. Im Krankenhaus. Bei dem Meet & Greet. Das hat mir geholfen.« Ihre Mundwinkel zuckten. »Aber ich werde trotzdem nicht im Zölibat leben, nur weil du es musst.«

»Mhm«, machte er nur erneut, bevor er ihr stirnrunzelnd wieder das Gesicht zuwandte. »Über was habt ihr geredet?«

»Was?«, fragte sie unschuldig, obwohl ihr sofort klar war, worauf die Frage abzielte.

Düster sah er sie an. »Jack und du. Beim Training letzte Woche.«

»Oh, das.« Sie nickte und lächelte. »Größtenteils haben wir über dich gequatscht.«

Ruckartig fuhr er aus dem Sitz. »Was?«

Ihr Lächeln wurde breiter. »Du bist nun einmal ein sehr interessantes Gesprächsthema, Dax. Und hättest du jetzt die

Güte, zu gehen? Ich will die Pressemitteilung zu Ende schreiben.« Sie gestikulierte zu ihrem Laptop.

»Was habt ihr über mich gesagt?«, ignorierte er ihre Worte.

»Dies und das«, meinte sie vage. »Aber Dax, du solltest dich lieber auf morgen konzentrieren. Nicht auf das, worüber ich rede oder was ich hinter geschlossenen Türen mit den Männern meiner Wahl tue ...« Vielsagend hob sie die Augenbrauen. »Du solltest an nichts anderes denken als daran, dass morgen das erste Spiel der Saison ist. Das erste Spiel, das du mit Jack West, deinem erklärten Erzfeind, in Angriff nimmst. Darauf, dass du mit Jack harmonieren musst, damit niemand sagen kann, dass das Management eine falsche Entscheidung getroffen hat. Oder du dich anstellst.«

Dax antwortete nicht. Er hatte die Augenbrauen zusammengezogen und das Kinn gesenkt. Er sah ... angespannt aus. »Oh«, sagte sie leise und ihr Herz rutschte eine Etage tiefer. »Du denkst bereits an nichts anderes, oder?«

Er hob zynisch die Mundwinkel. »Gibt nicht viel anderes, mit dem ich mich beschäftigen könnte, oder?«, fragte er, seine Stimme härter als zuvor. »Schließlich erinnert mich jeden Tag jemand daran, wie bedeutungsvoll das Spiel morgen ist.«

»Nein. Ich schätze nicht«, erwiderte sie leise und hatte auf einmal das Bedürfnis, die Hand nach ihm auszustrecken. Ihn sacht an der Wange zu berühren, damit er aufsah.

Sie vergaß manchmal, wie viel Druck auf den Spielern lastete. Von außen sowie von innen. Auf manchen mehr als auf anderen. Dax war immer so arrogant und selbstsicher, dass es ihr gar nicht in den Sinn gekommen war, dass er nervös wegen morgen sein könnte. Dass es ihm tatsächlich nicht egal war, wie die Presse und die Fans der Hawks auf sein gemeinsames Debüt mit Jack reagierten.

Ihre Finger zuckten nervös, doch sie behielt sie, wo sie waren. Stattdessen murmelte sie: »Du solltest dir nicht so viel Druck machen. Du bist ein fantastischer Spieler. Möglicherweise der beste deiner Generation.«

Er lachte trocken. »Nicht, wenn Jack zu meiner Generation gehört, Lucy.«

Sie rang die Hände, bevor sie zögerlich zu ihm aufsah und murmelte: »Er ist gut, keine Frage, aber ... du bist sehr viel besser darin, den Puck nah an deinem Körper zu führen. Dir wird der Ball weniger abgenommen als jedem anderen. Guck nur deine Statistik an, Dax! Darin bist du ungeschlagen.« Jack mochte Dax das Kompliment nicht geben können. Sie jedoch schon.

Dax wandte ihr das Gesicht zu und sie erkannte ehrliche Verblüffung darauf. »Hast du gerade etwas Nettes zu mir gesagt?«

Sie verdrehte die Augen, musste jedoch lächeln. »Die Luft hier oben ist schrecklich dünn. Mein Gehirn arbeitet offensichtlich nicht richtig.«

Er hob einen Mundwinkel und Lucys Herz übersprang einen Schlag. »Das muss es sein«, murmelte er. »Aber das alles ändert nichts daran, dass ich die letzte Woche beschissen gespielt habe.«

Sie schwieg, denn sie wollte ihn nicht anlügen und konnte deswegen nicht widersprechen.Das, was sie die letzte Woche von Dax auf dem Feld gesehen hatte, war nicht gut gewesen. Die Spieler wussten das, ihr Trainer wusste es und Dax wusste es auch. Seine Beinarbeit war fahrig, seine Pässe erreichten selten ihr Ziel und er verlor noch schneller als sonst die Geduld mit seinen Mitspielern und mit sich selbst. Es war, als fühle er sich nicht mehr wohl auf dem Eis.

Als sei es nicht mehr sein ... Zuhause.

»Du bist nur nervös«, flüsterte sie. »Das ist alles. Weil du nicht mehr nur den Puck auf dem Eis siehst, sondern ... all den emotionalen Ballast, den du mit dir herumschleppst. Aber das wird vergehen.«

Dax lachte freudlos auf. »Die Sache mit Jack liegt zwölf Jahre zurück. Und sie ist immer noch nicht vergangen«, stellte er fest.

Zwölf Jahre. Die Brüder stritten sich seit mehr als einem Jahrzehnt?

Dax schwieg und Lucy sagte ebenfalls nichts, sodass die Stille zwischen ihnen stetig wuchs. Nur unterbrochen von dem Rascheln von Dax' Jackett. Ihr Blick fiel in seinen Schoß. Er hatte die Hände auf die Beine gelegt und erst jetzt bemerkte Lucy, dass er einen Würfel in den Fingern hielt. Rote Seiten, weiße Punkte, seine Kanten bereits so abgewetzt, dass er seinen Job sicherlich nicht mehr richtig erledigen konnte.

»Ist das ein Glücksbringer?«, fragte sie und nickte zum Würfel in seinen Händen.

Überrascht sah Dax auf den Gegenstand. Als hätte er selbst nicht mitbekommen, dass er ihn hielt. »So was ähnliches«, murmelte er. »Eine Erinnerung.«

»Woran?«

»Daran, dass ich nicht an Glück glaube, sondern nur an harte Arbeit. Und daran, dass das Leben kein Spiel ist – und dass man es nicht so behandeln sollte.«

Verwundert öffnete sie die Lippen. »Und das tust du nicht? Das Leben wie ein Spiel behandeln?«

Dax umschloss den Würfel mit der Faust und sah ihr direkt ins Gesicht. »Ich spiele nicht«, sagte er ernst, seine Augen dunkler als sonst. »Nicht mit Gefühlen, nicht mit Vertrauen, nicht mit dem Leben oder der Zukunft anderer. Weshalb, glaubst du, war ich die letzte Woche über so verdammt brav, Lucy? Bestimmt nicht, weil ich dachte, dass es das Beste für mich ist.« Ruckartig stand er auf, während Lucys Magen merkwürdige Dinge tat. Es fühlte sich an, als würde er hüpfen. Dabei gab es gerade gar keine Turbulenzen. Ihre Kehle war auf einmal eng und die Worte, die als nächstes ihren Mund verließen, waren fast ein Krächzen.

»Viel Glück morgen, falls wir uns nicht mehr sehen.«

»Jup«, erwiderte er und wandte sich um. »Wird schon schiefgehen.«

Dann ließ er sie allein.

KAPITEL 10

Dax behielt recht.

Es ging schief. Alles.

Von dem Moment an, als er den ersten Fuß aufs Eis in der Arena der Edmonton Whales setzte, wusste er, dass heute nicht sein Tag war.

Das Rauschen, das seine Kufen auf dem Eis verursachten, war sonst Musik in seinen Ohren. Der kühle Wind, der unter sein Visier kroch und all seine Rezeptoren in Aufruhr brachte, die Freiheit, die er suchte. Doch heute kreischte das Metall zu laut und der Wind heulte zu unnachgiebig. Seine Konzentration hing jede Sekunde am seidenen Faden. Seine Hände agierten nicht so, wie er es gern hätte. Und der Puck war heute Feind, nicht Freund. Dabei waren die Whales nicht einmal der stärkste Gegner auf dem Feld. Nein. Er hatte das Gefühl, gegen seine Vergangenheit zu spielen – und gegen die hatte er noch nie gewonnen.

Er bekam den Puck gefühlt kaum zu Gesicht, stattdessen jedoch eine Strafe nach der anderen aufgebrummt.

»Ist das dein fucking Ernst, Temple?«, fuhr Gray ihn an, als er zum dritten Mal innerhalb von zwanzig Minuten vom Schiri des Feldes verwiesen worden war, um zwei Strafminuten abzusitzen – die den Whales bereits ein Tor beschert hatten, weil die Hawks in Unterzahl hatten weiterspielen müssen. »Was treibst du da auf dem Feld?«

Bei Gott, er wusste es nicht. Also schwieg er und sah stattdessen zu den Tribünen gegenüber, auf denen die wenigen Hawks-Fans, die mit angereist waren, ihrer Wut mit Buhrufen Ausdruck verliehen.

Der Lärm der Arena dröhnte in seinen Ohren, unterbrochen von schweren Körpern, die gegen Banden krachten, und dem Scharren der Eishockeystöcke auf dem Eis. Grays Stimme war lauter als all das, doch es war ihm egal. Er konnte nur daran denken, dass Lucy da irgendwo auf den Tribünen saß und sich dieses Trauerspiel ansehen musste. Überlegen musste, wie sie der Presse erklärte, warum er spielte, als hätte er seine Skates falschherum angezogen.

Er schloss die Augen, sog die kalte Luft ein, versuchte seine Gedanken zu klären. Doch es war hoffnungslos.

Das Eis war sein Rückzugsort. Schon immer gewesen. Jack hatte ihn ihm geschenkt. Wie ironisch, dass er es war, der ihn ihm wieder nahm. Denn wann immer er Jacks Gesicht sah, wurde er daran erinnert, wie verloren er sich gefühlt hatte, als der Mistkerl einfach mitten in der Nacht verschwunden war. Wie hart es gewesen war, plötzlich allein für Anna verantwortlich zu sein, weil er sich auf seine Eltern nicht hatte verlassen können. Wie anstrengend die Jahre gewesen waren, in denen er noch zu Hause gewohnt hatte, nur um sie zu schützen. Obwohl er auf dem College hätte leben können, seine Karriere eher hätte starten können.

Während Jack genau das getan hatte.

Ohne ihn. Ohne Anna.

Ohne Blick zurück.

Er wollte den Gedanken abschütteln, wollte sich aufs Eis konzentrieren, wollte sein Bestes geben ... doch sein Bestes auf dem Feld gehörte nicht mehr nur ihm. Es gehörte nun auch Jack, denn er war Teil der Mannschaft.

Und scheiße, er gönnte ihm den Erfolg einfach nicht.

Dax lebte fürs Vergessen. Für die Freiheit, die das Spiel mit sich brachte. Jack lebte fürs Gewinnen. Und wenn Jack

Dax nicht vergessen ließ, ihn nicht frei sein ließ ... dann würde er Jack nicht gewinnen lassen.

Es war keine bewusste Entscheidung. Kein Plan, keine Absicht. Aber es war dennoch das Ergebnis. Er machte einen Fehler nach dem anderen. Seine Pässe waren schlampig, jede seiner Torchancen ungenutzt, seine Mitspieler nur noch verwischte Konturen auf dem Feld.

Bis er nicht mehr wusste, ob es ein Versehen oder tatsächlich Absicht war. Bis ihm nicht mehr klar war, ob er versagte, weil er unterschwellig versagen wollte, oder versagte, weil sein Kopf gefüllt mit ablenkendem Mist war.

Dabei hatte er Lucy die Wahrheit gesagt.

Er spielte nicht. Nicht mit dem Glück anderer. Nur mit seinem eigenen. Der Gedanke, dass sein Unterbewusstsein seine einzige Regel brach, pisste ihn an. Und als nach sechzig Minuten Spielzeit, die sich dank der lächerlich vielen Strafen zu mehr als neunzig Minuten gezogen hatten, endlich der Schlusston erklang, war er nicht der Einzige, der angepisst war.

»Alter, Dax«, fuhr Matt ihn an und boxte ihm so fest gegen den Arm, dass er auf dem Weg zum Ausgang fast gegen die Bande prallte.

»Ich weiß«, sagte er grob.

»Mann, Dax, was zur Hölle war los mit dir?«, stimmte Fox mit ein, sein Gesicht rot vor Wut. »Deinetwegen saßen wir alle einmal auf der Bank! «

»Ich weiß!«, meinte er scharf.

»Wie ein Schwein auf Kufen«, bemerkte Leon zornig.

Dax presste die Lippen zusammen und begegnete Jacks Blick, der vor ihm den Ausgang erreichte.

Er hielt die Klappe. Er sah ihn nur an und schüttelte kaum merklich den Kopf. Dax wusste nicht, ob er dankbar oder wütend deswegen sein sollte.

Als Gray zehn Minuten später in die Umkleide stürmte und verkündete, dass sie heute für die Presse geschlossen bleiben würde, war Dax endlos erleichtert. Denn er hätte keine einzige ihrer Fragen ehrlich beantworten können. Und es bedeutete, dass er Lucy nicht sehen musste, die sonst immer die Interviews beaufsichtigte.

»Ihr wart eine Horde Affen da draußen!«, fuhr er sie an.

»Wenn Temple spielt, als wäre eine Horde Affen hinter ihm her, ist das doch kein Wunder!«, blaffte Leon und sah zornig zu ihm herüber.

»Temple ist nicht der Einzige, der beschissen gespielt hat, Alvarez. Du hast zwei unnötige Faustkämpfe angefangen.«

»Ja, weil ich wütend auf Temple war und ihn schlecht selbst angreifen konnte!«, fuhr er auf.

»Das reicht, Leon«, sagte Fox scharf und Dax wünschte, der Kapitän würde das lassen. Er hatte heute nicht das Recht, verteidigt zu werden.

»Wir reden da morgen in allen Einzelheiten drüber«, verkündete Gray düster. »Gott. Am liebsten würde ich euch alle ohne Abendessen ins Bett schicken. Stattdessen sag ich euch nur, wie furchtbar enttäuscht ich von euch bin. Das funktioniert bei meinen Kindern auch immer besser, als sie zu bestrafen.« Ruckartig wandte er ihnen den Rücken zu, doch bevor er die Umkleide verließ, blieb er noch einmal bei Dax stehen.

»Noch einmal so ein Scheiß, Temple, und ich benche dich das gesamte nächste Spiel über«, sagte er tonlos, seine Stimme leise genug, dass niemand der anderen ihn hören konnte. »Du stehst nicht allein auf dem Feld da draußen. Also hör auf, ein selbstsüchtiger Wichser zu sein, und krieg deinen Scheiß mit West geregelt. Ein schlechterer Mensch als ich würde nämlich vermuten, dass du gerade absichtlich verloren hast. Und wenn das der Fall sein sollte, dann hast du bald ein sehr großes Problem.«

Die Tür fiel laut hinter Gray ins Schloss und zurück blieb drückende, genervte Stille, die nur eine furchtbar beschissene und unnötige Niederlage mit sich bringen konnte.

Dax sackte auf der Bank zusammen und ließ den Kopf nach hinten gegen die kalte Fliesenwand sinken.

Shit. Er brauchte einen Drink.

Aber da er während der Saison nicht trank, brauchte er eben das Nächstbeste: Sex.

Wie gut, dass er so ziemlich in jeder Stadt die besten Bars kannte, um sein Ziel zu erreichen.

Edmonton war die Hauptstadt der kanadischen Provinz Alberta, in der es im Oktober im Vergleich zu Kalifornien einfach nur verdammt kalt war. Dax hatte nichts gegen Kälte, er war schließlich Eishockeyspieler, aber bei fünf Grad Außentemperatur machte man sich nicht die Mühe, eine gute Bar meilenweit vom Hotel entfernt zu finden. Stattdessen nahm man die erstbeste, der man über den Weg lief. Egal, wie viele Elchstatuen davorstanden. Egal, wie grell das Neonlicht war, das den Namen *Snow Hut* hinausschrie. Solange es keine Sportbar war, in der ihn sofort jemand erkannte und drohte ihn zu verprügeln, weil er der erklärte Feind war, kam er klar. Obwohl er heute Abend ja eher Freund als Feind der Whales gewesen war.

Shit, der Gedanke war deprimierend und sollte dringend aus seinem Gehirn gevögelt werden! Er trat auf die Tür zu, streckte die Hand nach dem Griff aus ... Sein Handy klingelte.

Ungläubig hielt er inne. Wie zur Hölle konnte sie es wissen? War sie verdammte Hellseherin, oder was?

Genervt zog er das Telefon aus der Tasche, fest damit rechnend, dass es Lucy war, die wissen wollte, wo er war und warum er vorhatte, was er vorhatte. Doch bevor er den Anruf wegdrücken konnte, erkannte er, dass er sich geirrt hatte. *Anna* blinkte auf seinem Bildschirm auf. Und seine Schwester drückte er aus Prinzip nicht weg. Egal, wie schlecht er gerade drauf war. Das war vor zehn Jahren so gewesen und hatte sich seitdem nicht geändert.

»Hey, was gibt's?«, wollte er wissen.

»Was es gibt?«, antwortete Anna feindselig. »Bei mir hat gerade eine fremde Frau angerufen, die der Meinung war, dass es deine Nummer ist, die sie gewählt hat. Weil es die wäre, die du ihr gegeben hast.«

Er zog eine Grimasse. Ach ja. Das machte er manchmal. Annas Nummer anstelle von seiner rauszugeben. Aber wenn er ehrlich war, hatte er gerade keine Lust, noch eine weitere Diskussion darüber zu führen, warum er ein Arschloch war, also sagte er: »Können wir da wann anders drüber sprechen?«

»Nein.«

Er stöhnte und trat von der Tür der Bar zurück, um einen schnauzbärtigen Kanadier durchzulassen. »Bitte. Nicht jetzt, Anna. Ich bin gerade nicht in Stimmung.«

»Warum?«, wollte sie wissen. »Weil du gespielt hast, als könntest du Puck nicht von Kopf unterscheiden? Oder weil du deswegen ausgebuht wurdest?«

Er biss die Zähne aufeinander. »Du hast das Spiel gesehen, was?«

»Ich verpasse doch nicht das erste Spiel, in dem meine geliebten Brüder nach zwölf Jahren endlich wieder vereint sind«, erwiderte sie ironisch. »Aber jetzt wünschte ich fast, ich hätte es getan.«

»Du schaffst es wirklich immer, die Stimmung zu heben«, erwiderte er trocken.

»Ich rufe nicht an, um deine Stimmung zu heben, ich rufe an, um mich zu beschweren!«, stellte sie klar. »Ist dir bewusst, dass ich in drei Monaten mein zweites Staatsexamen habe? Ich habe Besseres zu tun, als deine One-Night-Stands zu vertrösten. Und glaub mir, es kann dir nur helfen, eine vollausgebildete Ärztin in der Familie zu haben, die dich wiederbeleben kann, falls einer der vielen Menschen, die wütend auf dich sind, dich umbringen sollte.«

Er schnaubte. »Das ist jetzt etwas dramatisch.«

»Oh, du hättest die Frau gerade am Telefon hören sollen. Dann würdest du das nicht sagen«, erwiderte sie unbeirrt. »Und da wir wieder beim Thema sind. Warum gibst du fremden Leuten meine Nummer?«

»Na ja, mein Grundgedanke ist, dass du abhebst und sie davon abgeschreckt werden, dass eine andere Frau an mein Telefon geht«, meinte er und kratzte sich den Nacken. »Das erleichtert mir einiges an Arbeit.«

»Aber es ist nicht dein Telefon, es ist meins!«, rief sie ungläubig. »Und wenn du schon mit so vielen Frauen schläfst, solltest du wenigstens den Anstand haben, ihnen zu sagen, dass du sie nicht heiraten willst.«

Er verzog das Gesicht. Er würde dieses Gespräch gern mit jedem anderen als seiner Schwester führen. »Das tue ich, Anna«, versicherte er ihr. »Es ist ungefähr das Erste, was ich ihnen sage. Kann ich was dafür, dass niemand auf mich hört?«

Seine Schwester schnaubte laut. »Hör auf damit! Das ist ein Einbruch in meine Privatsphäre.«

Mist, sie hatte vollkommen recht. Das nächste Mal würde er Lucys Nummer rausgeben. Das war um einiges verantwortungsbewusster.

»Okay, okay«, ruderte er zurück. »Kommt nicht wieder vor. Wie geht's dir denn?«

»Fragst du mich das nur, damit ich nicht weiter nachhaken kann, was das heute Abend für ein Auftritt von dir war?«

Jap, genau das. »Nein, ich will nur sichergehen, dass du genug schläfst und isst und deine Zeit nicht ausschließlich im Krankenhaus oder mit der Nase in einem Medizinbuch verbringst«, meinte er unschuldig.

Anna schien eine Weile über seine Worte nachzudenken, dann sagte sie: »Ach, ich schlaf schon ein paar Stunden die Nacht. Aber ich werde sehr froh sein, wenn das Ganze endlich vorbei ist.«

Ja, er auch. Er fand es toll, dass sie ihren lebenslangen Traum, Medizin zu studieren, endlich wahr machte. Doch es war manchmal hart, seiner Schwester dabei zuzusehen, wie sie sich in Grund und Boden arbeitete. »Du hast nichts dazu gesagt, ob du genug isst, Anna«, erinnerte er sie.

Sie lachte auf. »Du bist nicht mein Vater, Dax. Du solltest aufhören, dir Sorgen zu machen.«

Ja, aber selbst ihr Vater war nicht wirklich ihr Vater gewesen. Irgendwer hatte die Lücke füllen müssen. »Daraus höre ich, dass dein Kühlschrank leer ist und du dich von Nudeln mit Pesto ernährst«, sagte er knapp.

»Nudeln und Pesto sind gefüllt mit wertvollen Vitaminen, gesunden Ballaststoffen und Salzen.«

»Und du bist gefüllt mit Bullshit«, bemerkte er. »Ich hab Freitag noch ein Spiel, aber ich komm Samstag vorbei und koch was, ja?«

»Schön, schön«, erwiderte sie griesgrämig, so als sei das unnötig. Doch er wusste, dass sie dankbar dafür war, ab und an gefüttert zu werden. Dazu gezwungen zu werden, Pause zu machen.

Abgesehen davon war er selbst schuld daran, dass sie nie kochen gelernt hatte. Er hatte diese Aufgabe ihre ersten zwanzig Lebensjahre für sie übernommen.

Anna verbrannte Wasser. Jack war noch viel schlimmer gewesen. Er hatte schon den ein oder anderen Toaster abgefackelt, weil er darin ein Knäckebrot hatte erhitzen wollen. Dax' Mundwinkel zuckten bei dem Gedanken daran und unwillkürlich fragte er sich, ob Jack noch immer eine solche

Katastrophe hinterm Herd war oder ob er es innerhalb des letzten Jahrzehnts endlich gelernt hatte.

»Da ich dich gerade an der Strippe habe, Dax: Ich will noch kurz was mit dir besprechen. Du hast in ein paar Wochen Geburtstag ...«

»Nein«, unterbrach er sie. »Nein und nein.«

»Oh, komm schon, Dax«, beschwerte sie sich sofort. »Du wirst achtundzwanzig. Das ist deine Trikotnummer. Deine Lieblingszahl. Ich hatte geplant, dir eine Party zu schmeißen.«

»Nein«, wiederholte er. Er hasste seine Geburtstage und Anna wusste das.

Als hätte sie seine Gedanken gelesen, seufzte sie schwer auf. »Okay, keine Party. Aber dann schau zumindest zum Essen vorbei. Ich koche ... Nein, ich bestelle etwas. Dann hast du einen größeren Anreiz zu kommen.«

Stöhnend legte er den Kopf in den Nacken. Jedes Jahr versuchte sie es aufs Neue. Und jedes Jahr gab er ihr dieselbe Antwort. »Geboren zu werden, ist keine Leistung, die man feiern darf.«

»So wie der ganze heutige Abend, meinst du?«, erwiderte sie pikiert.

Autsch. Also jetzt wurde sie gemein. »Ich werde nicht feiern«, beharrte er.

»Dax, ich weiß, du bist noch mieser drauf als ohnehin, weil Jack zu euch gewechselt ist«, meinte sie seufzend. »Aber könnten wir nicht dieses Jahr nutzen, um alles ... besser zu machen? Uns mit Jack zu versöhnen?« Ihre Stimme war leiser und sanfter geworden. So wie jedes Jahr zu Weihnachten, als sie noch Kinder gewesen waren, wenn sie ihm seinen Schokoweihnachtsmann hatte abschwatzen wollen. Jack, der Trottel, war drei Jahre in Folge darauf reingefallen, bis Dax ihm erklärt hatte, dass die meisten von Annas Tränen nicht echt waren.

»Ich habe nicht vor, etwas besser zu machen«, erklärte er ungeduldig. »Mein Leben ist ziemlich toll. Ich bin sehr zufrieden damit.«

»Lügner«, wisperte sie. »Dax ... es wird Zeit, neu anzufangen.«

Nein, da lag sie falsch.

»Wir sehen uns, Anna.«

Ein Seufzen war die Antwort. »Gott, ich hatte wirklich gehofft, dass du etwas einsichtiger bist. Das hätte meine nächsten Worte sehr viel einfacher gemacht.«

Misstrauisch runzelte er die Stirn. »Wovon redest du?«

»Nun, ich habe beschlossen, dir dieses Jahr nicht die Wahl zu lassen«, sagte sie im nächsten Moment fest. »Du wirst bei mir vorbeikommen und Kuchen essen und lächeln. Und ach ja.« Die nächsten Worte kamen hastig und eng aneinandergedrängt über ihre Lippen. »Ich habe Jack ebenfalls zu deinem Geburtstag eingeladen. Er bringt die Vorspeise mit. Ihr werdet gemeinsam am Tisch sitzen, zivilisiert und nett zueinander sein. Wie die Familie, die wir nun einmal sind. Punkt.«

»Entschuldige?«, presste er hervor und zerquetschte mit den Fingern das Handy.

»Du hast mich verstanden.« In ihrer Stimme schwang eine klare Warnung mit. »Es reicht mir. Ihr seid beide meine Brüder. Bis dann.«

Und bevor er noch einmal den Mund aufmachen konnte, hatte sie bereits aufgelegt. Er presste die Lippen zusammen und ließ langsam das Handy sinken. Leise Wut und Frustration schlichen durch seine Adern und plötzlich war ihm unfassbar heiß. Trotz der Kondenswölkchen, die sich vor seinem Mund bildeten.

Zornig stellte er das Handy lautlos und stopfte es in seine Hosentasche. Hatten sich denn alle Leute darauf geeinigt, dass es Zeit wurde, ihn und sein Leben zu kontrollieren?

Waren plötzlich alle davon überzeugt, zu wissen, was das Beste für ihn war?

Gott, er war es leid. Die Regeln zu befolgen, die andere ihm auferlegten. Er hatte seine gesamte Jugend damit verbracht, die haarsträubenden Regeln zu befolgen, die seine Mutter ihnen aufgedrängt hatte, damit sie das Gefühl hatte, zumindest irgendetwas zu ihrer Erziehung beizutragen. Als würde es etwas bringen, ihre Kinder um zehn ins Bett zu schicken, wenn Dax drei Stunden später aufstehen und sie zum Casino nebenan begleiten musste, weil sie nicht stark genug war, seinen betrunkenen Vater allein von den Würfeltischen wegzuziehen. Als wäre es sinnvoll, ihnen Süßigkeiten zu verbieten, wenn sein Alter Herr ihm bereits mit dreizehn das erste Bier angeboten hatte.

Nein. Außerhalb seines Zuhauses hatte er schon immer getan und gelassen, was er wollte. Und es hatte ihm dieses Leben beschert, oder nicht?

Er besaß mehr Geld, als er je ausgeben könnte. Hatte einen Job, den er liebte. Dutzende Freunde, mit denen er jeden Tag zusammenarbeiten konnte. Und Anna. Warum sollte er also irgendetwas ändern, wenn er sehr glücklich war?

Lügner.

Annas Stimme hallte in seinen Ohren nach, doch er ignorierte sie. Stattdessen drückte er mit der Faust die Tür zur Bar auf. Sie hatte keine Ahnung, wovon sie redete.

KAPITEL 11

»Wo ist Dax?«

»Keine Ahnung«, murmelte Matt abwesend und besah sich skeptisch die rote, klumpige Flüssigkeit auf seinem Löffel. »Das hier ist ein Fünf-Sterne-Hotel, oder? Warum ist die Suppe dann kalt?«

»Es ist Gazpacho. Eine Suppe aus Südspanien«, erwiderte sie ungeduldig.

»Und auf dem Flug hierher ist sie kalt geworden, oder was?«, bemerkte er unzufrieden.

»Matt! Wo ist Dax? Ich erreiche ihn nicht. Er ist nicht beim Essen, er geht nicht ans Telefon. Wo ist er? Und die Suppe soll kalt sein! Das ist Absicht. So isst man sie.«

Lucy reckte das Kinn und sah sich im Hotelrestaurant um, das mit lauter großen, breiten Männern gefüllt war. Aber nicht mit dem, den sie suchte. Dabei war Dax sonst wirklich nicht schwer zu finden. Er war die Art Mann, die sofort aus einer Menge herausstach. Was bedeutete, dass er nicht hier war.

»Mhm«, machte Matt abwesend und ließ den Löffel sinken, um sie über den Tisch hinweg nachdenklich anzusehen. »Du wirkst nervös.«

»Weil Dax nicht hier ist!« Und sie ein unfassbar ungutes Gefühl hatte. Das Spiel war furchtbar gewesen. Pure Folter, Dax auf dem Eis zu beobachten. Schlimmer als ein Verkehrsunfall. Er musste frustriert und wütend sein – und frustrierte, wütende Menschen trafen nicht die besten Entscheidungen. Frustrierte, wütende, reiche Eishockeyspieler noch viel schlechtere.

»Ist es nicht deine Aufgabe, immer und ständig zu wissen, wo er sich befindet?«, wollte Matt wissen. »Wieso belästigst du mich dann mit dieser Frage, wenn du doch die Antwort kennen solltest?«

Sie presste die Lippen zusammen und sah ihn düster an. »Er ist dein bester Freund und ich hatte einen Job zu erledigen. Ich musste der Presse versichern, dass Dax' Totalausfall heute Abend überhaupt nichts mit Jack West zu tun hatte!«

»Aber das hatte er«, widersprach Matt.

»Das weiß ich«, fauchte sie. »Aber das muss die Presse ja nicht wissen! Und du hast ernsthaft keine Ahnung, wo er ist? Oder sagst du es mir nur nicht, weil er dich darum gebeten hat?«

Matt seufzte und schob die Suppe weg. »Nichts da. Ich mische mich nicht in diesen absurden Machtkampf ein, den ihr seit elf Monaten austragt! Und wenn du es genau wissen willst, ich hab ihn vor einer Stunde das letzte Mal gesehen. Da hab ich ihn gefragt, ob er eine Runde Darts spielen will. Dachte, er könnte die Ablenkung gebrauchen. Aber er hat Nein gesagt. Er wird auf seinem Zimmer sein, sich vom Tag erholen.«

»Nein, ist er nicht.« Denn sie belegte das Zimmer direkt neben ihm und hatte mehrfach geklopft. Auf eine Art und Weise, die man nicht ignorieren konnte. »Sah er zufällig aus, als habe er vor, etwas Dummes zu tun?«

Matt lachte laut. »Er sieht immer aus, als habe er vor, etwas Dummes zu tun. Das hat seine Visage so an sich.«

Seufzend zog sie ihr Handy aus der Tasche.

»Du bist nicht hilfreich, weißt du?«, verkündete sie trocken, während sie ihre Apps durchsah und schließlich fand, was sie suchte.

Sie hatte gehofft, dass es nicht so weit kommen müsste, aber ... Dax ließ ihr leider keine andere Wahl.

»Oh mein Gott, hast du sein Handy gehackt und eine Tracking-App installiert?«, fragte Matt ungläubig und beugte sich vor, damit er auf ihr Display linsen konnte, auf dem eine Karte der Umgebung erschienen war.

»Quatsch. Es ist nicht hacken, wenn man das Passwort kennt«, murmelte sie abwesend. »Und es ist keine Tracking-App. Sie heißt *Find my Friends*.«

»Aber er ist nicht mit dir befreundet«, stellte Matt das Offensichtliche fest, seine Augen so groß wie die Suppenschüssel. »Und shit, er hat keine Ahnung, oder?«

»Natürlich hat er keine Ahnung«, sagte sie verärgert und suchte nach dem roten Punkt auf der Karte, der ihr Dax' Aufenthaltsort verriet. »Ich bin doch kein Anfänger. Und ganz ehrlich, wer als Passwort seine letzten beiden Trikotnummern nimmt, ist selbst schuld.« Er war nicht im Hotel, so viel war schon mal klar. Aber er befand sich auch nicht weit von hier entfernt. An einem Ort namens *Snow Hut*. Eine Bar. Mist. Das Einzige, was Dax in Bars tat, war trinken und Frauen aufreißen. Und da er zurzeit nicht trank ...

»Shit.« Sie sprang von ihrem Stuhl auf. »Ich wusste, dass ich mir einen Taser hätte kaufen sollen. Aber egal, ich werde schon einen anderen Weg finden, ihn niederzustrecken.«

Matts Augen weiteten sich. »Fuck, Dax und Maddie haben recht. Du bist verrückt. Zumindest, was ihn angeht. Ich dachte immer, sie beide übertreiben, aber ... Nein! Deine Murmeln rollen nicht mehr in geordneten Bahnen!«

»Ich bin nicht verrückt! Ich bin ... engagiert. In meinem Job«, stellte sie klar. »Und wieso redest du mit meiner Schwester über mich?«

»Sie hat eben nachgefragt, wie es bei dir und Dax so läuft.« Er zuckte die Achseln.

»Aber warum fragt sie nicht bei *mir* nach?«

»Weil ich sehr viel ehrlicher und unterhaltsamer bin als du«, erklärte er weise.

Lucy schnaubte und zeigte ihm den Mittelfinger. »Mir gefällt diese Bromance zwischen Maddie und dir überhaupt nicht! Und jetzt lass mich in Ruhe, ich muss eine Katastrophe verhindern.« Im nächsten Moment drehte sie sich um und eilte in Richtung Ausgang.

»Du benimmst dich wie eine Stalkerin, Lucy!«, rief Matt ihr hinterher.

»Iss deine Suppe, Matt, bevor sie kalt wird.«

»Aber sie ist bereits kalt! Das ist doch das Schlimme.«

Lucy antwortete nicht mehr und ging schneller.

Denn Dax war heiß und befand sich in einer Bar. Allein. Selbst wenn er nicht vorhatte, jemanden aufzureißen, würde es nicht lange dauern, bis jemand *ihn* aufriss. Stöhnend fuhr sie sich mit den Händen durch die Haare. Egal ob wütend oder schlecht drauf, der Bastard war unwiderstehlich und er würde bekommen, was er wollte. Wie gut, dass es ihr Job war, ihn von ebensolchen Fehlern abzuhalten.

Das *Snow Hut* hatte seinen verträumt klingenden Namen nicht verdient. *Death Hut* oder *Falsche Entscheidung Hut* hätte viel eher gepasst. Denn die Wände waren mit toten Tieren gepflastert, aus den Lautsprechern in den Ecken des Raumes drang Death Metal und es roch, als hätte sich jemand mehrfach auf den klebrigen Holzboden übergeben, bevor der Wirt das Erbrochene mit einem in Bier getränkten Lappen weggewischt hatte.

Das Licht war diesig, die Gesellschaft fragwürdig und Lucy hätte es vorgezogen, an jedem anderen Ort zu sein. Aber sie war nicht hier, um Spaß zu haben. Sie war hier, um Dax zur Sau zu machen und dann ins Hotel zu bringen. Das einzig Gute an dieser Kaschemme war, dass sie noch keinen einzigen Journalisten gesichtet hatte. Aber das war nur ein kleiner Trost, denn vor dem Hotel befanden sich genug von der Sorte und wenn Dax irgendwen mit auf sein Zimmer nehmen wollte, würde die Presse das mitbekommen.

Frustration und Unruhe machten sich in ihr breit.

Sie hatte das Gefühl gehabt, innerhalb der letzten Woche Fortschritte in der Sache mit Dax gemacht zu haben. Was genau *die Sache* war, konnte sie nicht benennen. Matt hatte recht, sie waren keine Freunde, aber zumindest hatten sie doch ... gegenseitigen Respekt füreinander ausgesprochen, oder?

Dax hatte sich ihretwegen benommen, sie hatte ihm ein Kompliment gemacht und behielt sein Geheimnis für sich. War das denn gar nichts wert?

Sie stellte sich auf die Zehenspitzen, verfluchte ihre Beine für die zwanzig Zentimeter, die ihnen fehlten, und hielt nach einem dunklen Schopf Ausschau.

Vielleicht saß Dax ja auch allein und unschuldig an der Theke. Vielleicht hatte sie zu schnell geurteilt. Vielleicht wollte er niemanden abschleppen. Vielleicht hatte er nur seine Ruhe ... Sie entdeckte ihn an einem der quadratischen Tische und der Gedanke löste sich in Wohlgefallen auf.

Nope. Er war hier, um ein One-Night-Stand klarzumachen. Keine Frage. Denn ihm gegenüber saß eine Blondine mit langen Beinen, geröteten Wangen und tiefem Ausschnitt. Lucys Magen zog sich unangenehm zusammen und ein bitteres Gefühl, das sich verdächtig nach Enttäuschung anfühlte, breitete sich in ihrem Bauch aus. Es war nicht fair, dass die langbeinigen Blondinen immer gewannen. Dass sie die heißesten Männer abbekamen, während sie Lucy keinen zweiten Blick ... Moment.

Irritiert von ihren eigenen Gedanken schüttelte Lucy den Kopf. Natürlich gewann die Blondine nicht. Denn das würde bedeuten, dass Dax der Preis war und Lucy sich darüber ärgerte, dass er ihr keinen zweiten Blick schenkte ... was absoluter Schwachsinn war! Dax Temple war ein arroganter Vollpfosten, der ihr den Job versaute. Und sein Ego hatte es definitiv verdient, einen kleinen Dämpfer zu bekommen!

Sie reckte das Kinn, schlüpfte aus ihrer Jacke, damit es aussah, als habe sie vor zu bleiben, richtete sich zu ihrer vollen Kleinheit auf und stolzierte durch den Raum. Auf ihrem Weg zu Dax' Tisch zog sie sich den Ring ihrer Mutter vom Mittelfinger, um ihn stattdessen auf den Finger daneben zu schieben, bevor sie ihre Mundwinkel ein wenig dehnte, damit das Lächeln auch echt wirkte.

Sie hielt nach einem Stuhl Ausschau, den sie heranziehen könnte, doch keiner in direkter Nähe war frei. Egal, sie kannte schon genau den richtigen Platz, auf den sie sich stattdessen setzen würde.

»Hey, Darling«, sagte sie atemlos, sobald sie Dax' Tisch erreicht hatte. »Hier bist du ja.«

Dax' Kopf wirbelte herum und mit offenem Mund starrte er zu ihr hoch. Lucy war klug genug, seine zeitweilige Sprachlosigkeit schamlos auszunutzen.

»Ich hab dich schon gesucht«, fuhr sie fort. »Meine Güte, meine Füße bringen mich um. Aber du hast es mir ja gesagt: In deinen Umständen solltest du keine High Heels tragen, egal wie sexy du damit aussiehst. Gott, ich muss mich erst mal setzen.«

Im nächsten Moment schlang sie einen Arm um seinen Hals, ließ sich auf seinen Schoß sinken und blickte strahlend zu ihm auf. Dann wandte sie sich der Blondine zu, die sie ansah, als habe sie einen Kürbis als Kopf. »Wer ist denn deine neue Bekannte? Sehr nett von Ihnen, ihm Gesellschaft zu leisten, während ich weg war!«

»Ähm, ich ...« Unsicher sah die Frau von Dax' noch immer schockiertem Gesicht zu Lucy und zurück. »Ich bin Brandy.« Sie streckte zögerlich die Hand aus und Lucy ergriff sie.

Mist. Die Blondine war nett und sie hatte diesen Auftritt nicht verdient. Aber da musste sie sich bei dem Mann bedenken, der seine Finger gerade unangenehm fest in ihre Hüfte grub.

»Was glaubst du, was du da tust?«, zischte Dax an ihrem Ohr.

Sie war so frei, ihn zu ignorieren. Stattdessen ließ sie sich schwer in die aufgezwungene Umarmung sinken, damit Dax sie nicht einfach so von seinem Schoß schubsen konnte, und fuhr fort: »Brandy! Welch ein hübscher Name. Ach, es ist so schön, mal wieder rauszukommen. Seit der Geburt der Zwillinge letztes Jahr ist das Leben einfach nicht mehr dasselbe.«

Sie lachte, griff nach der Cola, die vor Dax auf dem Tisch stand, und genehmigte sich einen Schluck, bevor sie auf seinem Schoß herumrutschte, um eine bequemere Position zu finden. Denn liebe Güte, Dax' Beine waren hart. Ebenso hart wie die Brust, an der sie lehnte. Sie schluckte und hielt ihren Blick konzentriert auf Brandy gerichtet. Sie hatte vergessen, wie sich Muskeln anfühlten. Dass sich die Hitze, die ein Mann ausstrahlte, durch Kleidung fressen konnte wie Motten. Wie es sich anfühlte, wenn sich starke Finger in ihr Fleisch gruben. Auch wenn sie das gerade nicht vor Lust, sondern vor Ärger taten. Doch es war so leicht, sich vorzustellen, dass es anders war. Viel zu leicht.

»Wovon redest du?«, presste Dax hervor und versuchte sie von sich zu schieben, doch sie klammerte sich an seinen Schultern fest, als wären sie die Klippe, an der sie hing.

»Natürlich davon, dass wir unsere Freunde seit der Geburt von Rex und Reilly kaum noch sehen«, elaborierte sie. »Sie sind ein Segen, definitiv, aber jetzt, da das dritte auf dem Weg ist ...« Sie legte seufzend eine Hand auf ihren Bauch. »Wird es immer schwerer, Zeit für uns zu finden. Oder eben neue Leute kennenzulernen.« Sie lächelte Brandy strahlend an, die mit angewidertem Gesichtsausdruck zu Dax sah.

»Du hast eine schwangere Ehefrau«, sagte sie tonlos.

»Offenbar«, quetschte er zwischen den Zähnen hindurch. »Auch wenn ich jeden Tag aufs Neue darüber überrascht bin. Denn Mann, das alles ging sehr schnell.«

»Ich habe dich eben mit nur einem Blick verzaubert«, erklärte Lucy und klimperte mit den Wimpern.

»Ja. Der Vergleich mit der Hexe passt«, erwiderte er düster, bevor er leiser hinzufügte: »Und Hexen gehören auf den Scheiterhaufen.«

Lucy lachte nervös auf und rutschte erneut von links nach rechts. »So ein Charmebolzen! Aber er ist wirklich der beste Ehemann«, sagte sie verträumt. »Und so ein toller Vater.«

»Oh, ich weiß nicht«, knurrte Dax. »Gerade ziehe ich in Erwägung, Gewalt als erzieherische Maßnahme zu verwenden.«

Sie lachte laut auf, griff nach seiner Hand und drückte sie fest. Damit es aussah, als würden sie ständig Zärtlichkeiten austauschen. Und damit er sein Versprechen nicht in die Tat umsetzen konnte. Denn Dax prügelte sich wirklich sehr oft auf dem Eis und sie hatte auf einmal die Befürchtung, dass er emanzipiert genug war, um nicht zwischen Frau und Mann zu unterscheiden, wenn es darum ging, Schläge auszuteilen.

»Unglaublich«, sagte die Blondine abgehackt, bevor sie ruckartig aufstand und einen Zeigefinger auf Dax' Gesicht richtete. »Du solltest dich was schämen.«

»Ja, das ist die allgemein vorherrschende Meinung«, erwiderte Dax, ohne mit der Wimper zu zucken.

Die Blondine lachte freudlos auf, sagte zu Lucy: »Viel Glück mit ihm«, und verschwand im nächsten Moment in Richtung Tür. Erleichtert atmete Lucy aus. Das hatte sehr gut funktioniert, fand sie.

»Hör auf, so herumzurutschen«, zischte Dax sie an und schubste sie keine Sekunde später von seinem Schoß.

»Du bist einfach sehr ungemütlich«, verteidigte sie sich und hängte ihre Jacke über die gerade frei gewordene Rückenlehne.

»Ich weiß, wie du verhindern kannst, ungemütlich zu sitzen: Nimm das nächste Mal einen verdammten Stuhl!«, fuhr er sie an und schlug mit den Händen auf den Tisch, seine blauen Augen fast schwarz. »Ach ja, außerdem: Was hältst du davon, mich verdammt noch mal mit deinem Scheiß in Ruhe zu lassen?«

»Nicht viel«, gab sie zu und ließ sich auf Brandys Stuhl sinken.

»Ja, das ist mir aufgefallen«, erwiderte er feindselig. »Und wie zur Hölle hast du mich gefunden?«

»Weibliche Intuition?«

Mit verengten Augen starrte Dax sie an. Sie konnte die Rädchen in seinem Kopf praktisch rattern hören – und im nächsten Moment zog er sein Handy aus der Tasche und wischte auf dem Display herum. »Unfassbar«, sagte er tonlos und ein Muskel an seinem Kiefer sprang hervor. »Du hast einen *Tracker* auf meinem Handy installiert?«

»Es ist die *Find your Friends*-App«, widersprach sie.

»Wir sind *keine* Freunde, Lucy!«, fuhr er sie an.

Stirnrunzelnd neigte sie den Kopf. »Wieso sagen mir das heute alle immer wieder?«

Dax lachte trocken auf, bevor er beide Hände in den Haaren versenkte. »Großer Gott, du bist wahnsinnig. Was geht in deinem Kopf vor, kannst du mir das mal sagen? Denn Scheiße, das geht zu weit, Lucy! Viel zu weit. Du hast die Grenze so dermaßen überschritten, dass du sie mit bloßem Auge nicht mehr erkennen kannst.«

Sie presste die Lippen zusammen und beugte sich vor. »Ich hab dich gewarnt, Dax. Ich habe dir gesagt, dass ich meinen Job sehr ernst nehme und alles tun werde, um Leslies Auftrag zu erfüllen. Doch das scheinst du zusammen mit unserer Abmachung vergessen zu haben.« Sie biss die Zähne aufeinander. »Keine Affären, keine One-Night-Stands. Das waren die Regeln.«

»Und wir hatten ebenfalls die Abmachung, dass ich in meinem Hotelzimmer tun und lassen kann, was ich will«, feuerte er zurück.

»Sieht das hier aus wie dein Hotelzimmer?«, fragte Lucy ungläubig und breitete die Arme aus.

Einige Sekunden lang war Dax still. Beunruhigend, gefährlich still. Dann lächelte er. Ein kleines, herablassendes Lächeln, das sich wie Nadelstiche in ihre Schläfen bohrte.

»Es ist egal, Lucy«, flüsterte er selbstzufrieden. »Was du gerade getan hast. Brandy magst du verscheucht haben, aber es gibt noch genug andere Frauen hier.«

Nachdenklich sah sie ihn an, bevor sie den Blick durch den Raum schweifen ließ, in dem es tatsächlich viel zu viele hübsche Frauen gab. »Du hast vollkommen recht«, meinte sie und nickte fest. »Ich sollte besser alle Gefahren auf einmal eliminieren, oder?«

Eine Sekunde lang sah er sie perplex an. »Wovon redest du? Was ...«

Sie ließ ihn nicht zu Ende sprechen. Stattdessen stand sie auf, zog sich den Stuhl heran und stieg auf seine Sitzfläche, sodass sie den ganzen Raum überblicken konnte. »Hört mal alle her«, rief sie laut, sodass ihre Stimme von den klebrigen Wänden widerhallte und die gesamte Bar sich zu ihr herumdrehte. »Das hier ist mein Freund Steven.« Sie deutete auf Dax. »Er hat gerade eine Therapie wegen einer starken Sexsucht hinter sich und es wäre toll, wenn ihr ihn heute alle dabei unterstützen könntet, keinen Rückfall zu erleiden.« Sie legte sich eine Hand auf die Brust, bevor sie mit dramatischer Stimme fortfuhr: »Er hat im letzten Jahr so tolle Fortschritte gemacht. Es wäre doch schade, wenn er …«

Plötzlich wurde ihr die Luft aus der Lunge gepresst, als Dax einen seiner starken Arme um ihre Mitte schlang und sie vom Stuhl riss. Sie verlor den Boden unter den Füßen und stieß einen verzerrten Uff-Laut aus, als ihr Magen mit seiner muskulösen Schulter Bekanntschaft machte.

»Okay, es reicht«, knurrte er.

»Nein, nein, ich glaube, einige Frauen auf der Toilette haben mich noch nicht gehört!«, widersprach sie sofort und wehrte sich gegen seinen Griff. Doch sie hatte keine Chance gegen ihn. Denn im Gegensatz zu ihr besaß Dax Muskeln. Viel zu viele davon.

»Was zur Hölle tust du?«, stieß sie aus und legte den Kopf in den Nacken, damit er nicht mit Dax' Rücken kollidierte, während er sie wie einen nassen Sack Reis über die Schulter geworfen durch den Raum trug. Den Arm auf ihre Oberschenkel gepresst, damit sie nicht hintenüber zu Boden taumelte.

»Ich eliminiere die Gefahr«, sagte er düster.

»Lass mich runter!«, forderte sie laut und wollte sich hilfesuchend in der Bar umsehen, doch da hatte Dax sie bereits durch die Tür nach draußen bugsiert.

Kalter Wind fuhr unter ihren Rock und sie zuckte zusammen. »Shit, ist das kalt.«

KAPITEL 12

Dax hatte keine Ahnung, wovon Lucy redete.

Ihm war nicht kalt. Im Gegenteil.

Die Hitze, die sein Blut zum Brodeln brachte, war mit nichts vergleichbar, das er in den letzten fünf Jahren seines Lebens empfunden hatte.

Da war die Wut. Die heiße Wut, die ihn verzehrte, seit sie Brandy erzählt hatte, sie sei seine Ehefrau. Die Irritation darüber, wie sie es geschafft hatte, ohne sein Wissen eine Tracking-App auf seinem Handy zu installieren.

Und dann war da noch das Verlangen.

Das brennende, glühende Verlangen, das er gern ignorieren würde, aber nicht ignorieren konnte. Denn es wurde von dem Gefühl ihrer weichen Schenkel unter seiner großen Hand, mit der er sie festhielt, nur weiter angefacht.

Wieso, zur Hölle, hatte sie nicht damit aufhören können, auf seinem Schoß hin und her zu rutschen? Warum hatte sie sich an ihn pressen müssen, als wäre er ihr letzter Strohhalm? Warum hatte sie ihren Kopf unter sein Kinn schmiegen müssen, damit er keine andere Wahl gehabt hatte, als den Geruch nach Zitrone und Lucy einzuatmen, wenn er keinen grausamen Erstickungstod sterben wollte?

Hatte sie denn überhaupt keine Ahnung vom männlichen Körper? War ihr nicht klar, dass sie damit sämtliche seiner Nervenenden zum Leben erweckt und er seine gesamte körperliche Kontrolle hatte aufbringen müssen, um nicht sofort hart zu werden?

»Ich friere, Dax«, sagte Lucy genervt und schlug ihm mit der Faust auf den Rücken.

»Das hättest du dir wirklich früher überlegen müssen«, erwiderte er feindselig, zog sie an den Beinen nach vorn und ließ sie zu Boden sinken.

Sie quietschte aufgrund der plötzlichen Bewegung überrascht auf, klammerte sich an seinen Schultern fest und rutschte seinen Körper hinab.

Quälend langsam. Zentimeter für Zentimeter rieb Stoff über Stoff, Körper gegen Körper, weich an hart.

Seine Kehle wurde eng, sein Unterleib schwer und sobald sie wieder Boden unter den Füßen hatte, trat er einen Schritt zurück. Er hatte *sie* damit bestrafen wollen, sie gewaltsam aus der Bar zu zerren. Nicht sich selbst. Aber langsam bekam er das Gefühl, dass er nur nach draußen gewollt hatte, um sich selbst etwas abzukühlen. Denn fuck, es sollte ihm egal sein. Wie sie sich auf seinem Schoß anfühlte. Wie weich ihre Haut war. Wie perfekt sich ihre Brüste an seinen Oberkörper schmiegten. Er schloss einige Sekunden lang die Augen, um sich zusammenzureißen. Er war wütend, nicht angeturnt!

Als er die Lider wieder öffnete, sah Lucy verärgert zu ihm hoch. Ihre dunklen Augen blitzten in der Dunkelheit und ihre Lippen waren gerötet und leicht geschwollen, wahrscheinlich, weil sie vor Frustration darauf herumgekaut hatte.

Sein Mund wurde trocken.

Okay, vielleicht war er wütend *und* angeturnt. Aber nur, weil er heute Abend fest mit Sex gerechnet hatte. Es lag nicht an der Frau, es lag an der Situation!

»Du weißt schon, dass du dich soeben wie der letzte Neandertaler verhalten hast, oder?«, fragte sie süßlich, legte die Arme um ihren Körper und blickte an ihm vorbei zur Tür des *Snow Hut*. Vermutlich überlegte sie, wie hoch die

Wahrscheinlichkeit war, dass Dax sie zurück in die Bar ließ, um ihre Jacke zu holen. Nun, sie lag bei minus zehn Prozent, sie brauchte sich also nicht erst die Mühe zu machen.

»Ja, du hast recht«, erwiderte er tonlos. »Du bist es, die gerade vor dreißig Leuten verkündet hat, ich wäre sexsüchtig, aber ich habe mich falsch verhalten!«

»Nun, vielleicht ist es ja die Wahrheit«, meinte sie unschuldig und hob eine Schulter. »Ich meine, wenn man die Anzahl der Frauen bedenkt, die regelmäßig in deinem Bett schlafen, kann man schon seine Schlüsse ziehen.«

»Kann man das, ja?«, fragte er grob, auch wenn er sich Mühe gab, seine Stimme weiterhin ruhig zu halten. Denn er wusste, dass es sie viel mehr aufregte, wenn er ruhig blieb, als wenn er an die Decke ging.

Unsicher trat sie von einem Bein aufs andere. Jap. Er kannte sie sehr viel besser, als ihr oder ihm lieb war.

»Schön«, wisperte sie scharf. »Ich gebe zu, dass ich damit möglicherweise eine Schippe zu viel aufgelegt habe.«

Er lachte trocken auf und fuhr sich mit der Hand in die Haare. »Eine Schippe? Eher einen Sandkasten! Du sollst mein Image retten, nicht darauf herumtrampeln!«

»Oh, bitte!« Sie winkte ab. »Niemand da drinnen kannte dich. Sonst hätten dich schon längst einige der alten Herren belagert. Außerdem hab ich doch gesagt, dass du Steven heißt, oder nicht?«

»Oh ja, Steven, der hingebungsvolle Vater von Rex und Reilly«, zitierte er und schabte mit den Zähnen übereinander. »Weißt du, normalerweise habe ich gar kein Problem damit, ein Arschloch zu sein. Aber heute hast du mich zu einem gemacht!«

»Was blieb mir denn für eine Wahl?«, rief sie genervt. »Du hättest Brandy mit in dein Hotel genommen, wärst dabei abgelichtet worden und die Presse hätte es als Frust-Fick dargestellt!«

Ja, und genau das wäre es gewesen.

Shit, womöglich war er wirklich ein Arschloch. Aber heute Abend zumindest nicht das größte im Stadion.

»Du hättest *hundert* Möglichkeiten gehabt, Brandy loszuwerden«, fuhr er sie an. »Hundert, mit denen du mich nicht hättest bloßstellen müssen. Aber du hast es genossen, oder nicht? Mich wie den letzten Deppen dastehen zu lassen? Weil ich es so oft geschafft habe, dich wie einen aussehen zu lassen. Also dachtest du dir: Hey, ich bin wütend, ich übe etwas Rache.«

Er hob die Augenbrauen und sah Lucy mitten ins Gesicht. Sie antwortete nicht. Das musste sie auch gar nicht. Ihr Schweigen und der schuldbewusste Ausdruck in ihren Augen waren mehr als genug.

Einige endlose Augenblicke lang starrten sie einander wortlos an. Nichts als Luft und Hitze zwischen ihnen. Schließlich murmelte Lucy mit zitternder Stimme: »Alles irrelevant. Du hast deine Abmachung gebrochen, ich habe dich aufgehalten. Die einzige Frau, mit der du heute nach Hause gehen wirst, bin ich.«

Dax hielt inne. Er ließ sich die Worte auf der Zunge zergehen. Bilder blitzten in seinen Gedanken auf. Denn er wusste genau, was er mit Lucy anstellen würde, wenn sie heute wirklich mit zu ihm nach Hause kam. Wusste genau, wie er sie quälen könnte, bis sie Erlösung mehr brauchte als ihren nächsten Atemzug. Wie er sie reizen könnte, bis ihre Augen glasig wurden. Wie er sie nach all ihren Verboten dazu bringen könnte, ihn darum anzubetteln, sich doch endlich zu nehmen, was er wollte. Endlich alle Regeln zu vergessen, die sie ihm je auferlegt hatte.

Ihr würde nicht mehr kalt sein. Er wäre nicht mehr so wütend. Er hob die Mundwinkel zu einem gemächlichen Lächeln. Es würde niemals so weit kommen. Er war angeturnt, aber nicht lebensmüde. Lucy war die letzte Frau auf dieser

Welt, mit der er etwas anfangen sollte. Aber das musste sie ja nicht wissen.

»So, so«, sagte er dunkel. »Interessant. Und so nimmt der Abend eine überraschende Wendung.«

Sie bemerkte offenbar, dass sie etwas Falsches gesagt hatte, denn er konnte sie schlucken sehen, bevor sie sich fahrig über den Pferdeschwanz strich und sagte: »Ich meinte nicht ... du ... Du weißt schon, wie ich das meinte!«

»Tue ich das?«, murmelte er und trat einen Schritt auf sie zu. Langsam, als hätte er alle Zeit der Welt, während er den Blick zu ihren geröteten Lippen, ihren Körper hinab und zurück zu ihrem Gesicht gleiten ließ. Sie damit abtastete, wie er es gern mit den Händen tun würde. Denn sie sollte es sich vorstellen. In jedem Detail, bis ihr genauso heiß war wie ihm. »Es tut mir leid, aber heute scheine ich etwas begriffsstutzig zu sein«, fuhr er leise fort. »Der ganze Abend ist für mich absolut unverständlich. Aber das, was du gerade von dir gegeben hast ... Nun, für mich hat sich das nach einem Versprechen angehört.« Er trat einen weiteren Schritt vor, sodass ihre Brüste sein Hemd streiften und er sein Kinn senken musste, um ihr noch immer ins Gesicht sehen zu können. Doch Lucy wich nicht vor ihm zurück. Natürlich wich sie nicht vor ihm zurück. Ihr Stolz ließ es nicht zu.

Das war ein Fehler. Ein riesengroßer Fehler. Denn wenn sie ihn provozieren durfte, dann galt für ihn dasselbe. Und sie hätte kein Spiel anfangen sollen, in dem er so viel besser war als sie.

»Ah, jetzt verstehe ich«, murmelte er rau. »Es geht dir nicht um meinen Ruf. Es geht dir nicht um Rache. Du bist eifersüchtig. Weil *du* gern Brandy gewesen wärst. Deswegen hast du dich wie eine Irre verhalten.«

»Ich hab mich nicht ...« Doch sie brachte ihren Satz nicht zu Ende. Denn er beugte sich leicht vor, glitt mit den Fin-

147

gern zu ihrem Rocksaum, ließ die Kuppen über die Stelle gleiten, an der der Stoff ihre nur in eine dünne Strumpfhose verpackten Schenkel traf.

Er hörte, wie sie hektisch Luft einsog, sah, wie sich ihre Pupillen weiteten, wie sich ihre Lippen leicht öffneten.

Und schon war er nicht länger der Einzige, der angeturnt war. Er war nur der Einzige, der bereit war, es zuzugeben. Denn Lucy James würde sich niemals freiwillig eingestehen, dass er Macht über sie hatte. Und sei sie auch noch so primitiv.

»Du hast dich nicht *was*?«, fragte er und beugte sich zu ihr hinunter. Wie beiläufig strich er mit seinem kratzigen Kinn über ihre Schläfe. Glitt mit den Fingern zu der Innenseite ihrer Oberschenkel und zog enge Kreise damit. »Wie eine Irre verhalten? Vielleicht solltest du das Wort lieber noch einmal im Lexikon nachschlagen.« Er wusste, dass er sich in gefährliche Gefilde begab. Doch es war ihm egal. Sie musste verstehen, dass nicht sie es war, die die Macht besaß, sondern er. Allein er.

Er ließ seine andere Hand wandern. Berührte mit ihr Lucys Hals und fuhr mit dem Daumen über ihren schnell schlagenden Puls. Die Spitzen ihrer Haare kitzelten seine Haut. Lucy öffnete die Lippen einen Spalt, sodass er ihren warmen Atem an seiner Wange spüren konnte. Ihre Pupillen waren kaum noch von ihren Iriden zu unterscheiden ... Und dann erschauderte sie. Es war ein atemloses, zittriges Erschaudern, das ihre Brüste über seinen Oberkörper streifen ließ und Röte ihre Wangen hinauftrieb, während sie sich über die Lippen leckte. Sein Schwanz ächzte bei dem Anblick. Er war so verdammt hart, dass seine Jeans ungemütlich wurde. Sein eigener Atem wurde flacher, während sein Blick auf ihren Lippen lag. Er konnte sich von dem Anblick nicht losreißen.

Fuck, er wollte sie.

Er hatte sie an ihre Grenzen treiben wollen, nicht sich selbst. Doch jetzt wusste er nicht mehr, was sein Plan gewesen war. Ebenso wenig, wie er wusste, worauf er wütender war. Auf sie oder seinen Körper, der Lucy mit einer Intensität wollte, die ihm Angst einjagte? War er wahnsinnig?

Abrupt ließ er sie los und trat einen Schritt nach hinten – in genau demselben Moment, in dem Lucy die Hände auf seine Brust legte und ihn wegschubste.

»Hör auf damit«, sagte sie unwirsch, bevor sie ihren Rocksaum geraderückte. Ihre Finger verweilten eine Spur zu lang an der Stelle, an der gerade noch seine gelegen hatten. »Du provozierst mich!«

Er erkannte in ihrem Blick, wie sehr sie es hasste, dass er erfolgreich damit gewesen war.

Auch wenn er sich nicht so fühlte, als wäre das eben ein Erfolg gewesen. Viel eher kam es ihm so vor, als hätte er seinen inneren Masochisten entdeckt. Dabei musste er doch nur an das heutige Hockeyspiel denken, um sich selbst zu quälen. Sich selbst anzuturnen, ohne Aussicht auf Erlösung, war einfach nur dumm.

»Tun wir das nicht immer?«, sagte er, seine Stimme betont gelassen. Seine Worte ruhig und gezielt. Vielleicht hätte er nicht Eishockeyspieler, sondern Schauspieler werden sollen, denn Mann, er legte hier wirklich eine verdammt gute Vorstellung hin!

»Nein. Wir ... Nein«, erwiderte Lucy bestimmt und schüttelte den Kopf. Immer wieder, als versuche sie so, sich selbst zu überzeugen. »Weißt du, ich verstehe, dass du wütend bist. Aber du bist nicht wütend auf mich. Du bist wütend auf *dich*, weil du scheiße gespielt hast.«

Er lachte. Laut. Er hatte innerhalb der letzten halben Stunde kein einziges Mal an das desaströse Spiel gedacht. »Oh, ich bin ein wenig wütend auf mich, aber gerade eben war ich rasend wegen dir!«, versprach er ihr leise. Auch wenn er sich wieder etwas beruhigt hatte. Vielleicht, weil seinem Kopf nicht mehr ganz so viel Blut zur Verfügung stand wie noch vor einer Viertelstunde.

»Okay«, sagte sie fest. »Ich hätte das gerade anders lösen können, aber ... du hast heute Abend schon so viele schlechte Entscheidungen getroffen, dass ich mir einfach keine weitere von dir mehr ansehen konnte.«

Das brachte ihn doch tatsächlich zum Stutzen. »Entschuldige?«, fragte er verwirrt und stopfte die Hände in die Hosentaschen. Denn da war ein Knopf an ihrer Bluse, der sich aus seinem Loch befreit hatte und es juckte ihn in den Fingern, ihn wieder zu fixieren.

Oder einen weiteren zu öffnen.

»Von was für Entscheidungen sprichst du?«

Sie hob das Kinn. »Von der Entscheidung, heute Abend absichtlich zu verlieren.«

Und schon kam die alte Wut zurück. Mann, Lucy hatte da wirklich ein Talent. »Was?«, fragte er scharf.

»Du hast mich schon gehört«, erwiderte sie freimütig. »Du wolltest nicht gewinnen, Dax. Dabei ist das deine größte Stärke. Dein Wille zu gewinnen und besser zu sein. Aber heute wolltest du nicht. Weil es bedeutet hätte, dass Jack auch gewinnt. Und das kann nicht deine Einstellung bleiben. Du musst das mit ihm klären. Und sei es nur auf dem Eis!«

Sein Kiefer knackte, als er ihn von der einen Seite auf die andere schob. »Hast du nicht gerade noch gesagt, dass wir uns nicht mehr provozieren?«, fragte er hitzig. »Denn scheiße, Lucy, du hast gelogen.«

»Es ist keine Provokation. Es ist die Wahrheit«, sagte sie sachlich. »Du weißt genauso gut wie ich, dass du weiterhin schlecht spielen wirst, wenn du dich nicht mit Jack verträgst und akzeptierst, dass er jetzt zum Team gehört.« Sie holte tief Luft. »Dax, ich weiß, du hattest eine beschissene

Kindheit und Jack hat etwas getan, das deine Wut verdient, aber ...« Sie brach ab. Vielleicht, weil sie erneut merkte, dass sie etwas Falsches gesagt hatte. Weil sie sah, dass Dax' Inneres zu Eis gefror, bevor es auseinanderbrach und Lava daraus hervorquoll. Weil selbst sie bemerken musste, wie fest er die Zähne aufeinanderbiss und dass seine Fingerknöchel knackten, weil er sie so fest zur Faust presste.

»*Was* hast du gesagt?«, spuckte er aus. Lucy blinzelte, wandte den Blick ab, sah wieder zu ihm. Ihr Kopf war mittlerweile so rot vor Hitze, dass sich mit Sicherheit gerade ein eigenes Sonnensystem darum bildete.

»Nichts«, murmelte sie. Doch das war nur eine weitere Lüge. Es war nicht nichts.

»Meine Kindheit?«, wiederholte er hölzern, und als er diesmal einen Schritt auf sie zutrat, war es nicht, um sie zu provozieren. Es war, weil er ihr Angst machen wollte. Weil sie nicht wissen konnte, was sie behauptete zu wissen. Und diesmal wich sie gegen die hinter ihr liegende Wand zurück. Diesmal hielt sie den Atem an. »Was weißt du über meine Kindheit?«

Niemand wusste etwas darüber. Nicht Matt, nicht das restliche Team, nicht die Frauen, mit denen er schlief. Denn seine Kindheit definierte ihn nicht. Seine Eltern konnten nicht bestimmen, wer er heute wahr. Seine Persönlichkeit mochte sich aus all der Wut und Enttäuschung dieser Zeit zusammensetzen. Ein Mosaik aus Liebe zu seiner Schwester, aus den guten Zeiten mit Jack, aus den schlechten Zeiten ohne Jack, aus Hockey und erkämpften Momenten des Glücks. Doch das Wissen darum gehörte ihm. Seine Vergangenheit gehörte ihm!

Hatte er ihr das nicht unmissverständlich klargemacht?

Und jetzt sah sie ihn an, als könnte sie *verstehen*, was sein Problem war? Als wäre es leicht, Jack zu verzeihen, wenn er sich nur etwas Mühe gab?

Fuck, nein.

Lucy hatte nicht das Recht, irgendetwas über seine Vergangenheit zu wissen. Oder auch nur zu denken, etwas zu wissen.

Denn sie hatte keine Ahnung.

»Ich weiß nichts über deine Kindheit, Dax«, sagte sie und er hasste es, wie weich ihre Stimme war. Wie groß ihre Augen. Wie sanft ihre Berührung, als sie die Finger vorsichtig auf seinen Arm legte.

»Irgendetwas scheinst du ja zu wissen«, fuhr er sie an. »Über meine Kindheit und mich und Jack. Darüber, ob er meine Wut verdient hat oder nicht!«

Sie atmete tief durch und nickte knapp. »Er hat es mir erzählt, okay? Dass eure Kindheit schrecklich war. Und dass er die Wut verdient hat. Das ist alles.«

Nein, das war nicht alles. Es war zu viel.

»Wie nett von ihm«, sagte Dax schneidend. »Wie nett von ihm, zu entscheiden, was du wissen solltest und was nicht. Was hat er denn so ausgeplaudert? Hat er erzählt, dass mein Vater spielsüchtig war und wir ihn regelmäßig nachts aus dem Casino abholen mussten? Jack siebzehn, ich vierzehn? Hat er dir erzählt, dass unsere Mutter die liebevollste und gütigste Person war, aber nichts anderes getan hat als zu arbeiten, und dann das Bedürfnis hatte, zu Hause eine schwachsinnige Erziehungsmaßnahme nach der anderen einzuführen, nur um das Gefühl zu haben, uns irgendetwas beizubringen? Obwohl es ihre einzige Aufgabe gewesen wäre, ihren verdammten Ehemann zu verlassen? Hat er dir vielleicht gesagt, dass sie trotzdem die süßeste und liebste Person war ... und er es nicht einmal für nötig gehalten hat, auf ihre Beerdigung zu kommen?«

Ihre Augen weiteten sich und sie schüttelte den Kopf. »Nein. Nicht so was. Ich ...« Sie schluckte und holte zitternd Luft. »Dax, ich wusste nicht, dass ...«

Er stemmte beide Hände neben ihr Gesicht und sie verstummte augenblicklich. »Genauso ist es. Du wusstest nicht, du weißt nicht. Und du hörst mir jetzt mal gut zu, Lucy«, wisperte er, seine Stimme bedrohlich leise. Sein Kopf so nah an ihrem, dass sich beinahe ihre Nasen berührten. »Es ist egal, was Jack dir erzählt hat, was er dir erzählen wird und was du denkst zu glauben. Du weißt nichts über mich. Nichts über Jack. Nichts über unsere Beziehung. Und du bist verdammt noch mal zu weit gegangen. Mit heute Abend. Damit, Jack zu befragen. Damit, einen Tracker auf meinem Handy zu installieren. Das nächste Mal, wenn du so einen Scheiß abziehst, wirst du es bereuen.«

Wieder schluckte sie, bevor sie zitternd einatmete. »Dax, ich wollte nicht ... Ich hab ihn nicht befragt«, sagte sie und die Worte stolperten ungelenk über ihre Lippen. »Ich wusste all das nicht. Ich wollte nicht hinter deinem Rücken üb...«

»Und doch hast du es getan«, schnitt er ihr das Wort ab und stieß sich von der Wand ab. Brachte die Distanz zwischen sie, die er dringend brauchte, um klarer denken zu können. Um nicht in ihre großen Augen zu sehen und sich wie ein Arschloch dafür vorzukommen, dass er sie anschrie. »Weißt du, alle reden hinter meinem Rücken über mich«, bemerkte er und lachte freudlos auf. »Das ganze beschissene Land, die Trainer, die Mannschaft – und hier dachte ich, du wärst die Einzige, die mutig genug ist, mir ins Gesicht zu sagen, was sie denkt und was sie stört. Aber offenbar habe ich mich geirrt. Denn du bist nicht besser als der ganze Rest.«

Er konnte sehen, dass der Schlag sie getroffen hatte. Erkannte es an der Art und Weise, wie sie die Arme sinken ließ, wie sie mehrfach blinzelte, den Mund öffnete, ihn wieder schloss. Er wollte nicht hören, was sie zu sagen hatte. Wollte nicht wissen, ob sie sich entschuldigen oder ihn als Arschloch beschimpfen würde. Also gab er ihr nicht die Möglichkeit dazu.

»Jetzt hol deine verdammte Jacke«, murmelte er. »Wir gehen.«

Es grenzte an ein Wunder, dass Lucy tatsächlich das tat, was er ihr sagte. Ein Wunder, von dem er nicht wusste, ob es ihm gefiel. Sie wandte ihm den Rücken zu, lief zur Bar und keine Sekunde später fiel die Tür mit einem dumpfen Schlag zurück ins Schloss.

Seine Schultern sackten nach unten und er presste Daumen und Zeigefinger auf seine Augen.

Shit.

Unruhig lief er auf und ab, sog die kalte Luft tief in seine Lunge, stieß sie durch die Nase wieder aus.

Sein Herzschlag echote in seinen Ohren, seine Hände zitterten und seine Lippen kribbelten. Nichts in seinem Körper, in seinem Kopf oder in seinem Leben war noch an seinem angestammten Platz. Der ganze Tag, die letzte Stunde ... es war alles ein einziges Durcheinander.

Er wollte Lucy und wollte sie gleichzeitig nie wieder sehen. Er wollte sie anschreien und sich gleichzeitig für seine harten Worte entschuldigen. Er wollte Jack eine verpassen und ihn im nächsten Moment fragen, was damals passiert war.

Warum er von einer Nacht auf die nächste verschwunden war. Warum er die Beerdigung verpasst hatte. Warum er für so lange Zeit keinen Kontakt aufgenommen hatte. Er wollte seine Schwester schütteln und sie gleichzeitig in den Arm nehmen. Ihr dafür danken, dass sie ihn noch nicht aufgegeben hatte, obwohl er ihr jeden Anlass dazu gegeben hatte.

Er wollte Lucy mehr erzählen, wollte, dass sie verstand, warum das Thema zu viel war, warum er reagierte, wie er reagiert hatte – und gleichzeitig wollte er seine Worte zurücknehmen. Jedes einzelne.

Denn sie hatte es nicht gewusst. Nichts von dem, was er ihr gerade vorwurfsvoll an den Kopf geworfen hatte. Er hatte es in ihren Augen, in ihrer schockierten Miene gesehen. Doch jetzt wusste sie es.

Beinahe hätte er angefangen zu lachen. Es war lächerlich. Lucy hatte in wenigen Wochen mehr über ihn herausgefunden als seine gesamte Mannschaft innerhalb von sechs Jahren. Noch dazu hatte er es ihr praktisch freiwillig erzählt!

Er kniff die Augen zusammen, legte den Kopf in den Nacken und als er sie wieder öffnete, hatte er sich zumindest so weit zusammengerissen, um sich fragen zu können, wo zur Hölle Lucy blieb.

Er blickte zum Eingang, klopfte mit den Fingern gegen sein Bein – und verlor schließlich die Geduld. Mit der Faust stieß er die Tür zum *Snow Hut* auf und blieb wie angewurzelt stehen.

War das ihr beschissener Ernst?

Lucy stand an der Bar, ihre Jacke um die Schultern geschlungen, den Rücken zu ihm gewandt. Sein Mantel, den er vollkommen vergessen hatte, lag über dem Hocker vor ihr, doch es fiel ihm schwer, sich darauf zu konzentrieren, da sie sich mit einem fremden Kerl unterhielt.

Einem dürren Typen mit einem Manbun und einer Schwäche für Jeansstoff. Noch viel schlimmer: Einem Typen, der sie ansah, als sei sie der Käse zu seinem Fondue. Oder ein Keks in seiner Hand. Oder ... Shit, ihm fiel kein vernünftiger Vergleich ein, weil sein Kopf in Overdrive arbeitete und sich ein roter Schleier vor seine Augen legte.

»Du bist aber nicht auch sexsüchtig, oder?«, wehte seine Stimme zu Dax herüber, bevor der Schmierling breit grinste. »Oder hängst du ebenfalls ein Verbot dafür aus, dich anzumachen? Das fände ich nämlich äußerst schade.«

Lucy lachte.

Lachte über diesen unfassbar dämlichen Witz von dem schmierigen Typen, der jetzt noch zu allem Überfluss die Spitze ihres Pferdeschwanzes berührte und mit den Fingern über ihren Nacken strich.

»Nein, ich darf flirten, mit wem ich will«, hörte er sie antworten ... und das war zu viel.

Was für eine beschissene Doppelmoral legte sie bitte an den Tag? Er durfte keine harmlosen Belanglosigkeiten mit einer hübschen Blondine austauschen, aber sie durfte einen schmierigen Kerl in einer Bar aufreißen?

Fuck, nein. Ganz sicher nicht.

Der rote Schleier vor seinem Sichtfeld intensivierte sich und bevor er wusste, was er da tat, setzten sich seine Füße bereits in Bewegung. Das Holz knarzte unter seinen schweren Schritten. Lucy sah auf, drehte sich um und öffnete den Mund, doch er ließ sie nicht zu Wort kommen.

»Hallo, Liebling«, knurrte er, packte sie an den Schultern und senkte den Mund auf ihren.

Er küsste sie nicht freundlich oder sanft, denn er fühlte sich gerade weder freundlich noch sanft, sondern bestimmt und hart. Ohne Rücksicht auf Verluste. Die eine Hand in ihrem Nacken, um ihren Kopf grob nach hinten zu ziehen, die andere in ihrem Rücken, um sie fest an sich zu pressen. Weich auf hart. Warm auf kalt.

Lucy zuckte zusammen und keuchte überrascht auf ... und er gab ihr nicht die Möglichkeit, die Lippen wieder zu schließen. Denn wenn er seinen Titel als Arschloch heute schon nicht loswurde, konnte er ihm wenigstens alle Ehre machen, oder?

Mit der Zunge tauchte er dazwischen, bevor er sie gegen die Theke schob und ein Bein zwischen ihre drängte.

So, wie er es seit Tagen tun wollte.

Er vertiefte den Kuss, fuhr mit der Hand in ihre Haare, schlug mit der Zunge gegen ihre. Schmeckte Cola und Lucy und genoss jede Sekunde, als wäre es seine letzte auf der Erde. Denn Lucy begann den Kuss zu erwidern.

Er durfte nur nicht vergessen, dass das hier alles war, was er bekommen konnte. Mehr würde niemals möglich sein. Also nahm er sich nur so viel, wie er nehmen konnte. So viel, wie er ertragen konnte. So viel, wie Lucy ihm gab. So viel, wie er kontrollieren konnte.

Doch er erreichte sein Limit schneller, als ihm lieb war. Die Hitze wurde zu unerträglich. Das Pochen in seinem Schwanz zu heftig. Das Chaos in seinem Kopf zu laut.

Er wollte den Kuss gerade beenden, nach hinten treten und Lucy wieder ihren Freiraum geben ... als sie plötzlich die Hände auf seine Brust legte, die Fingernägel in den Stoff krallte und die Lippen weiter für ihn öffnete. Sie kam ihm mit der Zunge entgegen, während sie das süßeste, leiseste Seufzen ausstieß.

Und er war verloren.

Er war zu weit gegangen.

Denn diesmal war er es, der ein Spiel begonnen hatte, von dem er hätte wissen müssen, dass er es unmöglich gewinnen konnte. Sein Arm zog sich fester um sie, hob sie auf die Zehen, während sie ihm ihren Oberkörper entgegenstreckte. Ihn mit ihrem Geruch einhüllte und ihm mit den Lippen den Verstand raubte.

Die Umgebung um sie herum wurde zu einem unerkennbaren Schleier aus Mensch und Möbelstück. Alles war unwichtig. Wo sie waren, wer zusah, was vorhin passiert war. Nichts schien mehr eine Bedeutung zu haben außer dieser Moment – und der Wunsch, dass er ewig anhalten möge.

»Okay, Mann, schon verstanden. Sie gehört dir«, drang aus der Ferne eine genervte männliche Stimme zu ihm und riss Dax aus dem Nebel, der ihn fest im Griff gehabt hatte.

Ruckartig zog er sich zurück und ließ Lucy so schlagartig los, dass sie nach vorn stolperte. Er starrte sie an, sah, wie sich ihr Brustkorb unregelmäßig und schwer hob und senkte, ihre Augen geweitet, die Lippen geschwollen.

Er konnte sie noch immer schmecken. Noch immer riechen. Noch immer fühlen. Und er fürchtete, dass er keins der drei Dinge jemals vergessen würde.

Er blinzelte, stellte die schwammigen Konturen um sie herum wieder scharf und fand zurück in den Moment.

Genug. Er hatte die Kontrolle verloren. Er brauchte sie zurück. Sofort.

Langsam lächelte er. Zwang sich dazu, wieder gelassen und vollkommen unbeeindruckt zu wirken, bevor er sich zu ihr vorbeugte, seine Lippen nur Zentimeter von ihrem Ohr entfernt. »Und so überzeugt man die Umherstehenden davon, dass jemand vergeben ist, ohne ihn bloßzustellen«, wisperte er.

Lucy antwortete nicht. Ihre Lippen bewegten sich, doch kein Ton drang über sie.

»Hör mal, sorry, okay?«, sagte ihre männliche Bekanntschaft, die noch immer neben ihnen stand. »Ich dachte, ihr wärt nur Freunde. Ich wusste nicht, dass ihr ...« Er hob abwehrend die Hände. »Tut mir leid, mir war nicht klar, dass ...«

»Verschwinde«, unterbrach Dax ihn scharf, eine Warnung, bevor er endgültig die Geduld verlor. Der Typ hätte seine Anweisung nur schneller ausführen können, wenn er über die Theke gesprungen wäre.

»Du ... Was?«, entfuhr es Lucy schwach. Sie hörte sich an, wie er sich fühlte. »Du kannst nicht ...«

»Nein, *du* kannst nicht«, widersprach er ihr leise. »Du kannst nicht entscheiden, mit welcher Frau ich reden darf und mit welcher nicht. Du kannst nicht so weitermachen. Du kannst mich nicht so ansehen, als würdest du mir gern die Kleider vom Leib reißen, und im nächsten Moment hinter meinem Rücken mit meinem Bruder reden.«

Sie lachte. Ein verblüfftes, absurdes Lachen. »*Du* siehst mich doch genauso an, Dax! Du hast gerade ... du hast mich jetzt geküsst, du hast gemeint ...«

Spöttisch hob er die Augenbrauen. »Du solltest nicht alles glauben, was du siehst, Lucy. Denn nimm es nicht persönlich, aber du wärst die letzte Frau auf Erden, mit der ich etwas anfangen würde.«

Und dann drehte er sich auf dem Absatz um. Bevor sie die Lüge erkannte oder ihm zu genau in die Augen sah.

»Du bist ein miserabler Küsser!«, rief sie ihm hinterher.

»Sag das deiner überforderten Lunge«, gab er über die Schulter zurück, dann verschwand er in die Kälte.

Er hatte genug von diesem Tag.

KAPITEL 13

Was war passiert?

Diese Frage hallte immer und immer wieder in Lucys Kopf nach. Sie verstand es einfach nicht.

Wie hatten Dax' Wut und ihr hässlicher Streit mit diesem Kuss enden können? Sie führte ihre zitternden Finger an die Lippen und starrte auf die Tür, durch die Dax gerade verschwunden war. Ihr ganzer Körper kribbelte. Vom Scheitel bis zum kleinen Zeh stand sie unter Strom. Dax' Geruch haftete an ihr wie Dreck an Autolack. Wie seine Berührungen auf ihrer Haut. In ihrem Nacken, in ihrem Rücken. Er war weg, doch seine Hitze war geblieben. Genauso wie seine Worte.

Du solltest nicht alles glauben, was du siehst, Lucy.

Er hatte sie nicht geküsst, weil er es unbedingt gewollt hatte. Er hatte sie geküsst, um ihr eine Lektion zu erteilen und ihr zu beweisen, dass sie nicht die Kontrolle in ihrer Beziehung hatte. Dass sie ebenso wenig tun und lassen konnte wie er.

Und sie hatte den Kuss erwidert, weil sie nicht anders gekonnt hatte. Weil er ihr den Sauerstoff geraubt, die Vernunft genommen und ihre Prinzipien gestohlen hatte. Weil sie ihn hatte küssen wollen, seit er ihr gesagt hatte, dass er Respekt vor ihr hatte und auf ihr Wort vertraute. Sie hatte es nur nicht wahrhaben wollen.

»War das nicht Dax Temple?«, riss eine Stimme sie aus der Trance. Blinzelnd wandte sie sich um.

»Was? Wer ist Dax Temple?«, fragte sie sofort, auch wenn sich ihre Stimme seltsam metallen und leer anhörte.

»Der Eishockeyspieler«, beharrte der Wirt und sah stirnrunzelnd zur Tür.

Sie lachte. Etwas zu hoch, etwas zu falsch, aber das konnten die Leute hier nicht wissen. »Nein. Das war ... Steven. Er ist Fliesenleger. Wünschte, er wäre Eishockeyspieler.«

Die Mundwinkel des Wirts zuckten. »Ah ja. Tun wir das nicht alle? Hab ihn wohl verwechselt.«

Sie nickte abwesend und sah auf den Hocker vor ihr. Er hatte seinen Mantel liegen lassen. Dax war wohl zu erpicht darauf gewesen, sie endlich hinter sich zu lassen, um daran zu denken. Sie nahm ihn mit und verließ die Bar.

Kälte schlug ihr ins Gesicht. Sie half ihr dabei, die Gedanken zu ordnen und Wichtig von Unwichtig zu unterscheiden. Denn unterm Strich blieb nur eine Sache übrig, die sie wissen musste: Sie war lächerlich.

Eine Regel. Sie hatte nur eine Regel: Sie datete keine Eishockeyspieler. Und einen Eishockeyspieler zu küssen, zählte definitiv in diese Kategorie. Egal, ob er die Lippen nur auf ihre gepresst hatte, um seinen Standpunkt klarzumachen oder nicht. Sie atmete tief durch. Nein, das war das erste und letzte Mal gewesen, dass sie sich von Dax Temple hatte küssen lassen. Das erste und letzte Mal, dass sie sich von ihm hatte sprachlos machen lassen.

Sie lief den Bordstein entlang, rieb sich den Nacken, fuhr mit der Hand über ihren Mund, versuchte jeden Schatten seiner Berührung von ihrem Körper zu wischen und jede Idee von seinem Kuss aus ihrem Gedächtnis zu bannen. Denn kein Mann sollte eine solche Macht über sie haben. Kein Mensch sollte eine solche Macht über sie haben.

Ihr Handy vibrierte und sie zuckte ertappt zusammen. Als wüsste der Verfasser der Nachricht, was sie soeben Verwerfliches getan hatte.

Kopfschüttelnd fischte sie ihr Telefon aus der Tasche und sah auf das Display. Es war eine Nachricht von Leslie.

Die Presse denkt nach heute Abend umso mehr, dass West und Temple sich hassen und die Zusammenarbeit nicht hinbekommen werden. Bitte Gegenmaßnahmen einleiten.

Stöhnend steckte sie das Handy wieder weg. Nur Leslie konnte einen PR-Stunt wie eine Nachricht vom Geheimdienst verpacken. Was für Gegenmaßnahmen? Es war doch gerade offensichtlich geworden, dass sie Dax nichts entgegenzusetzen hatte. Und die Presse hatte eben ausnahmsweise mal recht. West und Temple hassten sich. Wie sollte sie einen Haufen Journalisten und Fans vom Gegenteil überzeugen?

Sie ging schneller, und als sie endlich die warme Lobby des Hotels erreichte, hatte sie sich im Kopf bereits in Rage geredet. Denn was war das für eine Einstellung? Sie war PR-Beraterin. Es war ihr Job, einen Weg zu finden.

Und zur Hölle mit Dax Temple und seinen intensiven Blicken und noch viel intensiveren Küssen! Ja, sie war zu weit gegangen, aber er genauso! Sie würde sich nicht von ihm verunsichern lassen, nur weil sie keine Kontrolle über ihren Körper hatte.

Es hieß doch: Wenn zwei sich streiten, freut sich der Dritte. Sie war die Dritte, denn es gab eine simple Lösung, wie sie den Fans ein besseres Bild von Jack und Dax vermitteln konnte. Und zwar, indem sie wortwörtlich ein Bild davon machte! Es würde Dax nicht gefallen, aber was tat das schon? Der Kerl war unmöglich zufriedenzustellen!

Du wärst die letzte Frau auf Erden, mit der ich etwas anfangen würde!

Arschloch.

Also, nicht, dass sie die Erste sein wollte, aber zumindest die Vorletzte zu sein, wäre nett.

Sie legte den Mantel vor seine Tür und schlüpfte lautlos in ihr eigenes Zimmer. Er sollte sie nicht hören, denn sie hatte keine Lust auf eine weitere Konfrontation. Morgen würde sie sich bei ihm entschuldigen müssen. Denn das schlechte Gewissen nagte an ihr und sie würde nicht mit Schuldgefühlen für einen Blödmann leben.

Hat er erzählt, dass mein Vater spielsüchtig war und wir ihn regelmäßig nachts aus dem Casino abholen mussten?

Sie schluckte und entledigte sich ihrer Kleidung. Sie hatte sich nie darüber Gedanken gemacht, dass über Dax' Vergangenheit so wenig bekannt war.

Doch jetzt verstand sie es. Er wollte nicht, dass die Leute über ihn urteilten, bevor sie ihn kannten. Nicht mehr als ohnehin schon. Hatte er Angst, dass sie das jetzt tat? Über ihn urteilen?

Gott, er war so unfassbar wütend gewesen. Die Wut hatte während des Kusses auf ihren Lippen pulsiert, zusammen mit zerstörerischem Verlangen und ... mehr. Sie konnte nicht sagen, was es gewesen war, nur ... mehr.

Ein Schauder überlief ihren Körper und genervt von sich selbst zog sie sich aus und stellte sich unter die Dusche. Um seine Berührungen von ihrer Haut zu waschen und die Erinnerung gleich mit ihnen. Denn sie musste es vergessen. Was passiert war. Dass sie sich gewünscht hatte, er würde niemals damit aufhören, sie zu küssen.

Ja. Vergessen. Entschuldigen. Wieder vergessen. Ein Fotoshooting vorbereiten. Das war der Plan.

Lucy träumte von Dax' Händen auf ihrem Körper.

Seinen Fingern in ihren Haaren, auf ihrem Bauch, zwischen ihren Beinen. Seinen Lippen auf ihren Brüsten. Seinen Zähne an ihrem Ohrläppchen. Sie träumte davon, dass sie sich unter seinem schweren Körper wand, ihre Hände auf der Matratze fixiert, bis sie vor Lust zerging.

Sie träumte davon, dass sie ihn darum bitten wollte, aufzuhören. Weil sie wusste, dass es das Richtige wäre. Weil sie mit jedem Stöhnen und jedem Seufzen zugab, wie viel Macht er über sie hatte. Wie abhängig sie von ihm war. Dass sie ihm in Wirklichkeit restlos ausgeliefert war und er ihr Leben kontrollieren könnte, wenn er nur wollte. Nicht andersherum.

Doch jedes Mal, wenn sie den Mund öffnete, versiegelte er ihn mit seinem. Und jedes Mal, wenn sie erneut seinen gierigen Blick auf sich und seinen heißen Atem an ihren Oberschenkeln spürte, verpuffte jeder Widerspruch auf ihren Lippen. Sie war unfähig, Nein zu sagen.

Sie wachte verschwitzt und unbefriedigt auf und musste direkt noch eine Dusche nehmen. Doch die Erinnerungen waren nicht wasserlöslich. Seine Berührungen auf ihrer Haut eingebrannt wie ein Tattoo.

Sie verzichtete auf das Frühstück und nutzte die Zeit stattdessen, um sich einen Schlachtplan zurechtzulegen. Und als sie schließlich zwei Stunden später als Letzte in den Privatjet der Hawks stieg, hatte sie ihre gleichgültige Miene geübt und sich die Worte zurechtgelegt. Sie hatte sogar trainiert, ihre Stimme vom Zittern abzuhalten.

Mit flatterndem Herzen lief sie durch den schmalen Gang, sah sich um, suchte nach einem dunklen Schopf und fand ihn in einem der mittleren Sitze. Allein. Dax erwiderte ihren Blick. Als hätte er sie ebenfalls gesucht. Seine Augen waren unnachgiebig, aber frei von jedem Urteil.

Er sah nicht mehr wütend aus. Nicht mehr frustriert. Er war eine leere Leinwand. Und in diesem Moment hasste sie ihn dafür, dass er so gut darin war, seine Emotionen zu verstecken. Denn sie hatte das Gefühl, dass ihr Gesicht ihm ihre entgegenschrie.

Doch es war egal. Normalität. Das war ihr Ziel.

Also lief sie mit wackligen Knien den Gang entlang und blieb vor ihm stehen. Sprach, bevor sie den Mut verlor, bevor er sie mit einem seiner Blicke durcheinanderbringen konnte.

»Es tut mir leid.« Es war nur ein Flüstern, kaum verständlich für ihre eigenen Ohren. Aber sie wusste, dass er es gehört hatte. Sie erkannte es in dem dunklen Blick, als er zu ihr aufsah. »Es tut mir ehrlich und aufrichtig leid. Ich bin ... zu weit gegangen. Du hattest recht.«

Er antwortete nicht. Er starrte ihr einfach nur weiter regungslos ins Gesicht. Aber es war okay, er musste ihr nicht antworten.

»Das war alles«, sagte sie leise und nickte fest. Sie wollte weiter den schmalen Gang hinabgehen, doch seine Hand schoss vor und schraubte sich um ihr Gelenk.

Elektrische Impulse sprangen von seiner Haut auf ihre über, brannten sich durch ihr Blut und ließen ihr Herz stolpern. Doch sie ließ sich nichts anmerken. Zuckte nicht zurück, wie sie es eigentlich wollte, sondern wandte sich einfach noch einmal um.

»Ich auch. Und ... mir auch«, murmelte er und presste den Daumen auf die empfindliche Innenseite ihres Handgelenks. So als müsse er seinen Worten Nachdruck verleihen.

Sie schluckte und ignorierte die Gänsehaut, die ihren Arm hinaufkletterte. »Ich weiß.« Das tat sie wirklich. Er war nicht ganz er selbst gewesen und sie ebenso wenig. Es war ein Versehen gewesen. Ein Glitch im System.

Er nickte, bevor er zögerlich hinzusetzte, immer noch leise, sodass sie niemand anderes hören konnte: »Ich hätte dir einen größeren Ring gekauft.«

Verblüfft hob sie die Augenbrauen. »Was?«

»Wenn ich wirklich dein Ehemann gewesen wäre, hätte ich dir einen größeren Ring gekauft.« Er fuhr mit dem Zeigefinger einmal kurz über den Ring, der nun wieder an seinem angestammten Platz saß, bevor er ihre Hand freigab.

Ihre Mundwinkel zuckten und sie sah hinunter auf ihre Hand. »Nein«, wisperte sie. »Wenn du wirklich mein Ehemann gewesen wärst, hättest du mir genau diesen Ring geschenkt. Weil du wüsstet, dass er von meiner Mutter ist und mir alles bedeutet.« Sie lächelte ihm vorsichtig zu, lief weiter ... und stieß den Atemzug aus, den sie angehalten hatte.

Ein besseres Friedensangebot würde sie wohl nicht bekommen. Aber es war in Ordnung. Zumindest würden sie jetzt zurück zur Normalität finden.

KAPITEL 14

Nichts war normal. Alles war falsch.

Schon die ganze letzte Woche über. Noch falscher als zuvor, wenn das überhaupt möglich war. Nur diesmal hatte Jack rein gar nichts damit zu tun. Okay, nicht gar nichts, aber er konnte zumindest nicht den Löwenanteil der beschissenen letzten sieben Tage für sich beanspruchen, denn der gehörte zweifelsohne Lucy.

Dax hatte das Gefühl, einen Waffenstillstand mit ihr verhandelt, aber sich die genauen Bestimmungen nicht richtig durchgelesen zu haben. Punkt eins schien jedoch zu sein, dass sie körperlichen Sicherheitsabstand wahrten. Ihm war nicht klar, ob Lucy es bewusst machte, aber sie näherte sich ihm höchstens auf zwei Meter.

Punkt zwei war, dass sie nicht mehr in Gegenwart des anderen fluchten. Wie das passiert war, konnte Dax sich auch nicht erklären. Es hatte wohl was damit zu tun, dass sie beide das Gefühl hatten, ihren eigenen Worten nicht mehr trauen zu können, sobald der andere sich im selben Raum befand.

Punkt drei war, dass sie nicht darüber redeten, was passiert war. Der Abend im Snow Hut war aus ihrem Lebenslauf gestrichen worden.

Und dann folgte noch eine Reihe weiterer, niemals ausgesprochener Punkte, die Dax nicht genau benennen konnte, aber allesamt damit zu tun hatten, dass Lucy und er sich wie Holzpuppen kurz vorm Termin beim Häcksler verhielten.

Sehr vorsichtig, sich stetig bewusst, dass auf eine falsche Bewegung Zerstörung folgen könnte. Es war verdammt anstrengend, jede Konversation gestelzt, jedes Meeting eine Tortur.

Er wollte seine alte Lucy zurück. Die ihm auf die Nerven ging, aber auch ehrlich zu ihm war. Die ihn nicht mit Samthandschuhen anpackte, weil sie wusste, dass er keine brauchte und erst recht keine verdient hatte. Der einzige Trost war, dass seine Teamkameraden nichts davon mitbekamen.

»Sag mal, ist irgendetwas passiert?«, wollte Matt stirnrunzelnd wissen. »Zwischen dir und Lucy?«

Dax' Kopf fuhr so schnell in die Höhe, dass er sein Kinn an der Bierflasche stieß. »Was? Nein. Wovon redest du?«

Sein Freund hob die Schultern und lehnte sich auf der Couch zurück, bevor er die Füße auf den Tisch vor ihm legte und ihn weiter besorgt musterte. »Keine Ahnung, ihr beide verhaltet euch im Moment merkwürdig. Sagt Bitte und Danke. Beleidigt den anderen nicht.«

»Füße runter, Payne«, blaffte Fox, der gerade an ihnen vorbeilief, und warf einen Kronkorken nach seinem Teamkamerad. »Als ich gesagt hab, fühlt euch wie zu Hause, meinte ich wie im Zuhause eurer Mutter. Da legt niemand die Füße auf den Tisch.«

Matt verdrehte die Augen, tat jedoch wie geheißen und sah erwartungsvoll zu Dax.

»Wir sind nur höflich«, bemerkte er genervt, die Stimme gesenkt. Lucy war kein Thema, das er gern mit all seinen Kollegen besprechen wollte.

»Ja, sag ich doch«, bestätigte Matt. »Merkwürdig.«

Er hatte recht. Es war merkwürdig. Als wären die letzten Tage nicht anstrengend genug gewesen, ohne dass er neben Lucy auf Scherben tanzte. Nach zwei weiteren Niederlagen – die tatsächlich nicht vollends Dax' Schuld waren, höchstens zu dreißig Prozent! – war die Presse so bestialisch über Jack und ihn hergefallen, dass er widerwillig sogar einem verdammten Fototermin mit Jack zugestimmt hatte. Denn dieser Medienterz, nicht zu vergessen die Hassnachrichten von einigen Fans schadeten dem Team. Ihrem Spiel, ihrer Dynamik, ihrem Umgang miteinander.

Und es war okay, wenn er seinem eigenen Glück im Weg stand, aber nicht dem seiner Kollegen. Egal, ob Jack jetzt dazugehörte oder nicht. Das war auch der Grund, warum ihr Kapitän Austin Fox einen weiteren Abend *teamfördernder Maßnahmen* angekündigt hatte. Natürlich sprach es niemand aus, aber alle wussten, dass der Anlass Jacks aktive Integration in die Mannschaft war. Denn er schien in den letzten Tagen ebenso unkonzentriert auf dem Eis wie Dax und Fox war der Meinung, dass das daran lag, dass er sich im Team nicht wohlfühlte.

Dax wusste es besser, als dem Kapitän zu widersprechen, wenn es um das Seelenheil seiner Schäfchen – ähm, Mitspieler – ging, also hatte er nur genickt. Infolgedessen saß er nun mit Matt auf Fox' gigantischer Couch und trank alkoholfreies Bier, während der Rest des Teams sich in dem riesigen Haus tummelte, Billard spielte, den gewärmten Pool ausnutzte oder was auch immer tat.

Ihm war es egal, solange sie nicht auf Matt und ihn achteten. Denn Dax hatte das seltsame Bedürfnis, ein bisschen ehrlich zu sein und ihm wäre es lieber, wenn diesen seltenen Moment nur Matt mitbekam. »Wir hatten einen kleinen ... Streit«, murmelte er.

Matt verengte die Augen. »Wie klein?«

»So klein wie dein Problem damit, Wäsche zu machen.«

»Meine Hände stinken danach immer nach Urinstein!«, beschwerte Matt sich sofort. »Und oh, Shit.«

»Du sollst deine Hemden nicht im Klo waschen, das ist dir schon klar, oder?«, bemerkte er schnaubend, bevor er hinzufügte: »Und ja. Es war wohl eher ein großer Streit. Aber ist auch egal. Seitdem benehmen wir uns auf jeden Fall ...«

»Merkwürdig?«, half Matt ihm auf die Sprünge.

»Jop.«

»Mhm«, machte sein Freund und drehte seine Bierflache nachdenklich in den Händen. »Aber das ist doch nichts Neues zwischen euch beiden.«

»Oh, diesmal ist es etwas Neues.«

»Ja? Worum ging es denn bei dem Streit?«

»Geht dich nichts an«, sagte er sofort. Denn auch wenn ihm jemand eine Knarre an den Kopf halten würde, könnte er nicht in einem Satz zusammenfassen, worum es gegangen war.

Matt legte gespielt verletzt die Hand auf die Brust. »Seit wann gehen mich deine intimsten Gedanken nichts mehr an? Ich dachte, du würdest nur geheimnisvoll tun, um Frauen aufzureißen. Nicht um mich anzupissen.«

Dax verdrehte die Augen. »Ich kann multitasken«, erklärte er sachlich. »Und du musst wirklich nicht alles wissen. In diesem Fall ist nur wichtig, dass ich wütend auf sie war und sie wütend auf mich und wir uns beide ... sehr, sehr schlecht verhalten haben.«

»Sehr, sehr schlecht«, echote Matt nachdenklich und neigte den Kopf. Schließlich wisperte er unruhig: »Sag mal, vögelt ihr miteinander?«

Dax verschluckte sich an seinem Bier und hustete laut. »Fuck, nein!«

Aber er würde gern. So verdammt gern.

»Ich frag ja nur«, meinte sein Kumpel und hob abwehrend die Hände. »Seit Jack meinte, dass er dachte, ihr wärt ein Paar ...« Er winkte ab. »Ist auch egal. Pass auf: Wenn es merkwürdig ist, schreib ihr das doch und sag, dass du dich wieder normal verhalten willst.«

Ungläubig sah er ihn an. »Das kann ich nicht einfach so schreiben.«

»Natürlich kannst du. Lucy kann es absolut nicht haben, wenn sich jemand verstellt.«

Ja, das wusste er.

»Abgesehen davon«, fuhr Matt fort. »Frauen stehen auf so ehrlichen, aufrichtigen Scheiß. Zwei von drei geben an, dass ihnen Ehrlichkeit in einer Beziehung wichtiger ist als guter Sex.«

Ungläubig starrte Dax ihn an. Ihm war Ehrlichkeit auch wichtig. Aber vor allem im Bett – damit er guten Sex haben konnte! »Woher zur Hölle hast du das? Ist das nur der Einfluss deiner vier Schwestern oder was macht dich plötzlich zum Frauenversteher?«

Eine sanfte Röte kroch Matts Hals hinauf. »Ähm, Letzteres habe ich von Maddie. Sie hat doch eine Partnervermittlung und meinte, das würden ganz viele ihrer Kundinnen so im Fragebogen ausfüllen.«

»Maddie?«

»Ja. Du weißt schon. Lucys Schwester.«

Ach ja. Richtig.

Mit der war Matt auch befreundet.

Langsam verlor Dax den Überblick. Er seufzte schwer und ließ den Kopf gegen die Lehne sinken. »Ich weiß nicht, ob ich Lucy einfach schreiben kann, dass ich will, dass es wieder normal ist. Ich will es nicht schlimmer machen«, gab er leise zu.

Belustigt hob Matt die Augenbrauen. »Schlimmer als jetzt? Shit, Dax! Euch zuzusehen, ist wie zwei Schildkröten dabei zu beobachten, wie sie Waschpulver essen. Sehr langsam und sehr qualvoll, weil alle wissen, dass es tödlich enden wird. Ihr beide seid nicht dafür geschaffen, ruhig und höflich zu sein. Irgendwann wird irgendwer explodieren und mich wahrscheinlich mit in den Abgrund zerren, und ich hänge an meinen Gliedmaßen, also schreib ihr. Ich hole derweil Wodka.«

»Warum?«, fragte er irritiert.

»Es fühlt sich nach einem Wodkaabend an, findest du nicht?«, sagte Matt nur, bevor er achselzuckend Fox' Wohnzimmer durchquerte.

Dax schnaubte und zückte sein Handy. Er starrte einige Sekunden lang auf den blinkenden Cursor, dann schrieb er ein paar Absätze. Er erklärte in voller Länge, was ihn gerade an Lucys Verhalten störte ... und löschte alles sofort wieder. Das war viel zu ausschweifend. Stöhnend verzog er das Gesicht, bevor er die Geduld mit sich selbst verlor und einfach drei schlichte Sätze schickte. Da waren alle wichtigen Informationen drin:

Ich will, dass du dich wieder normal verhältst. So wie vorher. Vor ... allem.

Zufrieden mit sich selbst und seiner Wortgewandtheit wollte er es gerade wieder wegstecken, als sein Handy bereits mit einer Antwort vibrierte.

Pack dir an die eigene Nase, Pinocchio, und werde zum echten Jungen, bevor du mich beschuldigst, nicht normal zu sein!

Seine Mundwinkel zuckten. Zumindest ihre Nachrichten waren noch normal. Für ihre Verhältnisse. Er wollte ihr gerade ebendies zurückschreiben, als sich jemand über seine Schulter beugte.

»Schreibst du mit Lucy?«, wollte Leon wissen.

Dax zuckte zusammen und ließ das Handy sinken. »Hast du gerade meine Privatnachrichten gelesen?«, fragte er scharf.

»Nee, nur ihren Namen«, sagte er leichthin und ließ sich neben ihn fallen. »Warum haben alle ihre Privatnummer außer mir?«

»Ich hab sie auch nicht«, meinte Fox und tauchte neben ihm auf. »Weil ich mich benehme und sie fast nie mit mir sprechen muss.«

»Du solltest wirklich nicht so stolz darauf sein, dass du langweilig bist«, stellte Matt fest, der mit Jack im Schlepptau ins Wohnzimmer zurückkehrte und eine Flasche Wodka sowie fünf Pinnchen auf den Tisch stellte.

»Wenigstens bin ich nicht der *Saint*«, bemerkte Fox und sah vielsagend zu Jack hinüber.

Der lachte leise und nippte an seinem Whiskey. »Ich hab mir den Spitznamen nicht ausgesucht. Ich gebe Dax dafür die Schuld, weil die Presse unbedingt ein Gegenstück für den *Devil* finden wollte.«

»Oh, bitte«, sagte er prustend. Denn es war so viel leichter, normal mit Jack umzugehen, wenn sie nicht allein waren. »Du hattest den Titel schon, bevor ich überhaupt in die NHL kam.« Die Ironie dessen war ihm nie entgangen. Denn für einen Heiligen besaß Jack verdammt viele Einträge ins Vorstrafenregister.

»Richtig«, bestätigte Matt.

»Das weiß sogar ich, obwohl ich viel zu jung dafür sein sollte«, sagte Leon, der noch keine dreiundzwanzig war. »Ich meine: Stimmt es, dass du während der Saison nicht mit Frauen ausgehst? Gar nicht? Also ist dieser ganze *Saint*-Quatsch wahr?«

Jack zuckte die Achseln. »Es lenkt mich ab«, murmelte er und warf Dax einen bestimmten Blick zu. »Und da ich nicht gern verliere ... verzichte ich während der Saison auf ein Privatleben.« Richtig. Jack hasste es zu verlieren. Mann, die letzten zwei Wochen mussten die Hölle für ihn gewesen sein.

»Furchtbar«, bemerkte Matt trocken.

Jack grinste. »Ich wette, das sagen alle Frauen, nachdem sie mit dir fertig sind.«

Dax musste unfreiwillig lachen. »Ich glaube, du suchst nach dem Zitat *Das ging schnell.*«

Matt sah ihn düster an. »Schön, dass ihr euch versteht, sobald die Witze auf anderer Kosten gehen.«

»Na, du meinst doch immer, wir sollen uns anfreunden«, bemerkte Dax unschuldig.

»Apropos anfreunden«, hakte Leon ein. »Du verbringst jetzt viel Zeit mit Lucy, oder?« Erwartungsvoll sah er Dax an. Sein Magen zog sich zusammen. Großer Gott. Der Kerl dachte wirklich viel zu viel über Lucy nach. Das gefiel ihm nicht.

»Ja. Und?«

»Na ja, ich hab mich nur gefragt ... mit was für Kerlen geht sie so aus? Ich hab irgendwo gehört, dass sie schon mit über elf Männern im Bett war.«

Dax' Kiefer knackte und er senkte den Blick.

Shit. Er hatte es von ihm gehört. Denn das war es, was Lucy ihm bei ihrem ersten Treffen erzählt hatte. Er hatte sich damals schon dreckig dabei gefühlt, diese Information benutzt zu haben, um seiner Wut auf sie freien Lauf zu lassen ... doch aus irgendeinem Grund fühlte er sich jetzt noch ein wenig beschissener deswegen.

»Elf ist für eine Frau schon viel, oder?«, sprach Leon weiter. Dabei bekam er sicher nicht mit, dass seine Worte Dax dazu veranlassten, die Zähne aufeinanderzubeißen. »Warum kann sie mich dann nicht auch nehmen? So wählerisch scheint sie ja nicht zu sein.«

»Red nicht so über sie«, sagte Dax abgehackt und ballte die Hände zu Fäusten. »Das hat sie nicht verdient.«

Überrascht hob Leon die Augenbrauen, doch bevor er noch etwas weiteres Dummes sagen konnte, rettete Fox ihn.

»Dax hat recht«, stimmte er zu. »Es ist nicht okay, dass wir mit so vielen Frauen schlafen dürfen und einander dafür auf die Schulter klopfen, aber Frauen dafür verurteilen, dass sie dasselbe tun!«

Leon seufzte schwer. »Weißt du, Austin, manchmal geht mir deine diplomatische Ader richtig auf den Sack.«

Ihr Teamkapitän lächelte verschmitzt. »Das sollte sie nicht. Denn du hast keine Ahnung, was ich bereits mit dir angestellt hätte, wenn ich nicht so *diplomatisch* wäre.«

»Okay, das ist mein Einsatz, Wodka zu verteilen«, stellte Matt fest und reichte ihnen die Pinnchen. »Trinkst du auch, Dax?«

Zögerlich betrachtete er die klare Flüssigkeit in der Flasche. Er trank nicht während der Saison. Aber er hatte morgen ein furchtbares Fotoshooting mit Jack. Er träumte fast jede Nacht von Lucy. Nackt. Und sie hatten dreimal hintereinander verloren, trotz seiner Abstinenz.

Jap, das war Grund genug, seine Regel zu brechen und sich zu betrinken. Vielleicht verschlief er morgen ja, sodass das Fotoshooting leider ausfallen musste. Ja, das wäre doch etwas.

»Immer her damit.«

KAPITEL 15

Lucy überschlug die Beine, lehnte sich im Sessel zurück, nippte an ihrem Kaffee und betrachtete Dax' Hinterkopf. Die Haare standen ihm zu allen Seiten, das Gesicht hatte er in die Kissen gepresst und das Laken hing tief um seine Hüfte. Ihr Blick schweifte über seinen muskulösen Rücken, über die Erhebungen und Senkungen der einzelnen Stränge unter seiner Haut bis zu dem weißen Laken, das ärgerlicherweise den Rest verbarg.

Während er wach war, erlaubte sie sich nie, ihn so genau anzusehen. Doch jetzt, schlafend, konnte sie in Seelenruhe starren. Es war egal, dass sie mal wieder wütend auf ihn war – er war einfach ein Kunstwerk. Die breiten Schultern, der starke Nacken, die Wölbung seines gebräunten Bizepses auf dem weißen Laken ...

Seufzend stellte sie den Kaffee auf das Tischchen neben sich. Schlafend war Dax mehr Engel als Teufel. Sie warf einen Blick auf ihre Uhr, beobachtete, wie der Sekundenzeiger weiter vorankroch und schließlich die zwölf passierte. Es war fast schade, dass sie ihn so unsanft wecken musste. Aber genau jetzt hätte nun einmal das Fotoshooting angefangen, auf dem Dax offensichtlich *nicht* war. Gott sei Dank hatte sie es bereits gestern Abend zwei Stunden nach hinten verlegt. Nach Matts Ankündigung, dass sie am Abend bei Austin Fox *ihr Team festigen* würden, hatte sie geahnt, dass Dax es aus fadenscheinigen Gründen nicht pünktlich schaffen würde.

Kopfschüttelnd stand sie auf und schlenderte zum Bett. Sie hatte sich merkwürdig dabei gefühlt, einfach so in sein Loft zu spazieren – aber hey, sie hatte ihm gesagt, dass sie einen Schlüssel besaß und alles Nötige tun würde, um sein Image zu verbessern. Er war wirklich selbst schuld. Außerdem wollte er doch, dass sie sich wieder normal benahm. Das war ihre Version von normal.

Sie stoppte neben dem Bett, beugte sich hinunter und ignorierte ihr flatterndes Herz. Dann hielt sie ihr Handy direkt neben sein Ohr und drückte auf die Mitte des Displays. Ein Schiffshorn in der Lautstärke einer Kindergartengruppe auf Traubenzucker erschallte. Dax zuckte so heftig zusammen, dass er ihr fast das Telefon aus der Hand schlug, also machte sie schnell ein paar Schritte zurück. War vielleicht auch besser, sich nicht direkt in Faustreichweite zu befinden.

Innerhalb von Sekunden saß er kerzengerade im Bett. Sein Blick glitt orientierungslos durch den Raum ... und blieb schließlich an ihr hängen, als sie sich gerade wieder in den Sessel setzte.

»Jesus, Maria«, stieß er schockiert aus und krachte erschrocken mit dem Rücken gegen das Kopfende seines Bettes.

Sie lächelte breit. »Guten Morgen, Cinderella«, sagte sie fröhlich. »Ich hoffe, dein Kopf fühlt sich an, als würden hundert Wespen darin leben, denn du bist sehr viel länger als zwölf auf dem nächtlichen Ball geblieben und hast nicht nur einen, sondern gleich beide Schuhe verloren.«

»Was tust du hier?«, fuhr er sie ungläubig an und zog die Decke an seinem Oberkörper höher. Schande. »Und wie zur Hölle bist du in meine Wohnung gekommen?«

»Ja, Hölle ist das richtige Wort«, stellte sie fest. »Denn mein Leben ist in den letzten Wochen die Hölle gewesen. Aber wir haben keine Zeit, um Nettigkeiten auszutauschen.

Du musst aufstehen und duschen. Du wirst in einer Stunde in der Maske fürs Fotoshooting erwartet.«

Dax zog fluchend sein Handy vom Nachttisch, blickte aufs Display, blickte zu ihr. »Nein, werde ich nicht. Es ist längst zu spät.«

»Ist es nicht«, sagte sie knapp und gab sich Mühe dabei, den Blick auf seinem Gesicht zu halten und ihn nicht äußerst unseriös seine muskulöse Brust hinunterwandern zu lassen, über die sich feine, dunkle Haare fächerten. »Ich hab das Shooting nach hinten verschoben. Ich wollte sichergehen, dass du auch wirklich erscheinst.«

»Oh, fuck«, murmelte er, zog eine Grimasse, als ein Lichtstrahl sein Gesicht traf, und rieb sich über die Augen. »Ernsthaft, Lucy. Hatten wir nicht darüber geredet, dass du aufhören musst, zu weit zu gehen?« Seine Stimme war noch rau vom Schlaf. Sie konnte sie tief in ihrem Bauch spüren. Ebenso wie seine Blicke.

Sie räusperte sich und reckte das Kinn.

Normal.

Sie wollte normal sein.

»Ich bin nicht zu weit gegangen. Ich sitze einen respektablen Abstand von deinem Bett entfernt«, erwiderte sie mit großen, unschuldigen Augen.

»Klugscheißer. Du hast mir fast einen Herzinfarkt beschert.«

»Ach was. Du bist Sportler. Dein Herz verträgt mehr als das anderer.«

Er lachte trocken auf. »Lucy, du kannst nicht einfach in mein Apartment einbrechen und dann so tun, als wäre alles bestens!«

»Also erstens: Nichts ist bestens, denn eigentlich solltest du längst am Stadion sein. Und zweitens: Ich bin nicht eingebrochen. Ich habe einen Schlüssel. Abgesehen davon habe ich erst geklopft und dann sturmgeklingelt, aber du hast nicht aufgemacht. Ich habe mir Sorgen gemacht.« Sie nippte unschuldig an ihrem Kaffee to go. »Nachher hättest du noch bewusstlos in der Badewanne gelegen, dem Ertrinken nahe, und konntest deswegen nicht zur Tür. Da wollte ich sichergehen.«

»Wie überaus ritterlich von dir«, knurrte er.

»Ja, finde ich auch. Also, auf, auf. Ich schätze, du bist ordentlich verkatert und brauchst länger als sonst unter der Dusche. Wir haben keine Zeit zu verlieren.«

Dax regte sich nicht. Stattdessen beugte er sich vor und sah sie misstrauisch an. »Woher wusstest du, dass ich heute Morgen verkatert sein und vielleicht verschlafen würde?«

»Ach, ich hatte da so ein Gefühl.«

Er verengte die Augen. »Heißt dein Gefühl Matt Payne?«

»Mein Gefühl möchte lieber anonym bleiben.«

»Und ich wäre lieber allein aufgewacht.«

»Wirklich? Deinem Ruf nach zu urteilen, wachst du fast nie allein auf.«

»Ja, aber die Frauen, mit denen ich sonst aufwache, liegen *im* Bett und ragen nicht wie ein verdammter Laternenmast über mir auf.«

»Der Vergleich mit dem Laternenmast passt, weil ich eine so große Leuchte bin?«, mutmaßte sie.

»Nein. Er passt, weil du Nerven aus Stahl hast und von hier unten ausnahmsweise groß aussahst.«

Sie schnaubte, auch wenn ihre Mundwinkel zuckten. »Du wolltest absichtlich verschlafen, Dax. Nur weil du dich mit deinem Bruder im Kostüm ablichten lassen musst.«

Ruckartig fuhr er in die Höhe, sodass die Decke von seiner Brust rutschte. »Kostüm?«, echote er, Panik in seiner Stimme. »Du hast nie was von Kostümen erzählt!«

Sie zuckte die Achseln. »Hielt es nicht für relevant. Und jetzt steh auf. Sonst kommen wir zu spät.«

»Ich bin nackt, Lucy.«

Hitze flutete ihren Körper und sammelte sich schwer in ihrem Unterleib. Er schlief nackt? *Vollkommen nackt?*

Oh Gott, hätte sie das gewusst, hätte sie ihn von außerhalb seines Schlafzimmers geweckt.

»Ist mir egal«, sagte sie dennoch und nippte an ihrem Kaffee, darauf bedacht, ihr Gesicht zu verbergen, das mittlerweile sicherlich in den schillerndsten Rottönen leuchtete. »Steh auf, geh duschen und putz dir die Zähne. Du riechst nach einem Whiskeyfass.«

»Bourbon«, korrigierte er. »Es waren Wodka und Bourbon.«

Sie warf ihm einen herablassenden Blick zu. »Sehe ich aus, als würde mich das interessieren?«

»Nein, aber du siehst aus, als würde dich interessieren, dass ich nackt bin«, gab er leise zurück.

Allein seine tiefe Stimmlage reichte, um ihre Lippen mit der Erinnerung an seinen Kuss brennen zu lassen. Hastig wandte sie das Gesicht ab. Sie war noch schlechter im Vergessen als im Normalsein. »Bist du immer noch betrunken oder wie kommst du auf so lächerliche Ideen?«

Ein tiefes Lachen war die Antwort. »Das mit dem Lügen üben wir noch mal. Aber schön, wenn du meinst, dass du kein Problem hast und unsere *überaus professionelle* Beziehung nicht darunter leidet. Ich hab kein Problem mit meinem Körper.«

Im nächsten Moment schwang er die Beine aus dem Bett.

Ein kleines, sehr unprofessionelles Quietschen drang über ihre Lippen. Damit hätte sie rechnen sollen. Wenn sie aussähe wie eine römische Statue, hätte sie auch kein Problem damit, nackt vor ihm herumzuspazieren.

»Jaja, dir ist es egal«, flüsterte er.

»Ist es«, beharrte sie und schluckte.

»Warum hast du dann die Augen geschlossen, Lucy?«

Oh. Hatte sie das? Das hatte sie gar nicht gemerkt.

»Um dir Privatsphäre zu geben.«

»Das aus dem Mund der Frau, die in mein Loft eingebrochen ist und mich wie ein verdammter Mafiaboss auf dem Sessel neben meinem Bett begrüßt hat«, murmelte er schnaubend.

Dann hörte sie Schritte und wie eine Tür ins Schloss klickte. Erleichtert atmete sie aus und öffnete die Augen. Gut. Vielleicht war es ihr doch nicht egal, wenn Dax nackt durch den Raum lief. Aber das hatte er bestimmt nicht mitbekommen.

Seufzend stand sie auf und schlenderte zurück in den Küchenbereich. Dax' Loft bestand aus einem einzigen, riesigen Raum, der in verschiedene Bereiche eingeteilt war. Gerade hatte sie dem Rest keinen zweiten Blick geschenkt, da sie ein klares Ziel vor Augen gehabt hatte. Doch jetzt, da sie im Hintergrund die Dusche rauschen hörte, nahm sie sich das Recht, sich schamlos umzusehen.

Den Kaffeebecher in der Hand, schlenderte sie durch den Raum. Es war ordentlich, aber nicht makellos sauber. Über der L-förmigen hellblauen Couch lagen ein Mantel und eine abgewetzt aussehende Kuscheldecke. Auf dem Wohnzimmertisch aus Naturholz erkannte sie eine leere Kaffeetasse auf einem Untersetzer, eine Blumenvase mit Trockenblumen und Kopfhörer, die an ein iPad angeschlossen waren. Ein gemütlich aussehendender gelber Teppich nahm den Raum vor einem riesigen Bücherregal ein, diverse Pflanzen standen in den Ecken und ein paar Landschaftsgemälde sowie Fotos hingen an den Wänden.

Sie lief zu den Fotos und inspizierte sie. Eines zeigte eine breit lächelnde junge, dunkelhaarige Frau in Abschlusstalar, den Arm um Dax' Mitte geschlungen, der sichtbar stolz zu ihr hinabsah. Auf einem anderen standen drei Kinder vor einem großen, bunten Pferdekarussell. Da waren zwei maximal zehnjährige Jungs mit Zuckerwatte in den Händen, der eine dunkelhaarig, der andere blond. Der Dunkelhaarige – definitiv Dax! – grinste breit in die Kamera und präsentierte seine Zahnlücken. Das Gesicht des anderen wurde von der riesigen Süßigkeit verborgen, die er gerade an ein kleines Mädchen mit einem Stoffhasen im Arm reichte, das direkt neben ihnen stand und sein Glück, so etwas Leckeres essen zu dürfen, offensichtlich kaum fassen konnte.

Wärme breitete sich in Lucys Brust aus und sie ließ den Kaffeebecher sinken. Dax liebte seine Schwester ... und hatte Jack noch nicht aufgegeben. Sonst hätte er dieses Foto hier nicht hängen. Er war es. Das wusste sie. Auch wenn man ihn nicht wirklich erkennen konnte.

Sie drehte sich einmal im Kreis und schüttelte den Kopf. So hatte sie sich Dax' Wohnung nicht vorgestellt. Es sah so ... gemütlich aus. So benutzt. Als würde er tatsächlich Zeit hier verbringen. Das war bei den wenigsten Single-Spielern so. Sie waren so oft zu Auswärtsspielen unterwegs, lebten in Hotels und auf dem Eis, dass sie sich meistens keine Mühe machten, ihre Wohnung oder ihr Haus vernünftig einzurichten. Aber das hier ... Das war keine Wohnung aus dem Katalog. Das war eine Wohnung, die man Zuhause nannte. Sie konnte nicht sagen, warum, aber das beunruhigte sie. Es machte Dax so ... real.

Sie lief weiter in die Küche. In der Spüle lag ein helles Hemd mit einem roten Flecken darauf, der mit etwas Weißem eingesprüht worden war. Stirnrunzelnd beugte sie sich vor. Weichte er den Fleck ein, damit er in der Waschmaschine besser rausging?

Das war sehr ... hausmütterlich. Und untypisch. Matt warf Hemden mit hartnäckigen Flecken lieber sofort weg, um sich neue zu kaufen. Lucy hatte das schon immer schrecklich verschwenderisch gefunden, aber wenn man sechs Millionen Dollar im Jahr verdiente, dachte man darüber wohl nicht nach.

Hatte sie geglaubt.

Kopfschüttelnd ging sie weiter, inspizierte das saubere Geschirr auf einem Abtropfgitter neben der Spüle – Dax besaß doch eine Spülmaschine, wieso hatte er das Geschirr von Hand gewaschen? – und ging dann zum Kühlschrank.

Sie sah sich um, ging sicher, dass noch immer das Wasser lief, und öffnete die Tür. In ihrem eigenen Kühlschrank stapelten sich die Essenskartons vom Chinesen nebenan, doch hier sah sie nur frisches Gemüse, Milch, eine halb gegessene Lasagne in ihrer Auflaufform ...

Kochte Dax? Das würde auch die etlichen Küchenutensilien erklären, die an den Wänden hingen und ... war das ein *Messerschärfer* auf der Anrichte?

Die Tür hinter ihr ging auf und Dax trat aus dem Badezimmer, ein Handtuch tief um die Hüfte geschlungen.

Normalerweise hätte sie den Blick abgewandt, um nicht in Versuchung zu kommen, ihn wieder anzustarren. Doch es sprach dafür, wie verstörend sie das ganze Loft und das, was es über Dax aussagte, fand, dass sie kaum wahrnahm, dass er nackt war und ihm stattdessen ins Gesicht sah, um perplex zu fragen: »Dax. Bist du ein ... erwachsener, bodenständiger Mann?«

Seine Mundwinkel zuckten, sodass das Grübchen auf seiner Wange erschien. »Ich weiß nicht, wie du auf diese lächerliche Idee kommst.«

»Na ja, es sieht hier so ... heimelig aus«, antwortete sie perplex und breitete die Arme aus. »Gemütlich. Als hättest du selbst dekoriert. Als würdest du selbst einkaufen. Als wärst du ... vollkommen selbst für dein Leben verantwortlich. Oh mein Gott.« Sie legte sich schockiert eine Hand auf die Brust. »Bist du etwa auch *verantwortungsbewusst*?«

Er grinste breit.

»Dieser Unglaube in deiner Stimme ...«, meinte er kopfschüttelnd. »Und natürlich nicht. Ich hab gestern zu viel getrunken und beinahe den Termin des Fotoshoots verpasst.«

»Nun, ja«, erwiderte sie dümmlich. »Ja, ich weiß, aber ...« Sie blinzelte. »Du verwirrst mich.«

»Ich glaub, das ist das Freundlichste, was du je zu mir gesagt hast«, stellte er fest, bevor er ihr den Rücken zuwandte und in den Schlafbereich verschwand, der von einem großen Regal voller Ordner, CDs und weiterer Bücher verborgen wurde.

»Du hast sehr viele ... Küchenutensilien«, rief sie ihm hinterher.

»Die braucht man zum Kochen.«

»Jaja, ich weiß, nur ... na ja, ich hatte nicht damit gerechnet, dass du kochst.«

Ein Schnauben war die Antwort. »Wie soll ich sonst an Essen kommen?«

»Ich ... keine Ahnung. Bestellen?«

»Ist mir auf Dauer zu langweilig, zu fettig und zu ungesund.«

Oh Gott, er war verantwortungsbewusst! »Aber ... du bist ein Frauenheld«, stammelte sie. »Du bist bestimmt schon bei Eroberung Nummer siebzig und ...«

»Und Frauenhelden dürfen nicht kochen können?«, rief er verwirrt.

»Nun ... Nein. Irgendwie nicht. Und warum spülst du von Hand? Und warum weichst du Flecken ein? Und gießt du die Pflanzen selbst?«

»Weißt du, ich habe schon die verrücktesten Fragen von diversen Journalisten gestellt bekommen«, bemerkte er und bog in Jeans und einem weißen T-Shirt um das Regal, während seine nassen Haare ihm noch immer feucht in die Stirn hingen. »Du übertriffst sie trotzdem.«

»Ich bin kein Journalist, du kannst mir also antworten«, sagte sie, denn sie *brauchte* die Antworten.

Er seufzte schwer. »Ich musste früh kochen lernen, um anderes Essen als Toast mit Erdnussbutter auf dem Tisch zu haben«, sagte er leise. »Und ich mag Essen. Teller zu spülen, beruhigt mich irgendwie, und wenn ich den Fleck nicht einweichen würde, wäre das Hemd ruiniert. Und wer sollte die Pflanzen außer mir sonst gießen? Bist du jetzt zufrieden?«

Nein.

Überhaupt nicht.

»Haben deine Eltern nicht ...?« Sie ließ die Frage ins Leere laufen und schüttelte den Kopf. »Sorry. Es ist nicht normal, dass ich dich danach frage, oder?«

Dax seufzte schwer und rieb sich übers Gesicht. »Nichts an dir ist normal, Lucy.«

Sie lächelte und drehte nervös den Ring an ihrem Finger. »Danke. Normal zu sein, ist schrecklich langweilig. Und ...« Sie zögerte, senkte den Blick auf ihre Füße und hob ihn wieder. Unsicher, ob sie das Fass aufmachen wollte. Unsicher, ob sie ihn an den Abend vor einer Woche erinnern wollte.

»Was?«, hakte Dax nach und hob eine Augenbraue.

Sie atmete tief durch. »Du weißt, dass ich es niemals weitererzählen würde, oder?«, wisperte sie. »Egal, wie wütend ich auf dich wäre. Ich würde es für mich behalten. Was du bei der Bar gesagt hast ... Was du jetzt sagen würdest.«

Endlose Augenblicke sah er sie an. Ein einzelner Wassertropfen löste sich aus seinen Haaren und floss seine Wange hinab. Wie eine Träne, die ihren Weg verloren hatte. »Ich weiß«, murmelte er schließlich. »Es ist nur einfach kein ... erquickendes Thema. Dass meine Mutter nur gearbeitet und mein Vater sich hat bedienen lassen. Noch dazu ihr Geld verspielt hat, sodass wir keine andere Wahl hatten, als günstig zu kochen, weil wir uns nichts anderes leisten konnten.«

Sie schluckte, während die Wärme aus ihrer Brust sich bis in ihre Fingerspitzen ausbreitete. Es war Mitgefühl, redete sie sich ein.

Kein Glücksgefühl, weil er ihr die letzten zwei Sätze anvertraut hatte. Weil er sich aus unerfindlichen Gründen offenbar wohl genug in ihrer Gegenwart fühlte, um es ihr zu erzählen.

Was zur Hölle war in den letzten Wochen passiert?

»Eltern sind wohl nie ein erquickendes Thema«, meinte sie leise.

Sein Blick glitt zu dem Ring, den sie noch immer um ihren Finger drehte. »Redest du von deiner Mutter?«

Nein, eigentlich sprach sie von ihrem Vater. Ihr Vater, der die letzte Woche im Bett verbracht und seinen Termin beim Psychotherapeuten verpasst hatte. Der Madison angeschrien hatte, dass sie nicht wisse, wovon sie redete, als sie ihn gebeten hatte, einen neuen zu machen.

»Meine Mutter ist vor drei Jahren gestorben«, sagte sie und hob die Schulter. »Das ist zwar kein schönes Thema, aber ... ich schätze, ich trage es nicht mit mir herum, so wie du es mit deiner Vergangenheit tust.«

Er nickte. »Tut mir leid. Dass sie gestorben ist.«

»Gleichfalls. Aber du hast zumindest deine Schwester, oder?«

»Jup«, meinte er und runzelte die Stirn. »Aber du hast auch eine Schwester, oder? Nein. Zwei Schwestern. Maddie ... und noch wer anderes.«

Überrascht hob sie die Augenbrauen. »Woher weißt du das?«

Er hob einen Mundwinkel. »Ich weiß eine Menge über dich, Lucy. Denn seinen Feind sollte man noch besser kennen als seinen Freund. Ich weiß, dass du Kaffee trinkst wie Wasser. Ich weiß, dass du anscheinend keine anderen Schuhe als High Heels besitzt. Ich weiß, dass du die Beste in deinem Jahrgang warst und dir einiges darauf einbildest. Ich weiß, dass du deinen Ring drehst, wenn du nervös bist, dein Kinn reckst, um dich größer zu machen, Spaziergänge für ein Work-out hältst, Matt immer wieder erzählst, was für ein schrecklicher Mensch ich bin, und mich dir vermutlich trotzdem jede zweite Stunde nackt vorstellst.«

Sie biss sich auf die Unterlippe, um sich vom Lächeln abzuhalten. Das war tatsächlich mehr, als sie ihm zugetraut hatte. Auch wenn sie sich ihn jede Stunde nackt vorstellte, nicht jede zweite. »Ich hab mich nie als deinen Feind gesehen, weißt du?«, erklärte sie. »Eher als dein Gewissen.«

»Mein Gewissen, das in mein Loft einbricht, Leute davon überzeugt, dass ich sexsüchtig bin und es für richtig hält, mein Handy zu hacken sowie meine Freunde dafür zu benutzen, mich auszuspionieren?«, fasste er zusammen. »Mann, kein Wunder, dass ich so viele Negativschlagzeilen mache.«

Sie musste lachen, legte den Kopf in den Nacken ... und war sich auf einmal furchtbar der Tatsache bewusst, wie nah Dax ihr stand. Wie normal ihre Unterhaltung gewesen war. Wie ihr Nacken kribbelte und dass er nach herber Seife und Eis roch. Sie räusperte sich und trat hastig einen Schritt zurück. Unterbrach den Moment, bevor er wirklich zu einem werden konnte. »Okay, wir sollten los. Und du musst deinen Schlüssel nicht rauskramen. Ich schließe ab.«

Er zog die Augenbrauen zusammen. »Woher hast du den Schlüssel?«

Sie grinste. »Erinnerst du dich daran, dass dir der Barmann der Ice Lounge mal den Autoschlüssel weggenommen hat, an dem sich auch ein Schlüssel zu deinem Loft befunden hat? Weil du zu betrunken warst? Dreimal darfst du raten, wer diesen Schlüssel abholen und den Barmann bestechen musste, damit niemand die Bilder von deinem betrunkenen Selbst an die Presse verkauft.«

»Und du hast den Schlüssel einfach nachmachen lassen?«, stellte er fest.

Sie zuckte die Schultern. »Ich dachte mir, wenn dich irgendwann mal eine deiner One-Night-Stands aus Rache, weil du sie nie wieder angerufen hast, im Bett umbringt, ist es so leichter, als deine Hochsicherheitstür einzutreten. Denn seien wir ehrlich: Deine Tür kann nichts dafür, dass du deine Hose nicht anbehalten kannst.«

Er schnaubte laut. »Du meinst, *falls* mich mal jemand umbringt.«

»Oh nein«, sagte sie sachlich. »Ich bin mir sehr sicher, dass du deinen Tod durch fremde Hand finden wirst. Wenn schon nicht durch eine deiner Ladies, dann mit Sicherheit durch mich.«

Er lachte. Ein heiseres, lautes Lachen, bevor er kopfschüttelnd vor ihr in Richtung Ausgang lief. »Es ist nicht okay, Lucy. Dass du den Schlüssel hast nachmachen lassen«, sagte er, doch er klang nicht zornig.

Sie seufzte. »Nein, ich weiß. Aber zu meiner Verteidigung: Damals war ich wieder mal sehr wütend auf dich und hatte diese Idee im Kopf, dass ich nachts reinkomme, deine Möbel umstelle und dir einrede, dass du einen Geist hast. Doch ich bin zu Sinnen gekommen, nachdem ich meinen ersten Kaffee am nächsten Morgen hatte.«

Er warf ihr einen skeptischen Blick über die Schulter zu. »Ich muss dich enttäuschen. Du bist mit Sicherheit *nicht* zu Sinnen gekommen.«

KAPITEL 16

Dax' Kopf fühlte sich an, als habe jemand in Whiskey getränkte und mit Nadeln verzierte Watte hineingestopft.

Er hätte Nein zum Wodka sagen sollen. Er hätte ahnen sollen, dass Lucy einen Weg finden würde, ihn zu diesem Fotoshooting zu bekommen. Und aus all diesen Gründen hätte er kein Lächeln auf dem Gesicht haben dürfen. Trotzdem war es da. Hartnäckig und beunruhigend. Denn er war sich ziemlich sicher, dass Lucy die Schuld daran trug. Er sollte wütend auf sie sein, weil sie in sein Loft eingestiegen war und ihn so unsanft geweckt hatte. Denn das war auf jeden Fall zu weit gegangen!

Warum störte es ihn dann nicht, dass sie das Erste gewesen war, das er nach dem Aufwachen gesehen hatte? Dass sie seine Wohnung inspiziert und ihm persönliche Fragen gestellt hatte?

Vielleicht, weil sie das Schlimmste schon wusste. Ebenso wie er wusste, dass die Informationen bei ihr sicher waren. Weil es erleichternd war, dass er sie nicht mehr nur mit sich allein herumschleppen musste. Weil sie kein Mitleid mit ihm hatte, wovor er die meiste Angst gehabt hatte. Weil sie tatsächlich wieder so etwas wie ... normal gewesen waren. Und er das gebraucht hatte.

Unterm Strich war er für einen derart verkaterten Morgen erschreckend gut gelaunt.

Allerdings hielt das Gefühl nur so lange an, bis er das Set des Fotoshootings betrat.

»Das ist nicht dein fucking Ernst«, stieß er aus und starrte entsetzt die Kostüme an, die auf zwei Stühlen vor einer weißen Leinwand hingen.

Lucy lief rosa an und kratzte sich den Kopf. »Ich gebe zu, dass das nicht meine Idee war, aber ... der Fotograf meint, es würde etwas hermachen.«

Ungläubig sah er sie an. »Ich werde *keine* Teufelshörner tragen!«

»Ganz ehrlich, Dax«, flüsterte sie und beugte sich verschwörerisch zu ihm vor. »Sind die dir nicht lieber als die Engelsflügel, die Jack anziehen muss?«

Sofort glitt sein Blick zu dem Federhaufen auf dem rechten Stuhl, der jedes Huhn schockiert hätte zurückweichen lassen. Nun, da war schon was dran, aber dennoch ... »Scheiße, nein! Das geht zu weit, Lucy!«

»Es ist gute Publicity!«, versicherte sie ihm mit hochrotem Kopf. »Devil und Saint treffen aufeinander und werden ungleiche Freunde.«

»*Verkleidete, alberne* Freunde!«, korrigierte er sie bissig.

Sie winkte ab. »Ist egal, die Message ist dieselbe.«

»Nein!«

»Aber Leslie war begeistert«, bemerkte sie und zog eine Grimasse. »Ich konnte es ihr nicht ausreden.«

»Ist mir egal! Es war ohnehin meine Regel, dass ich nichts mit Jack West tue, um mein Image aufzubessern.«

»Aber das hier ist nicht für dein Image! Hier geht es nur um Kartenverkäufe. Hier ...«

»Oh mein Gott, nein«, unterbrach eine entsetzte Stimme sie und beide sahen auf. Jack hatte das Set erreicht und sein Gesicht sah aus, wie Dax sich fühlte. »Nein!« Er deutete auf die Flügel. »Nein.« Er deutete auf die Teufelshörner. »Nein.« Er deutete auf Lucy.

Was sagte man dazu. Sie waren ausnahmsweise mal auf einer Seite.

Sie stöhnte – und so sehr Dax das Geräusch auch genoss, es war doch etwas unangemessen für den Arbeitsplatz. »Probiert es doch zumindest aus!«, bat sie. »Wenn die Fotos blöd aussehen, machen wir noch welche ohne die Requisiten.«

»Nein!«, antworteten Jack und er unisono.

Dax warf seinem Bruder einen kurzen Blick zu und einige Sekunden lang blitzte ein Bild in seinem Kopf auf. Er und Jack, die ihrer Mutter erklärten, dass sie ihre kleine Schwester nicht mit zum Eishockeytraining nehmen würden. Dass sie ihren Rosenkohl nicht essen würden. Dass sie Dax' Vater nicht seinen Alkohol zurückgeben würden.

»Doch«, behante Lucy, straffte die Schultern und reckte das Kinn. Oh, großer Gott, sie machte sich zum Kampf bereit! So zumindest sah sie immer aus, wenn sie für den ersten Schlag ausholte. »Ihr beide seid zurzeit die reinsten Fische auf dem Eis und der Grund dafür, warum halb Amerika sich das Maul über die Hawks zerreißt! Ihr *schuldet* es mir, es zu versuchen.«

Jap.

Ihre Schläge waren tief und hart und hinterließen ein Gefühl von Schuld und Unbehagen im Magen.

»Aber wozu das Ganze?«, wollte Jack wissen, der offenbar nicht wusste, dass er einen längst verlorenen Kampf ausfocht. »Was bringen die Verkleidungen?«

»Nun, sie sollen ... euch männlich aussehen lassen, schätze ich«, meinte sie und räusperte sich verlegen.

»Flügel und Hörner sind männlich?«, echote Dax. Denn wenn das stimmte, hatte er sich all die letzten Jahre völlig falsch gekleidet.

»Na ja, es gibt ja auch noch das Schwert und Pfeil und Bogen«, erklärte sie sachlich und gestikulierte zu den Waffen, die auf dem Boden vor den Stühlen lagen und die Dax bis gerade noch gar nicht gesehen hatte.

»Ich nehme das Schwert!«, sagten Jack und er wie aus einem Mund.

Mit verengten Augen sah Dax seinen Bruder an. »Was will ein Engel mit einem Schwert? Engel mögen keine Gewalt. Der Teufel schon.«

»Der Teufel hat Hörner, er braucht nichts anderes, um Sünder aufzuspießen«, belehrte Jack ihn. »Und mit Pfeil und Bogen sehe ich aus, als wolle ich gleich an den Hungerspielen teilnehmen.«

Dax grinste selbstgefällig. »Nein, mit Flügeln, Pfeil und Bogen sähst du aus, als wolltest du den Leuten Liebe bringen. Was gibt es Männlicheres als das?«

»Ich glaube, du hast den Kontakt zu deiner Männlichkeit verloren, wenn du *das* glaubst«, bemerkte Jack trocken.

»Wenigstens habe ich nicht jeden Abend Kontakt zu meiner Männlichkeit, so wie du wahrscheinlich, wenn du allein in deinem Bett liegst«, erwiderte er süß.

»Ich will das Schwert«, beharrte Jack ungerührt.

»Es ist mein Schwert. Der Teufel besitzt der Legende nach sogar ein flammendes Schwert! Es passt also.«

»Ja, aber du besitzt der Legende nach auch keinen Bruder – wie wichtig können Legenden in unserem Fall also sein?«

Dax biss die Zähne aufeinander. »Du ...«

»Okay, niemand bekommt eine Waffe!«, unterbrach Lucy sie und fuchtelte mit den Händen zwischen ihnen hin und her. Vielleicht, um ihren Blickkontakt zu unterbrechen. »Die Kostüme sind ohnehin schon genug, findet ihr nicht?«

Zu viel. Das waren die Kostüme! Aber schön. Er hatte schon Schlimmeres überstanden. Er würde sich von ein paar Hörnern nicht einschüchtern lassen.

»Und jetzt bitte einmal düster gucken ... ja, genau so, Mr Temple! Aber Sie sollten glücklich aussehen, Mr West. Sie sind ein Engel.«

Dax war sich in seinem gesamten Leben noch nicht so dämlich vorgekommen. Und das schloss den Tag mit ein, an dem er für Anna in eine Drogerie gegangen war und sich eine halbe Stunde lang zu Tampons, Binden und Co. hatte beraten lassen. Bis die Verkäuferin ihn gefragt hatte, ob er einen Geschlechtswechsel in Betracht zog. Doch Eyeliner und Rouge zu tragen und von einem dünnen Mann mit Schnauzbart angewiesen zu werden, den Engel neben ihm anzusehen, als wäre er seine Absolution und das Schönste, aber auch Gefährlichste, was er je gesehen hatte, übertraf alles. Auch wenn es zugegebenermaßen sehr einfach war, diesen bestimmten Blick aufzusetzen, weil er sich einfach vorstellen musste, Lucy anzusehen.

Doch die Scheinwerfer waren zu grell und strahlten unerträgliche Hitze aus. Jack und er trugen beide dreiteilige Anzüge – Jack in Weiß, er in Schwarz, denn das war offenbar die Alltagskleidung für Teufel und Engel – und die vielen Schichten drohten ihn zu ersticken. Außerdem juckten die verdammten Hörner, die mit einer Art Spange in seinen Haaren befestigt worden waren, auf seiner Kopfhaut.

Wie dämlich sie tatsächlich aussahen, konnte er Lucy am Gesicht ablesen. Denn die Frau, die sich dafür rühmte, stets professionell zu sein, kämpfte seit einer geschlagenen halben Stunde sichtlich mit einem Lachanfall. Sie mochte glauben, dass sie diesen Umstand geschickt verbarg, aber er erkannte selbst von Weitem, dass sie sich ständig auf die Unterlippe biss. Was unter anderem daran lag, dass er womöglich allgemein etwas fixiert auf ihre Lippen war.

»Was hältst du davon, etwas deinen Kopf zu beugen, Dax?«, schlug sie wie auf Kommando mit unschuldigem Glitzern in den Augen vor. »Sodass es aussieht, als würdest du Jack mit deinen Hörnern aufspießen?«

Davon hielt er in etwa so viel wie davon, seinen Lieblings-Hockeystick in den Häcksler zu werfen.

»Ich hab keine Ahnung, was du meinst. Vielleicht kommst du besser nach vorn, um mir genau zu zeigen, was du dir vorstellst«, erwiderte er trocken. Es gab schließlich keinen Grund, warum er der Einzige bleiben sollte, der sich zum Affen machte.

»Klar«, sagte sie fröhlich und grinste breit. »Kein Problem. Wenn du mich dann nachmachst.«

Shit. Ihm hätte klar sein müssen, dass sie keiner Herausforderung aus dem Weg ging.

Der Fotograf nickte abwesend und murmelte irgendetwas davon, dass er sich die bisherigen Bilder ohnehin mal ansehen musste. Leider gab er ihr somit die Zeit, sich auf die weiße Plane vor der Leinwand zu stellen, ihre Zeigefinger wie kleine Hörner an ihren Kopf zu halten, sich hinunterzubeugen und Jack wie ein Stier in der Kampfarena darauf aufzuspießen. »Ungefähr so«, verkündete sie und pikste Jack in den Bauch, der Dax' Meinung nach viel zu glücklich aussah. Trotz Flügeln und goldenem Glitzer auf den Wangen. »Das zeigt, wie viel Spaß ihr zusammen habt und dass ihr echte Freunde geworden seid.«

»Nein. Es zeigt, dass du einen besseren Therapeuten brauchst!«, widersprach er.

Sie lachte und richtete sich wieder auf. »Dir ist zu viel peinlich, Dax. Wirklich.« An Jack gewandt fügte sie hinzu: »Und autsch! Du hättest ruhig aufhören können, deine Muskeln anzuspannen.« Sie zog eine Grimasse und rieb sich die Finger.

»Ich hab sie nicht angespannt«, meinte der verdutzt.

»Wirklich nicht?« Beeindruckt hob sie die Augenbrauen. »Meine Güte. Bist du es womöglich, der einen Pakt mit dem Teufel eingegangen ist, und nicht Dax?«

Jack lachte leise. »Nur einen Pakt mit der Stemmbank, fürchte ich. Aber du siehst selbst aus, als würdest du trainieren, solltest dich also nicht wundern.«

198

Dax schnaubte laut, was ihm einen feindseligen Blick von Lucy einhandelte.

»Was ist daran so witzig?«, wollte sie scharf wissen.

Nun ja, er wollte Lucy nicht zu nahetreten, aber wenn sie irgendetwas trainierte, dann ihre Finger, indem sie Schokolade aus der Verpackung befreite. Sie hatte den Hintern und die Hüfte, um das zu beweisen. Was nichts Schlechtes war! Er mochte ihren Hintern und ihre Hüfte. Sie sahen aus, wie sie bei einer Frau eben aussehen sollten. Perfekt, um die Hände darin zu vergraben und sie gegen seine eigenen zu ziehen. Aber er war nicht dumm genug, das laut auszusprechen.

»Überhaupt nichts«, sagte er todernst. »Hab nur an einen Klopf-Klopf-Witz gedacht.«

»Mhm, klar«, machte sie angesäuert.

»Hör nicht auf ihn, Lucy«, fuhr Jack unbeirrt fort. »Du hast die perfekte Figur.«

Dax' Kiefer spannte sich an. Er hatte nie etwas anderes behauptet! Tatsächlich waren ihre Kurven so ziemlich alles, woran er die letzten Tage gedacht hatte. Nein, das stimmte nicht. Es war die ganze Person gewesen und ... *Warum liefen Lucys Wangen jetzt rosa an?*

»Danke, das ist sehr lieb, aber nicht wahr«, meinte sie und warf Jack einen warmen Blick zu.

Hey! Was sollte das? Er hatte noch nie einen derartigen Blick von ihr bekommen. Und es *war* wahr.

»Es ist wahr«, sprach Jack seine Gedanken aus. »Ihr Frauen macht euch viel zu viele Gedanken um euren Körper.«

»Sagt der Typ mit dem Waschbrettbauch?«, fragte sie lachend, bevor sie abwinkte. »Aber mach dir keinen Kopf. Das weiß ich. Ich find mich okay. Ich mag meinen Körper. Egal, was manche Männer sagen.« Sie warf Dax einen vielsagenden Blick zu.

Perplex öffnete er den Mund, um ihr zu versichern, dass er überhaupt nichts gegen ihren Körper einzuwenden und nie etwas anderes behauptet hatte, doch Jack kam ihm wieder zuvor. »Ach, manche Männer sind einfach Arschlöcher. Und ich finde, was eine Frau erst so richtig sexy macht, ist ihr Selbstbewusstsein. Ihre Art, mit Menschen umzugehen. Und in dem Bereich bist du ernsthaft gesegnet, Lucy.«

Der Rotton in ihren Wangen vertiefte sich ... ebenso wie der Rotton, der vor Dax' Augen aufgetaucht war.

Was zur Hölle tat Jack da?

Ein bitteres, hässliches Gefühl ballte sich zu einem schwarzen Ball in seinem Magen und wäre er ein anderer Mann gewesen, hätte er gedacht, dass es Eifersucht war. Doch er war kein anderer Mann und er *wurde* nicht eifersüchtig.

Trotzdem rutschte ihm heraus: »Sagt mal, soll ich euch beide vielleicht lieber ein wenig allein lassen, damit ihr noch etwas mehr flirten könnt und Jack noch ein paar weitere meiner Geheimnisse ausplaudern kann?« Er hatte absichtlich im gelassenen Tonfall gesprochen, doch seine Worte waren offenbar doch bissig genug gewesen, um beide überrascht aufsehen zu lassen.

Jacks Blick flog zu Lucy. »Du hast es ihm erzählt?«

Sie seufzte leise. »Es ist mir so herausgerutscht. Aber Dax, du stehst genau neben uns. Du würdest es wissen, wenn er aus dem Nähkästchen plaudert.«

Als ob ihn das interessierte! Jack konnte Lucy erzählen, was er wollte, solange er endlich ein paar Schritte nach hinten trat und nicht bei jeder Bewegung mit seiner Schulter gegen ihre strich.

»Okay, wir haben schon einige gute Bilder in Kostümierung«, verkündete der Fotograf in diesem Moment und riss Dax somit aus seiner Fantasie, die sich um seine Faust in

Jacks Gesicht gedreht hatte. »Wir können jetzt zu ein paar sexy Shots für die weiblichen Fans übergehen. Also, wer von euch beiden möchte denn sein Hemd ausziehen?« Er wackelte mit den Augenbrauen.

»Er«, sagten Jack und Dax wie aus einem Munde und deuteten auf den jeweils anderen.

Dax schnaubte.

Er würde sich ganz sicher nicht ausziehen. Nicht, nachdem Lucys Gesicht heute Morgen allein bei dem Gedanken daran, dass er nackt war, ein Feuerwehrauto imitiert hatte. Das würde nicht ... zur Normalität zwischen ihnen beitragen.

»Wieso sind denn unbedingt sexy Shots nötig?«, hakte Lucy nach, ihre Wangen dunkler als noch vor einer Minute, während sie zurück zu ihrem alten Platz schlenderte.

»Leslie meinte, ein paar Fotos ohne Hemd könnten nicht schaden«, sagte der Fotograf und zuckte die Achseln. Lucy seufzte und machte eine unwirsche Handbewegung, die der Fotograf als Bestätigung sah. »Also, wer zuerst?«, wollte er wissen.

»Schon gut, schon gut!«, bemerkte Jack seufzend und legte die Flügel, das Jackett und die Weste ab, bevor er sich das Hemd über den Kopf zog und mit freiem Oberkörper dastand.

Lucy pfiff durch die Zähne.

Dax biss seine aufeinander.

Jack klopfte sich mit selbstgefälligem Grinsen auf die Brust.

Lucy zwinkerte ihm lachend zu. »Dreh dich doch bitte einmal. Für den Fotografen natürlich.«

Dax grub die Fingernägel in seine Handballen.

»Weil ein schöner Rücken auch entzücken kann?«

Lucys Lachen wurde lauter.

Dax' Kiefer schmerzte.

»*Dein* Rücken zumindest, Jack«, bemerkte sie wimpern-klimpernd. »Und ich versteh jetzt, warum Leslie meinte, dass ein paar shirtlose Bilder nicht schaden könnten. *Mir* zumindest schadet der Anblick nicht.«

Hatte sie was von Schaden gesagt?

Ja, den würde Dax gleich anrichten.

»Oh, du kannst gern mit aufs Bild, Lucy«, meinte Jack leichthin. »Um den Fans zu zeigen, wie *eng* Spieler und Marketing zusammenarbeiten.«

Eine zarte Röte schoss in Lucys Wangen.

Rauschendes Blut durch Dax' Ohren.

»Wir haben da diese Regel im PR-Team. Nur gucken, nicht anfassen.«

Jack grinste. »Also ich hab überhaupt nichts dagegen, wenn du mich anfassen willst.«

Lucy kicherte und trat einen Schritt vor. »Also, ein wis-senschaftliches Interesse hätte ich ja ...«

Dax riss der Geduldsfaden.

»Es reicht!«, herrschte er sie an.

Überrascht wandte sie sich zu ihm um und weitete die un-schuldigen, dunklen Augen. »Was reicht?«

»Oh, *bitte*«, knurrte er wütend und stapfte auf sie zu, be-vor er die Stimme senkte, damit die anderen ihn nicht ver-stehen konnten. »Tu nicht so, du provozierst mich!«, zisch-te er und beugte sich vor, sodass er ihr direkt in die Augen sah, während sein Puls heftig an seinem Hals schlug. »Wieso sonst solltest du mit West flirten?«

»Weil es Spaß macht?«, erwiderte sie tonlos und ver-schränkte die Arme vor der Brust.

»Mir macht es keinen Spaß, also hör verdammt noch mal damit auf!«

»Wieso?«, fragte sie scheinheilig. »Vielleicht ist er ja meine Nummer Zwölf.«

Er schnaubte.

»Als ob. Du bist nicht bei zwölf, das hast du damals nur gesagt, um mich zu schockieren – und alle wissen, dass du nichts mit Spielern anfängst.«

»Ich fange nichts mit Spielern an, weil ihr alle noch kleine Jungs seid, die jammern, wenn sie ihren Willen nicht bekommen«, flüsterte sie, die Augen gefährlich verengt. »Aber Jack West ist ein *Mann*.«

Sein Kiefer knackte. Gott, wie gern würde er ihr zeigen, wie sehr *Mann* er war. Doch sie waren nicht allein. Er konnte die neugierigen Blicke des Fotografen und Jacks in seinem Nacken spüren. Abgesehen davon wollten sie sich ja *normal* verhalten und ...

Shit, er musste hier raus. Er konnte nicht mehr klar denken. Lucy vernebelte sein Gehirn. »Was soll's«, murmelte er also nur steif, wandte sich ruckartig um, durchquerte den Raum und riss die Tür auf.

»Äh, Lucy ... wir brauchen ihn!«, hörte er den perplexen Fotografen noch rufen, bevor sie hinter ihm zufiel.

Dax atmete zischend aus und rieb sich mit beiden Händen übers Gesicht. Sog tief Luft in seine Lunge und versuchte sich zu beruhigen. Doch das enge Gefühl in seiner Brust verschwand nicht. Der bittere Geschmack auf seiner Zunge ebenso wenig. Das hier war *nicht* gut. Ebenso wenig wie die Schritte, die er auf der anderen Seite der Tür hörte, bevor Lucy sie aufzog.

»Wo willst du hin?«, fragte sie, ihre Augen groß, ihre Wangen noch immer gerötet. Aber wegen Jack, nicht wegen ihm!

Fuck.

Er hatte keine Lust, mit ihr zu reden und konnte für nichts garantieren, wenn er es tat. Also stieß er die nächstbeste Tür auf, die in ein leerstehendes Büro führte, trat hastig hinein und wollte sie direkt wieder hinter sich schließen. Doch Lucys Fuß schoss vor und hielt sie offen.

»Was zum Geier soll das?« Ungläubig sah sie ihn an und drückte sie mit roher Gewalt auf. »Läufst du gerade ernsthaft vor mir weg?«

»Du fragst *mich,* was das soll?«, erwiderte er hitzig, während seine Stimme mit jedem Wort lauter wurde. »Du bist es, die sich Jack gerade praktisch an den Hals geworfen hat!«

»Schrei nicht so«, zischte Lucy, blickte besorgt in den Flur und schloss dann hastig die Tür und warf ihre Handtasche daneben auf den Boden, um ihre Arme zu verschränkte. »Und ich hab mich ihm nicht an den Hals geworfen. Wir haben nur ... geredet.«

»Oh, komm schon! Ich kenne mich mit verbalem Vorspiel aus, Lucy!«, fuhr er sie an.

Sie blinzelte verdutzt. »Verbalem ... was? Gott, Dax! Du hast sie doch nicht mehr alle. Es war *Spaß.* Abgesehen davon kann ich mit Jack reden, wie ich will.« Trotzig hob sie das Kinn. »Ich hab mich nicht zu erklären!«

Oh, das sah er anders.

»Shit. Das funktioniert so nicht«, sagte er genervt und ging auf und ab.

»Was funktioniert nicht?«, wollte Lucy verwirrt wissen.

»Das hier!«, fuhr er sie an und wedelte mit der Hand zwischen ihnen hin und her. »Normalsein, wenn es um dich geht! Du kannst nicht in mein Loft einbrechen und dann mit Jack flirten. Du kannst nicht die Augen schließen, wenn ich nackt an dir vorbeilaufe – und rot werden, wenn Jack sein Hemd auszieht! *Das geht verdammt noch mal nicht!*«

Er hoffte nur sehr, dass Lucy nicht noch mal *Warum?* fragte, denn er hatte absolut keine Antwort auf diese Frage. Zum Glück hielt sie sich damit gar nicht auf.

»Was soll das, Dax?«, entgegnete sie genervt. »Wieso führst du dich plötzlich so auf? Du hast mich doch nur geküsst, weil du einen Standpunkt verdeutlichen wolltest! Du flirtest mit mir, um mich zu ärgern. Du provozierst mich, weil es dir Spaß macht! Und jetzt bist du eifersüchtig, wenn ich ein anderes hübsches Sixpack anschaue als deines?«

»Ich bin nicht eifersüchtig«, sagte er verächtlich. Was für ein lächerlicher Gedanke. »Ich bin genervt, weil ihr beide euch gegen mich verschworen habt!«

»*Was?*« Sie schnaubte laut, bevor sie die Augen verdrehte und sich mit verschränkten Händen gegen den fremden Schreibtisch lehnte. »Wir haben ein paar Witze miteinander gemacht. Was ist schlimm daran?«

Hitze wirbelte in seiner Brust umher, brannte auf seiner Haut und er öffnete den Mund ... nur um ihn eine Sekunde spater wieder zu schließen.

Lucy seufzte schwer und rieb sich mit der Faust über die Stirn. »Ich verstehe dich nicht, Dax. Dein Loft sieht aus, als wärst du erwachsen, aber dann benimmst du dich wie ein zorniger Teenager und ich denke mir: Nein, dass er vernünftig und verantwortungsbewusst sein kann, habe ich mir nur eingebildet! Denn dass du jetzt so wütend bist, hat überhaupt nichts mit mir zu tun, sondern nur mit Jack. Hätte ich mit Matt geflirtet oder mit Fox, wäre es dir doch vollkommen egal gewesen.« Sein Kiefer knackte. Warum zur Hölle sollte sie Matt oder Fox erwähnen? *Stand sie auf sie?*

»Und ich habe wirklich keine Lust mehr, zwischen die Fronten zu geraten«, fuhr Lucy unbehelligt fort und fixierte ihn mit festem Blick. »Du musst dich zusammenreißen. Entweder, du sprichst dich endlich mit Jack aus, oder du vergisst, was passiert ist. Denn wenn du so weitermachst, wirst du nicht nur seine und deine Karriere zerstören, sondern vermutlich auch meine. Ganz abgesehen davon, dass du mich in den Wahnsinn treiben wirst!« Kopfschüttelnd fuhr sie sich durch die Haare, bevor sie trocken auflachte. »Weißt du, dass ich eigentlich mal ein Fan von dir war?«

Er blinzelte verwirrt. »Was?« Er kam nicht mit. Ihr Gehirn sprang von einem belanglosen Punkt zum nächsten und alles, was er tun konnte, war, ihre Lippen anzustarren.

»Ja. Bevor ich dich kennengelernt habe, warst du mein Lieblingsspieler.«

Wieder blinzelte er und trat ein paar Schritte vor. Denn er hörte sie sehr schlecht, anders konnte er sich nicht erklären, was da gerade aus ihrem Mund gekommen war.

»Nicht wegen deines Sixpacks oder weil du so unfassbar hübsch bist, sondern weil du den besten Rückhandschuss der Liga hast«, murmelte sie. »Weil du bei den Interviews immer lustig und auf dem Boden geblieben gewirkt hast. Weil du das Spiel so offensichtlich geliebt hast! Weil du immer so nett gewirkt hast. Aber das ist lächerlich, oder?« Zweifelnd sah sie zu ihm hoch. »Du bist nicht nett, du bist nur ein guter Schauspieler. Oder?«

Die Frage war wie ein Schlag in seinen Magen.

Sein Blick glitt über ihr Gesicht. Über ihr spitzes Kinn, ihre rosa Wangen, ihre fragenden braunen Augen ... bis zu ihren leicht geöffneten Lippen.

»Ich kann nett sein«, flüsterte er heiser.

Sie hob ironisch eine Augenbraue. »Wirklich?«

Er nickte – und küsste sie.

KAPITEL 17

Dax' Lippen berührten ihre und Lucy vergaß, was sie gerade noch gedacht hatte. Die Worte, die sie hatte benutzen wollen, verloren sich in Dax' sachtem Atem und in dem Kribbeln, das sein Kuss lostrat.

Sie hatte nicht damit gerechnet, dass er sie küsste. Und gleichzeitig fühlte sie sich, als hätte sie dennoch darauf gewartet.

Er legte ihr seine Hand federleicht auf den oberen Rücken, fuhr mit den Fingerkuppen über ihren Nacken, vertiefte den Kuss, wurde aber nie gierig. Stieß mit der Zunge sacht gegen ihre Lippen, glitt aber nie dazwischen. Kratzte mit den Zähnen darüber, biss aber nie zu.

Der Kuss war eine einzige, warme, vorsichtige Versuchung. Ein Versprechen auf mehr.

... wollte sie mehr?

»Siehst du?«, flüsterte Dax, löste sich von ihr und strich mit dem Daumen sachte ihre Wange hinab, zeichnete die Linie ihres Kiefers nach. Folgte mit dem Blick seiner Berührung. »Das war nett.«

Lucys Herzschlag beschleunigte sich und ihr Magen zog sich zusammen. Nett? Nein. Das war nicht das Wort, das sie gerade dachte. *Mehr* traf es besser.

Mehr, als sie Dax zugetraut hätte. Mehr, als sie ertragen konnte. Mehr, als sie sich erlaubt hatte, zu wollen. Denn alles an dem Kuss war Gefühl und Geben gewesen. Nicht Verlangen und Nehmen. Und sie hatte immer gedacht, dass

Dax vor allem Letzteres gut konnte. Dass er gar nicht mehr als Letzteres wollte. Dass *sie* nur Letzteres wollte. Trotzdem ging ihr Atem jetzt flach. Trotzdem waren ihre Lippen noch immer leicht geöffnet, während sie ihn anstarrte. Die Hitze in ihren Adern schlug Wellen und trieb das Blut in ihre brennenden Wangen, überforderte ihr Herz. Brachte es zum Stolpern.

Sie sollte gehen. Sollte sich umdrehen und den Raum verlassen. Sollte nicht fragen, was sie unbedingt fragen wollte.

»Dax?«, wisperte sie. »Hast du mich gerade nur geküsst, weil du gegen Jack gewinnen willst?«

Er schüttelte den Kopf. »Ich hab dich geküsst, weil ich seit Tagen an nichts anderes denke.«

Und sie spürte, wie sich ihr Verstand verabschiedete. Sah ihn praktisch aus ihrem Kopf schweben, während ihr Körper übernahm. Während ihre Lider leicht hinabsanken. Ihr Mund trocken wurde. Sie wollte das hier. Wollte es so sehr. Hatte sich eingeredet, dass es furchtbar war. Aber wie furchtbar konnte schon etwas sein, das sich so gut anfühlte?

Sie hörte Dax schlucken, der noch immer nah bei ihr stand, die Hand auf ihrem Rücken. »Lucy?«

»Ja?«

»Du musst aufhören, mich so anzusehen.«

»Warum?«

»Weil es mich auf unfassbar dumme Ideen bringt. Zum Beispiel die, dass es dir gefällt, wenn ich dich küsse.«

Lucy schluckte, biss auf ihre Unterlippe ... und nickte. Sie konnte ihren Kopf nicht davon abhalten. Er würde ohnehin sehen, wie sich ihre Pupillen weiteten. Wie der Puls an ihrem Hals schneller schlug und die Röte ihre Wangen eroberte.

Weil ich seit Tagen an nichts anderes denke.

Sie dachte auch seit Tagen an nichts anderes – und sie war es leid, zu streiten. Wollte sich endlich ... vertragen.

Als hätte sie die Worte laut ausgesprochen, stöhnte Dax auf und vereinnahmte erneut ihren Mund. Doch diesmal war nichts mehr von seiner Vorsicht übrig. Diesmal war sanft aus dem Fenster geworfen. Seine Lippen waren genüsslich rau, seine Zunge glitt gegen ihre ... und das Verlangen, das sie mit jeder seiner Bewegungen spürte, spiegelte ihr eigenes wider.

Ihr Kopf war leer. Ihre Zweifel waren unwichtig. Da war nur noch die Lust, die sich seit Wochen in ihr aufgestaut hatte. Sie fuhr mit den Händen in seine Haare, zog seinen Kopf zu ihrem herunter und war froh, ihre hohen Schuhe zu tragen. Doch Dax waren sie offenbar nicht hoch genug, denn im nächsten Moment packt er ihre Hüfte und hob sie auf den Schreibtisch hinter ihr, bevor er grob ihren Bleistiftrock höher schob, damit er zwischen ihre Beine treten und den Kuss erneut vertiefen konnte. Seine Hände waren gierig. Seine Lippen noch gieriger. Trotzdem reichte es Lucy nicht. Sie wollte, dass er sein Versprechen hielt. Sein Versprechen auf *mehr*.

Mit den Händen glitt sie unter sein Jackett, über seine harten Bauchmuskeln, die unter ihrer Berührung tanzten, während er im Gegenzug ihre Bluse aus dem Rock zerrte. Er raffte den Stoff und umfasste ihre bloße Taille. Seine Hände waren kalt und rau auf ihrer erhitzten, weichen Haut. Brachten sie zum Erschaudern. Trieben eine Gänsehaut ihren Rücken hinauf und eine süße Schwere ihren Unterleib hinab.

Er wanderte mit seinen Fingern, erkundete federleicht sorgfältig jeden Zentimeter nackte Haut. Als habe er Angst, etwas zu verpassen. Als er endlich ihre Brüste durch den BH umschloss und leicht drückte, hatte Lucy bereits das Gefühl, in Flammen zu stehen. Ein Stöhnen entglitt ihr, während kleine Blitze bis zu ihrem Unterkörper zuckten. Ja, er war der Teufel, und sie biss ihm in die Unterlippe. Um ihn dafür zu bestrafen, dass er innehielt. Dass er die Berührungen viel zu lange auskostete. Sie quälte. Nicht endlich weitermachte. Sie spürte ihn an ihrem Mund lächeln, während er mit den Daumen grob über ihre Nippel strich und ihr ein weiteres Stöhnen entlockte.

»Fürs Protokoll«, murmelte er und kratzte mit dem Bart über ihre Haut, spielte weiter mit ihren Brüsten. »Ich habe nie gesagt, dass ich deinen Körper nicht perfekt finde.« Er küsste sie erneut. Tief und feucht. Glitt mit den Lippen zu ihrem Kiefer und biss in ihr Ohrläppchen, während seine Worte wie Sonnenlicht über sie wuschen. »Ich finde ihn sogar mehr als perfekt!«

Sie nickte und neigte den Kopf, damit er besser ihren Hals küssen konnte, zerrte ungeduldig an seinem Shirt, um mehr von seinen Muskeln zu spüren, doch es wollte einfach nicht aus seiner Hose. »Okay«, hauchte sie. »Und dabei dachte ich, ich wäre die letzte Frau auf Erden, mit der du etwas anfangen würdest.«

»Ich hab gelogen«, keuchte er und fuhr mit gespreizten Fingern unter ihren Rock, zog den Bund ihrer dünnen Strumpfhose nach unten. Jede seiner Berührungen ließ sie ihre Schenkel fester zusammenpressen, zwischen denen ein süßes Pochen eingesetzt hatte. »Ich dachte, wenn ich es laut ausspreche, wird es wahr.«

»Ah, so funktioniert die Welt nicht«, bemerkte sie atemlos und schloss die Augen. Genoss das Gefühl seines heißen Atems an ihrem Hals.

»Kein Scheiß.« Sein Mund war wieder auf ihrem, glitt zu ihrem Kiefer, zog feuchte Schlieren ihre Kehle entlang und Dax rollte quälend langsam die Strumpfhose ihre Schenkel hinab.

Lucy hielt den Atem an. Dax fuhr mit den Fingern jeden Zentimeter freigelegte Haut nach, zog gemächliche Kreise über die Innenseite ihrer Beine und malträtierte zeitgleich mit den Zähnen sacht ihr Schlüsselbein. Sie wollte endlich mehr. Brauchte endlich mehr, während er Gänsehaut überall dort zurückließ, wo seine Lippen und Finger sie berührten. Bis der zarte Stoff endlich zu Boden fiel und er ihren Rock folgen ließ.

Dax löste sich von ihr, sah ihr tief in die Augen und spreizte ihre Schenkel. Die Daumen in ihr weiches Fleisch gepresst, ließ er den Blick wandern. Gemächlich, als hätte er alle Zeit der Welt, während sie mit geöffnetem Mund zu ihm aufsah. Sie schluckte, als sie bemerkte, wie sich seine Iriden mit jeder Sekunde weiter verdunkelten. Wie er sich über die Lippen leckte, als er zu ihren Brüsten kam, wie er den Atem anhielt, als er seine eigenen gebräunten Finger auf ihrer hellen Haut betrachtete.

Lucy wurde auf einmal bewusst, dass sie nur noch in Unterwäsche vor ihm auf diesem fremden Schreibtisch saß, während er vollkommen angezogen war. Er hatte sie schon fast überall berührt – ihre Hände hingegen waren nicht unter die Weste seines dämlichen Anzugs gekommen. Und bei Gott, allein der Gedanke daran ließ sie noch feuchter werden. Trieb ihren Herzschlag schneller an und machte das Pochen zwischen ihren Beinen unerträglich. Denn es gab noch so viel zu erkunden. Sie sah genau, dass der Stoff seiner Anzughose spannte, wollte ihre Hände nach ihm ausstrecken, um ihn endlich auch zu berühren. Endlich auch aktiv zu werden. Doch er fing sie mit seinen ab und schüttelte den Kopf. »Oh nein«, murmelte er. »Die wirst du brauchen, um dich in meinen Haaren festzuhalten.«

Im nächsten Moment glitt er vor ihr auf die Knie, ihr Bein über seine Schulter gelegt, und küsste ihre Innenschenkel.

Genau wie in ihren Träumen.

Nein, besser als in ihren Träumen.

»Gott, weißt du, wie oft ich mir das hier vorgestellt habe?«, flüsterte er. Sein warmer Atem strich über ihre von seinen Küssen feuchte Haut und trieb heiße und kalte Schauer durch ihre Mitte. »Jeden Abend in der letzten Woche. Jede Minute, wenn du in meiner Nähe warst. Jede Sekunde die letzten paar Stunden.«

Er glitt höher, schob mit den Fingerspitzen sacht ihren Slip beiseite, doch berührte sie nicht da, wo sie ihn am meisten brauchte. Er reizte sie mit seinen Lippen an der sensiblen Haut ihrer Schenkel, mit den Fingern federleicht zwischen ihren Beinen – ohne dem verlangenden Pochen zu nahe zu kommen, das sie in den Wahnsinn trieb.

»Dax ...«, keuchte sie. »*Bitte!*«

»Ich liebe dieses Wort aus deinem Mund«, murmelte er und strich mit der Zunge über ihre empfindlichste Stelle. Ein Stöhnen entwich ihrem Mund und ihr Becken zuckte ihm entgegen.

Doch er hielt es mit einer Hand fest, presste sie auf die Holzplatte des Schreibtischs, während er mit der Zungenspitze ihre heiße Mitte umspielte ... und zwei lange Finger gleichzeitig in ihr versenkte.

Sterne leuchteten vor Lucys Augen auf. Ihr Kopf fiel in den Nacken. Ihre Hände suchten Halt in Dax' Haaren, so wie er es ihr vorausgesagt hatte, während er an ihr saugte und knabberte, sie testete, bis er genau die richtige Stelle fand. Er stieß mit den Fingern im selben Rhythmus in sie, in dem er um ihre Mitte kreiste, und Lucy spürte, wie sie höherflog. Wie heiße Spiralen ihren Unterleib durchschossen und sie mit über die Klippe, ein Stöhnen aus ihrem Mund zerrten, bis sie kurz davor war ... so kurz davor ...

Dax löste sich fluchend von ihr und rappelte sich auf.

Ungläubig flogen ihre Lider auf. »Was zur Hölle fällt dir ein?«

»Dein Stöhnen ist zu heiß, Lucy«, fuhr er sie an. »Ich wäre gerade beinahe nur davon gekommen!«

»Ist mir egal«, rief sie frustriert. »Ich ...«

Er brachte sie mit einem weiteren, tiefen Kuss zum Schweigen, während er zwischen ihre Beine trat und mit dem Daumen rau über ihre Klitoris rieb. »Ich weiß«, raunte er an ihren Lippen. »Und glaub mir, du wirst gleich ...« Er hielt inne und wurde bleich. »Scheiße. Kondom. Wir haben kein Kondom, wir ...«

»Handtasche«, unterbrach sie ihn heiser und deutete auf die Tasche, die sie vorhin auf dem Boden abgestellt hatte.

Dax stieß einen Schwall Luft aus und bückte sich, während Lucy versuchte, genug Sauerstoff in ihre Lunge zu ziehen. Doch es war unmöglich. Ihr rapider Herzschlag und die Begierde in ihrem Blut machten es ihr unmöglich. Und dann waren Dax' Hände um ihr Gesicht, während seine Zähne über ihren Kiefer schrappten und ihre Unterlippe malträtierten. Er glitt ihre Schultern hinab, rieb mit den flachen Händen über ihre harten Brustwarzen, bevor er ihre Hüfte erreichte und sie näher an den Schreibtischrand zog.

Sie leckte sich über die Lippen, ließ ihre Hände wandern und rieb Dax durch seine schwarzen Boxerbriefs hindurch.

Wann hatte er die Hose verloren?

Lucy wusste es nicht und ihr war es auch egal. Denn im nächsten Moment folgte ihr Slip dieser Hose ins Nirvana und sein Keuchen an ihrem Ohr, während sie mit der Hand in die Briefs schlüpfte und seinen harten Schaft umschloss, fegte jeden weiteren Gedanken aus ihrem Kopf. Ihr Blick glitt zu seinen Augen. Das Blau seiner Iriden war tiefer als das Meer. Dunkler als seine Stimme. Langsam fuhr sie seine Länge auf und ab, beobachtete, wie sich sein Kiefer anspannte, wie sein Adamsapfel sich bewegte ... bevor er ihre Hand fest mit seiner umschloss.

»Nicht mehr.«

»Aber ich will mehr.«

»Du bekommst alles«, versprach er, spreizte ihre Beine ... und drang in sie ein. Weil er nicht mehr warten konnte.

Weil sie nicht mehr warten konnte. Weil sie beide nicht mehr warten konnten.

Lucy blieb der nächste Atemzug im Hals hängen, während er sie genüsslich langsam füllte. Zentimeter für Zentimeter dehnte, über genau die richtigen Stellen rieb und kleine Tornados in ihrem Unterleib lostrat.

Sie umfasste die Kanten des Schreibtisches und grub die Nägel in das Holz. Keuchend legte sie den Kopf in den Nacken, als Dax sich wieder aus ihr zurückzog und erneut in sie stieß. Er hielt das Versprechen, das er ihr mit seinen Küssen gegeben hatte. Gab ihr mehr. Immer mehr.

Ein Wimmern glitt über ihre Lippen, doch Dax gab ihm keine Chance, den Raum zu füllen. Er fing es mit seinem Mund auf. Küsste sie gierig, hob ihr Becken an und kam mit dem nächsten Stoß unendlich tief. Quälte ihre Nervenenden. Wieder. Und wieder.

Lucy stand in Flammen. Ihr ganzer Körper prickelte. Das süße Ziehen in ihrem Unterleib baute sich rasend schnell auf ... und der Orgasmus schlug über sie, rang ihr die Luft aus der Lunge und ließ ihr Herz für einen Augenblick stillstehen.

Dax beschleunigte seinen Rhythmus, glitt mit der Hand zwischen ihre Körper und ließ sie immer höher fliegen, zögerte die Wellen, die über ihr zusammenbrachen, immer weiter hinaus. Bis sie glaubte, nicht mehr zu können. Erst dann folgte er ihr. Erst dann zuckte seine Hüfte gegen ihre, bevor er mit der Stirn schwer atmend auf ihre Schulter sank.

Lucys Kopf drehte sich, während die Endorphine ein Wettrennen durch ihren Körper veranstalteten und ihre Hand wie selbstverständlich in Dax' Nacken wanderte. Sie streichelte ihn sanft, vergrub die Nase darin. Sog seinen Geruch ein. Verlor sich in seiner Wärme und dem Gefühl der Vollkommenheit, das sie erfüllte.

Eine schiere Ewigkeit saßen und standen sie so da. In ihrem Kokon aus Hitze und Verlangen. Und dann klangen die letzten Wellen ab, schwappten durch ihre Adern und brachten Ruhe mit sich. Ihre Gedanken klärten sich. Ihr Atem beruhigte sich. Ihr Herz erreichte wieder eine normale Frequenz. Doch erst als Dax sich aus ihr zurückzog und sich des Kondoms entledigte, als sein Geruch sie nicht mehr einhüllte und seine Wärme nicht mehr auf ihrer Haut auflag ... erst dann brach die Realität wieder über sie herein.

Erst dann sah sie, dass die Tür des Büros nur angelehnt war. Dass jeder hier hereinspazieren und sie beim Sex hätte erwischen können. Noch immer erwischen konnte.

»Oh Gott«, hauchte sie, die Hand an ihren Lippen, glitt sie eilig vom Schreibtisch und zog ihre Unterhose wieder an.

»Nope. Gott hatte nichts damit zu tun«, murmelte Dax, der seine Hose suchte.

»Oh Gott«, wiederholte sie, kniff die Augen zusammen, fand ihre Strumpfhose. »Oh Gott, oh Gott, oh Gott! Ich habe ... wir haben ...«

Dax' rechter Mundwinkel zuckte. »Ich weiß. Ich war dabei.«

Stöhnend legte sie den Kopf in den Nacken, die Hände auf ihr Gesicht gepresst. Was hatte sie getan? Warum hatte sie ... *wie* hatte sie ...?

Panik stieg in ihr auf. »Du bist ein Hockeyspieler!«, stieß sie aus. »Ich soll dein Image retten und habe gerade ... Scheiße! Scheiße, scheiße, scheiße.« Sie konnte das Wort gar nicht oft genug wiederholen, während sie sich hastig wieder die Bluse überzog und ihre Strumpfhose überstreifte. Das Blut rauschte in ihren Ohren und auch die letzten Endorphine flauten ab. Stattdessen rauschte Adrenalin durch ihren Körper.

»Das kann nicht passiert sein. Das darf nicht passiert sein!«, redete sie weiter, mehr zu sich selbst als zu irgendwem. Denn sie verstand es nicht. Wie hatte sie sich so gehen lassen können, wie hatte sie vergessen können, dass ... dass ...

»Okay, Lucy«, sagte Dax angespannt. »Ich glaube, du reagierst gerade etwas über, du ...«

»Nein!«, fuhr sie ihn an und funkelte wütend zu ihm hoch. Was *stimmte* nicht mit ihr? »Nein, tue ich nicht! Denn dass du mit mir geschlafen hast, wird niemanden wundern oder stören. Dass du mit mir geschlafen hast, macht dich zum tollen Hecht. Es wird nicht deinem Ruf schaden. Aber mich wird niemand mehr ernst nehmen! Mich werden alle verurteilen, wenn das rauskommt.«

»Okay, dann kommt es eben nicht raus«, sagte Dax kopfschüttelnd und presste die Lippen zusammen.

»Darauf kannst du Gift nehmen!«, fuhr sie ihn an und deutete mit zitterndem Zeigefinger auf ihn. »Ich weiß viel mehr Geheimnisse über dich, die dir schaden könnten, als du über mich, Dax!«

Sie wusste, dass sie das Falsche gesagt hatte. Sie wusste, dass sie wieder einmal zu weit gegangen war. Sah es an der Art und Weise, auf die Dax die Augen verengte. Auf die er die Arme vor der Brust verschränkte.

»Okay«, sagte er kühl. »Ich hab schon verstanden. Mit mir in Verbindung gebracht zu werden, wäre das Schlimmste, was dir passieren könnte. Ich bin gut für einen Orgasmus, aber für nichts anderes? Ist das richtig?«

Ihr Herz zog sich schmerzhaft zusammen und fiel dann ein Stockwerk tiefer. »So habe ich das nicht gemeint«, wisperte sie. Sie wollte das, was passiert war, nicht zu etwas Schrecklichem machen. Denn es war nicht schrecklich gewesen. Es war ... alles gewesen. Mehr, als sie hatte ertragen können. Und doch nicht genug.

Aber sie hatte vergessen, was für Konsequenzen das Ganze mit sich brachte. Hatte ihn so sehr gewollt, dass sie es verdrängt hatte … doch jetzt war sie wieder bei Sinnen. Jetzt war ihr Gehirn nicht mehr vernebelt.

»Es tut mir leid, Dax«, flüsterte sie und schluckte. »Es ist nur … Das hier könnte mich ruinieren. Und du hast mich geküsst, du hast mir den Sauerstoff aus dem Kopf geküsst, ich konnte nicht mehr denken und … das hätte nicht passieren dürfen, Dax!«

»Ja, dieser Punkt kommt rüber«, erwiderte er scharf und schloss seinen Gürtel. »Aber ich muss schon sagen, dass es mich etwas anpisst, dass du es so darstellst, als wäre es meine Schuld. Als hätte ich dich dazu *gezwungen*, mich zu vögeln.«

Sie zuckte anhand der harschen Worte zurück. Er hatte recht. Es war nicht seine Schuld. Es war ihre. »Es tut mir leid«, meinte sie, stieg in ihre Schuhe und hielt die Hand an ihre erhitzte Stirn. »Ich wünschte … aber ich kann nicht.«

Und dann drehte sie sich auf den Absätzen um und verließ das Büro. Sie brauchte Abstand von Dax. So viel Abstand, wie sie nur bekommen konnte.

KAPITEL 18

Es war schlimmer als vorher.

Dax hatte nicht geglaubt, dass das möglich war, doch offenbar hatte er sich geirrt. Die nächsten Tage ignorierte Lucy ihn so gut wie möglich – und Gott, ging es Dax gegen den Strich! Noch mehr als die Tatsache, dass er hart wurde, wann immer er auch nur an sie dachte. Weil er sich seit fünf Tagen nach Lucy sehnte. Nach ihren Händen auf seinem Körper, ihren Lippen an seinem Hals, um seinen Schwanz. Egal wo. Und es war egal, wie oft er den Druck in seinem Inneren in der Dusche erleichterte. Egal, wie oft er sich sagte, dass er sie nicht haben konnte.

Er *wollte* sie. Mehr, als er jemals eine Frau gewollt hatte. Er wollte sie mit einer Intensität, die seinen Wunsch, dieses Jahr den Cup zu gewinnen, übertraf. Und fuck, das war ihm noch nie passiert. Eishockey ging immer vor. Ausnahmslos. Doch seit er wusste, wie es sich anhörte, wenn sie an seinem Mund stöhnte, wie es sich anfühlte, wenn ihre Hände heiß in seinem Nacken lagen, wie sie sich um ihn zusammenzog, wenn sie kam, konnte er an nichts anderes mehr denken.

Er hatte das Gefühl, die Büchse der Pandora geöffnet zu haben. Die verdammt süße, heiße und unwiderstehliche Büchse der Pandora – und jetzt gab es kein Zurück mehr. Er war verloren.

Dabei konnte er die Ablenkung wirklich nicht gebrauchen. Denn er musste sich verdammt noch mal auf sein lausiges Spiel konzentrieren.

Aber shit, Lucy pisste ihn an! Als ob er herumposaunen würde, sie flachgelegt zu haben. Als ob er ein derartiges Arschloch wäre, direkt zu seinen Teamkollegen zu laufen und ihnen zu erzählen, dass er die störrische Lucy, die nichts mit Hockeyspielern anfing, auf einem fremden Schreibtisch gevögelt hatte. Was zur Hölle dachte sie von ihm? Er hatte geglaubt, dass sie über diesen Punkt hinaus waren. Dass sie ihn besser kannte. Denn sie *sollte* ihn besser kennen. Er wusste, wie wichtig ihr der Job und ihre Professionalität waren. Aber sie war es gewesen, die genickt hatte! Als er gemeint hatte, dass sie aussähe, als würde es ihr gefallen, wenn er sie küsste. Sie hatte ihn mit glasigen Augen und offenen Lippen angestarrt und sich an ihn gepresst, als wolle sie eine Ferienwohnung auf seinem Körper errichten. Sie hatte süße, atemlose Töne von sich gegeben, als er sie hinters Ohr geküsst, mit dem Daumen über ihre Nippel ...

Wenn er nicht aufpasste, würde er die nächste Stunde mit einem Ständer übers Eis fahren.

Es war auch egal. Unterm Strich war sie genauso schuldig wie er, wenn es darum ging, warum sie nackt auf dem Schreibtisch gelandet war.

Und jetzt stand sie keine zehn Meter von ihm entfernt neben dem Eis, sprach mit Leslie – wahrscheinlich über ihn! – und wandte ihm rigoros den Rücken zu.

Als existiere er nicht. Als wäre all das nie passiert. Als versuche sie mit bloßem Willen die Vergangenheit zu ändern.

Mit verengten Augen starrte er sie an, während er übers Eis glitt. Betrachtete, wie ihre Haare sich an den Enden lockten. Wie die Spitze ihres Pferdeschwanzes ihre Schultern streifte ...

Er traf die Bande so hart mit der Schulter, dass er fast hintenüberfiel.

»Was treibst du da hinten, Temple?«, bellte Gray von der Auswechselbank. Der Trainer der Hawks war die letzten Wochen überhaupt nicht zufrieden mit ihm gewesen und sein genervter Gesichtsausdruck bestätigte das. »Das hier ist ein Warm-up fürs Spiel gleich! Kein Übungsfeld für Bodychecks, von denen ich heute keinen von dir sehen will!«

»Jaja«, murmelte er und wandte sowohl Gray als auch Lucy den Rücken zu. Lächerlich. Er benahm sich absolut lächerlich.

»Na, wird heute das erste Spiel, in dem wir beide nicht beschissen spielen?«, wollte keine Sekunde später jemand neben ihm wissen und er wandte sich um.

Jack skatete an seiner Seite.

Klasse.

Genau das, was er noch brauchte.

»Es wird Zeit, oder nicht?«, fuhr Jack fort. »Ich meine, da jetzt fotografisch festgehalten wurde, dass wir beste Freunde sind, sollte es doch nicht so schwer sein, auch auf dem Feld so zu tun, oder? Und Mann, du sahst so süß aus mit den Hörnern ...«

»Möchtest du, dass ich meinen Bodycheck an dir und nicht an der Bande trainiere, Jack?«, schlug er freundlich vor. »Dann rede weiter.«

Sein Bruder lachte leise. »Was ist los, Dax? Du scheinst etwas schlecht gelaunt zu sein.«

Das stimmte nicht. Das Adjektiv *schlecht* traf es nicht einmal annähernd. »Kümmere dich um deinen eigenen Kram, Jack«, sagte er tonlos und zog das Tempo an. Doch der Bastard folgte ihm auf dem Fuß.

»Lucy ist nach dem Shooting ganz schön plötzlich verschwunden«, bemerkte er im Plauderton. »Hast du eine Idee, warum?«

»Nope«, erwiderte er düster.

Jack schnaubte, bevor er sich über die Schulter umsah und mit gesenkter Stimme hinzufügte: »Weißt du, all unsere lieben Kollegen mögen ja blind sein, aber ich bin es nicht.«

»Hab keine Ahnung, wovon du redest.«

»Natürlich nicht. Ich wollte nur, dass du weißt ... nun: Es tut mir leid«, murmelte er eindringlich. »Dass ich mit Lucy geflirtet habe. Ich wollte dich ärgern, aber habe ...« Zögerlich neigte er den Kopf. »... offenbar unterschätzt, wie wichtig sie dir ist. Und dass du in dem Bereich keinen Spaß verstehst.«

Ruckartig fuhr er zu seinem Bruder herum. »Sie ist mir nicht wichtig«, stellte er klar, seine Stimme kaum lauter als das Geräusch, das seine Kufen auf dem Eis verursachten.

Jack hob amüsiert die Augenbrauen. »Ich wiederhole: Natürlich nicht. Es ist auch egal. Ich höre auf damit. Sie war nie an mir interessiert, Dax. Sie gehört ganz dir.«

Aber das war ja das Problem. Sie gehörte nicht ihm. Egal, wie sehr er sie wollte. »Sehr nett von dir, Jack«, bemerkte er trocken. »Aber ich weiß immer noch nicht, wovon du redest. Ich bin nicht an Lucy interessiert. Sie ist die nervigste Frau der nördlichen Hemisphäre, wir wären ohne sie besser dran.«

Sein Bruder seufzte schwer und sah ihn mitleidig an. »Du hast all die vergangenen Jahre immer noch nicht gelernt, dass das Arschloch im echten Leben nicht gewinnt, oder? Das tut es nur in Filmen und Büchern. Im echten Leben wollen Frauen keinen Mann, der gemein zu ihnen ist. Zumindest nicht fürs Leben. Wenn du weiter so über sie redest, wirst du sie nie davon überzeugen, dass du kein Idiot bist.«

Dax' Hände verselbstständigten sich und ballten sich zu Fäusten. »Ich brauche wahrlich keine Datingtipps mehr von dir, Jack«, knurrte er. »Und ich bin gemein zu Lucy, weil sie mir auf den Geist geht! Weil sie nie das tut, was ich von ihr will.«

»Das glaube ich nicht«, sagte er leichthin. »Ich glaube, du bist gemein zu ihr, weil du sie magst und so mehr Aufmerksamkeit von ihr bekommst.«

Dax schnaubte und verdrehte die Augen. »Wir sind nicht mehr auf der Highschool, Jack.«

»Ich weiß. Also hör auf mit dem Scheiß! Sie ist zu klug, um auf so eine dumme Anmache hereinzufallen.«

»Es ist keine Anmache!«

»Doch, das ist es«, sagte er belustigt. »Ich kenne dich, Dax. Ich weiß, wie du früher geflirtet hast und ich weiß, wie du es heute tust.«

»Ich flirte nicht mit Lucy!« Er schlief nur mit ihr. »Und wenn du ernsthaft willst, dass ich dich nicht mehr hasse, solltest du aufhören, so einen Mist zu erzählen!«

Jack hielt an und automatisch folgte Dax seinem Beispiel. Einige Sekunden lang sah sein Bruder ihn nur nachdenklich an. Dann murmelte er: »Du hast recht. Ich würde mir wünschen, dass du aufhörst, mich zu hassen. Aber jetzt gerade tue ich einfach das Richtige. Abgesehen davon ...« Seine Mundwinkel zuckten. »Weißt du, Dax, was dich so gut in Eishockey hat werden lassen? Der Wunsch, besser als ich zu sein. Und weißt du, was mich so gut hat werden lassen? Der Wunsch, dich nicht zu lassen. Vielleicht ist ein wenig Konkurrenzdenken also gar nicht so schlecht. So oder so habe ich vor, diese Saison den Stanley Cup zu gewinnen – und wenn du für einen Moment aufhören könntest, Lucy hinterherzulechzen, und vergessen könntest, wer ich bin ... wären wir wahrscheinlich fantastisch zusammen. Früher waren wir es.« Er hob vielsagend die Schultern, bevor er beschleunigte und seine Runden allein weiterzog.

Dax sah ihm mit zusammengepressten Lippen hinterher. *Lucy hinterherzulechzen* ... Shit, das war genau, was er tat!

Er hätte keinen besseren Ausdruck dafür finden können. Es war erbärmlich, aber sein Leben bestand zurzeit aus Hockey und Lucy-Fantasien. Dabei hatte Lucy ihm sehr deutlich zu verstehen gegeben, dass sie nicht an mehr als der Schreibtisch-Episode interessiert war ...

Er runzelte die Stirn.

Hatte sie das? Er hatte nicht wirklich gefragt, oder? Aber was genau hätte er schon fragen sollen! Ob sie vielleicht Lust hatte, das Ganze noch einmal mit einem Bett und Schlagsahne zu wiederholen?

Vielleicht sogar mit einem Restaurantbesuch davor. Nein, mit ihr zusammen zu essen, wäre so etwas wie ein Date und er datete nicht ... oder?

Moment, datete er? Machte er so was? Fuck, er hatte keine Ahnung! Lucy hatte sein Gehirn umgegraben.

Dein Loft sieht aus, als wärst du erwachsen – doch dann benimmst du dich wie ein zorniger Teenager.

Er biss die Zähne aufeinander.

Sie hielt ihn für unreif. Für *nicht nett*. Das war der Grund, warum sie überhaupt die alberne Aufgabe bekommen hatte, sein Image zu richten. Weil er womöglich all das war. Und normalerweise würde er einen Scheiß darauf geben, wenn ein Reporter das über ihn schrieb oder seine Schwester ihm das mit amüsiertem Glitzern in den Augen erzählte. Doch Lucy würde nur aufhören, seine persönliche PR-Beraterin zu spielen, wenn er wieder gute Schlagzeilen schrieb. Nur aufhören, die Hauptrolle in jedem seiner Träume zu spielen, wenn sie ihn nicht mehr auf Schritt und Schritt verfolgte.

Die Lösung war also simpel: Er musste endlich wieder gut spielen. Damit die Höllenqualen ein Ende hatten. Damit er Abstand zu ihr bekam und nicht wie ein Vollidiot gegen Banden krachte, wann immer sie in seiner Nähe war. Und das konnte er nur, wenn er mit Jack zusammenspielte. Wenn er vergaß, dass er wütend auf ihn war.

Entweder verlor er also seinen Stolz oder weiter seinen Verstand. Und letzteren könnte er womöglich im Rest seines Lebens noch mal gebrauchen.

Also schob er den Unterkiefer von einer Seite auf die andere, bevor er beschleunigte, um Jack einzuholen.

»Okay, Jack«, murmelte er trocken und hielt ihn am Arm fest. »Erinnerst du dich noch an mein Spiel gegen die Northcliff High?«

Sein Bruder runzelte die Stirn, sah auf die Hand an seinem Arm und dann in Dax' Gesicht. »Das Spiel von vor über zehn Jahren? Als du noch auf der Schule warst und deinen ersten Hattrick gelandet hast, weil du dem Center die Spielzüge vorgesagt hast, die ich dir in der Pause ins Ohr geflüstert habe?«

»Jap.«

Jack hob einen Mundwinkel. »Ja. Ich erinnere mich vage.«

»Gut. Dann weißt du ja, was zu tun ist«, sagte er knapp und skatete zum Rand des Eises.

Er konnte erwachsen sein. Er konnte nett sein. Er konnte vergessen. Er konnte *normal* sein.

Und er konnte gewinnen.

»Mann, die beiden sind gut zusammen!«, rief Madison beeindruckt und jubelte mit den anderen Fans, als Dax sein zweites Tor an diesem Abend schoss. »Als hätten sie Ewigkeiten miteinander gespielt.«

Lucy nickte langsam, unfähig, ihren Blick vom Eis zu nehmen. Oder ihrer Schwester weiter zuzuhören.

Es war, als hätten Jack und Dax einen Schalter umgelegt. Als wären sie zusammen auf dem Eis geboren worden. Was, nach allem, was sie wusste, die Wahrheit sein könnte! Sie waren zusammen aufgewachsen, wahrscheinlich hatten sie wirklich von klein auf zusammen auf dem Eis gestanden.

Aber ... Wieso harmonierten sie auf einmal? Das hatte die letzten Wochen doch auch nicht geklappt. Was war passiert?

Das schien die Frage zu sein, die innerhalb der letzten Tage vorrangig ihren Kopf vereinnahmt hatte. Und sie hatte keine Antworten.

Sie wusste nicht, wie sie nackt auf diesem Schreibtisch hatte landen können. Sie wusste nicht, wieso Jack und Dax spielten, als hinge ihr Leben davon ab. Und sie wusste nicht, was zur Hölle sie tun sollte. Sie hatte versucht, Dax zu ignorieren. Doch sie spürte jeden seiner intensiven Blicke. Sie lauschte automatisch seiner Stimme, wenn er nah war ... und ihr Körper fing an zu kribbeln, wenn seine Hände in dreißig Metern Entfernung waren. Gott, es war die dümmste Idee ihres Lebens gewesen, mit Dax ins Bett oder besser gesagt auf den Schreibtisch zu steigen. Aber warum waren dumme Ideen bloß immer so fantastisch?

»Wie läuft es eigentlich mit euch beiden?«, unterbrach Madison ihre Gedanken.

»Was?« Ihr Kopf fuhr in die Höhe. »Nichts läuft zwischen uns beiden.«

Ihre Schwester lächelte wissend und neigte neugierig den Kopf. »Ich hab gefragt, wie es *mit* euch beiden läuft. Damit, sein Image aufzubessern. Aber jetzt frage ich mich, was *zwischen* euch läuft.«

»Nichts«, sagte sie etwas zu hastig und wandte sich erneut dem Spiel zu. Sie suchte wie automatisch nach der Rückennummer 28 ...

»Oh mein Gott, ihr habt es miteinander getrieben!«, sagte Madison schockiert.

Verärgert sah sie ihre Schwester an. »Wie hast du denn jetzt von *nichts* darauf geschlossen?«

»Ich führe eine Partnervermittlungs-Agentur, Lucy! Ich hab da einfach einen Blick für«, bemerkte sie grinsend und legte einen Arm um sie. »Ich fasse nicht, dass du es mir verschwiegen hast. Dass Matt es mir verschwiegen hat!«

»Er weiß es nicht«, wisperte sie und rutschte auf dem Platz hin und her. »Ich hätte es dir schon noch irgendwann erzählt. Aber du hättest ...«

»Also du und Dax? Ich dachte, du hasst ihn? Wie konnte das passieren?«

»... nur blöde Fragen gestellt«, schloss sie seufzend. »Ja, ich dachte auch, dass ich ihn hasse.« Aber konnte man einen Mann, der einem den Orgasmus seines Lebens geschenkt hatte, wirklich hassen?

»Oh.« Die Augen ihrer Schwester begannen zu leuchten und verträumt blickte sie über die Menge. »Aber jetzt tust du es nicht mehr. Das ist so süß und romantisch! Von Feinden zu Liebhabern ...«

»Nein, hör sofort auf, in deinem Kopf einen Liebesroman zu schreiben! Es ist nichts, Maddie!«, beharrte sie vehement. Wenn sie es nur oft genug sagte, würde es vielleicht wahr werden. »Er ist immer noch ein Idiot, der mir das Leben schwermacht. Er mit seinen blöden Muskeln und seinen blöden Worten und ...«

Maddie lachte laut auf. »Oh mein Gott, du stehst voll auf ihn.«

Wütend zog sie die Augenbrauen zusammen. »Nein!«

»Doch.«

»Nein. Ich date keine Spieler.«

»Ja, aber die Regel schützt dich nicht davor, auf einen zu stehen«, belehrte Madison sie grinsend. »Ich bin dafür, dass du mit ihm in die Kiste springst, die besten Wochen deines Lebens hast – und ihn dann heiratest und glücklich wirst.«

Lucy musste lachen. »Alle deine Geschichten enden damit, dass jemand heiratet und alle glücklich werden.«

Ihre Schwester zuckte die Achseln.

»Ich wiederhole: Ich verkuppele beruflich Menschen. Hey, hast du Matt mittlerweile dazu überredet, sich bei uns anzumelden? Auf mich will er nicht hören. Und oh, falls das mit deinem Hottie doch nicht klappt, kann Dax sich natürlich gern von mir die Frau fürs Leben suchen lassen.«

Lucy verzog das Gesicht.

Der Gedanke gefiel ihr nicht. Gleichzeitig war sie sicher, dass Dax überhaupt nicht auf der Suche nach der Frau fürs Leben war. Die Vergangenheit sprach dafür, dass er grundsätzlich nur Frauen für eine Nacht suchte.

»Madison, du nimmst das überhaupt nicht ernst«, beschwerte sie sich. »Dax ist ... ein Problem. Ein großes Problem.«

»Ja, aber war er das nicht schon immer?«, bemerkte ihre Schwester stirnrunzelnd.

»Doch, schon. Aber ... es hat neue, katastrophale Ausmaße angenommen.«

»Aha. Was hat sich geändert?«

Alles.

»Nichts«, murmelte sie und schluckte. »Ich übertreibe maßlos.«

Doch das tat sie nicht.

Denn ihr Job war es, Lösungen zu finden – und was war, wenn es für das Dax-Problem einfach keine gab?

»Konzentrieren wir uns einfach aufs Spiel«, beschloss sie laut.

Maddie sah sie noch immer an, doch dann schoss ein Spieler der Hawks ein Tor – war das Dax gewesen? – und die Menge um sie herum sprang jubelnd auf. Einige selige Minuten lang schwappte die Euphorie der Fans über sie, brachte ihr Lächeln und das Gefühl von Leichtigkeit zurück. Maddie umarmte sie freudig und sie sprangen in ihren viel zu großen Hawks-Trikots auf und ab.

So wie früher als Kinder immer.

Die Masse beruhigte sich wieder und zu Lucys Überraschung sah sie Tränen in Maddies Augen, als sie sich wieder auf ihre Plätze setzten.

»Es ist nicht dasselbe ohne ihn«, sagte sie schließlich leise und blickte auf den leeren, linken Platz neben sich.

»Ich weiß«, erwiderte Lucy leise und drückte aufmunternd Maddies Knie. »Aber vielleicht kommt Dad ja nächstes Mal mit?«

»Früher hätte er sich das hier nicht entgehen lassen.«

Sie hatte recht. Zusammen zum Eishockey zu gehen, war immer ein Familienevent gewesen. Nur Rachel war von dem Sport nicht begeistert gewesen, der Rest der Familie – ihre Mom, ihr Dad, sie beide – hatte es geliebt, den Abend im Stadion zu verbringen.

Doch Dinge änderten sich. Menschen starben, Traditionen wurden gebrochen.

»Aber Mom würde sich freuen. Dass wir immer noch zusammen hierhergehen«, sagte Maddie plötzlich fest. Als hätte sie die letzten zwei Minuten nach dem Silberstreif am Horizont gesucht. Denn das war es, was sie tat. Das Gute suchen, während Lucy sich über das Schlechte beschwerte.

Sie lächelte breit und tastete nach Maddies Hand, um die Finger mit ihren zu verschränken. »Das hätte sie.«

Doch was hätte sie wohl dazu gesagt, wenn sie wüsste, dass Lucy mit einem der Spieler geschlafen hatte?

Hawks vor ... noch ein Tor?

KAPITEL 19

Die Hawks gewannen das Spiel fünf zu eins.

Lucy hätte dieser Umstand glücklich machen sollen, denn Leslie würde es glücklich machen. Stattdessen war ihr Magen mit faustgroßen Kieselsteinen gefüllt, als sie eine Stunde nach dem Spiel in die Ice Lounge trat. Matt hatte ihr geschrieben, dass die Mannschaft und ein paar andere Leute aus der Organisation dort den Sieg feiern würden. Maddie musste am nächsten Tag früh raus, aber sie hatte einfach keine Ausrede gefunden, warum sie nicht hingehen sollte.

Abgesehen davon natürlich, dass Dax da war. Aber das konnte sie Matt nicht sagen. Und sie würde sich auch nicht anders verhalten, nur weil Dax ... und seine Hände ... und sein Lachen ... Nein!

Also trat sie mit durchgestreckten Schultern und wie immer gerecktem Kinn um kurz nach zehn in die Ice Lounge, die mit ihren roten Lederhockern, dem blankpolierten Holzboden und der rustikalen, industriellen Deckenbeleuchtung Alt und Neu miteinander kombinierte. Wie immer wummerte Achtziger-Musik aus den Lautsprechern, denn zu dieser Zeit war Carl, der Barinhaber, noch jung gewesen, während eine Mischung aus Studenten, Hawks-Fans, Hawks-Groupies und ein paar verirrten Touristen den Raum für sich vereinnahmte.

Die Eishockeyspieler waren in der Bar leicht zu finden. Trotz des dichten Nebels, der von dem vielen Trockeneis aufstieg, das für gefühlt jeden Cocktail hier benutzt wurde. Schließlich war es die *Ice* Lounge. Es brauchte auf jeden Fall noch mehr Anspielungen auf den Namen als nur die Theke, die aussah wie ein Stapel Eiswürfel. Kein Wunder, dass sich Hockeyspieler von diesem Etablissement angezogen fühlten. Carl hatte es darauf angelegt.

Die Hawks saßen auf einem der Podeste, die mit einem roten, schweren Band als VIP-Bereich abgegrenzt wurden, und strömten so viel Testosteron aus, dass Lucy ihn fast wie Nebel in der Luft hängen sah. Aber ja, das war vermutlich das Trockeneis. Abgesehen davon konnte Leons Stimme selbst einen LKW übertönen, der im Rückwärtsgang feststeckte. »Auf Temple und West, die heute das erste Mal nicht wie achtjährige Mädchen gespielt haben!«, rief er.

»Hey, das ist diskriminierend«, bemerkte Fox. »Achtjährige Mädchen wären in den letzten Wochen besser als sie gewesen.«

»Oh, zur Hölle, wir haben es verstanden.« Das war Dax' Stimme und automatisch richteten sich Lucys Nackenhaare auf.

Sie schluckte, schlenderte jedoch tapfer weiter auf das Podium zu.

»Wenn du nicht genervt werden willst, Dax, spiel immer so gut«, meinte Matt neunmalklug. »Fuck, es hat heute gewirkt, als hättet ihr schon Jahre miteinander gespielt! Was zur Hölle ist passiert?«

»Haben den Tee einer alten, weisen Frau getrunken«, bemerkte Jack achselzuckend und nippte an seinem Bier.

»Jup«, bestätigte Dax und ein flüchtiges Grinsen flog über sein Gesicht. Lucys Magen zog sich zusammen und ihr Mund wurde trocken. Hatten die beiden einen Waffenstillstand geschlossen, oder was?

»Ist diese alte, weise Frau Leslie und hat sie dem Tee Drogen beigemischt?«, fragte sie laut, stieg über die rote

Kordel und lächelte Jack an. Denn wenn sie auf Jack fixiert war, bekam sie nicht mit, ob Dax sie ansah.

... sah er sie an?

»Ey, sag so was nicht so laut«, meinte Leon schockiert. »Nachher haben wir Doping-Vorwürfe am Hals ... obwohl ich alles trinken würde, was Leslie mir reicht.« Er zog eine Grimasse. »Sie ist voll gruselig. Nicht so süß wie du.«

»Ich bin auch gruselig, nicht süß«, stellte sie genervt klar und ließ sich auf den einzigen Stuhl fallen, der noch frei und dankenswerterweise weit weg von Dax war. »Aber ich habe heute gar nichts Schlechtes über euch zu sagen. Ihr habt toll gespielt und alle Frauen an der Bar sehen sich nach euch um.« Sie nickte nach rechts, denn die weibliche Aufmerksamkeit, die die Teammitglieder bekamen, war nicht zu übersehen.

Leon grinste, setzte dann plötzlich eine ernste Miene auf und nickte ihnen kaum merklich zu. Lucy schnaubte und bestellte ein Bier bei einer vorbeieilenden Kellnerin, während Matt Leon verwirrt ansah.

»Was war das denn?«, fragte er kopfschüttelnd. »Bist du James Bond, oder was?«

Leon zuckte die Achseln. »Ich erhöhe nur meine Chancen bei ihnen. Frauen mögen den stoischen, ruhigen Typ.«

»Blödsinn.« Matt schnalzte mit der Zunge und verdrehte die Augen. »Sonst würden sich Moreau hier ja alle Frauen an den Hals werfen!« Er nickte zu ihrem breitschultrigen, schweigsamen Torwart.

»Das tun sie«, erwiderte der nüchtern.

Irritiert sah Matt ihn an. »Was?«

»Es stimmt«, murrte Leon. »Er kriegt die meiste weibliche Fanpost von uns allen. Hat Leslie letztens noch behauptet. Nur, weil er so verdammt geheimnisvoll ist.«

»Aber er ist nicht geheimnisvoll«, meinte Matt ungläubig. »Er ist nur zu faul zum Reden!«

»Ihr liegt beide falsch«, mischte sich Fox ein. »Frauen mögen einen autoritären Anführer, der einen kühlen Kopf bewahren kann.«

»Oh, buh, Fox!«, rief Leon verärgert, zog die Orangenscheibe von seinem Glas und warf sie nach ihm. »Spiel dich nicht so auf, nur weil du gegen Moreau verlierst.«

Fox schnaubte. »Ich verliere nicht gegen Moreau. Beim Daten kann man nicht verlieren!«

»Sag das den letzten zehn Frauen, mit denen Dax geschlafen hat. Die würden dir was anderes sagen«, murmelte Leon.

»Lucy«, durchschnitt auf einmal Dax' dunkle Stimme das Geplapper der anderen und ihr Herz hüpfte ihr in den Hals. »Hilf uns mal. Du bist eine Frau, richtig?«

Sie blinzelte und wandte langsam den Kopf. Begegnete Dax' durchdringendem Blick und widerstand dem Impuls, direkt wieder wegzusehen. »An meinen guten Tagen, ja«, erwiderte sie trocken und nickte dankbar der Kellnerin zu, die ein Bier vor ihr abstellte.

»Sag ich doch«, meinte er gelassen, sein Blick mit dem ihren verhakt. »Also: Auf was für einen Typ Mann steht ihr?«

Sie schnaubte. »Ich kann nicht für alle Frauen auf dieser Welt sprechen.«

»Okay, dann sprich für dich«, murmelte er und seine Stimme wurde mit jedem Wort leiser, während er die Hände auf dem Tisch faltete und sich vorbeugte. »Auf was für einen Typ Mann stehst du? Auf den stoischen, ruhigen und geheimnisvollen – oder auf denjenigen, der dreckig mit dir redet, während er dich auf dem Schreibtisch in einem fremden Büro nimmt?«

Sie verschluckte sich an ihrem Bier und hustete die Flüssigkeit auf den Tisch vor ihr.

Leon lachte derweil. »Du hast eine wilde Fantasie, Dax.«

Mhm, klar. Fantasie.

Lucy war in ihrem Leben noch nicht so froh darum gewesen, dass ihr Handy klingelte. Sie nutzte die Chance und stand ruckartig auf. Doch bevor sie abhob, sagte sie noch hart: »Ich steh auf den ehrlichen. Auf denjenigen, der mir sagt, was er denkt und was er will, und der mich nicht absichtlich wütend macht, nur um meine Aufmerksamkeit zu bekommen.«

Mit diesen Worten drehte sie sich auf dem Absatz um und stapfte in Richtung Ausgang, irgendwohin, wo sie nicht über Dax nachdenken musste.

»Hallo?«, meldete sie sich und presste das Handy ans Ohr, während sie die Tür nach draußen aufstieß.

»Hallo, ist da Lucy James?«

Lucy blieb stehen und runzelte die Stirn. »Ja. Wer spricht denn da?«

»Oh, Gott sei Dank erreiche ich Sie!« Ein erleichtertes Schnaufen hallte durch die Ohrmuschel. »Ich habe es schon bei Madison versucht, sie hatte mir eure Nummern für Notfälle gegeben, aber bei ihr geht nur die Mailbox dran und ich wusste nicht, wen ich sonst wegen eurem Vater anrufen soll!«

»Wer spricht da?«, wiederholte Lucy hölzern und legte den freien Arm um ihren Oberkörper. Ein furchtbar drückendes Gefühl setzte in ihrer Brust ein und sie hatte das Gefühl, es war sicherer, ihr Herz festzuhalten.

»Entschuldige, hier ist Mrs Marsden. Ich wohne gegenüber von deinem Vater? Ihr habt früher immer bei mir geklingelt, um euch Süßigkeiten abzuholen.«

»Richtig«, sagte Lucy leise und atmete langsam und gedehnt aus. »Entschuldigen Sie, dass ich Sie nicht gleich erkannt habe. Was ist mit meinem Vater?«

Sie wollte es nicht hören. Es würde ihren Abend ruinieren. Und gleichzeitig fühlte sie sich elend dafür, diese beiden Sätze überhaupt gedacht zu haben. Denn er war ihr Vater! Er war für sie dagewesen, jetzt war sie für ihn da ... aber es tat weh. Und es war anstrengend. Und ihre Augen brannten bereits, obwohl sie noch nicht einmal wusste, worum es ging.

»Nun, er ist noch immer im Garten! Es ist dunkel und kalt und er liegt seit einer Stunde bewegungslos auf dem harten Boden und starrt in den Himmel. Ich bin vorhin rübergegangen und habe ihn gefragt, ob er nicht lieber reingehen will, aber er hat mich nur angeblafft und ein paar nicht sehr nette Dinge gesagt ...« Sie räusperte sich vernehmlich. »Trotzdem konnte ich ihn nicht da liegen lassen. Wenn er einschläft und über Nacht im Garten bleibt, holt er sich noch den Tod!«

Shit.

»Seit einer Stunde liegt er schon da?«, wiederholte Lucy und rieb sich mit der klammen Hand über das Gesicht, über die enge Brust.

»Vielleicht schon länger, ich habe ihn nur vor einer Stunde entdeckt. Ich glaube, es geht ihm noch halbwegs gut, aber ich dachte trotzdem ...«

»Ja, ich verstehe. Vielen lieben Dank für den Anruf, Mrs Marsden. Ich kümmere mich darum, okay? Machen Sie sich keine Sorgen.« Lucy wusste nicht, ob sie die Worte für ihre alte Nachbarin oder für sich selbst sagte. Denn sie machte sich Sorgen.

»In Ordnung, Liebes. Soll ich ihn noch weiter beobachten, bis du hier bist?«

»Ja, bitte«, krächzte sie. »Ich beeile mich.«

Sie legte auf, ließ das Handy sinken und atmete schwer ein und aus.

Er lag nur auf dem Boden und betrachtete die Sterne. Das taten manche Menschen. Aber er war depressiv, und er hatte schon mehr als einmal davon gesprochen, dass sein

Leben ohne ihre Mutter nichts wert war und ... und er hatte aufgehört, sich um sich zu kümmern! Um seine Gesundheit, um sein Leben, um alles. Sie konnte es nicht mit ansehen. Wie er sich jeden Tag weiter aufgab. Aber ebenso wenig konnte sie wegsehen.

»Scheiße«, flüsterte sie und rieb sich über die brennenden Augen.

Sie musste fahren.

Doch sie hatte kein Auto. Madison hatte sie hier abgesetzt. Aber sie brauchte unbedingt ein Auto. Mrs Marsdens Augen waren nicht mehr die besten und was, wenn sie nicht mitbekam, dass ihr Vater ... dass er ...

»Scheiße!«, sagte sie lauter und fuhr sich mit den Händen durch die Haare, bevor sie nervös an dem Ring an ihrem Mittelfinger drehte.

Es war alles gut. Kein Grund, Panik zu bekommen. Madison war viel besser darin als sie, ihren Vater aufzuheitern und dazu zu überreden, vernünftig zu sein. Aber Madison opferte ihr halbes Leben ihrem Vater und Lucy war damit dran. Um das zu tun, brauchte sie allerdings ein verdammtes Auto!

»Alles okay?«

Sie zuckte zusammen und wirbelte herum.

Dax stand hinter ihr, die Augenbrauen zusammengezogen, während er prüfend mit dem Blick über ihr Gesicht huschte.

»Nein«, brachte sie hervor. »Mein Vater ist ... Ich muss ein Uber rufen, ich ... oder ein Taxi. Gibt es noch Taxis? Nein. Niemand nimmt Taxis. Uber, ich brauche ein ...«

»Lucy«, sagte er sanft und umfasste ihre Schultern. »Beruhige dich. Ich bin mit dem Auto hier und ich trinke nicht während der Saison, wenn ich nicht gerade zu spät zu einem Fotoshooting kommen will. Ich kann dich fahren. Wo immer du auch hinmusst.«

Blinzelnd sah sie zu ihm auf, rieb sich über die Augen und schüttelte den Kopf. »Ich muss nach Burbank. Das ist eine halbe Stunde, Dax, ich kann nicht ...«

»Fahren wir«, unterbrach er sie und dirigierte sie schon die Straße hinunter. »Du kannst mir auf dem Weg sagen, was los ist.«

»Aber ...«

»Fahren wir.«

Sie war zu durcheinander, um ihm ein weiteres Mal zu widersprechen.

Dax fuhr zu schnell und Lucy war ihm dankbar dafür.

Dankbar dafür, nicht allein zu sein. Dankbar dafür, dass er die Stille, die das Autoinnere wie ein diesiger Schleier durchzog, nicht brach. Dass jeder Streit zwischen ihnen für den Moment vergessen war. Dass er ihr Zeit gab und nicht fragte, was los war oder ob sie weinte. Denn sie wusste selbst nicht, ob sie es tat.

Alles war irgendwie ... schief. Die letzten Wochen waren so verdammt stressig gewesen. Emotional. Sie war müde und erschöpft und ausgelaugt – und ihr Vater war nur die Kirsche auf dem Berg an Emotions-Sahne, den sie seit Wochen mit sich herumschleppte.

Dax machte den Rest des Berges aus. Weil sie ihn mochte. Es half nicht, sich etwas anderes einzureden. Er brachte sie zum Lachen und ihr Herz zum Stolpern und sie hatte Angst, dass sie bereits unwiderruflich in ihn verknallt war und er ihre Arbeit allein durch seine Anwesenheit zur Tortur machen würde. Niemand regte sie so auf wie Dax! Aber niemand gab ihr ein derartiges Hochgefühl wie er. Niemand verwirrte sie so wie er. Niemand küsste so wie er.

»Danke«, wisperte sie und räusperte sich, um sich aus ihren Gedanken zu befreien. »Dass du mich fährst. Ich ... danke.«

»Kein Problem«, murmelte er und warf ihr einen kurzen Seitenblick zu. »Du siehst durcheinander aus.«

Sie lachte trocken auf und fuhr sich mit Mittelfinger und Daumen über die Augen. »So wie ich jetzt aussehe, Dax? So fühle ich mich innerlich ungefähr die ganze Zeit, wenn ich mit dir zusammen bin.« Sie wusste nicht, warum sie diese Wahrheit laut aussprach. Vielleicht, weil ihr Kopf mit so vielen Sorgen und Gedanken gefüllt war, dass es erleichternd war, zumindest einen loszuwerden.

Er trommelte mit dem Zeigefinger unruhig auf das Lenkrad. »Das solltest du nicht. Ich bin ... harmlos.«

Sie musste lachen. Das war die Untertreibung des Jahrhunderts.

Er hob einen Mundwinkel. »Na ja. Harmloser als du auf jeden Fall«, fügte er dann leiser hinzu.

Sie sah auf ihre Hände und schmunzelte. Für einen Augenblick brannte die Sorge um ihren Vater nicht mehr ganz so heiß in ihrer Brust.

Als sie in Burbank vom Highway fuhren, seufzte sie schwer und warf einen Blick auf ihr Handy. Mrs Marsden hatte nicht noch einmal angerufen. Dax räusperte sich. »Also, dein Vater wohnt in Burbank.«

»Ja.«

»Bist du dort aufgewachsen?«

Sie nickte. »Er besitzt das Haus seit fast dreißig Jahren und will nicht umziehen, obwohl es viel zu groß für ihn allein ist. Aber er will ... die Erinnerungen an meine Mutter nicht verlieren. Dabei wurden die meisten, die nicht eingestaubt sind, von der Zeit längst fortgewaschen.«

»Und ... ihm geht es nicht gut?«, hakte Dax langsam nach.

»Nein«, murmelte sie. »Nicht mehr seit dem Tod meiner Mutter. Es ist als ... als habe sie ihn mit unter die Erde genommen. Nur, dass er noch atmet und lebt und sie nicht.«

Dax nickte ... sprach jedoch nicht.

Lucy verstand es. Es gab nichts dazu zu sagen. Sie schloss die Augen und lehnte sich zurück, während Dax weiter den Anweisungen auf dem Navi folgte.

»Er war mal ein sehr fröhlicher Mann, weißt du?«, murmelte sie schließlich. Weil ihr die Stille plötzlich zu viel Raum für ihre eigenen Gedanken gab. »Bodenständig. Pflichtbewusst. Glücklich. Und jetzt kann ich mich kaum noch daran erinnern, wie er glücklich überhaupt aussah. Irgendwie ... haben wir mit Moms Tod beide Eltern verloren und ich weiß nicht, wie ich ihn wieder zurückholen kann. Weil alles, was wir sagen, an ihm abperlt wie Wasser von einer Fensterscheibe. Und es ist so frustrierend. Zu wissen, dass es ihm besser gehen könnte, wenn er nur bereit wäre, sich Hilfe zu holen und mit einem Therapeuten darüber zu reden. Aber er ist so stur und meint immer nur, wir würden ihn dazu zwingen wollen, Mom zu vergessen.«

»Es ist hart, sich um Eltern kümmern zu müssen«, murmelte Dax. »Sie schützen zu müssen. Obwohl sie es immer waren, die einen beschützt haben und für einen da sein sollten. Es ist okay – aber hart.«

»Ja«, wisperte sie ... und wusste, dass er sie verstand. Dass er sich bereits sehr viel früher um seine Mutter und seinen Vater hatte kümmern müssen. Zu einer Zeit, in der er sich nur Gedanken um seine Zukunft, Eishockey und Cheerleader hätte machen sollen.

Sie legten die letzten zwei Fahrtminuten schweigend zurück und als Dax direkt vor ihrem Kindheitshaus am Straßenrand hielt, wünschte sie sich auf einmal, allein zu sein. Ihr Mittelfinger schmerzte, weil sie den Ring daran so schnell gedreht hatte. Ihr Herz schlug viel zu schnell. Er war hier und ... Dax sollte sie nicht so schwach sehen.

Verzweifelt.

Traurig.

»Es ist okay. Ich kann im Auto sitzen bleiben«, murmelte Dax, als hätte er ihre Gedanken gelesen.

Sie schluckte, schüttelte aber den Kopf. »Nein. Steig ruhig aus. Vielleicht ...« Zögerlich strich sie sich eine Haarsträhne aus der Stirn. »Vielleicht reißt Dad sich eher zusammen, wenn jemand Fremdes anwesend ist.« Sie schnallte sich ab und stieg schweren Herzens aus. Über das Auto hinweg winkte sie Mrs Marsden zu, die hinter einer ihrer Küchengardinen hervorlugte. Dann wandte sie sich zum Vorgarten und öffnete das quietschende Tor. Ihr Vater war nicht schwer zu finden. Er lag mitten im ausgedörrten Blumenbeet, das nur noch aus steiniger Erde bestand. Lucy hatte sich sagen lassen, dass es nicht schlecht für den Rücken sei, ab und zu auf dem Boden zu liegen. Aber mit Sicherheit war damit kein feuchter Erdboden gemeint gewesen, der mit spitzen Steinen gespickt war wie der Aufsatz eines siebenjährigen Kindes mit Fehlern. Unschlüssig blieb Lucy stehen und blickte auf ihn hinab. Er hatte die Augen geschlossen, war bleicher als noch vor ein paar Wochen und völlig reglos. Wenn seine Brust sich nicht regelmäßig gehoben und gesenkt hätte, hätte sie womöglich Panik bekommen. Doch er atmete. Ruhig und gleichmäßig. Ihm ging es gut. Zumindest körperlich.

»Dad, was tust du da unten?«, fragte sie leise.

Ihr Vater zuckte sichtlich zusammen und öffnete die Augen. »Lucy!«, sagte er erschrocken. »Wie lange stehst du da schon?«

»Nicht lang. Was tust du da unten?«

»Ich liege. Was tust du hier?«

»Ich stehe«, antwortete sie leise. »Warum liegst du? Und wie lange schon?«

Er blinzelte und richtete sich in eine sitzende Position auf. »Wie spät ist es?«

»Kurz nach elf.«

»Oh. Dann seit vier Stunden.«

»Seit vier Stunden?«, echote sie ungläubig und stopfte die Hände in die Hosentaschen, damit sie sich nicht die Haare raufte. »Dad ... es ist kalt und die Erde hart. Warum liegst du auf dem Boden?«

Er lächelte traurig. »Ach, hier unten fühle ich mich deiner Mutter einfach näher und ...« Er verstummte, denn sein Blick war auf Dax gefallen, der einen halben Meter hinter Lucy stand. »Oh, du bist nicht allein«, stellte ihr Vater irritiert fest. »Warum bringst du um diese Uhrzeit jemand Fremden auf mein Grundstück, Lucy?«

»Er ist nicht fremd. Das ist Dax Temple, Dad. Ich arbeite mit ihm zusammen. Er hat mich hergefahren. Könntest du bitte aufstehen?« Sie reichte ihm die Hand und hob die Augenbrauen.

Ihr Vater blinzelte mehrfach, tat ihr jedoch schließlich den Gefallen und rappelte sich mit ihrer Hilfe vom Boden auf. »Dax Temple«, murmelte er. »Ist das nicht dieser Eishockeyspieler, der dir so viel Stress macht?«

Lucys Wangen liefen rosa an und hastig sah sie zu Dax, der milde amüsiert aussah. »Ähm, ja«, gab sie zu. »Sollen wir reingehen? Wann hast du das letzte Mal was getrunken und gegessen?«

Ihr Vater seufzte schwer und presste die Lippen aufeinander. »Nicht du auch noch, Lucy. Schlimm genug, dass Maddie mich alle zwei Stunden deswegen anruft.«

»Trinken ist wichtig, Dad. Essen auch. Duschen auch, wenn ich darüber nachdenke. Sie muss anrufen, weil ... du das ab und zu vergisst.«

»Ich bin nicht dement, Lucy!«, sagte er warnend. »Meinem Kopf geht es hervorragend.«

»Ich weiß, Dad«, sagte sie leise. »Aber auch, wenn man nicht dement ist, vergisst man ab und zu ... auf sich achtzugeben.«

Ihr Vater gab einen Ton von sich, der sich zwischen einem missbilligenden Schnauben und wütenden Knurren einordnen ließ. »Ihr Mädchen und eure Sorgen. Ich gebe acht. Und Sie sollten meine Tochter besser behandeln«, fügte er hinzu und deutete auf Dax. »Ich habe Ihren Namen schon viel zu oft gehört.«

Lucys Mundwinkel zuckten und etwas Warmes breitete sich in ihrer Brust aus. Es war schön, dass ein kleiner Teil ihres Vaters sich noch immer um sie kümmerte. Dass er nicht ausschließlich an ihre tote Mutter dachte. »Er hat recht«, murmelte sie zu Dax, als sie ihrem Vater ins Haus folgten. »Du solltest mich besser behandeln.«

»Ich habe dir den Orgasmus deines Lebens verschafft, Lucy. Was willst du noch?«, antwortete er gespielt gekränkt.

Ihre Wangen fingen Feuer. »Ganz schön arrogant, der Herr.«

»Willst du mir etwa widersprechen?«

Sie verzichtete auf die Antwort, durchquerte stattdessen den Flur ... und blieb wie angewurzelt stehen.

Die Küche sah aus wie ein Schlachtfeld. Als habe eine Horde Kindergartenkinder unbeaufsichtigt gebacken und zur Hilfe eine Herde Wildschweine eingeladen. Wildschweine ohne Manieren.

In der Spüle stapelte sich das Geschirr. Auf dem Küchentisch die offenen Müslipackungen und Pizzakartons. Ein Packen matschiger Bananen und schimmeliger Himbeeren lag in einer Obstschale. Der Müll quoll über. Fliegen bevölkerten die Anrichten. Schockiert sah Lucy zu dem Dreck und dann zu ihrem Vater. Wenigstens wusste sie nun, dass ihr Vater etwas aß.

Auch wenn das kein großer Trost war.

»Dad! Was zur Hölle ist hier passiert?«

»Ähm, Maddie war seit ein paar Tagen nicht mehr hier«, sagte er betreten und kratzte sich den Nacken.

Liebe Güte, was zur Hölle tat ihre Schwester nur alles im Haushalt? Und warum hatte sie ihr nichts davon erzählt?

»Es ist deine Küche. Es ist nicht Madisons Aufgabe, sie für dich sauber zu halten.«

»Ich habe nicht die Zeit dafür.«

»Dad, du lagst gerade vier Stunden lang draußen im Garten!«

»Lucy«, sagte ihr Vater mit einer Geduld in seiner Stimme, die sie absolut nicht nachvollziehen konnte. »Es ist halb so wild.«

»Doch, es ist wild!«, widersprach sie laut. »Denn du kannst dich offensichtlich nicht mehr um dich kümmern! Wann hast du das letzte Mal gespült, Dad? Geduscht? Wann hast du das letzte Mal jemand anderen als mich und Madison gesehen?«

Ihr Vater seufzte und winkte ab. »Ich lebe in meinem eigenen Rhythmus. Ich komme zurecht.«

»Weil wir für dich da sind!«, fuhr sie ihn an, denn sie konnte sich nicht mehr beherrschen. Es war zu viel. »Gott, Dad.« Sie rieb sich mit beiden Händen übers Gesicht. »Hast du wenigstens einen neuen Termin bei Dr. Felber gemacht?«

Der Gesichtsausdruck ihres Vaters verdüsterte sich. »Ich habe den Termin nicht aus Versehen verpasst, Lucy.«

Sie atmete schwer durch. »Dad ... Er soll dir bei der Trauerbewältigung helfen.«

»Ich bewältige sie auf meine eigene Art und Weise.«

»Nein! Du bewältigst überhaupt nichts. Du suhlst dich in Selbstmitleid, stellst Mom auf ein leuchtendes Podest und vergisst, dein Leben zu leben!«

»Lucy. Du weißt nicht, wie ich mich fühle.«

Nein, aber sie wusste, wie *sie* sich fühlte.

»Bitte, Dad«, sagte sie sanft. »Versuch es nur einmal. Dr. Felber ist ein guter Psychotherapeut ...«

»Therapeuten!« Er schnaubte. »Lucy, dieser neumodische Kram ist nichts für mich.«

Sie biss die Zähne aufeinander. »Es ist nicht neumodisch. Und es hilft. Wie kannst du etwas anderes denken? Rachel ist Psychologin!«

»Lucy, all diese Leute kennen mich nicht! Und deine Mutter kannten sie auch nicht. Wie sollten sie wissen, was ich durchmache?«

»Es wäre doch zumindest einen Versuch wert. So wie im Moment kannst du nicht weitermachen. Dir geht es schlecht.« Sie wedelte mit der Hand in der dreckigen Küche hin und her.

»Mir geht es, wie es jedem Witwer gehen würde, Lucy«, sagte er fest und seine Stimme wurde lauter.

»Du lagst vier Stunden lang auf dem kalten Gartenboden, Dad, weil du dich Mom so näher gefühlt hast«, erwiderte sie hitzig, ihre Stimme unnatürlich dünn und hoch. »Weil sie ebenfalls unter der kalten Erde liegt, oder warum? Dad, das ist nicht normal. Das ist nicht gesund ...«

»Ich brauche eben nur meine Zeit«, verteidigte er sich. »Wenn deine Mutter noch leben würde, würde sie dir ebenfalls sagen, dass ich keinen Therapeuten brauche.«

»Aber das tut sie nicht!«, fuhr Lucy ihn an. »Sie ist seit drei Jahren tot, Dad! Sie wird nicht zurückkommen, sie wird sich nicht um dich kümmern, sie wird dir nicht helfen, dein Leben zu leben. Also hör auf, darauf zu warten! Es ist dein Leben. Nicht *euer* Leben. Du bist ein Individuum, du warst nicht nur deine Ehe. Gott, es reicht, Dad«, sagte sie hart und funkelte ihn wütend an. »Ich bin es leid, mir ständig Sorgen zu machen. Ich bin es leid, mitanzusehen, wie Madison sich kaputtmacht, weil sie sich ausschließlich um dich und nicht um ihr Privatleben kümmert! Du musst aufwachen. Du brauchst Hilfe. Mehr, als wir dir geben können.«

»Du warst nie verheiratet, Lucy!«, donnerte ihr Vater ungehalten. »Du weißt nicht, was Liebe überhaupt ist und was es bedeutet, sie zu verlieren! Sonst würdest du nicht so reden.«

Lucy senkte den Blick. Ihre Hände fingen an zu zittern, ihre Lippen an zu beben – und sie wusste nicht, was sie darauf erwidern sollten. Er hatte recht. Sie war noch nie verliebt gewesen. Sie wusste nicht, wie es sich anfühlte, sie zu verlieren. Sie wusste nur, dass es sie unendlich erschöpfte, ihren Vater so zu sehen. Und dass er etwas ändern musste. Genau wie sie.

»Okay, ich glaube, wir sollten jetzt gehen«, drang eine tiefe, ruhige Stimme hinter ihr vor.

Lucy zuckte zusammen und wirbelte herum. Sie hatte ganz vergessen, dass Dax hier war. »Was?«, erwiderte sie verwirrt und blinzelte mehrfach.

»Es geht deinem Vater gut, Lucy. Gut genug, um herumzubrüllen. Du bist hergefahren, um dich dessen zu versichern, und das hast du getan. Wir sollten gehen«, wiederholte er leise.

»Aber ...«

»Hör auf deinen Freund, Lucy«, sagte ihr Vater mit Nachdruck. »Ich brauche dich hier nicht. Ihr müsst wirklich nicht jedes Mal vorbeigucken, wenn ich ein paar Stunden im Garten liege.«

»Schön«, sagte sie abgehackt. »Aber ich werde Madison sagen, dass sie aufhören soll, dir hinterherzuräumen, Dad. Wundervollen Abend noch.«

Damit fegte sie an Dax vorbei aus dem Haus, in dem es auf einmal viel zu eng und stickig war.

Gott, ihr Vater war unzumutbar! Er war stur und verletzt und hatte die letzten Jahre nicht richtig gelebt und ... und ... der Gedanke, dass sich das niemals ändern würde, fraß sich durch ihre Brust wie Motten durch Stoff. Sie konnte ihm nicht helfen. Sie hatte es versucht, doch versagte jedes Mal aufs Neue. Sie fühlte sich so unendlich machtlos.

Einzelne Tränen des Zorns und der Verzweiflung lösten sich aus ihrem Augenwinkel und suchten den Weg ihre Wange hinab. Unwirsch wischte sie sie weg, als der Kies neben ihr knirschte und Dax ankündigte.

»Gott, schau mich an. Ich bin vollkommen unfähig, mich zusammenzureißen. Zu verdammt schwach dafür, es auch nur zu probieren, obwohl ich wirklich nicht will, dass du mich so siehst. Es ist nur ...« Sie schniefte und wischte sich mit dem Ärmel über die Nase. »Ich kann ihm nicht helfen. Ich bin seine Tochter, ich kenne meinen Vater sein Leben lang. Ich sollte ihm helfen können. Oder ihn zumindest dazu bringen können, sich Hilfe zu holen.«

Einige endlose Momente lang dehnte sich eine schwere, kühle Stille zwischen ihnen aus. Dann: »Sieh mich an, Lucy.«

Sie schniefte und schüttelte den Kopf. Sie wollte das Mitleid nicht auf seinem Gesicht sehen.

»Lucy, sieh mich an«, wiederholte er leise und diesmal legte er sanft einen Finger unter ihr Kinn und drehte es zu sich herum. Hob es an, bis sie in seine blauen Augen blickte. »Du bist nicht unfähig. Du bist nicht schwach. Niemand denkt das. Ich am allerwenigsten.«

Eine Träne rollte über seinen Finger und sie lächelte wacklig. »Das musst du zu dem heulenden Mädchen sagen, Dax.«

Er schüttelte den Kopf. »Ich sage es dir. Weil es die Wahrheit ist. Du bist die stärkste Person, die ich kenne. Denn du wirst mit mir fertig. Es ist nicht deine Schuld, dass dein Vater sich nicht helfen lassen will. Mehr, als ihm die Hilfe anzubieten, kannst du nicht tun. Du gibst ihm alles, was du geben kannst. Deine Zeit und deine Geduld und deine Liebe. Dein Vater ist nicht dement oder verrückt. Er weiß genau, was er tut. Es ist nicht deine Schuld, dass er sich mit dem Schmerz an deine Mutter erinnern will. Du tust, was du tun kannst.«

Sie schüttelte den Kopf. »Aber es ist nicht genug.«

»Du bist *immer* genug, Lucy – egal, ob du deine Ziele erreichst oder nicht. Dein Vater kann da nichts dran ändern. Ich kann da nichts dran ändern. Dein Job nicht, deine Freunde nicht. Das bist nur du. Genug. Verstanden?« Sie nickte. Denn was sollte sie auch tun, wenn er sie so ernst und bestimmt ansah? Wenn sein Blick keine Widerrede zuließ.

»Gut«, murmelte er. »Möchtest du eine Umarmung haben?«

Wieder nickte sie. Und im nächsten Moment legte er die Arme um sie und zog sie fest an seinen warmen, harten Körper. In ihren ganz persönlichen Käfig der Ruhe. Sein Kopf auf ihren Scheitel gelegt, die eine Hand in ihrem Nacken, den Arm um ihre Mitte geschlungen. Sodass sie wusste, dass er sie halten würde, wenn sie sich fallen ließ.

Lucy schloss die Augen, sank in seine Arme, sog seinen Geruch nach Mann und kaltem Eis ein und vergaß für einen Moment, wo sie war. Ihre Wut und Verzweiflung flossen aus ihren Poren und verflüchtigten sich in der kühlen Abendluft. Und nichts als Ruhe blieb zurück.

Gerade, als sie daran dachte, einfach ewig so stehen zu bleiben, ließ er sie los.

»Lass uns fahren«, sagte er, räusperte sich und wandte den Blick ab. »Ich bringe dich nach Hause.«

KAPITEL 20

Lucy sollte niemals weinen müssen. Sie durfte natürlich, doch er hasste es, dass sie musste. Das war es, was Dax dachte, als die Lichter der Stadt an ihnen vorbeiflogen und bunte Schlieren im Kontrast zur dunklen Nacht bildeten. Eine so starke Person wie Lucy sollte niemals so aussehen, als würde ihr Herz brechen. Als würde sie versagen. Niemals schniefen, niemals mit bebender Unterlippe vor ihm stehen und ihm die Luft zum Atmen nehmen.

Es war die reinste Tortur gewesen, sie so zu sehen und nichts wirklich sagen zu können, was die Sache besser machte. Denn er wusste, wie machtlos man gegen die Sturköpfe seiner Eltern war. Er hatte seine Mutter jahrelang gebeten, seinen Vater zu verlassen, doch sie hatte nichts davon hören wollen. *»Er braucht mich, Dax. Er braucht mich.«*

Dass ihre Kinder sie mehr gebraucht hatten, war egal gewesen.

Und Lucys Vater, der nach drei Jahren noch immer tief in seiner Trauer gefangen war ... Dax wusste, wie dieses Wissen auf ihr lasten musste. Jeden Tag. Er hasste ihren Vater dafür, dass er ihr das antat. Wenn er könnte, würde er ihn selbst zum Psychiater schleppen und mit eigenen Händen dazu zwingen, sich auf die Couch zu setzen und dem Therapeuten zuzuhören.

Doch er konnte nicht. Er hatte nicht das Recht. Lucys Leben war ihr Leben, nicht seins. Er spielte keine Rolle darin.

Wie er den Gedanken verabscheute.

Er fuhr vom Highway hinunter, folgte den Anweisungen des Navis zu Lucys Wohnung und dachte an ihre Worte in der Ice Lounge zurück. Sie stand auf den ehrlichen Mann. Auf denjenigen, der ihr sagte, was er dachte und wollte.

Die Felgen des Wagens quietschen, als er vor einem weißen, modern aussehenden Apartmentblock hielt, der laut Navi Lucys Zuhause war. Er hatte sich nie darüber Gedanken gemacht, wo sie wohnte, doch jetzt kam ihm das albern vor. Denn auf einmal wollte er nichts mehr als zu wissen, wie ihre Wohnung aussah. Wie sie lebte. Welche Fotos sie an den Wänden hatte und ob sie schlichte oder ausgefallene Möbel besaß.

Er würde auf ausgefallen wetten.

»Danke, Dax«, murmelte sie und rang die Hände im Schoß. »Für alles.«

»Mhm«, machte er, schaltete den Motor ab und stieg aus.

»Ähm, du kannst sitzen bleiben, Dax«, sagte sie verwirrt.

Nein, konnte er nicht.

Er schlug die Tür hinter sich zu, während Lucy ebenfalls aus seinem Auto stieg. »Du musst mich wirklich nicht zur Tür bringen. Ich bin emotional etwas angeschlagen, keine Invalidin«, erklärte sie leise und verschränkte die Hände hinter ihrem Rücken.

Sie starrte sein Kinn an. Als wäre sie unfähig, höher zu sehen. Als ertrüge sie es nicht, ihm in die Augen zu blicken.

»Ich bin nicht ausgestiegen, weil ich denke, dass du Hilfe zur Tür brauchst«, stellte er klar.

»Oh, okay.« Sie zog die Augenbrauen zusammen und sah nun doch unsicher auf. »Warum dann?«

Ja, warum dann?

Weil er etwas sagen musste. Weil er ehrlich sein musste. Weil es nicht so weitergehen konnte. Doch die Unsicherheit auf ihrem Gesicht spiegelte sich in seiner eigenen Brust wider und er wusste nicht, welche Worte er benutzen sollte. Ob er nicht kaputtmachen würde, was zwischen ihnen noch heil war, wenn er sie aussprach.

»Dax?«, wisperte sie. »Es tut mir leid, dass ich dir gedroht habe. Im Büro. Ich würde deine Geheimnisse nicht verraten. Das weißt du. Ich ... Gott, du hast mich nur so durcheinandergebracht und ... der Job ist alles, was ich habe, Dax. Alles, wofür ich gearbeitet habe.«

»Ich verstehe es«, sagte er knapp. Denn das tat er. Hockeyspielen war immer alles gewesen, was er wollte. Geld verdienen, das Spiel atmen, auf dem Eis stehen.

Bis jetzt.

»Ich finde es übrigens cool, dass du nicht mehr scheiße spielst«, fuhr sie fort. Wahrscheinlich, weil ihr die Stille zwischen ihnen unangenehm war.

Dabei brauchte er die Stille, um nachzudenken.

»Ja, danke«, sagte er abwesend. »Ich finde es auch cool.«

Was tat er?

»Alles okay, Dax?«, fragte Lucy verwundert.

Nein.

Er seufzte schwer und schloss die Augen. Und als er sie das nächste Mal öffnete, sagte er: »Es stört mich.«

»Was?«

»Du hast gesagt, du stehst auf die ehrliche Sorte Mann. Ich bin ehrlich«, erklärte er dunkel und kratzte sich den Nacken. »Es stört mich.«

»Was stört dich?«

»Dass du mit Jack flirtest. Dass du mit den anderen flirtest. Dass du sie ansiehst. Dass du über ihre Witze lachst. Dass du mich seit Tagen ignorierst, solange ich mich nicht in der Umkleide oder auf dem Eis befinde. Dass du mir nicht in die Augen sehen kannst. Es stört mich.«

»Oh«, stieß sie aus, ihre Lippen ein paar Zentimeter geöffnet, bevor sie perplex wiederholte: »Es stört dich.«

»Ja.«

»Warum?«

Musste sie das ernsthaft fragen? Wusste sie es nicht längst? Er presste die Lippen zusammen und beugte sich vor. »Weil ich dich will. Immer und immer noch. Jede Sekunde, jeden Tag. Weil ich, seitdem ich dich in der dummen Bar geküsst habe, an nichts anderes mehr denken kann, als dich wieder zu küssen. Überall. Bis du darum bettelst, dass ich mir endlich nehme, was ich will. Weil ich seit der Episode in dem Büro hart werde, wenn ich einen Locher betrachte. Weil ich nachts nicht schlafen kann, weil ich mir vorstelle, wie es sich wohl anfühlen würde, wenn du jetzt neben mir lägst.« Er lachte trocken auf und fuhr sich mit der Hand in die Haare. »Ich bin von dir *besessen*, Lucy. Ich weiß, das ist verrückt, aber es ist die verdammte Wahrheit.«

Er sah sie schlucken. Sah, wie sie sich über die Lippen leckte und sich ihre Augen verdunkelten. Und wie sie die Arme verschränkte und die Fingerkuppen in ihren Oberarm grub.

»Dax«, flüsterte sie, ihre Stimme brüchig. »Ich ... du bist ein Spieler und ich date keine Spieler, also ...«

»Dann ist es ja gut, dass ich dich nicht daten will«, raunte er. »Ich will dich nicht in ein hübsches Restaurant ausführen. Ich will alles andere tun. Das, was wir in Leslies Büro getan haben – nur auf Dutzende verschiedene Arten und Weisen. Denn ich kämpfe und kämpfe gegen das Verlangen an, doch ich verliere immer wieder, Lucy.«

Sie biss sich auf die Unterlippe und er konnte ihr am Gesicht ablesen, dass es ihr genauso ging.

»Dax, wenn wir was miteinander anfangen ... brauchen wir Regeln.« Sie strich mit ihrem Zeigefinger die Knopfleiste seines Mantels hinunter.

»Ich liebe Regeln.«

Sie lachte. »Ich dachte, du wolltest ehrlich sein.«

»Ich hasse Regeln«, korrigierte er sich. »Aber sag sie mir trotzdem.«

Ihr Lächeln wurde breiter. »Jetzt, da ich darüber nachdenke, gibt es eigentlich nur eine: Niemand, absolut niemand wird hiervon erfahren. Hast du das verstanden? Sonst kann ich meine Karriere vergessen.«

»Jack weiß es«, sagte er schlicht. Denn es war besser, das bereits jetzt aus dem Weg zu schaffen. »Aber er wird die Klappe halten.«

»Okay, niemand außer Jack«, murmelte sie – zog seinen Kopf zu sich heran und küsste ihn.

Es war anders, einen Kuss entgegenzunehmen, als derjenige zu sein, der ihn initiierte. Dax hätte das bis zu diesem Moment nicht sagen können, doch als Lucy ihre Hände sanft in seinen Nacken legte, sich auf die Zehenspitzen stellte und mit ihren Lippen seine testete, wusste er, dass es ein Unterschied war.

Er mochte keins von beidem lieber – denn beides war fantastisch! –, aber es hatte etwas für sich, Lucy den Kuss leiten zu lassen. Herauszufinden, was sie mochte. Zu sehen, wie viel Lippen bereits tun konnten, bevor die Zunge folgen musste. Und verdammt, das euphorische Gefühl, von Lucy James' Mund liebkost und dann in Besitz genommen zu werden, würde er definitiv in eine Schublade seines Gehirns packen, um es nie wieder zu vergessen.

Sie öffnete seinen Mantel und strich seine Brust hinauf, bis zu seinen Schultern, sodass es ihm schwerfiel, ein Seufzen zurückzuhalten. Es war wie Nachhausekommen ... und das Gefühl beunruhigte ihn.

Doch wie sollte er an einer negativen Emotion festhalten, wenn Lucys Hände als nächstes sein T-Shirt hochschoben und bloße Haut trafen?

»Okay«, sagte er angespannt, nahm ihre Hände von seinem Körper und räusperte sich vernehmlich. »Wir sollten in deine Wohnung gehen, Lucy. Die Nachbarn gucken sonst noch zu, während wir ...«

»Genug gesagt«, meinte sie hastig, grinste schuldbewusst und zog ihn an der Hand hinter sich her.

Lucys Apartment war genau so, wie er es sich vorgestellt hatte.

Ihre Bücherregale bestanden aus einer Reihe zusammengewürfelter Holzarten. Die Couch war rot und abgewetzt und beherbergte eine Menge bunter, nicht zusammenpassender Kissen. Ihr Wohnzimmertisch bestand aus aneinandergebundenen Pepsi-Kästen, auf denen eine Holzplatte befestigt worden war.

»Na, wenn das unser größter Sponsor *Coca-Cola* sehen könnte«, meinte er tadelnd.

Lucy lachte. »Die Kästen hatten die richtige Höhe! Und zu meiner Verteidigung: Den Tisch hatte ich schon, bevor ich bei den Hawks angefangen habe.«

»Ah ja«, meinte er langsam, ließ den Blick schweifen und lächelte. »Im Herzen bist du eigentlich ein rebellischer Hippie, oder? Keine Frau, die gern Hosenanzüge trägt?«

»Ehrlich gesagt ist alles, was du hier siehst, meinem Zeitmangel geschuldet«, bemerkte sie und kratzte sich am Kopf. »Die meisten Möbel sind noch aus meiner Studienzeit. Damals hatte ich nicht das Geld, um mir neue zu kaufen und heute ... heute nicht die Zeit. Ironisch, oder?« Sie neigte nachdenklich den Kopf. »Ich glaube, viele behaupten, ich arbeite zu viel, aber ich liebe meinen Job. So schlimm kann es dann doch nicht sein, oder?«

Nein. Konnte es nicht. Dax verstand genau, was sie meinte. »Jetzt hast du Zeit«, murmelte er, zog sich den Mantel aus und trat auf sie zu.

Sie lächelte. »Ja, aber jetzt gerade denke ich nicht an meine Möbel.«

»Ah, woran denkst du denn?«, wollte er rau wissen und schob seelenruhig ihre Jacke von den Schultern. »Deine Einkaufsliste?«

»Tatsächlich«, wisperte sie und lehnte ihren Kopf sacht in seine Berührung, als er die Finger federleicht über ihre Wange tanzen ließ. »Ich versuche mich daran zu erinnern, ob ich Kondome gekauft habe.«

Er lachte heiser. »Und? Hast du?«

Sie nickte. »Ich hatte möglicherweise im Gefühl, dass so was passieren könnte«, erwiderte sie. Ihr Blick streifte seinen und er sah Hitze aufblitzen. Hitze, die er die letzten Tage über vermisst hatte.

»Obwohl du mich ignoriert hast?«, wollte er wissen und fuhr mit einer Hand in ihre Haare.

»Ich habe dich genau deswegen ignoriert, Dax«, flüsterte sie. »Weil ich wusste, dass das hier noch mal passiert, wenn ich es nicht tue.«

»Und was hat sich jetzt geändert?«

»Es ist, wie du sagst: Wir haben gekämpft. Wir haben verloren. Ich führe keine Kriege, die ich nicht gewinnen kann.«

Er lächelte und zog sanft das Haargummi heraus, das Lucys Haare wie immer in einem zurückgekämmten Zopf hielt. »Aber ich wette, du gewinnst die meisten.«

Ihre Wangen liefen rosa an. »Weshalb das hier etwas sehr Besonderes ist.«

»Oh, du musst aufpassen, was du sagst«, murmelte er, ließ das Haargummi zu Boden fallen und betrachtete, wie Lucys hübsche, rote Haare auf ihre Schultern fielen. »Wenn du mich als etwas Besonderes bezeichnest, steigst es mir womöglich noch zu Kopf.«

»Ich glaube, das ist längst passiert«, bemerkte sie amüsiert und wollte sich die Haare hinter die Ohren streichen, doch er hielt sie davon ab.

»Nein. Du solltest sie offen tragen. Immer.«

»Aber sie sind im Weg.«

»Nein. Sie sind wunderschön«, widersprach er ihr, kämmte mit den Fingern hindurch, hob ihr Kinn und küsste sie. Weich und drängend, einfach, weil er sich nicht davon abhalten konnte. Er wanderte mit den Händen ihre Kurven hinab, öffnete ihren Rock ... und Lucy löste sich von ihm.

»Nein.« Sie schüttelte den Kopf, trat zurück und verschränkte die Arme vorm Körper. »Das kommt gleich. Zuerst: Zieh dich aus.«

Überrascht hob er die Augenbrauen. »Was?«

»Letzte Mal warst du noch fast komplett angezogen und das hat mir nicht gefallen. Also zieh dich aus!«

Er grinste. »Ganz schön bossy.«

»Das ist meine beste Eigenschaft.«

Nein. Ihre beste Eigenschaft war ihre Großzügigkeit. Ihre Stärke. Ihre Loyalität und ihr Verlangen, das Richtige zu tun. »Alles klar«, sagte er gedehnt. »Aber zuerst ... in dein Schlafzimmer. Denn du wirst mich bespringen wollen und ich falle lieber auf eine weiche Matratze als auf einen harten Boden.«

Sie verdrehte die Augen. »Und du hattest Angst, es könnte dir zu Kopf steigen, dass du etwas Besonderes bist. Aber schön.«

Sie lief ihm voran durchs Wohnzimmer und stieß die Tür zu einem weiteren großen Raum auf.

Dax blieb wie angewurzelt stehen. Merkwürdigerweise fiel sein Blick erst als zweites auf das riesige Bett. Das Erste, was er sah, war ein riesiger Sack, der von der Decke hing und der ...

»Was ist?«, wollte Lucy verwundert wissen, die offenbar seinen entgeisterten Gesichtsausdruck bemerkt hatte.

»Hast du mein Gesicht auf deinen Boxsack geklebt?«, wollte er ungläubig wissen und gestikulierte in die Zimmerecke.

»Oh«, stieß Lucy aus und lachte laut. »Ähm. Ja. Eine Aggressionsbewältigungsstrategie meinerseits. Hat immer sehr gut funktioniert.«

»Fuck, muss ich Angst haben, dass du mich vermöbelst?« Zweifelnd sah er sie an.

»Nicht mehr, nein«, versprach sie hastig. »Und wenn du jetzt endlich dein Shirt ausziehen würdest, wäre ich dir auf jeden Fall auch deutlich milder gestimmt.« Ihr Gesicht war so todernst, dass sie ihn zum Lachen brachte.

»Meine Güte, du bist sehr besessen von meinem Oberkörper.«

Ihre Augen verdunkelten sich und sie leckte sich über die Lippen. »Du hast keine Ahnung«, flüsterte sie.

Dax wurde allein von ihrem Blick hart. Okay, Shit. Genug geredet. Er gab ihr endlich, was sie wollte.

Er zog sich das Langarmshirt über den Kopf und warf es zu Boden. Lucy beobachtete ihn bei jeder seiner Bewegungen. Ihr Blick glitt über seine Brust, seinen Bauch hinab und blieb an der Schnalle seines Gürtels hängen. Nun, es war offensichtlich, was sie als nächstes von ihm verlangen würde, also öffnete er sie langsam, stieg aus der Hose und ließ seine Boxerbriefs folgen. Bis er vollkommen nackt war.

Seine Erektion sprang gegen seinen Bauch und Dax sah Lucy schlucken, bevor ihr Blick erneut wanderte. Gemächlich, genüsslich. Dax spürte ihn bis in seine letzte Pore.

»Lass es dir nicht zu Kopf steigen, aber ... Gott, du bist wunderschön«, wisperte sie und leckte sich erneut die Lippe.

»Dito«, murmelte er und seine Stimme hörte sich an wie knirschender Kies. Was daran lag, dass er sich zusammenreißen musste, die Distanz zwischen ihnen nicht zu überwinden und sie aufs Bett zu werfen. Aber das hier war ihr Abend. Sie wollte die Kontrolle haben und sie würde sie bekommen.

Lucy atmete zitternd ein, suchte wieder seinen Blick, öffnete ihren Rock und ließ ihn fallen. Nur noch in High Heels, Nylon-Strumpfhose und enganliegender Bluse trat sie auf ihn zu, legte eine warme Hand auf seine Brust und schob ihn in Richtung Bett, bis der Rand ihn in die Kniekehlen traf und er rückwärts auf die Matratze fiel.

Seelenruhig platzierte sie erst das eine Bein, dann das andere neben seiner Hüfte und ließ ihre Hände wandern. Seine Brust hinauf, über seine Schultern, seinen Bizeps hinab, bis zu seinen Händen, bevor sie mit den Nägeln sein Sixpack zählte und durch die feinen Härchen dort strich.

Dax stand in Flammen. Sein Schwanz zuckte und als sie sich langsam auf ihn setzte, hart auf weich traf, stöhnte er laut auf. Er spürte ihre Feuchtigkeit bereits durch ihr Höschen und die Strumpfhose – und scheiße, es machte ihn an, wie sehr es sie anmachte. Er wollte nach ihr greifen, sie unter sich drehen und ihr die bescheuerte Strumpfhose vom Körper reißen, doch als er die Hände hob, schüttelte sie den Kopf und fixierte sie mit ihren eigenen auf der Matratze, sodass ihre Brüste und der steife Stoff ihrer Bluse über seine Brust strichen.

»Nein«, sagte sie und zur Hölle, er hatte dieses Wort noch nie so heiß gefunden. »Ich bin noch nicht fertig.«

Er hätte sich befreien können. Doch er hielt inne und ließ seine Hände da, wo sie waren. Lucy richtete sich wieder auf und strich immer wieder über seinen Schwanz. Mit ihrem Po, mit ihrer feuchten Mitte, die er spüren konnte, obwohl sie noch immer angezogen war.

Es war die Hölle. Es war der Himmel. Es war Qual und pure Glückseligkeit zugleich.

Mit trockenem Mund beobachtete er, wie Lucys Augen glasig wurden, als sie sich an ihm rieb und die Knöpfe ihrer Bluse öffnete. Einen Knopf nach dem anderen löste sie, bis ein dunkelblauer Spitzen-BH zum Vorschein kam.

Lucy streifte die Bluse ab, warf sie hinter sich und machte sich an dem Verschluss des BHs zu schaffen, während sie sich immer noch auf seiner Erektion vor und zurückwiegte, ihn wahnsinnig vor Lust machte.

Dann fiel der BH und ihre schweren, wunderschönen Brüste drängten an die Freiheit – und Dax konnte sich nicht mehr zurückhalten. Er musste berühren. Schmecken.

Seine Hände wanderten wie von selbst. Tauchten in Lucys Taille, glitten über ihre Rippenbögen, bis sie ihre Brüste umschlossen und mit den Fingern an ihren harten Spitzen zupften.

Lucy hielt ihn nicht davon ab. Ihr Atem wurde flacher, ihre Lippen standen einen Spalt offen und als er seinen Oberkörper aufrichtete, den Arm um ihren Rücken schlang und eine Brustwarze in seinen Mund nahm, keuchte sie auf. Sie ließ ihre Hüfte weiter kreisen. Malträtierte ihn, während er sie malträtierte, bis sie in seinen Armen zitterte, ihre Hände gegen seine Brust stemmte und ihn zurück auf die Matratze schob.

Sie stand auf und beugte sich hinunter, um die Schnalle ihrer High Heels zu lösen, doch diesmal war er es, der den Kopf schüttelte. »Nein. Behalt sie an. Sehr viele meiner Fantasien haben sich um deine Schuhe gedreht.«

»Wirklich?«, meinte sie überrascht.

»Als ob du sie nicht genau deswegen getragen hast. Um mich wahnsinnig zu machen.«

»Nein. Ich trage sie, um mich größer zu machen«, erwiderte sie amüsiert. »Dich damit wahnsinnig zu machen, ist nur ein hübscher Nebeneffekt.«

»Du musst dich nicht größer machen«, sagte er leise, während sie die Strumpfhose über ihre Beine zu ihren Knöcheln streifte. »Du bist perfekt, so wie du bist.«

Er sah sie schlucken, ihre Augen glänzen und ihre Wangen erröten, bevor sie murmelte: »Das sagst du nur, weil du gerade so unfassbar angeturnt bist. Und ich muss die Schuhe ausziehen. Sonst kann ich die Strumpfhose nicht ausziehen.«

»Lucy«, flüsterte er mit rauer Stimme und sah sie eindringlich an. »Ich bin so angeturnt, weil *du* vor mir stehst. In meinem ganzen Leben habe ich noch nie eine Frau so gewollt wie dich.«

Sie stand auf die Wahrheit, oder? Und das war es, was er aussprach.

Einige Sekunden lang starrte sie ihn mit offenen Lippen an, dann fluchte sie leise und zerriss im nächsten Moment die Strumpfhose, bevor sie ihren Slip über die Schuhe hinweg auszog und zurück aufs Bett kletterte.

»Gott, was machst du mit mir?«, murmelte sie und küsste ihn. Küsste ihn mit einer Intensität und einem Verlangen, dass kleine Blitze der Erregung durch seinen Körper zuckten und sofortige Erleichterung verlangten.

Er schlang die Arme um sie, presste ihre weichen Brüste gegen seinen harten Oberkörper, öffnete ihre Schenkel mit seinen, sodass die Spitze seines Penis durch ihre feuchte Mitte strich.

Lucy wimmerte auf, biss in seine Unterlippe und hob den Kopf.

»Nachttisch«, wisperte sie und automatisch streckte er die Hand aus, um ein Kondom aus der Schublade zu bergen und es ihr zu reichen.

Sie riss die Packung auf, kniete sich über ihn und streifte das Kondom quälend langsam über seine Länge. Ihre Hand an seinem Schwanz war fast zu viel für ihn, doch er hatte keine Zeit, lange darüber nachzudenken, denn im nächsten Moment sank Lucy bereits auf ihn. Zentimeter für Zentimeter nahm sie ihn in sich auf. Gott, sie war so beschissen eng. So verdammt gut ... und dann war er bis zu seiner Wurzel in ihr und sie begann, sich zu bewegen.

Fuck, er würde nicht lang durchhalten. Sein ganzer Körper stand unter Spannung, während sie sich von ihm zurückzog und erneut auf ihn sank, die Hände auf seiner Brust, den Kopf vor Lust in den Nacken gelegt.

»Lucy«, sagte er unter Anstrengung, kam ihr entgegen, stieß zu, wann immer sie sich auf ihn presste. Mit einer Hand griff er nach ihrer Hüfte, damit er noch härter in sie dringen konnte. Mit der anderen glitt er zwischen ihre Beine. Suchte das harte Nervenbündel, rieb grob vor und zurück ... bevor er seinen Daumen darauf presste.

Lucy kam mit einem Keuchen. Er spürte, wie sie sich um ihn zusammenzog, spürte, wie die Wellen ihren Körper zum Beben brachten, während er weiter in sie trieb und ihre Hüfte rau gegen seine zog.

Fluchend folgte er ihr. Der Orgasmus wütete in seinem Körper, floss durch ihn wie heiße Lava aus Lust. Und als Lucy zitternd in seine Arme fiel, seine Lippen, seinen Kiefer, seinen Hals küsste, hatte Dax für einen Moment das Gefühl, sich nicht mehr auf der Erde zu befinden. Viel eher schwebte er zehntausend Meilen darüber.

»Shit«, flüsterte er, küsste sie ebenfalls, vergrub die Nase in ihren Haaren und atmete ihren Geruch ein.

»Warum fluchen Männer eigentlich so oft während des Sex?«, wollte Lucy noch immer atemlos wissen.

»Keine Ahnung. Eigentlich fluche ich im Bett auch nicht.«
»Nein?«

»Nein.« Er hob ihren Kopf in seine Hände, küsste sie sacht und lächelte schief. »Du musst wohl einfach etwas Besonderes sein.«

Sie lachte. »Pass auf. Sonst steigt es mir noch zu Kopf.«

»Es sollte dir zu Kopf steigen«, murmelte er eindringlich. »Denn scheiße, du bist fantastisch! Und Lucy ...«

»Ja?«

»Wir haben gerade erst angefangen!«

KAPITEL 21

Das Leben war gut.

Nein, das Leben war fantastisch.

Dax konnte sich nicht mehr daran erinnern, wann er sich das letzte Mal derart frei und unbeschwert gefühlt hatte.

Scheiße, vielleicht hatte er sich auch niemals so gefühlt. Jack und er hatten so etwas wie einen stummen Waffenstillstand ausgehandelt. Sie verhielten sich nicht wie Freunde, aber definitiv auch nicht wie Feinde und auf dem Eis nutzten sie die Zeit, die sie bereits miteinander gespielt hatten, schamlos aus.

Dax hatte nichts vergessen. Keines der Manöver, die er mit Jack einstudiert hatte. Keinen der Drills, die sie zusammen gefahren waren. Nur waren sie keine Jugendlichen mehr – sie waren besser. Sehr viel besser. So verdammt gut, dass der Coach ihn eines Nachmittags nach dem Training fragte, ob sie zusammen Extra-Stunden auf dem Eis drehen würden, von denen er nichts wusste. Aber das brauchten sie gar nicht. Ihr Muskelgedächtnis war gut genug.

Die L.A. Hawks waren auf Playoff-Kurs und hatten ihre Durststrecke erfolgreich überwunden. So wie Dax auch. Zwei Wochen nach dem Abend, an dem sie beschlossen hatten, ihre Wut aufeinander in eine Menge Orgasmen umzuwandeln, war Dax eine Erleuchtung riesigen Ausmaßes gekommen. Denn er wusste jetzt, warum er so verdammt gut gelaunt war: Er war das Thema Entspannung die letzten Jahre völlig falsch angegangen. Ihm war klar geworden, dass *Entspannung* vor Lucy ein Fremdwort für ihn gewesen war. Seine Prämisse war gewesen, dass eine Menge bedeutungsloser Sex Ruhe im Kopf gleichkam.

Aber er lernte auf die harte – und manchmal auch sehr sanfte und zärtliche – Tour, dass Sex nicht gleich Sex war. Denn ja, Frauen aufzureißen mochte Spaß machen und in einem Orgasmus enden, aber es war auch eine Menge Arbeit. Der Smalltalk. Das aggressive Flirten. Der merkwürdige Morgen danach. Die Kaffeetassen, die er zusätzlich spülen musste. Sein ständiges Gerede darüber, dass er seine Eroberungen nicht anrufen würde und die Nacht eine einmalige Sache war. Es war schön, doch am Ende nicht wirklich entspannend. Da das alles nur Mittel zum Zweck war.

Sex mit Lucy hingegen war Genuss pur.

Er musste ihr keine Reden halten. Sie spülte ihre eigene Kaffeetasse, weil sie meistens zum Frühstück blieb. Der Morgen danach war nie merkwürdig. Er flirtete auf natürliche Art und Weise mit ihr und ihre Nächte waren keine einmalige Sache. Gott sei Dank. Ihm war das bisher nicht klar gewesen, aber Sex konnte auf anderer Ebene Spaß machen als nur körperlich. In seinem ganzen Leben hatte er zwischen den Laken noch nicht so viel gelacht. Viele Männer waren davon überzeugt, dass Lachen im Bett sie abturnte, aber Dax musste ihnen widersprechen. Denn fuck, es gab nichts Schöneres, als Lucy zum Lachen zu bringen. Außer vielleicht, sie zum Kommen zu bringen.

Ah, nein, beides stand auf demselben Podest.

Ein weiterer Pluspunkt war, dass er das PR-Team nicht länger im Nacken sitzen hatte. Er kam immer pünktlich – weil Lucy ihn darauf hinwies. Er fiel nicht mehr negativ in der Presse auf – weil er die Abende nicht in Bars, sondern mit Lucy im Bett verbrachte. Es war verdammt noch mal die beste Abmachung, die er je getroffen hatte.

Und niemand hatte eine Ahnung.

»Alter, ich fasse es nicht. Wieso? Du kannst alle Frauen haben, aber doch nicht *Lucy*.« Matt schlug ihm so fest mit der Faust gegen die Schulter, dass Dax' Oberkörper zur Seite auf den Flugzeuggang geschleudert wurde.

»Autsch«, zischte er und rieb sich die Stelle, bevor er sich verärgert seinem Freund zuwandte. »Ich habe keinen Schimmer, wovon du redest.«

»Mhm, klar.« Düster sah Matt ihn an, seine Faust schon wieder gehoben. »Ich gebe dir einen Tipp, Dax: Wenn ihr nicht wollt, dass die Leute wissen, dass ihr vögelt, starrt und lächelt euch verdammt noch mal nicht so an.« Sein Blick glitt zu Lucy, die herübergesehen hatte, jetzt aber erschrocken den Kopf umwandte. Matt knirschte mit den Zähnen. »Denn alle hier wissen, dass Lucy ihr Lächeln nicht einfach so verschenkt. Erst recht nicht an dich! Und hör auf, sie anzusehen, als wäre sie ein besonders leckerer Brotaufstrich oder ... was auch immer! Dax' Nacken versteifte sich. Shit. Er hatte geglaubt, dass sie unauffällig gewesen waren.

»Gott, deswegen konnte ich dich gestern Abend nicht im Hotelzimmer erreichen, oder?«, fuhr Matt unbeirrt fort. »Weil du gar nicht in *deinem* Zimmer warst.« Matt verzog das Gesicht. »Jup. Dein Blick bestätigt das. Oh Gott. Ich wollte mich so sehr irren. Ich hab fast gehofft, dass du einfach nur wütend auf mich bist, weil ich dir beim Buffett das Rührei weggegessen habe und doch weiß, wie ernst du dein Rührei nimmst ... aber Lucy und du ...«

»Zur Hölle, Matt, sprich leise!«, knurrte Dax wütend. »Es geht niemanden hier etwas an.«

»Aber sie werden es alle wissen wollen! Fuck, Dax, so was kommt immer raus. Weil man es immer merkt, wenn zwei Leute sich nackt gesehen haben.«

Dax schnaubte. »Ich habe dich und den Rest der Mannschaft nackt gesehen und niemand vermutet, dass ich mit dir schlafe.«

»Weil sie alle wissen, dass ich außerhalb deiner Liga bin. Und du weißt, was ich meine«, erwiderte Matt genervt und legte stöhnend den Kopf in den Nacken. »Ich hatte befürchtet, dass das passiert. Weißt du, ich hab immer gedacht, ihr könnt euch nicht ausstehen, aber dann hat Jack gedacht, dass ihr ein Paar wärt, und es ist mir wie Schuppen von den Augen gefallen. Ihr könnt nur nicht ausstehen, was für eine Macht der andere über euch hat, weil ihr verdammt noch mal seit einem Jahr miteinander in die Kiste hüpfen wollt. Aber ich dachte: Nein, Dax ist schlauer als das. Er hat aus dem Vorfall mit der Praktikantin vor drei Jahren gelernt. Er weiß, dass man sich seine Bettgeschichten so weit wie möglich von der Organisation entfernt sucht. Wir haben da damals stundenlang drüber geredet. Aber das scheinst du vergessen zu haben, denn jetzt habt ihr es getan: Ihr habt die Grenze überschritten. Du wirst Lucy in den Abgrund ziehen.«

»Halt die Klappe, Matt«, sagte er leise, seine Schultern auf einmal angespannt. »Ich werde Lucy nicht schaden.«

»Dax. Du bist ein guter Kerl. Ich würde dir jederzeit meine Wäsche und mein Leben anvertrauen – aber leider keine einzige meiner Schwestern«, erwiderte sein Freund nüchtern. »Du willst Frauen nicht verletzen. Aber du tust es trotzdem. Nicht mit Absicht, aber ... es passiert.« Matt rieb sich fieberhaft über die Stirn. »Ich bin nicht nur mit dir, sondern auch mit Lucy befreundet. Lucy, der ihr Job unglaublich wichtig ist. Sie hat eine steile Karriere geplant und wenn rauskommt, dass ihr vögelt, wird das halbe Management sie als Flittchen abstempeln, dem man nicht trauen kann! Es gibt so viele verdammte Frauen auf der Welt und du hättest jede haben können, um deine angestaute Wut abzubauen. Warum benutzt du ...«

»Matt«, knurrte er, langsam ernsthaft wütend. »Halt die Fresse.« Ihm gefiel nichts an dem, was sein Freund sagte.

Er benutzte Lucy nicht. Wenn überhaupt, benutzten sie einander. Aber auch das stimmte nicht!

»Ich halte erst die Fresse, wenn du mir erklärst, warum es Lucy sein musste!«

»Es ist nicht, wie du denkst, okay?«, sagte er angriffslustig.

»Warum nicht?«

»Weil ... ich sie mag.«

Einige endlose Sekunden lang starrte Matt ihn mit offenem Mund an. Dann sog sein Freund schockiert Luft ein. Als hätte Dax verkündet, dass er Sex scheiße fand. »Sieh mich nicht so an«, sagte er verärgert. »Es ist nichts dabei.«

»Alter, Dax, hörst du dir selbst zu? Wann hast du mir jemals erzählt, dass du eine Frau, mit der du schläfst, *magst*? Das ist eine große Sache.«

Nein, war es nicht. Dann mochte er sie eben, und? Erdnussbutter mochte er auch und damit lag Matt ihm nicht in den Ohren.

»Also führt ihr eine ... Beziehung?«, folgerte Matt verwundert. »Das würde die Sache natürlich ändern.«

Er schnaubte laut. »Gott, nein.«

Irritiert zog Matt die Augenbrauen zusammen.

»Wir daten nicht. Wir schlafen nur miteinander.«

»Aha. Ihr schlaft miteinander und habt Gefühle füreinander.«

»Na ja ...«

Das konnte er jetzt nicht mit Gewissheit sagen. Er hatte Gefühle. Eine Menge davon. Was Lucy anging ... »Vielleicht«, sagte er schließlich vage.

»Okay, Moment.« Matt hob beide Hände und sprach noch leiser. »Ich verstehe nicht. Du magst sie. Du schläfst mit ihr und du siehst sie was? Zweimal die Woche?«

Dax kratzte sich das Kinn. »Fünfmal. Stand jetzt«, bemerkte er. »Aber es sind erst zwei Wochen.«

Matt fing an zu lachen. Laut. Sodass sich die Hälfte ihrer Teamkollegen, die vor oder hinter ihnen saßen, zu ihnen umwandten. »Was ist so lustig?«, wollte Leon wissen.

»Ach, Dax gibt dämliche Dinge von sich«, meinte Matt leichthin und winkte ab.

»Ach so. Nichts Neues also«, erwiderte der Verteidiger desinteressiert und ließ sie wieder in Frieden.

»Ich gebe keine dämlichen Dinge von mir«, informierte Dax seinen Freund genervt.

»Doch, das tust du. Ihr verbringt die meisten Nächte miteinander, mögt euch und behauptet trotzdem, dass ihr keine Beziehung miteinander führt. Das ist lächerlich. Nachher erzählst du mir noch, dass du ihr jeden Abend eine Gute-Nacht-Nachricht schickst.«

Dax blieb stumm.

»Oh, zur Hölle, das tust du!« Matt grinste breit. »Dax, warum sagst du das nicht gleich? Dann hätte ich mir meine freundschaftliche Warnungs-Rede sparen können. Ihr vögelt nicht – ihr seid zusammen.«

Ungläubig öffnete er den Mund. »Sind wir nicht! Wir daten nicht. Wir haben nur Sex!«

»Also redet ihr nicht miteinander? Frühstückt nicht gemeinsam? Erzählt euch nicht von eurem Tag?«

Perplex öffnete Dax den Mund. Natürlich taten sie das. Es wäre merkwürdig, ausschließlich stumm zu sein, wenn man so viel Zeit miteinander verbrachte. Und über was redete man denn sonst, wenn nicht über seinen Tag? Aber das hieß doch nicht, dass sie ... oder?

»Du solltest dein Gesicht sehen«, bemerkte Matt kopfschüttelnd. »Du siehst aus wie damals, als du herausgefunden hast, dass Wombats Würfel kacken. Ihr seid auch die einzigen Idioten, die noch nie länger als ein paar Nächte mit demselben Partner verbracht haben und nicht wissen, was eine Beziehung ist.«

»Wombats sind einfach komplett absurd – und ich verstehe nicht. *Das* tut man, wenn man in einer Beziehung steckt?«, fragte er verwirrt.

Matt schnaubte. »Alter. Es ist, als würdest du das Wort nicht kennen.«

Nun ... Nein! Er hatte eine Beziehung zu seiner Schwester, die irgendwie nicht zählte, und Beziehungen zu seinen Eishockeykollegen, aber ... nein, die zählten auch nicht.

»Shit«, entfuhr es ihm und er rieb sich mit der Hand übers Gesicht.

»Jup«, bestätigte Matt. »Herzlich Willkommen in der Welt der Erwachsenen.«

»Aber Lucy denkt nicht, dass wir in einer Beziehung stecken!«

»Nun, sie liegt falsch.«

»Aber ...« Sein Hals wurde merkwürdig trocken. »Aber ich hab ihr gesagt, dass ich sie nicht daten will. Dass ich nur mit ihr schlafen will.«

»Nun, da hast du gelogen«, erklärte Matt in seiner besten Professorenstimme.

»Fuck.« Ja, das hatte er.

Er wollte sie daten.

Er wollte alles von ihr.

Er wollte mir ihr ins Kino. Er wollte mit ihr in ein Restaurant. Er wollte allen Spielern erzählen, dass sie ihm gehörte, damit Leon endlich aufhörte, beschissene Kommentare zur süßen Lucy zu machen.

Denn sie *war* süß – doch nur Dax sollte das wissen dürfen.

Oh Gott ... Er wollte sie seiner Schwester vorstellen!

»Fuck«, wiederholte er.

Matt seufzte schwer. »Jup. Oh Mann, das wird in einem Drama enden, oder?«

»Nein. Drama ist nicht meins. Lucys auch nicht.«

»Was deine Beziehung mit Jack West und deine Idee, mit Lucy zu schlafen, bestätigen.«

Dax ignorierte ihn und kniff die Augen zusammen. »Was tue ich denn jetzt?«, zischte er. »Wegen Lucy?«

»Ihr sagen, dass du sie magst? Dass du sie doch daten willst?«, schlug Matt vor. Er sprach dabei so langsam, dass er ebenso gut auch mit einem Kindergartenkind sprechen könnte.

»Aber sie datet keine Hockeyspieler.«

»Ach so. Sie schläft nur mit ihnen«, erwiderte Matt trocken.

»Red nicht so über sie«, sagte er scharf.

Matt verdrehte die Augen. »Es steht schlimm um dich. Also sag es ihr bald, ja? Bevor du platzt. Oder sie sich jemand anderen sucht.«

Er runzelte die Stirn und warf einen raschen Blick über den Gang zu Lucy. Das würde sie nicht tun, oder? Mit anderen Kerlen schlafen, während sie mit ihm in die Kiste sprang.

Richtig?

KAPITEL 22

»Ich will ja nichts sagen, Lucy, aber der Kerl an der Bar sieht schon die ganze Zeit zu dir rüber.«

»Was?«

Ihr Kopf fuhr in die Höhe und automatisch sah sie zu den Hockern an der hölzernen Bar, auf die ihre Schwester deutete. »Oh. Nicht interessiert.«

»Sicher? Denn er kommt her.«

»Was?« Irritiert blinzelte sie. Sie war mit den Gedanken noch immer bei Dax und der Nachricht gewesen, die er ihr gerade geschrieben hatte. Sie hatte nur aus drei Worten bestanden: *Wo bist du?*

Sie war ziemlich sicher, dass es sich dabei um eine Einladung in sein Bett handelte, in dem sie die vergangenen vier Nächte verbracht hatte. Sie hatte gerade überlegt, wie sie Maddie höflich sagen konnte, dass sie leider gehen musste. Doch jetzt kam dieser großgewachsene Anzugträger auf sie zu und schenkte ihr eins dieser verheißungsvollen Lächeln, die nur eins bedeuten konnten ... und alles, was sie denken konnte, war: *Er ist attraktiv. Aber nicht so heiß wie Dax.*

»Sorry«, meinte sie, bevor er auch nur den Mund aufmachen konnte. »Ich bin vergeben.«

»Du bist was?« Ihre Schwester spuckte die Worte zusammen mit einem kleinen Schluck ihres Cocktails vor ihnen auf den Tisch.

»Oh, okay«, sagte der Fremde und machte auf dem Absatz kehrt.

Ungläubig sah Maddie sie an. »Was tust du? Er war süß! Und wahrscheinlich wollte er nur was für eine Nacht, ist also genau dein Beuteschema. Wieso lügst du ihn an?« Sie öffnete den Mund, um ihr wie automatisch zu widersprechen ... und verschluckte sich glatt an ihrer eigenen Spucke. Denn das war Schwachsinn! Natürlich war es eine Lüge. Sie war nicht vergeben.

Oh Gott.

Oh Gott, oh Gott, oh Gott. Ihr Kopf ging zu weit!

»Alles okay, Lucy?« Besorgt sah ihre Schwester sie an. »Hast du was von meinem Cocktail abbekommen? Du siehst angeekelt aus.«

»Wirklich? Ich fühle mich eher panisch«, rutschte es ihr heraus.

Maddies Augenbrauen flogen in die Höhe. »Oh mein Gott. Bist du wirklich vergeben? Und das verschweigst du mir?!«

»Nein, nein.« Hastig schüttelte sie den Kopf. »Ich bin natürlich nicht vergeben.« Ihre Stimme war ein einziges Krächzen. »Das war nur eine Kurzschlussreaktion meines Gehirns.«

»Und wo kam diese Kurzschlussreaktion her?«

»Von dem unglaublich vielen heißen Sex mit Dax«, wisperte sie und verbarg ihr Gesicht hastig hinter ihrem Cocktailglas.

»*Was?*« Maddie stellte ihr Glas so heftig ab, dass Flüssigkeit über den Rand schwappte. »Ich dachte, du hasst ihn!«

»Na ja, weißt du ...« Schuldbewusst hob sie die Schultern. »Wie sich herausgestellt hat, hasse ich von ihm verursachte Orgasmen nicht.«

»Oh Gott, ich bin neidisch.« Stöhnend legte Maddie den Kopf in den Nacken. »Ich will auch Sex mit einem heißen Eishockeyspieler haben.«

»Nimm Matt«, schlug Lucy grinsend vor. »Hab gehört, er ist gut in der Kiste.«

Madison verzog das Gesicht. »Auf keinen Fall. Er hat mir schon die Haare weggehalten, als ich nach zu vielen Margaritas kotzen musste. Das Wort *sexy* wird er niemals wieder mit mir in Verbindung bringen. Und ich weiß, dass er Schokolade mit Minzgeschmack mag. Er ist also offensichtlich verrückt. Mit Verrückten hat man keinen heißen Sex. Mit Verrückten hat man nur Sex, den man irgendwann bereut. Also: Ist Dax verrückt? Wirst du diese Eskapade mit ihm bereuen?«

»Ich glaube nicht«, sagte sie langsam. Solange ihr Kopf nur damit aufhörte, die falsche Abzweigung zu nehmen, wenn er an Dax dachte.

»Nein?« Skeptisch sah Maddie sie an. »Okay. Dann erzähl mal. Wie ist es?«

»Es ist ... überraschend leicht.«

»Mit ihm zu schlafen? Na, das sollte man doch hoffen.«

Lucy lachte. »Nein. Zeit mit ihm zu verbringen. Die ganze Affäre ist sehr ... unkompliziert.«

Maddie schnaubte laut.

»Was?«, fragte sie verwundert.

»Nichts an Affären ist unkompliziert, Lucy! Nichts. Was glaubst du, warum ich keine habe? Irgendwer wird immer verletzt, weil er oder sie mehr will.«

Jetzt schnaubte Lucy. »So ist das nicht. Wir haben Regeln. Wir wissen, worauf wir uns eingelassen haben. Wir erwarten nichts voneinander außer Diskretion. Es ist das perfekte Arrangement.«

»Oh, bitte. Das denken immer alle, aber am Ende ist das Schwachsinn. Ich meine, willst du mir ernsthaft erzählen, dass du keine Gefühle für ihn hast?«

Lucy kaute auf ihrer Unterlippe herum und erlaubte es sich, kurz in ihr Herz hineinzuhorchen. Ganz kurz. Da wirbelte eine Menge umher. Allem voran Sehnsucht und andere warme Emotionen. Aber keine war so groß, dass sie sie nicht leichtfertig ignorieren könnte! »In Maßen«, sagte sie deswegen überzeugt.

»Ach, hast du dich deswegen gerade als vergeben bezeichnet?«, wollte Maddie wissen.

Sie winkte ab. »Das war eine Freudsche Fehlleistung. Lass uns über etwas anderes reden. Du weißt schon: Diskretion.«

Ihre Schwester verdrehte die Augen, nickte jedoch. »Schön. Dad hat nach dir gefragt, Lucy.«

Sie stöhnte. »Warum musst du immer direkt den Vorschlaghammer rausholen, Maddie?«

»Weil sich Wände damit am besten einreißen lassen. Also, was ist los?«

Lucy senkte den Blick, zog den Plastikstrohhalm aus ihrem Cocktail und knickte ihn zu einer kleinen Treppe. »Ich bin wütend auf ihn«, wisperte sie.

Madison nickte. »Ich weiß. Ich auch.«

Sie seufzte und rieb sich übers Gesicht. »Ich weiß nicht, wie du das schaffst, Maddie. Ernsthaft. So für ihn da zu sein. Jede Woche hinzufahren.«

Ihre Schwester lachte freudlos auf. »Ich bin die Einzige, die konstant hier ist, Lucy. Rachel ist in Chicago, du bist ständig unterwegs. Wer sollte es sonst tun?«

Lucy wickelte den Strohhalm um ihren Finger und nickte. »Tut mir leid, dass du den Großteil des Stresses abbekommst.«

Sie winkte ab. »Ist in Ordnung«, meinte sie rigoros, bevor sie leiser hinzufügte: »Aber gib Dad nicht auf, okay? Hör nicht auf, zu ihm zu fahren und mit ihm zu reden. Selbst wenn du jetzt von deinem sexy Hockeyspieler abgelenkt wirst und den lieben langen Tag kuschelnd und schmachtend in seinem Bett verbringst.«

Sie verdrehte die Augen. »Wir haben Sex. Wir kuscheln nicht miteinander.«

Madison hob eine Augenbraue.

»Na ja ... höchstens ein bisschen.«

Aber es war vollkommen harmlos.

»Erzähl mir noch mal davon, dass ich dein Lieblingsspieler war. Was war das noch? Ich habe den besten Rückhandschlag der Liga?«

Lucy schnaubte und schlug mit der Faust sanft auf Dax' Brust, bevor sie ihren Kopf wieder darauf positionierte. »Das kannst du vergessen. Dein Ego ist groß genug. Das muss niemand mehr streicheln.«

»Ah, aber du bist nicht niemand, du bist was Besonderes, schon vergessen? Von dir muss ich es also hören«, versicherte er ihr und wickelte eine ihrer Haarsträhnen um seinen Zeigefinger. »Möglichst langsam und möglichst detailreich, weil ich ein dämlicher Eishockeyspieler und sehr begriffsstutzig bin.«

Sie lachte und warf von unten her einen amüsierten Blick in sein todernstes Gesicht. »Du bist klüger, als gut für dich ist. Gott, ich fasse nicht, dass ich jetzt doch dein Ego gestreichelt habe.« Ungläubig weitete sie die Augen. »Du bist gut.«

Er grinste und hob ihr Kinn, um sie sacht zu küssen. »Ich weiß, danke.«

Sie verdrehte die Augen, kuschelte sich jedoch enger in seine Umarmung. Sein Arm um ihre Schultern, ihr Arm um seine Mitte, ihre Füße zwischen seinen Beinen. Sie hatte ihre Größe oder viel eher *Kleine* früher immer verflucht. Aber wie sich herausstellte, brachte es einige Vorteile mit sich. Zum Beispiel den, dass sie gemütlich auf Dax' Brust liegen und trotzdem ihre kalten Füße an ihm wärmen konnte. Dax zuckte zwar jedes Mal zusammen, wenn sie ihre Eisklötze an seine Waden presste, ließ es jedoch nach einer Menge Gefluche geschehen. Er sei schließlich dafür geboren, nahe beim Eis zu leben. Und hart im Nehmen.

»Und da behauptet die Presse, du hättest keine Sozialkompetenz«, bemerkte sie kopfschüttelnd und malte Kreise auf seinen Rippenbogen. »Dabei bist du ein Meister der Manipulation. Darüber sollten sie schreiben. Nicht darüber, wer von Jack und dir die besseren Statistiken hat.«

»Ah, sie alle wissen, dass Jack gewinnen wird«, meinte er leichthin. »Das hat er in den Zahlen schon immer. Sie schreiben das nur, um mich zu quälen, weil ich zu den meisten von ihnen ein Arschloch war.« Er sagte das ohne Wertung und ohne Wut in der Stimme, doch sie wusste, dass es ihn ärgerte. Dass der Konkurrenzkampf mit Jack ihn immer ärgern würde. Sie wusste nur nicht, warum. Und sie wollte ihn fragen. Wollte wissen, was zwischen Jack und ihm passiert war. Aber solche Dinge fragten nur Freundinnen, nicht bedeutungslose Affären. Richtig?

Aber bedeutungslose Affären konnten dem Typen, der ihnen seit Wochen Orgasmen schenkte, zumindest ausreden, dass er sich mit seinem Bruder vergleichen musste. Sie rollte sich auf seine Brust, die Arme darauf verschränkt, sodass sie ihm direkt ins Gesicht sehen konnte, und fuhr mit dem Zeigefinger die Ecken und Kanten seiner Wangen und seines Kiefers nach.

Es war schwierig, ihn außerhalb der Sicherheit ihrer Wohnungen oder Hotelzimmer nicht zu berühren. Denn sie war süchtig nach dem Gefühl seiner Haut unter ihrer. Den rauen Bartstoppeln unter ihren Fingerkuppen. Seiner Brust an ihrer. Seiner Lippen an ihrem Nacken. Seiner Finger in ihren Handflächen. So wie er sie jeden Morgen begrüßte. Als müsse er sichergehen, dass sie noch immer da war. Und jedes Mal, wenn er das tat, fühlte sie seine Berührung wie einen süßen Stich in ihrer Brust. Wie ein ... Versprechen.

»Weißt du, Statistiken fangen nicht alles ein, Dax«, flüsterte sie und lächelte. »Und ich halte es für absolut dämlich, dich und Jack zu vergleichen. Du bist in manchen Bereichen besser, in anderen schlechter. Aber ihr seid so unterschiedliche Spieler.«

»Wir haben die exakt selbe Technik, Lucy.«

»Ich rede nicht von Technik«, sagte sie eindringlich. »Du bist der Kleber in der Mannschaft, Dax. Alle sehen zu dir auf. Niemand will deine Gunst verlieren. Fox mag der Dad der Mannschaft sein, aber du bist der coole Bruder, der ihnen das Gefühl gibt, was Besonderes zu sein. Immer. Sie brauchen dich, um das Vertrauen in sich nicht zu verlieren. Jack hingegen ist der Heizofen, der ihnen Feuer unterm Hintern macht. Es sind beide wichtige Jobs, keiner besser als der andere. Du gewinnst nichts dadurch, wenn du dir weiter Gedanken darum machst. Es wird dir niemals das Gefühl von Zufriedenheit geben, das du suchst. Aber falls es dir hilft ...« Grinsend lehnte sie sich vor und ließ die Hände in seine Haare sinken. »Ich finde Jack überhaupt nicht attraktiv. Für ihn hätte ich nie im Leben meine Regeln gebrochen. Zumindest bei mir stehst du somit außer Konkurrenz.«

Ein träges Lächeln breitete sich auf Dax' Gesicht aus. »Also dafür, dass du gerade nicht mein Ego streicheln wolltest, machst du einen verdammt guten Job darin«, meinte er beeindruckt und glitt mit seinen Fingerspitzen ihre nackte Wirbelsäule hinunter.

Sie lachte. »Ups. Dann nehme ich die Worte wieder zurück.«

»Ah, zu spät, fürchte ich. Ich hab sie schon für immer abgespeichert.« Er tippte sich gegen die Schläfe. »Du kannst es nicht gut sehen, wenn Menschen wütend oder traurig sind, oder?«

Sie schüttelte den Kopf. »Nein.«

»Ich gebe deinem Vater die Schuld.«

Ja, sie ihm auch. »Er war anders. Mit Mom. Eigentlich nie wütend oder traurig.«

Dax nickte nachdenklich, zog ihre Hand aus seinen Haaren und legte sie auf seine Brust. Sacht strich er mit dem Zeigefinger über ihren Ring. »Was ist mit dir? Warst du auch anders? Mit deiner Mom?«

Lucy blinzelte und sah verwundert auf. Darüber hatte sie noch nie nachgedacht.

»Ich weiß es nicht«, stellte sie schließlich langsam fest. »Vielleicht. Weißt du, ich habe oft versucht, sie zu beeindrucken.«

»Ja? Warum?«

»Weil sie so eine starke Frau war. Ich wollte ihr zeigen, dass ich auch stark bin. Sie war selbstständig. Immobilienmaklerin. Immer schick angezogen und so stolz auf das, was sie erreicht hat. Sie hat Rachel meistens mit zu ihrer Arbeit genommen und ihr alles gezeigt. Weil sie die Älteste war. Und auch irgendwie ihre Lieblingstochter. Maddie und ich sind zu Hause bei Dad geblieben. Wir hatten also nicht so viele Möglichkeiten uns ... vor ihr zu beweisen.« Sie schluckte und schloss die Augen. »Ich habe sie geliebt. Ich habe sie bewundert. Sie war für mich da. Aber ich ... hab manchmal das Gefühl, dass ich nicht genug Zeit hatte, sie kennenzulernen. Weil man Eltern doch erst richtig kennenlernt, wenn man erwachsen ist und begreift, dass sie auch nur Menschen sind. Verstehst du?«

Er nickte. Drehte den Ring an ihrem Finger.

»Ich wünschte einfach ... dass sie mehr Zeit gehabt hätte, mich kennenzulernen«, fuhr sie leise fort. »Zu sehen, wie erfolgreich ich jetzt bin. Wie gut in meinem Job.«

»Sie wäre stolz auf dich«, murmelte er.

Sie lächelte müde. »Das kannst du nicht wissen.«

»Natürlich kann ich das. Jeder wäre stolz auf dich.« Er sprach die Worte so ernst und nüchtern aus, dass sie nicht eine Sekunde an ihnen zweifelte. Was ihre Augen nur dazu veranlasste, unkontrolliert zu brennen.

»Auf jeden Fall ...«, sagte sie mit belegter Stimme und wandte den Blick ab. »Es tat weh, als sie gestorben ist. Aber weißt du, was das Lächerliche ist? Dass es mehr wehtut, Dad jetzt so ... schwach und unglücklich zu sehen.«, flüsterte sie. Denn es war ein Geheimnis, das sie aussprach. »Ich weiß, das ist schrecklich, aber ...«

»Das ist nicht schrecklich«, widersprach Dax bestimmt. »Du darfst fühlen, was du willst. In dem Bereich gibt es kein Richtig oder Falsch.«

Sie atmete tief ein und aus. Hoffte einfach, dass er recht hatte. Wollte ihm unbedingt glauben.

»Wie geht es deinem Dad eigentlich gerade, Lucy?«, fragte Dax nach ein paar stillen Sekunden zögerlich. »Hast du mit ihm gesprochen, seit wir bei seinem Haus waren?«

Das war ein Thema, über das sie überhaupt nicht reden wollte. »Dein Handy klingelt«, murmelte sie und rollte von ihm herunter. »Du solltest drangehen.«

Er schnaubte, blickte aber zu seinem Nachttisch, auf dem tatsächlich das Display seines Handys wie wild blinkte. »Wer manipuliert hier jetzt wen?«, wollte er leise wissen, richtete sich auf und griff nach dem Smartphone.

»Ja?«, meldete er sich. »Hey ... Anna, es ist gerade schlecht, kann ich ...« Er verstummte und seine Lippen wurden augenblicklich zu einer dünnen Linie. »Ich weiß. Mein Gehirn ist noch intakt. Danke. Ich halte es trotzdem für eine dumme Idee ...« Wieder verstummte er. »Großer Gott, ist ja gut. Bis dann.«

Er legte auf, sank stöhnend zurück auf die Matratze und presste ein Kissen auf sein Gesicht.

»Was ist los?«, wollte Lucy neugierig wissen.

»Meine Schwester. Sie wollte mich daran erinnern, dass ich nächste Woche Geburtstag habe und sie mich zum Familienessen erwartet. Jack wird auch da sein. Sie hat ihn eingeladen.«

»Oh. Du wolltest ihn dabeihaben?«, fragte Lucy irritiert.

Dax schnaubte laut und zog das Kissen von seinem Gesicht. »Scheiße, nein. Aber das war Anna herzlich egal. Sie lässt sich von mir nicht gern herumkommandieren und meint, es wird Zeit, unsere Feindschaft zu vergessen.«

»Wow. Ich mag deine Schwester.«

Angesäuert sah er zu ihr. »Du kennst sie nicht.«

»Vollkommen egal. Alles, was ich bisher von ihr gehört habe, klingt fantastisch.«

Er schnaubte. »War klar, dass ihr euch schon gegen mich verschwört, bevor ihr euch überhaupt kennenlernt.«

Sie grinste. »Ich fühle mich nicht einmal ansatzweise schlecht deswegen. Also feierst du tatsächlich deinen Geburtstag?«

»Mir bleibt nichts anderes übrig, oder?«, meinte er angespannt. »Gott, ich hasse diesen Tag.«

Ja, daran erinnerte Lucy sich noch sehr gut. »Warum?«, wollte sie dennoch wissen.

Seufzend rieb Dax sich über die Augen. »Willst du es wirklich wissen?«

»Natürlich«, sagte sie überrascht.

»Schön«, erwiderte er schroff und lehnte sich gegen das Kopfende. »Du weißt, dass meine Kindheit scheiße war, richtig?«

Sie schluckte, nickte jedoch.

»Gut. Die meisten Tage im Jahr war es furchtbar, zu Hause zu sein. Also waren Jack, Anna und ich meistens weg. Jack und ich haben Hockey gespielt, Anna hat sich in der Schulbibliothek verschanzt und jedes Buch gelesen, das sie finden konnte. Das war unser Alltag. Ich wusste nicht, ob mittags Essen auf dem Tisch stehen würde, ob meine Mutter spontan arbeiten würde oder ob es für meinen Dad gut oder schlecht im Casino gelaufen war. Ich habe es gehasst, von der Schule nach Hause zu gehen. Ich hatte nie eine

Konstante ... außer Hockey, Jack und Anna.« Er hob eine Schulter. »Aber an meinem Geburtstag habe ich all das vergessen. Es war der einzige Tag im Jahr, an dem meine Mutter meinen Vater dazu bringen konnte, nichts zu trinken und das Casino Casino sein zu lassen. Jack hat meistens irgendwo ein Geschenk für mich gestohlen, meine Mom hat einen Kuchen gebacken und Anna hat irgendeinen albernen Tanz oder so aufgeführt, um mich zum Lachen zu bringen. Es war nicht viel, aber es war ein Tag im Jahr, auf den ich mich immer gefreut habe. Meine Eltern wussten das. Anna wusste das. Jack wusste das. Er am allermeisten. Weil ich ihm so einen Mist nun einmal erzählt habe.« Er räusperte sich. »Ich weiß, Jack ist nur drei Jahre älter als ich, aber ... er hat die Verantwortung übernommen. Für die Geburtstage. Weihnachten. Für alles. Er hat dafür gesorgt, dass Anna in der Bibliothek bleiben konnte, bis wir mit dem Training fertig waren. Er hat dafür gesorgt, dass ich nicht von der Schule fliege, weil ich mich mal wieder geprügelt habe. Er hat mit mir zusammen meinen Dad aus dem Casino abgeholt. Er hat die andere Hälfte des Haushalts geschmissen. Er hat mir gesagt, was ich tun muss, wie ich helfen kann. Vielleicht ist es also unfair von mir, mich darüber aufzuregen, dass er mir diese Verantwortung plötzlich aufgeladen hat, obwohl er sie so lange tragen musste. Aber ...« Er schloss die Augen und kniff sich in den Nasenrücken. »Weißt du, er hätte mich nur fragen müssen. Mich nur darum bitten müssen. Mir sagen müssen, dass es zu viel für ihn war. Denn wir haben unsere Eltern zwar andauernd angelogen – aber nie einander. Doch er hat kein Wort darüber verloren. Stattdessen ist er einfach so verschwunden. Ich bin an meinem sechzehnten Geburtstag aufgewacht ... und er war weg. Sein Bett leer. Seine Sachen fort. Er war wie vom Erdboden verschluckt. Ich habe nichts mehr von ihm gefunden ... außer einen Würfel.«

»Der rote Würfel«, sagte sie leise. »Den du immer mit dir herumträgst.«

»Jap.«

»Warum?«

Er runzelte die Stirn. »Früher war er eine Erinnerung daran, dass ich keine Hilfe brauche. Dass ich es auch allein schaffe, nicht an Glück glaube und harte Arbeit das Einzige ist, das ich kontrollieren kann. Mein Vater hat das Leben wie ein Spiel behandelt, und ich wollte es besser machen. Indem mein Job wortwörtlich ein Spiel ist.« Seine Mundwinkel zuckten. »Es ist auch egal. Mittlerweile ist es mehr ... Gewohnheit. Wie auch immer.« Erneut räusperte er sich. »Jack ist abgehauen, hat mir den einzigen Tag im Jahr, auf den ich mich gefreut habe, kaputtgemacht, mich mit Anna und dem ganzen Scheiß allein gelassen – und sich dann drei Jahre nicht mehr gemeldet. Wir wussten nicht, wo er ist. Ob es ihm gut geht. Bis wir seinen verdammten Namen im Fernsehen gesehen haben, weil er von der NHL gedraftet wurde.« Er lachte freudlos. »Dann ist unsere Mom krank geworden und gestorben und er hat die Beerdigung verpasst. Aber als alles vorbei war, hat er angerufen. An meinem beschissenen Geburtstag! Um mir zu gratulieren und zu fragen, wie es mir geht und ob wir uns nicht mal treffen sollten. Als ob nichts gewesen wäre. Der Bastard hat mir meinen Geburtstag zweimal kaputtgemacht, und jetzt dient der Tag jedes Jahr nur noch als Erinnerung daran. An den Tag, an dem Jack uns hat fallen lassen und mir Annas Erziehung und Sicherheit aufgebürdet hat.« Er lachte freudlos auf. »Es war schwer, meinen Vater zu ertragen, aber es war leichter zusammen. Anna war zu jung, um zu helfen, aber Jack und ich ... wir hatten alles unter Kontrolle. Bis er weg war.« Lucy schluckte den Kloß hinunter, der sich innerhalb der letzten Minuten in ihrem Hals gebildet hatte, und griff nach Dax' Hand.

»Warum ist er gegangen?«, wisperte Lucy.

»Keinen Schimmer«, erwiderte er trocken.

Ungläubig sah sie ihn an. »Du hast ihn nicht gefragt?«

»Nein. Es hat mich nicht interessiert. Es gibt nichts, das rechtfertigen würde, dass er uns allein gelassen hat. Wir waren seine verdammte Familie, wir haben ihn gebraucht und er hat uns im Stich gelassen. Das ist alles, was ich wissen muss.«

»Aber ...«

»Lass es, Lucy«, unterbrach er sie und schüttelte steif den Kopf. »Er hat nicht versucht, es zu erklären, und ich habe ihn nicht darum gebeten. Ende.«

»Okay«, sagte sie leise. Denn es war deutlich, dass er nicht weiter darüber reden wollte und bereits mehr von sich preisgegeben hatte, als ihm eigentlich lieb war. Doch sie an seiner Stelle hätte es wissen wollen. Warum Jack gegangen war. Was passiert war. Sie kannte Jack nicht wirklich, aber ... sie wusste, dass er es besser machen wollte.

»Du solltest kommen, weißt du«, murmelte Dax.

Überrascht blinzelte sie ihn an. »Was? Wohin?«

»Zu dem Familienessen.«

»Aber ich bin nicht deine Familie.«

Er hob einen Mundwinkel. »Ja, und dafür bin ich sehr dankbar. Komm trotzdem.«

»Aber ... was ist aus deiner Regel geworden? Wenn du Zeit mit Anna verbringst, bin ich in einem Radius von zehn Meilen nicht zu finden.«

»Solange du keinen Paparazzo in deiner Handtasche versteckst, können wir die Regel gern brechen. Mit deiner Anwesenheit ist es unwahrscheinlicher, dass die Situation eskaliert.«

»Ist es das?«, fragte sie zweifelnd.

Er nickte und beugte sich vor, sodass seine Lippen ihre Ohrmuschel streiften.

»Ja. Weil ich in deiner Anwesenheit immer das Verlangen habe, mich zu benehmen.«

Sie lachte. »Wirklich? Davon habe ich noch nicht allzu viel mitbekommen.«

»Ah, du kennst meine schlimmsten Seiten noch gar nicht«, versprach er ihr und biss ihr sacht ins Ohrläppchen. »Also, bevor du drei Stunden im Auto einen steifen Nacken bekommst, weil du vor dem Haus sitzt und sichergehen willst, dass ich mich nicht abschieße, unschuldigen Kindern Alkohol in die Hand drücke und ein *Ich hasse Coca-Cola*-Graffiti an die Wand schmiere, komm lieber mit.«

Sie musste grinsen. »Na, wenn du es so sagst ... in Ordnung.«

Es war völlig normal, mit seiner losen Affäre Geburtstag zu feiern ... oder?

KAPITEL 23

Dax bekam keine einzige Geburtstagsnachricht. Keinen Anruf, kein Päckchen. Keinen Handschlag. Nichts.

Aber das wunderte ihn nicht sonderlich, da er all seinen Teamkollegen gesagt hatte, sie sollten es lassen – und er keine Freunde außer sein Team hatte. Oder brauchte.

Es war ihm ohnehin nicht wichtig. Er wusste, dass er sich auf jeden Einzelnen verlassen könnte, wenn es darauf ankam. Glückwünsche dafür, dass er es achtundzwanzig Jahre auf dieser Erde ausgehalten hatte, hin oder her.

Trotzdem stellte er fest, dass ihn ein paar Geschenke oder vielleicht auch eine Torte nicht so sehr gestört hätten wie die letzten Jahre. Insgesamt wachte er an seinem Geburtstag überraschend entspannt auf.

Was daran liegen könnte, dass Lucy neben ihm lag, ein Knie in seinen Rücken gestemmt, einen Arm unangenehm um seinen Hals geschlungen. Doch sie war nackt, es war also okay. Insgesamt war Lucy eine unruhige Schläferin, die gern an einem Ende des Bettes einschlief, aber am anderen aufwachte. Das störte ihn zum Glück nicht, da sein Schlaf so tief wie der Mariannengraben war und er es lustig fand, mit ihr Wetten darüber abzuschließen, wie und wo sie wohl genau am nächsten Morgen lag.

Als sie ihm also verschlafen »Happy Birthday« ins Ohr flüsterte, hatte er nicht das Verlangen, einen Faustkampf mit einer Torte anzufangen. Nicht den Wunsch, ihr zu sagen, dass sie die Klappe halten sollte. Stattdessen zog ein

Lächeln an seinen Mundwinkeln. Ja, er war überraschend entspannt. Von Lucy konnte man nicht dasselbe behaupten.

»Alles okay?« Stirnrunzelnd wandte er sich zu ihr um.

»Ja, wieso?«

»Du zappelst eine Menge.«

Sie seufzte und wischte ihre Schuhe auf der Fußmatte vor ihnen ab. »Ich bin nervös.«

»Warum?«

»Weil ich deine Familie kennenlerne!«

»Du kennst Jack schon. Und meine Schwester ist harmlos.«

Sie schnaubte. »Von dir hast du auch behauptet, dass du harmlos bist.«

»Das bin ich«, sagte er überzeugt.

»Du bist heute Morgen in der Dusche über mich hergefallen!«

»Das nennt man vorausschauend. Immerhin wusste ich, dass ich es für die nächsten zwölf Stunden nicht tun sollte«, informierte er sie und tippte sich an die Schläfe.

Sie verdrehte die Augen, doch bevor sie etwas sicherlich Herablassendes, aber gleichermaßen Witziges sagen konnte, ging die Tür auf.

»Du bist pünktlich!«, verkündete seine Schwester beeindruckt. »Hätte nicht gedacht, dass du ...« Sie brach abrupt ab, denn ihr Blick war an Lucy hängen geblieben. Ihre Lippen formten ein perfektes O, während sie unsicher zwischen Dax und ihr hin- und hersah. »Du hast nicht erzählt, dass du jemanden mitbringst«, stellte sie perplex fest.

Lucys ungläubiger Blick gehörte in einen Cartoon. »Du hast ihr nicht Bescheid gegeben?«

Nein, natürlich nicht. Er hatte keine Lust auf die Nachfragen gehabt.

Er zuckte die Achseln. »Ist mir wohl entfallen.«

Lucy boxte ihm in die Seite. »Du bist bösartig«, informierte sie ihn sachlich, bevor sie unsicher zu Anna lächelte.

»Hey. Ich bin Lucy. Seine ... PR-Beraterin.«

Ein deutliches Prusten erklang im Innenraum.

»Ich nehme an, Jack ist schon hier«, stellte Dax angesäuert fest und schob sich an Anna vorbei, die ihre Brille höher auf die Nase schob. Als traue sie ihren Augen nicht wirklich.

»Hey Lucy, nett dich kennenzulernen«, hörte er seine Schwester noch sagen, während er Schuhe und Jacke auszog und ins Wohnzimmer weiterging.

Jack saß bereits auf einem der Stühle an Annas quadratischem Esstisch und nickte ihm zu. »Ich würde dir ja zum Geburtstag gratulieren, aber Matt meinte, du reagierst da nicht gut drauf.«

Er knackte mit dem Kiefer. »Nein«, meinte er schlicht.

»Mhm«, machte Jack nur, sein Gesicht jedoch überraschend ausdruckslos.

»Also, wie war das jetzt ... Du bist seine PR-Beraterin?«, wurde Annas Stimme laut, als sie ihm ins Wohnzimmer folgte. »Bist du hier, um Fotos zu machen oder ...«

»Ähm, nein.« Dax wusste, dass Lucys Gesicht rot leuchtete, bevor er sich zu ihr umwandte. »Ich bin als ... lockere Bekanntschaft hier.«

Jack prustete. »Klar.«

Verwundert sah Anna zu ihm. »Was?«

»Jack«, sagte Dax warnend.

»Mhm?«, wiederholte sein Bruder und hob eine Augenbraue. »Ich mach doch gar nichts.«

»Ja, und wenn du weiter *nichts* machst, landet meine Faust in deinem Gesicht«, informierte er ihn freundlich.

Anna stöhnte. »Oh, kommt schon, Jungs.«

Jack neigte den Kopf. »Es ist schon seltsam, dass ich dir beigebracht habe, wie du deine Fäuste benutzen kannst, und jetzt derjenige bin, dem du am meisten damit drohst.«

»Ehre dem, dem Ehre gebührt, Jack.«

»Okay, reißt euch zusammen«, bemerkte Anna seufzend. »Wir wollen miteinander essen, keinen Fight Club starten.«

»Weißt du, sie tun beide nur so alphamäßig«, murmelte Lucy ihr zu. »Eigentlich haben sie sich in den letzten Wochen ganz gut verstanden.«

»Ja, das hat Jack auch gemeint. Aber irgendwie ist diese Info noch nicht bei Dax' Gesicht angekommen.«

»Ihr wisst schon, dass ich hier direkt neben euch stehe, oder?«, verkündete er griesgrämig.

»Jap«, bemerkte seine Schwester und tätschelte seine Schulter. »Und es ist unhöflich, die Gastgeberin anzuknurren.«

»Es ist unhöflich, überhaupt irgendwen anzuknurren«, setzte Lucy hinzu.

Anna lächelte breit.

»Ja, aber man sollte nicht zu viel von Dax verlangen. Sonst ist man niemals glücklich.«

Lucy lachte laut und Dax stöhnte innerlich. Er hatte vermutet, dass die beiden sich gut verstehen würden. Doch es gefiel ihm ausnahmsweise überhaupt nicht, dass er mit seiner Vermutung richtig gelegen hatte.

»Komm«, murmelte Jack und stand auf. »Gehen wir in die Küche und holen das Essen. Bevor Anna auf die Idee kommt, ein Familienfoto zu machen.«

»Oh, das ist eine tolle Idee«, sagte ihre Schwester sofort und ihr Gesicht erhellte sich.

»Gehen wir«, stimmte Dax eilig zu und folgte Jack in die angrenzende Mini-Küche.

»Sie lässt dich ihre Miete auch nicht zahlen, oder?«, murmelte Jack.

»Nein.«

»Obwohl du ihr was sehr viel Besseres bieten könntest ...«

»Sie mag ihren Schuhkarton. Und ihre Unabhängigkeit.«

Jack nickte und griff nach den Tüten des Lieferservices. Indisch, dem Geruch nach zu urteilen. »Also, du und Lucy ...«

»Halt die Klappe.«

Jack grinste. »Alles klar.«

Sie nahmen Teller, Messer und Gabeln und liefen durch den engen Flur zurück ins Wohnzimmer, als Annas Stimme zu ihnen herüberwehte. »... oh nein. Ein wenig Neandertaler waren die beiden schon immer«, meinte sie gerade lachend. »Dax hat jedem Typen, der mir auch nur schmierig zugelächelt hat, damit gedroht, ihn mit seinem Hockeyschläger zu vermöbeln oder seine Mafia-Freunde auf ihn loszulassen.«

»Dax hatte Mafia-Freunde?«, hörten sie Lucy verwundert fragen.

Anna prustete. »Nein, natürlich nicht. Sein Mafia-Freund war Jack, der uns mit Sonnenbrille und Kapuze auf dem Kopf ab und an von der Schule abgeholt, so getan hat, als würde er eine Waffe bei sich tragen, und ansonsten nichts gesagt und nur böse geguckt hat. Unsere Mitschüler wussten nicht, dass er unser Bruder ist.«

Lucy lachte laut. »Wow.«

»Ich weiß. Aber es hat geholfen. Die Leute auf der Highschool waren sehr viel netter zu mir als zu den anderen Kindern, die nur in abgetragener Kleidung aufgetaucht sind. Neandertaler-Geschwister zu haben, hat also etwas für sich.«

»Oh, definitiv. Meine älteste Schwester hat mal mit Sekundenkleber die Autotüren eines Mitschülers zugeklebt, der mich im Sportunterricht begrabscht hat. Ein Zettel hing an seiner Windschutzscheibe, auf dem stand: Auf *dem Fußweg nach Hause hast du Zeit, darüber nachzudenken, was du falsch gemacht hast.* Ich habe sie dafür geliebt.«

»Das glaub ich gern, denn ich kenne sie nicht und liebe sie dafür ebenfalls ein bisschen«, erwiderte Anna warm.

»Weißt du, gerade bin ich einfach nur ... glücklich, dass Jack und Dax beide hier sind. Dass sie überhaupt wieder zusammen in einem Raum sein können. Die letzten Jahre waren furchtbar! Jack hat mich jedes Mal gefragt, wie es Dax geht, und ich habe mich schon schuldig gefühlt, wenn ich mit *gut* geantwortet habe. Weil ich wusste, dass Dax das schon zu viele Informationen waren.« Sie seufzte schwer. »Aber ich hab die Hoffnung, dass es endlich ... besser werden könnte.«

Dax' Herz sank und zog sich schmerzhaft zusammen, während sein Blick zu Jack wanderte. Sein Bruder sah ähnlich unglücklich aus. Einige Sekunden lang sahen sie sich nur stumm an. Dann nickten sie. Sie würden heute Abend freundlich zueinander sein. Für Anna. Es war ein stilles Abkommen unter Hockeyspielern. Und zumindest die erste halbe Stunde funktionierte es auch.

»Dein Teddybär hieß Pudel?«

»Er sah aus wie ein Hund«, verteidigte er sich und spießte noch ein Stück Paneer auf seine Gabel auf.

»Sah er nicht«, widersprach Anna. »Er sah aus wie ein Bär.«

»Ein Bärenhund«, beharrte er. »Dann hat Jack ihn mit zu viel Weichspüler gewaschen und Pudel war geboren.«

»Hey, ich war elf. Ich wusste nicht, dass keine komplette Packung Weichspüler in die Maschine kommt.«

Dax grinste. »Ebenso wenig wie du wusstest, dass Knäckebrot nicht in den Toaster gehört.«

»Zweimal ist mir das passiert, nur zweimal«, grummelt er.

»Und da habe ich gedacht, dass dir ein Feuer im Wohnzimmer genug sein würde«, bemerkte Anna.

Lucy lachte. Dax' Blick glitt zu ihr. Er sah, wie sich ihre Lippen verzogen, spürte, wie die Töne ihres Lachens warm und weich über ihn wuschen ... und in diesem einen Moment war er so eklig glücklich, sein Herz so süß, dass es sich lächerlich klebrig in seiner Brust anfühlte. Gott, es war absurd, welche Emotionen Lucy allein mit ihrem Lachen in ihm lostreten konnte. Mehr als jede andere Frau mit vollem Körpereinsatz.

Vielleicht hätte er Lucy mittlerweile erzählen sollen, dass sie sich offensichtlich in einer Beziehung befanden. Dann hätte sie sich nicht als PR-Beraterin vorstellen müssen. Aber die Blase, in der sie sich befanden, war zu verdammt gut. Er wollte sie mit keinem falschen, spitzen Kommentar zum Platzen bringen.

»Ich bin ehrlich gesagt immer noch etwas schockiert darüber, dass Dax kocht«, stellte Lucy fest und warf ihm einen entschuldigenden Blick zu.

»Aber er ist ein fantastischer Koch«, sprang Anna ihm sofort bei.

»Jup. Konnte besser kochen als Temple Senior und Mom zusammen«, meinte auch Jack.

Ein kleines, wütendes Stechen setzte in Dax' klebrigem Herzen ein, als Jack *Mom* sagte – denn Mann, er hatte das Recht verloren, auch nur ein schlechtes Wort gegen sie zu richten! –, doch er ignorierte es.

»Ach, bitte. Damals war ich furchtbar. Ich habe nur Nudeln gemacht, nichts anderes.«

»Aber mit verschiedenen Soßen«, konterte Anna.

Er hob einen Mundwinkel. »Ich bin trotzdem erst wirklich besser geworden, als ... du weg warst, Jack.« Er setzte die letzten Worte nur zögerlich hinzu und gab sich Mühe, nicht feindselig zu klingen. Er bemerkte trotzdem, wie sich Jacks Schultern versteiften.

»Hey, dann hat mein Abgang wenigstens etwas gebracht«, meinte er leichthin, doch seine Stimme hörte sich gepresst an.

Darüber konnte Dax nicht lachen und er bekam mit, wie Anna nervös auf ihrem Stuhl hin und her rutschte und hilfesuchend zu Lucy blickte.

»Ähm.« Sie räusperte sich vernehmlich. »Wie kommt es, dass du mir dann noch nichts gekocht hast?«, wollte sie wissen ... was Anna dazu verleitete, die Augen zu weiten.

»Du kochst für sie? Ich verstehe nur Bahnhof. Was genau seid ihr jetzt? Eishockeyspieler und PR-Beraterin passt nicht wirklich. Ihr könnt aber auch keine Affäre haben, weil Dax nie seine Affären irgendwo mit hinnimmt. Also ...«

»Es ist ein wundes Thema, Anna«, unterbrach Jack sie. »Weil Dax sich noch nicht getraut hat, Lucy zu sagen, was sie sind.«

»Was?« Verwirrt blinzelte Lucy und sah zu ihm.

Dax' Kiefer knackte. »Sei leise, Jack«, warnte er ihn leise. »Oder willst du wieder zum Verräter werden und den schönen Fortschritt, den wir beide gemacht haben, zunichtemachen?«

»Verräter?«, echote Jack und presste die Lippen aufeinander. »Und was für ein Fortschritt ist das? Ich glaube nicht, dass du dir überhaupt sonderliche Mühe gibst, mir zu verzeihen.«

»Oh nein«, flüsterte Anna seufzend und legte sich eine Hand über die Augen.

»Entschuldige?«, fragte Dax scharf und zog die Brauen zusammen. »Versuchst du das Ganze gerade auf mich zu schieben?«

»Ja, vielleicht«, sagte Jack abgehackt. »Denn ganz ehrlich: Du tust immer so, als hättet nur ihr damals gelitten. Als hättet nur ihr mich verloren. Aber ich habe euch auch verloren!«

»Es war deine beschissene Wahl!«, erwiderte Dax ungläubig. »Du bist gegangen und alles, was ich in meinem Leben noch hatte, war Hockey.«

»Du liegst falsch, Dax«, erwiderte Jack gespenstisch ruhig. »*Ich* bin es, der sein ganzes Leben lang nur Hockey hatte. Du hattest immer Anna. Immer eine Familie. Ich hatte einen Haufen Leute, die mich nicht haben wollten.«

»Wir wollten dich haben«, sagte er angespannt. »Du warst unsere Familie. Moms Familie!«

Jack lachte trocken auf. »Ja, Moms Sohn – aber nur, bis ich zu viel wurde.«

»Kommt schon, bitte«, murmelte Anna leise, doch sie ignorierten sie beide.

»Was soll das denn heißen?«, forderte Dax.

»Mom wollte mich nicht dahaben, Dax«, sagte Jack beunruhigend ruhig. »Sie hat es vor dir vielleicht nie laut ausgesprochen, aber es ist die verdammte Wahrheit. Ich hab zu viel Ärger gemacht. Hab gestohlen, die Schule geschwänzt, mich geprügelt. Ich hatte einen schlechten Einfluss auf dich, und das hat sie mich wissen lassen. Aber sie war zu feige, um es dir zu sagen.«

Dax stand auf zwei Beinen, bevor er überhaupt wusste, dass er sich bewegte. Der Stuhl krachte nach hinten und aus den Augenwinkeln sah er, wie Anna und Lucy zusammenzuckten. Doch er achtete nicht auf sie. Denn die Wut, die heiß durch seine Adern pumpte, verdrängte jedes andere Gefühl. »Halt deinen verdammten Mund, Jack. Wenn du nur ein weiteres schlechtes Wort über Mom sagst ...«

»Dax«, flehte Anna ihn an und griff über den Tisch hinweg nach seinem Arm. »Bitte. Wir müssen da jetzt nicht drüber reden. Können wir das Ganze nicht einfach vergessen?«

»Vergessen?«, echote er ungläubig. »Ist es das, was du dir von diesem Essen erhoffst? Dass ich vergesse, was passiert ist?«

Seine Schwester seufzte schwer. »Ich möchte nur, dass alles ... wieder normal ist. Wie damals, okay? Ich bin es leid, zwischen euch zu vermitteln. Leid, dass du wütend bist und dass Jack kühl ist. Warum können wir nicht einfach neu anfangen?«

»Wie kannst du diese Frage stellen?«, rief er wütend. »Er hat uns im Stich gelassen. Er hat uns ignoriert. Jahrelang! Er war ... er war nicht einmal auf Moms Beerdigung, Anna! Wie kannst ... wie kannst du ...«

»Ich war da«, unterbrach Jack ihn schroff.

Dax' Kopf flog herum. »Was?«

»Ich war da«, wiederholte er scharf. »Natürlich war ich da!«

Verblüfft öffnete Dax den Mund. »Nein, warst du nicht. Ich hab dich nicht ... Was?«

»Nur weil ich nicht in der ersten Reihe saß, so wie ich es eigentlich hätte tun sollen, heißt es nicht, dass ich sie nicht geliebt hätte! Aber es war ... kompliziert, okay?« Fahrig strich er sich durch die Haare. »Wenn ich aufgetaucht wäre, dann ... nun, dann hättest du mich angeschrien. Euer Vater hätte mich angeschrien und hey, ich hätte ihn wahrscheinlich niedergeschlagen. Ehrlich gesagt trauere ich immer noch darum, dass ich es nicht getan habe. Die Polizei wäre gekommen, Anna hätte noch heftiger angefangen zu weinen und verzweifelt versucht, alle zu beruhigen und zwischen uns zu vermitteln. Du wärst ebenfalls auf mich oder deinen Dad losgegangen, sodass Anna am Ende ohne irgendwen dagestanden hätte, der sie hätte trösten können.« Seine Augen glänzten heller und mehrfach schluckend rieb er sich fieberhaft über den Nacken. »Es wäre ein Desaster gewesen. Und ... ich wollte euch die Möglichkeit geben, wenigstens vernünftig um sie zu trauern. Wenn ich euch schon nichts anderes geben konnte, dann doch wenigstens das. Einen Tag, an dem es nur um Mom und eure guten Erinnerungen ging. Nicht um mich und meine schlechten. Also hab ich euch den Nachmittag ... geschenkt. Ohne mich, der alles kaputt macht. Ich hab mich in die Kirche gestohlen, als alle schon da waren, und bin gegangen, bevor ihr dazugekommen seid.«

»Was?«, wisperte Anna und sie sah ebenso schockiert aus, wie Dax sich fühlte. »Du warst da ... und hast nicht einmal Hallo gesagt?«

»Aus gutem Grund, Anna. Hast du mir gerade nicht zugehört?«, meinte Jack angespannt.

»Du erzählst Schwachsinn«, sagte Dax steif und schüttelte den Kopf. »Du warst nicht da. Und von was zur Hölle redest du, wenn du *schlechte Erinnerungen* sagst?« Sein Kiefer knackte. »Ich weiß, sie war nicht perfekt, aber sie hat sich Mühe gegeben. Und sie hat tagelang geweint, nachdem du weg warst.«

»Hat sie?« Überrascht flogen Jacks Augenbrauen nach oben.

Aus irgendeinem Grund machte Dax das nur umso wütender. »Ja, verdammt, natürlich! Sie hast du auch im Stich gelassen.«

Jack starrte ihn einige Sekunden lang mit offenem Mund an. Dann fing er an zu lachen. »Hat sie euch das erzählt? Scheiße ... ich hab ja verstanden, warum ich es für mich behalten sollte, aber dass sie ...« Er schluckte. »Nein ... unfassbar ...«

»Wovon zur Hölle redest du?«, fuhr Dax ihn an. Denn es reichte ihm. Seine Fäuste kribbelten, seine Füße kribbelten. Alles in ihm machte sich für einen Kampf bereit ... als eine warme, schmale Hand nach seiner griff. Irritiert blickte er zur Seite und sah mitten in Lucys Gesicht. Sie drückte schweigend seine Finger. Sagte ihm nicht, er solle sich beruhigen. Bat ihn nicht, es zu vergessen. War nur da. Vielleicht, weil sie wusste, dass es das Einzige war, was sie gerade für ihn tun konnte. Und er war ihr so unendlich dankbar dafür, dass seine Augen brannten.

Doch seine Konzentration wurde anderswo gebraucht.

»*Sie* war es, die mich weggeschickt hat, Dax!«, fuhr Jack ihn an und jetzt stand er auch auf. »Verzeih mir also, dass ich verwundert bin, dass sie um mich geweint hat! Ich weiß, dass ich Mist gebaut habe. Ich hätte wirklich aufhören sollen, Geschenke für dich zu stehlen. Ich war alt genug, um es besser zu wissen. Aber wir hatten nichts. Dein beschissener Vater hat das ganze Geld verspielt und du wurdest sechzehn. Und du wolltest neue Skates und scheiße, ich habe nicht eingesehen, warum du sie nicht bekommen solltest, nur weil Temple Senior so ein Arschloch war. Also habe ich sie in der Nacht zu deinem Geburtstag gestohlen.« Er machte eine fahrige Handbewegung, als wäre das die natürlichste Sache der Welt. Und scheiße, damals war sie es gewesen. »Aber ich hab nicht aufgepasst. Sie haben mich erwischt. Temple Senior ist drangegangen, als die Polizei ihn angerufen hat ... und Mom kam, um mich abzuholen. Sie haben die Anklage fallen lassen, weil der Typ vom Laden Mitleid mit mir hatte. Aber es sei meine letzte Verwarnung und das nächste Mal würden sie unser Haus nach Diebesgut durchsuchen und was weiß ich ... und natürlich ist Temple Senior in Panik ausgebrochen. Denn wenn sie vorbeikämen, würden sie all seine illegalen Wettscheine sehen, seine Bookies würden nervös werden ... und ...« Er lachte freudlos auf. »Ganz ehrlich, ich glaube, er hatte einfach genug von mir.« Er zuckte die Schultern. »So, wie ich seit Jahren schon genug von ihm hatte. Also hat er mich rausgeschmissen. Nein, das stimmt nicht.« Er verzog das Gesicht. »Er hat Mom vor die Wahl gestellt. Entweder ich gehe – oder er. Und dreimal darfst du raten, wofür sie sich entschieden hat.«

Dax' Herz fiel ein Stockwerk tiefer und etliche Herzschläge lang war er schlichtweg sprachlos. Sein Gehirn versuchte zu verarbeiten, was Jack da sagte, doch er war unfähig dazu.

»Nein«, sagte er schließlich kalt. »Nein, sie hätte nie ...«

»Aber sie hat, Dax! Und ich weiß, es ist keine Entschuldigung. Ich weiß, dass ich mit dir darüber hätte reden müssen. Aber scheiße, ich war so wütend. Und ihr wart ohne mich sowieso besser dran. Weniger Ärger, weniger Gründe für euren Vater, euch anzuschreien.« Er fuhr sich unwirsch durch die Haare. »Und dann war Mom krank und ich wollte, dass ihr sie gut in Erinnerung behaltet und euch an die schönen Zeiten erinnert. Nicht an die schlechten und an die Wut, die ich mit mir herumgetragen habe. Also ja ... Ich hab euch ignoriert. Ja, ich war ein Arschloch. Aber ich war jung und wütend und dumm und wusste es nicht besser! Und dann ist sie gestorben und ihr wart beide nicht mehr bei Temple Senior im Haus und ich dachte ... ich dachte, jetzt könnten wir neu anfangen. Allein. Ohne sie.« Ein zynisches Lächeln breitete sich auf seinem Gesicht aus. »Aber ich hätte damit rechnen sollen, dass ihr nichts mehr mit mir zu tun haben wollt.«

Dax war schwindelig. Jacks Gesicht verschwamm vor ihm. Sein Herz arbeitete in Overdrive. Sein Kopf war eine einzige, schwere Masse. Zu klein, um all die Informationen fassen zu können, die er soeben bekommen hatte.

Das konnte nicht die Wahrheit sein. Es entschuldigte rein gar nichts!

Oder?

Er wusste es nicht. Er wusste nur, dass es zu viel war. Dass er damit gerade nicht umgehen konnte. Nicht umgehen wollte. Dass schon wieder einer seiner Geburtstage den Bach heruntergegangen war.

»Nein«, sagte er schlicht, und dann drehte er sich um und ging.

KAPITEL 24

Lucys Herz hämmerte schmerzhaft in ihrer Brust und ihre Augen brannten. Weil sie wusste, dass Dax ebenfalls leiden musste. Dass es zu viel für ihn gewesen war. Dass er sich zu sehr an die eine Wahrheit, an den Hass auf Jack gewöhnt hatte, um jetzt eine andere zu akzeptieren und seine Wut zu vergessen.

Sie schluckte und erhob sich zitternd vom Stuhl. »Ich laufe ihm besser nach«, wisperte sie dann. »Vielen lieben Dank für die Ein... Na ja, nein, es war keine Einladung. Trotzdem vielen Dank.« Sie hob die Hand. Sah die Tränen in Annas Augen. Den resignierten Ausdruck auf Jacks Gesicht. Und ihr Herz brach gleich noch ein wenig mehr.

»Es wird besser werden«, murmelte sie und drückte Annas Schulter. »Wirklich. Er muss es nur ... verarbeiten. Er hat ein größeres Herz, als er sich selbst zugesteht.« Entschuldigend sah sie Dax' Schwester und Jack an, dann lief sie Dax hinterher.

»Sie ist nicht nur seine PR-Beraterin, oder? Sie ist seine Freundin«, hörte sie Anna noch sagen.

Und mit Jacks »Jap« fiel die Tür hinter ihr ins Schloss.

Freundin.

Das Wort verfolgte sie, während sie die Treppen hinuntereilte, und sie schüttelte den Kopf. Sie war nicht seine Freundin. Sie war ... irgendetwas, aber nicht das.

Sie stieß das Tor zur Straße auf und stellte überrascht fest, dass Dax an seinem Wagen lehnte und auf sie wartete.

»Du bist noch hier«, stellte sie überrascht fest und lief auf ihn zu.

»Ich konnte dich schlecht hierlassen, oder?«, antwortete er abgehackt. Er wandte den Blick ab und knirschte mit den Zähnen, sein Gesicht ein Plakat für Sommerurlaub in der Hölle.

»Dax ...«

»Ich will nicht drüber reden.«

Sie schluckte, rang ihre Hände ineinander und nickte. Bevor sie ihn fest in den Arm nahm. Weil er aussah, als bräuchte er die Umarmung. Weil sie selbst die Umarmung nötig hatte.

Sie schlang die Arme um ihn, strich über seinen Hinterkopf, spürte ihn schlucken und vergrub ihre Nase in seiner Halsbeuge.

Sie sagte nichts. Hatte die Befürchtung, dass es nichts gab, was sie sagen konnte. Also hielt sie ihn einfach nur fest, strich ihm beruhigend über den Nacken und atmete im Einklang mit ihm. Bis er sich nach einer schieren Ewigkeit von ihr löste, tief durchatmete und nickte.

»Fahren wir«, murmelte er und stieg ins Auto.

Die Stille zwischen ihnen im kleinen Innenraum war geschwängert von unterdrückten Gefühlen.

Wut. Verletztheit. Unruhe. Es war egal, dass Dax all diese Emotionen nicht gegen sie richtete. Sie spürte sie und sie legten sich schwer um ihr Herz.

Ihr Mund war trocken und jedes Wort, das sie sagen wollte, erstarb ihr auf der Zunge. Also drückte sie nur Dax' Hand, wann immer er schalten musste. Küsste ihn auf die Wange, wenn sie an einer Ampel hielten. War da.

Als sie keine halbe Stunde später vor ihrer Wohnung hielten, wusste sie bereits, dass er nicht mit nach oben kommen würde, bevor er den Mund öffnete.

»Ich glaub, ich will heute allein sein. Wenn das okay ist«, sagte er leise, den Blick stur aus der Windschutzscheibe gerichtet.

»Klar«, sagte sie mit belegter Stimme. »Ich verstehe.«

Doch sie brachte es nicht über sich, auszusteigen. Ihn allein zu lassen. Nicht jetzt. Nicht, während er aussah, als würde die Last der Welt auf seinen Schultern liegen und drohen, ihn zu zerquetschen. Sie wollte, dass es ihm besser ging. Musste wissen, dass es ihm bald bessergehen würde.

Es war wichtiger als ihr nächster Atemzug. Wichtiger als ihr eigenes schweres Herz. Wichtiger als ... alles.

Also blieb sie sitzen, räusperte sich und kramte mit zitternden Händen in ihrer Handtasche, bevor sie fand, was sie suchte. Ein kleines Päckchen, so groß wie ihre Hand. »Ich weiß, du hasst Geschenke, aber ... na ja, ich konnte dir auch irgendwie nicht nichts besorgen.« Unsicher strich sie sich durch ihre offenen Haare, bevor sie tief Luft holte. »Es ist albern und du musst es nicht annehmen. Ich dachte nur ... na ja, guck einfach selbst.«

Ehrliche Überraschung glitt über seine Miene, als er es entgegennahm. »Du hast mir ein Geschenk besorgt.«

Ihre Wangen fingen Feuer. »Nur ein kleines. Normale Menschen kriegen eben gern Geschenke.«

Sein rechter Mundwinkel zuckte. Kaum merklich. Doch sie sah es trotzdem und für einen Augenblick fühlte sie sich so leicht, dass sie befürchtete, gleich mit dem Kopf gegen die Decke zu stoßen. Er nahm das Päckchen entgegen, zerriss das Papier ... und dann starrte er mit leicht geöffnetem Mund auf den Gegenstand in seiner Hand.

Es war eine kleine Glaskugel, in die ein vierblättriges Kleeblatt eingeschweißt war. Mit Edding hatte sie winzig klein *harte Arbeit* daraufgekritzelt.

»Weil du doch nicht an Glück glaubst. Aber an harte Arbeit«, flüsterte sie nervös. »Ich dachte, es wird Zeit, deinen

Glücksbringer zu ersetzen. Die schlechten Erinnerungen an deinen Vater und Jack ... mit der harten Arbeit, die du die letzten Jahre über verrichtet hast.«

Einige endlose Sekunden lang reagierte Dax nicht. Er starrte auf das Kleeblatt und rührte sich nicht.

Doch dann ... dann breitete sich ein Lächeln auf seinem Gesicht aus. Ein Lächeln, das sie tief in ihrem Bauch und Herzen spürte.

Er hob den Blick und sah ihr ins Gesicht. »Gott, ich liebe dich, Lucy.«

Sie blinzelte. Öffnete den Mund. Verstand nicht.

»Was?« Sie musste sich verhört haben.

»Shit, habe ich das gerade laut gesagt?« Er sah ebenso erschrocken aus, wie sie sich fühlte.

»Ja!«, fuhr sie ihn an.

»Oh.«

»Oh?« Ungläubig weitete sie die Augen, während ihr Herz ihr bis zum Hals schlug. »Ich will kein *Oh*. Ich will, dass du deine Worte zurücknimmst!«

Er verzog das Gesicht. »Das kann ich nicht. Sie sind die Wahrheit.«

»*Was?*«

Nein. Einfach nein! Sie hatten eine Affäre, sie waren nicht verliebt, sie waren nicht, sie waren nicht ...

»Lucy«, sagte Dax sanft und umfasste ihr Gesicht mit den Händen. »Wir stecken in einer Beziehung.«

»Was? Nein.«

»Doch.«

»Woher hast du denn den Mist?«

»Von Matt. Von mir.«

»Du hast Matt von uns erzählt?« Ungläubig öffnete sie den Mund.

»Er hat es erraten – und Lucy, er hat recht, okay? Ich dachte, mein Körper ist dir verfallen, aber ...« Er kratzte sich unwohl den Nacken. »Shit, ich bin dir wohl eher ganz verfallen. Ich bin mir ziemlich sicher, dass ich verdammt verliebt in dich bin, obwohl ich auch keinen Vergleich habe, aber ... ja, ich glaub, so fühlt sich Liebe an.«

Sie riss entsetzt die Augen auf.

»Jap, so will man, dass sein Gegenüber auf seine Liebeserklärung reagiert«, murmelte er und hob hilflos die Schultern. »Aber was soll ich machen?«

»Sofort damit aufhören, solche Dinge zu sagen! Wir schlafen seit drei Wochen miteinander. Du kannst mich noch nicht *lieben*.«

Er seufzte schwer. »Gott, ich habe heute eigentlich wirklich keinen Nerv mehr, zu diskutieren, aber schön: Ich glaub, ich war schon verliebt in dich, als ich noch nicht mit dir geschlafen habe. Weißt du, du bist ... eine Herausforderung. Und witzig. Und du sorgst dich um die Menschen, die du liebst. Es wird nie langweilig mit dir und ... ja. So sieht es aus. Ich mag alles an dir. Selbst, dass du zu schnell wütend wirst. Und nachts im Schlaf trittst. Und eine Nervensäge sein kannst.«

»Ich trete nicht im Schlaf, ich jogge umnachtet. Und ... und ...« Ihr versagten die Worte. Ihre Augen brannten. Ihr Herz brannte und ein Gefühl zwischen Panik und Glückseligkeit machte sich in ihr breit. Ein Gefühl, von dem sie nicht wusste, was sie damit anfangen sollte. »Nein«, wisperte sie. »Ich kann nicht abhängig von dir werden.«

Verwundert hob er die Augenbrauen. »Abhängig? Du wirst nicht abhängig von mir.«

Ihre Kehle schnürte sich enger und die erste Träne quoll aus ihrem Auge hervor. »Aber das bin ich doch schon.« Denn es war die eiskalte Wahrheit, die ihr dieser Abend gezeigt hatte. Sie hätte alles dafür aufgegeben, nur um ihn glücklich zu machen. Hatte gelitten, weil er gelitten hatte. War wütend auf Jack gewesen, weil Dax wütend auf Jack war. Hatte den Gedanken nicht ertragen, ihn so zu sehen. »Scheiße«, murmelte sie und vergrub das Gesicht in den Händen.

Es war lächerlich. Sie hätte das schon viel früher sehen sollen. Denn nicht nur ihre Emotionen waren abhängig von Dax. Ihr ganzes Leben war es! Und nicht erst seit ein paar Wochen.

»Dax, ich bin schon abhängig von dir«, wiederholte sie leise. »Abhängig davon, dass du dich benimmst, damit ich meinen Job behalte. Abhängig davon, dass du dein Geheimnis für dich behalten willst und ich mich zum Affen machen muss, damit du deinen Willen bekommst. Im ganzen letzten Jahr war ich abhängig davon, ob du einen guten Tag hattest oder Lust, mich zu ärgern.« Der Kloß in ihrem Hals wurde größer und es war egal, wie oft sie schluckte, sie wurde ihn nicht los. »Und in den letzten Wochen hast du mich abhängig von deinem Lächeln und Lachen gemacht. Von deinem Körper, deiner Wärme, deinen Blicken und Küssen. Davon, dass es dir gut geht – weil ich leide, wenn es nicht so ist!« Sie lachte trocken auf. »Dabei habe ich mir geschworen, dass das niemals passieren wird.«

»Lucy, du drehst am Rad«, sagte Dax eindringlich und wischte mit dem Daumen die Tränen von ihren Wangen, bevor er ihr fest in die Augen sah. »Das ist keine Abhängigkeit. Das ist *Verliebtheit*. Ich weiß, wovon ich rede, ich hab das gleiche Problem.«

Sie presste die Lippen zusammen und schüttelte den Kopf. »Abhängigkeit, Verliebtheit, das ist doch ein- und dasselbe, Dax.«

»Nein, ist es nicht«, widersprach er. »Der ganze Mist ... dass ich dich absichtlich wütend gemacht habe und dass du meiner Laune ausgeliefert warst. Es tut mir leid, okay? Ich kann nicht sagen, wie sehr, aber es liegt in der Vergangenheit! Und wenn dich das Geheimnis stört ...« Er schluckte und atmete tief durch. »Dann renne ich gleich morgen zu Leslie und erzähle ihr, dass Jack mein Bruder ist.«

»Nein«, hauchte sie und neue Tränen ersetzten die alten. »Das will ich nicht, Dax! Denn das bedeutet, dass du abhängig von mir bist. Du solltest deine Entscheidungen nicht auf mir basieren! Ich sollte meine nicht auf dir basieren ...«

»Nicht basieren, aber mit einfließen lassen!«, sagte er lauter. »Ich hab *Beziehung* gegoogelt, Lucy. Weil ich keine Ahnung hatte, was das Wort wirklich bedeutet. Aber es heißt, dass man zusammen nach Lösungen sucht. Dass man sein eigenes Leben hat, aber der andere natürlich ...«

»Nein«, unterbrach sie ihn, während die Panik in ihrer Brust wütete und ihre Gedanken durcheinanderbrachte. Denn er musste aufhören zu reden. Sie wollte es nicht hören. »Nein, nein, nein!« Sie schnallte sich ab und öffnete die Tür. Sie brauchte Abstand.

Liebe. Verliebt sein. Was bitte verstand Dax schon von diesen Worten? Und was verstand sie davon? Rein gar nichts.

»Lucy!« Dax hielt sie am Handgelenk fest und sah sie fast flehentlich an. »Dieser Abend war beschissen – und trotzdem wird das hier, wenn du jetzt gehst, das Schlimmste sein. Also, bitte. Können wir nicht drüber reden? Es ist kein Weltuntergang, dass ich mit dir zusammen sein will!«

»Kein Weltuntergang. Aber zu viel«, sagte sie leise. Und dann entzog sie ihm ihre Hand, warf die Tür zu und lief zu ihrer Wohnung.

Sie würde nicht enden wie ihr Vater. Es war noch nicht zu spät.

Warum fühlte sich ihr Herz dann an, als würde es brechen?

KAPITEL 25

Dax ging es nicht gut.

Es ging ihm ... schlecht.

Er hatte schlichtweg nicht die Energie, um andere, präzisere Worte dafür zu finden.

In den letzten zwanzig Jahren hatte er kein einziges Mal ein Training ausfallen lassen. Scheiße, er war selbst mit Fieber auf dem Eis gewesen, bis sein Trainer ihn entgeistert nach Hause geschickt hatte. Doch am nächsten Tag blieb er einfach zu Hause. Er hatte keine Lust, irgendwen zu sehen. Am allerwenigsten Lucy, die ihn wahrscheinlich ignorieren und ihm das Gefühl geben würde, mit hundert Nadeln in seine Brust zu stechen. Denn Lucy würde nicht zu Hause bleiben. Ihr war ihr Job zu wichtig. Ihr selbstständiges Leben zu wichtig. Wichtiger als er.

Und das war so ein beschissener Gedanke, dass Dax den ersten Whiskey um eins trank. Genau dann, als Matt zum zehnten Mal anrief und Coach Gray ihm eine Nachricht schrieb, in der er wissen wollte, ob er einen schlimmen Autounfall gehabt hätte, eine andere Entschuldigung würde er nicht akzeptieren.

Dax ignorierte sie alle. Griff tausend Mal nach seinem Handy, um Lucy eine Nachricht zu schreiben, löschte sie jedoch allesamt wieder. Sie brauchte Raum und Zeit zum Nachdenken. Da war er sich fast sicher. Wenn er ihre Mailbox vollquatschte, würde sie nur wieder irgendeinen Abhängigkeitsmist von sich geben!

Er verstand es ja. Dass sie Angst hatte. Er hatte selbst Angst. Er hatte ihren Vater kennengelernt. Er wusste, was sie dachte, was passieren würde. Aber verdammt, er hatte sich in seinem Leben noch nicht so gefühlt wie in den letzten Wochen. So frei wie auf dem Eis, nur besser! Er wusste, dass es Lucy genauso gegangen war. Sie musste nur ihre Angst vergessen. Etwas riskieren ... und er selbst würde jeden in den Boden stampfen, der behauptet, dass sie einen schlechteren Job machte, nur weil sie mit einem Hockeyspieler schlief.

Sie war die beste PR-Beraterin, die sie jemals gehabt hatten. Alle wussten das. Alle mochten sie. Niemand würde schlecht über sie denken. Doch sie würde ihm nicht glauben, wenn er ihr das erzählte.

Die Sonne wanderte über den Himmel, wurde vom Mond abgelöst und er saß immer noch auf der Couch, starrte die leere Whiskeyflasche an und fragte sich, was er tun konnte, um Lucy davon zu überzeugen, dass sie fantastisch zusammen waren. War er tun konnte, um ihr zu beweisen, dass sie nicht abhängig von ihm war. Sie hatte geweint. Ihr ging es auch nicht gut ... und Shit! Sie würde es niemandem sagen, oder? Sie würde stark bleiben und weiterarbeiten.

»Mist.« Fluchend griff er nach seinem Handy und schrieb Matt: *Kannst du nach Lucy sehen? Ich glaub, ihr geht es nicht gut. Oder zumindest ihrer Schwester Bescheid geben.*

Er schickte die Nachricht ab und Matts Antwort, was zur Hölle los sei, folgte innerhalb weniger Minuten. Aber das war genug menschlicher Kontakt für den Tag. Als hätte die Tür seine Gedanken gehört, klopfte es auf einmal. Dax war auf den Beinen, bevor ihm klar war, dass seine Muskeln überhaupt noch funktionierten. Lucy. Es musste Lucy sein. Oder Matt. Aber scheiße, er hoffte, dass es Lucy war.

Er riss die Tür auf ... und erstarrte.

»Hey«, sagte sein Gegenüber schroff.

Es war Jack.

Einige Sekunden lang starrte Dax seinen Bruder perplex an. Dann würgte er hervor: »Was tust du hier?«

Er zuckte die Achseln. »Ich dachte, ich komm vorbei. Weil ich das Gefühl hatte, dass irgendetwas mit Lucy passiert ist. Du kannst nicht wirklich mit vielen Leuten darüber reden, oder?«

Überrascht hob er die Augenbrauen. »Was?«

»Na ja, ich bin nicht arrogant genug, um zu glauben, dass du meinetwegen heute das Training verpasst hast. Lucy sah fertig aus und ... ich hab Eins und Eins zusammengezählt.« Im nächsten Moment hob er eine Whiskeyflasche hoch. »Dachte, du kannst das gebrauchen.«

Dax blieb im Türrahmen stehen und starrte seinen Bruder an. Er wollte ihn nicht reinlassen. Aber er wollte den Whiskey. Er wollte sich nicht mit dem Scheiß des gestrigen Abends konfrontieren müssen. Aber wirklich allein sein wollte er jetzt, da er die Option hatte, auch nicht mehr. Irgendwann würde er ohnehin mit Jack reden müssen. Warum nicht jetzt, wenn sowieso schon alles beschissen war?

»Fuck, schön. Komm rein«, sagte er hart, drehte sich um und lief zurück zur Couch. Er stellte ein zweites Glas auf den Tisch, bevor er sich in die Polster fallen ließ.

Dax hörte, wie die Tür zuging, bevor Jack sich neben ihn fallen ließ, ihnen beiden einschenkte und ihm ein Glas reichte. Dann blieben sie eine halbe Ewigkeit stumm nebeneinander sitzen. Dax starrte auf die bernsteinfarbene Flüssigkeit. Jack schwenkte seine von der einen zur anderen Seite.

Schließlich fragte er: »Also? Lucy?«

»Hat Schluss gemacht.«

»Warum?« Jack hörte sich so entgeistert an, dass Dax beinahe gelächelt hätte.

»Frag sie selbst. Aber es ist Angst. Größtenteils.«

»Shit.«

»Jup.« Er nickte.

»Das Essen gestern ...«

»War so, wie ich mir meinen Geburtstag ausgemalt habe, ja.«

Jack lachte heiser. »Gott. Ich wollte mich zusammenreißen, weißt du? Für Anna. Für dich. Dir das Ganze erzählen, wenn wir allein sind. Wenn ich das Gefühl hatte, dass wir ... eine Chance hätten, wieder eine Familie zu sein. Aber ich war so wütend. Auf die Situation. Auf mich. Darauf, dass ich damals nicht einfach ... alles anders gemacht habe.«

Dax presste die Lippen zusammen, trank einen Schluck und nickte. »Wenn ich etwas verstehe, dann ist es Wut«, murmelte er.

Wieder breitete sich Stille zwischen ihnen aus. Doch es war keine unangenehme Stille. Es war eine ... einvernehmliche.

»Dax?«, meinte Jack, als er ihnen nachfüllte. »Es tut mir so verdammt leid.«

Er schluckte und sein Griff ums Glas verstärkte sich. »Ich weiß«, sagte er gepresst. Denn das tat er. Er hatte es gestern endlich verstanden. Dass die Sache nicht nur beschissen für ihn und Anna gewesen war, sondern auch für Jack.

Und er war allein gewesen. Hatte das Gefühl gehabt, von seiner eigenen Mutter nicht geliebt zu werden. Seinen Geschwistern etwas Gutes zu tun.

»Du hättest es früher erzählen sollen«, stellte er fest und senkte den Blick. »Viel früher.«

Jack seufzte. »Ich weiß. Es ist nur ... Uns wurde in der Kindheit so viel genommen. Uns wurden so viele Chancen gestohlen. Ich wollte nicht auch noch eure gute Erinnerung an Mom nehmen. Ich dachte, es ist besser, wenn ihr nur mich hasst und nicht sie auch noch.«

»Hast du deshalb der Presse damals bei deinem allerersten Interview als Profisportler erzählt, du wärst Einzelkind?«, fragte er rau. »Damit wir dich noch ein wenig mehr hassen?«

Jack schluckte hörbar. »Nein. Ich wollte euch schützen, Dax. Ihr hattet genug Scheiß um die Ohren, ich wollte euch nicht auch noch die Medien aufhalsen. Es war das Mindeste, was ich tun konnte, nachdem ich ...« Er atmete tief durch, bevor er Dax den Kopf zuwandte. »... nachdem ich euch im Stich gelassen hatte.«

»Offenbar nicht ganz freiwillig«, murmelte Dax.

»Nicht ganz, nein«, erwiderte Jack tonlos. »Aber ... Weißt du, die Sache ist die: Ich würde gern behaupten, dass ich nur gegangen bin, weil Mom mich drum gebeten hat und ich die Situation für euch besser machen wollte. Aber das stimmt nicht. Ich wollte sie auch für mich besser machen. Ich hab gedacht, wenn ich da jetzt nicht rauskomme, bin ich für immer gefangen. Wenn ich die Chance jetzt nicht wahrnehme, werde ich im selben Kreislauf versacken. Du hast also das Recht, wütend auf mich zu sein. Ich hab die Wut verdient. Ich war ein egoistischer Sack, der sich eingeredet hat, dass du ohnehin immer der Klügere von uns warst – Anna mal ausgenommen, da ihr Intellekt Kreise um unseren läuft – und es schon irgendwie hinbekommst.«

»Nun, du hattest recht. Ich hab es irgendwie hinbekommen«, erwiderte er ruhig. »Die Wut auf dich hat mich beflügelt.«

Jack lachte leise. »Kann ich mir vorstellen.«

»Weißt du ... ich war neidisch«, wisperte er. »Dass du gehen durftest und ich nicht. Dass ich derjenige sein musste, der das Richtige tat. Neidisch auf deine Freiheit.«

»Ich war neidisch darauf, dass Anna und du immer eine besondere Bindung hattet. Dass ihr immer eine Einheit wart. Und ich nicht.«

»Aber du warst Teil unserer Einheit, Jack«, sagte er angespannt. »Nur weil unser Vater nicht dein Vater war ... Es war uns egal.«

»Ja, mir aber nicht. Ich war ein Außenseiter, nicht unter euch, aber in eurer Familie. Es war scheiße, okay? Und dein Dad ...«

»Temple Senior ist ein Wichser«, unterbrach Dax ihn. »Ich hab seit Jahren nicht mehr mit ihm geredet.«

Jack nickte. »Ich weiß.«

Dax atmete tief durch und schloss die Augen. Sagte, was gesagt werden musste, nicht weil es ihm leichtfiel, sondern weil er Jack den Satz schuldete. »Mom hätte dich trotzdem nicht wegschicken dürfen«, wisperte er. »Sie hätte uns alle beschützen sollen. Nicht nur mich und Anna. Auch wenn sie darin keinen besonders guten Job gemacht hat.«

»Ich glaube, sie hat es gerade getan, um uns alle zu schützen«, meinte Jack nachdenklich. »Weil sie Angst hatte, dass Temple doch noch auf mich losgeht und dass seine Wut dir und Anna schadet.«

»Ja«, flüsterte Dax und wischte sich eine einzelne Träne von der Wange. »Vielleicht.«

»Es tut mir leid, Dax. Ich kann das nur wiederholen.«

»Ich weiß.«

»Ich wollte es nicht so erzählen. Ich wollte nicht, dass Mom ... dass ihr das falsche Bild bekommt und du ...«

»Ich hab nie gefragt«, beendete er den Satz.

»Nein.«

»Fuck«, sagte er und vergrub das Gesicht in den Händen. »Sie haben uns alle ordentlich verhunzt, oder? Unsere Eltern.«

»Ach, ich weiß nicht. Wir haben es ja trotzdem zu irgendetwas gebracht.«

»Ja, wir sind dämliche Hockeyspieler geworden. Und weißt du, was Anna letztens gesagt hat?« Er musste trotz allem schmunzeln. »Dass sie sich gut vorstellen könnte, als Mannschaftsärztin anzuheuern, wenn sie fertig ist. Oder zumindest Assistenzärztin. Weil sie damals so viel Spaß dabei hatte, uns zusammenzuflicken.«

»Oh Gott, nein«, sagte Jack und verzog das Gesicht. »Sie ist zu klug und fantastisch dafür, um auch noch bei uns in der Organisation einzusteigen.«

»Hab ich ihr auch gesagt«, meinte er achselzuckend und nippte am Whiskey.

»Na ja, wir werden sie davon abhalten, wenn es so weit ist ... richtig?« Jack hob eine Augenbraue in seine Richtung – und es war, als würde eine stumme Bitte in seinen Worten mitschwingen.

Wir.

Was für ein merkwürdiges Wort. So klein, doch die Bedeutung so groß.

»Ja«, murmelte er. »Wir.«

Denn er hatte keine Lust mehr, wütend auf Jack zu sein. Keine Energie mehr, an seinem Zorn festzuhalten. Er verstand ihn jetzt besser ... und wusste nicht, was er an Jacks Stelle getan hätte.

Es reichte. Anna hatte recht. Sie sollten neu anfangen. Es würde dauern, bis er Jack vollkommen verziehen hatte und es sich wieder normal anfühlen würde. Aber er konnte es zumindest versuchen, oder?

Er hörte, wie Jack einen erleichterten Schwall Luft ausstieß und tiefer in die Kissen sank.

»Jack«, meinte er plötzlich aus einem Impuls heraus und zog den roten Würfel aus der Tasche seiner Jogginghose. »Kannst du den hier für mich wegwerfen, wenn du nachher gehst?«

Stirnrunzelnd nahm sein Bruder ihn entgegen. »Shit. Wo hast du den denn her?«

»Lag unter deinem Bett. Damals.«

Er nickte langsam. »Ich erinnere mich dran. Hab ihn deinem Dad gestohlen. War sein Glücksbringer. Ich fand nicht, dass er Glück verdient hatte.«

Dax' Mundwinkel zuckten. »Nun, er hat ihm nie was gebracht, oder? Ich hab ihn seitdem immer rumgetragen ... aber ich glaub, ich brauche ihn nicht mehr. Hab jetzt meinen eigenen Glücksbringer.«

Jack hob eine Augenbraue, schien jedoch zu wissen, dass er keine Erklärung bekommen würde, und steckte den Würfel ein. »Klar, ich werfe ihn weg.«

»Gut.« Aus irgendeinem Grund ließ Dax das leichter fühlen.

»Also ... Lucy«, fing Jack auf ein Neues an. »Du liebst sie?«

»Japp.«

»Du willst sie zurück?«

»Japp.«

»Wie willst du das anstellen?«

»Keinen Schimmer. Erst mal warten.«

Er hoffte bei Gott, dass sie nur etwas Abstand brauchte, um klarer sehen zu können.

KAPITEL 26

Lucy hatte geglaubt, dass sie nur etwas Abstand brauchte, um klarer sehen zu können. Aber sie hatte sich geirrt. Ihre Gedanken, ihre Welt waren nur eine einzige bunte, verschwommene Masse, die ihr jeden Abend die Übelkeit in den Magen trieb.

Sie hatte gedacht, dass sie froh sein würde, wenn sie Dax ein paar Tage nicht sah, doch das Gegenteil war der Fall. Dass er nicht zum Training erschien und ihr so die Möglichkeit nahm, sein Gesicht zu sehen ... brachte sie zur Weißglut. Sie litt, aber sie ging trotzdem zur Arbeit! Könnte er nicht bitte die Güte haben, dasselbe zu tun?

Zu allem Überfluss fragte Leslie sie auch noch, was mit ihm los sei, und sie war dazu gezwungen, zu lügen und eine Magenverstimmung oder etwas ähnlich Lächerliches vorzuschieben.

Matt wollte wissen, ob es ihr gut ging, was sie nur mit einem düsteren Blick beantwortete, der Rest der Mannschaft wollte wissen, ob sie irgendwelche Allergien hatte oder warum ihre Augen so merkwürdig aussahen.

Alles in allem war sie froh, als sie am Ende der Woche zurück in ihrer Wohnung war – nur um ihre Schwester in ihrem Lieblingssessel vorzufinden.

»Du musst dir wirklich mal neue Möbel kaufen, Lucy«, begrüßte Madison sie.

»Ich muss dir wirklich mal den Ersatzschlüssel wegnehmen«, meinte sie verärgert. »Was tust du hier?«

»Matt meinte, dir ginge es nicht gut. Ich solle bei dir vorbeischauen.«

»Und auf einmal hörst du auf Matt, oder was?« Genervt zog sie sich die Schuhe aus und warf ihren eigenen Schlüssel auf die Anrichte.

»Nein, das mache ich mir definitiv nicht zur Gewohnheit. Aber er meinte, er hätte seine Informationen von Dax ... Das hat mich stutzig gemacht. Denn wenn Dax über Matt zu mir Kontakt aufnimmt, obwohl er mich nicht kennt, muss es etwas Wichtiges sein. Und jetzt, da ich dein grimmiges Gesicht und deine hängenden Schultern sehe, bin ich froh, hier zu sein.«

Stöhnend lief Lucy zum Kühlschrank und nahm sich ein Bier. »Es gibt keinen Grund dafür, Maddie! Mir geht es ... ich bin ... alles ist ...« Sie räusperte sich. »Ich komm klar! Dann haben Dax und ich eben unser Techtelmechtel beendet. Was soll's?« Sie schluckte den Kloß in ihrem Hals hinunter. »Das passiert mir ständig.«

Maddie verengte die Augen. »Matt hat mir erzählt, dass ihr eine Beziehung geführt habt und es nur nicht wusstet.«

Sie schnaubte und zeigte ihrer Schwester den Vogel. »Blödsinn.«

»Na ja, ich glaube ihm ehrlich gesagt. Denn du hattest noch nie eine Beziehung und weißt nicht, wie die aussehen.«

Sie biss die Zähne aufeinander. »Du hörst dich an wie Dax.«

»Dax, der ... dich liebt?«, fragte sie leise.

Automatisch sprangen ihr neue Tränen in die Augen. »Woher weißt du, dass er das gesagt hat?«, fragte sie perplex.

Ihre Schwester seufzte schwer und stand auf. »Es ist das Einzige, das mir einfallen wollte, was dich so panisch machen würde, dass du sofort die Beziehung abbrichst.«

Lucy biss sich auf die Unterlippe, umklammert die Bier-flasche in ihrer Hand fester ... und nickte. »Er hat so ernst ausgesehen, als er die Worte gesagt hat. Als würde er sie wirklich meinen.«

»Oh, Lucy ...« Maddie zog sie in eine feste Umarmung. »Natürlich hat er sie so gemeint. Du bist sehr liebenswert.«

»Aber ich kann keine Beziehung führen!«

»Warum nicht?«

»Weil ich ... weil ich nicht weiß, wie. Aber schon weiß, wie man enden kann! Wie schlimm es sein kann ...« Die Tränen fielen ihre Wangen hinab und tropften von ihrem Kinn.

»Lucy.«Maddie strich ihr sanft über den Rücken. »Ich verstehe dich, okay? Du hast Angst, so abhängig von einem Menschen zu werden, dass du nicht mehr funktionierst, wenn du ihn verlierst. Wegen Dad, richtig?«

Sie schluckte und nickte.

»Okay. Aber ... liebst du Dax?«

Wieder nickte sie. Denn wenn sie ihn nicht liebte, sollte sie längst aufgrund diverser Herzinfarkte im Krankenhaus liegen.

»Und du hast ihn verloren, oder nicht?«

»Ja.«

»Gut.«

»Gut?« Sie lachte trocken auf.

Ihre Schwester schob sie an den Schultern von sich und lächelte seicht. »Ja, gut. Denn du funktionierst noch! Du hast Essen im Haus. Deine Küchenanrichte ist sauber. Du kannst deine Rechnungen allein zahlen, du gehst zur Arbeit. Es hat dein Herz, aber nicht dich gebrochen. Weil du nicht Dad bist.«

Lucy schluckte.

»Aber was, wenn es schlimmer wird? Wenn ich jetzt noch funktioniere, aber wenn ich Dax erst mal heirate und ihn ewig liebe ... Was dann?«

»Dann wirst du die Zeit deines Lebens mit einem Menschen, den du liebst, gehabt haben. Weißt du, wie viel das wert ist? Wie viele Leute täglich danach suchen? Ich schon, denn diese Leute kommen zu mir und wollen das ändern. Du hast die Chance. Du bist verliebt. Du hast einen Mann, der für dich da ist und der dein Wohl über Eishockey stellen würde. Matts Worte, nicht meine. Also vermassele das nicht. Du schuldest es mir, und allen anderen Menschen, die diese Person noch suchen, es zu versuchen.«

»Ich weiß nicht, ob ich mutig genug bin«, flüsterte sie und wischte sich mit beiden Händen über die feuchten Wangen.

»Natürlich bist du mutig genug!«, sagte Maddie verärgert. »Gott, zieh deine Schuhe wieder an. Wir fahren.«

Überrascht blinzelte sie. »Was? Wohin?«

»Zum Anfang deines Übels«, meinte sie hart und drückte ihr im nächsten Augenblick ihre Schuhe in den Arm.

Als sie eine Stunde später die Tür zu dem Haus öffneten, in dem sie aufgewachsen waren, strömte ihnen der vertraute Geruch nach Staub, alten Polstern und Lavendel entgegen, der die letzten Jahre zur Normalität geworden war. Madison hatte sich nicht die Mühe gemacht, anzuklopfen, und so sah ihr Vater, der gerade in der Küche neben einem Nudeltopf stand, berechtigterweise überrascht aus, als seine Töchter in den Raum strömten.

Die eine verwirrt – Lucy. Die andere mit zusammengepressten Lippen und einem zornigen Funkeln in den Augen – Madison.

»Huch, was macht ihr denn hier?«, wollte er wissen. »Haben wir einen Termin? Haben wir ...«

»Dad, du hast Schaden angerichtet«, eröffnete Maddie knallhart das Gespräch, die Arme vorm Körper verschränkt. »Es ist okay, dass du die Liebe aufgegeben hast. Dass du allein bleiben willst und dein Leben nur noch halb lebst. Aber es ist nicht okay, dass Lucy es deinetwegen ebenfalls tun will.«

Verwundert sah ihr Vater von der einen Tochter zur anderen. »Ich verstehe nicht. Worüber redet sie, Lucy?«

»Ich weiß es nicht«, wisperte sie.

»Oh, doch, das weißt du!«, fuhr Maddie sie an. »Du bist wütend auf Dad – zu Recht! Du lässt dein Leben von ihm beeinflussen – zu Unrecht. Also zur Hölle, Lucy, frag ihn, was du fragen willst. Sag ihm, was du sagen musst. Ich tue es auch jeden Tag und er hat noch keinen Herzinfarkt bekommen.«

Ihr Vater zog die Augenbrauen zusammen. »Lucy? Was ist los?«

Lucy stopfte die Hände in ihre Rocktaschen und schniefte, bevor sie zitternd durchatmete. Madison hatte recht. Es half ihrem Vater nicht, ihn mit Samthandschuhen anzufassen. Und sie musste ihn fragen.

»Dad ... Würdest du darauf verzichten wollen? Auf die Zeit mit Mom?«, fragte sie mit dünner Stimme. »Weil es dir heute dann besser gehen würde? Würdest du dir ... jemand anderen gesucht haben? Wenn du gewusst hättest, dass sie zu früh stirbt?«

»Was?« Er bekam große Augen. »Nein, Lucy. Niemals. Man kann Menschen nicht einfach ersetzen.«

»Aber ...«

»Nein«, wiederholte er. »Lucy. Um Gottes willen. Wir lernen so wenige kennen, die genau richtig für uns sind. Die uns mehr fühlen lassen, als wir je für möglich gehalten haben. Wenn wir über die Person stolpern, die wir vermissen, obwohl sie nur im Wohnzimmer nebenan sitzt, die uns das Gefühl gibt, sicher zu sein, obwohl wir an einer Klippe hängen ... dann sollten wir sie festhalten. Denn wer weiß, ob wir noch einmal so jemanden wie sie kennenlernen?«

»Aber ... wenn wir so jemanden kennenlernen, wie kann man dann nicht ...« Sie brach ab. Denn sie konnte die Worte nicht benutzen. Sie waren zu brutal.

»... enden wie du«, sagte Madison knapp. »Denn Dad: Das ist ihre Angst. Dass sie sich auf einen wirklich tollen Mann einlässt und dann ihr Leben nicht mehr ohne ihn führen kann.«

»Oje.« Sein altes Gesicht wirkte auf einmal noch eingesunkener und er ließ sich auf einen der Küchenstühle fallen. »Lucy. So was kannst du nicht verallgemeinern. Jede Beziehung ist anders. Jeder Mensch ist anders. Und du ... Du bist nicht ich.«

Er schluckte, sah jedoch auf. Direkt in ihre Augen. »Ich verstehe, dass du Angst hast. Ich hatte auch Angst, mich auf jemanden einzulassen. Jemanden, den du nicht kontrollieren kannst und dem du einfach vertrauen musst. Aber es ist die Sache wert. Auch wenn es bei mir jetzt nicht mehr so aussehen sollte.« Er räusperte sich und faltete die Hände so fest zusammen, dass seine Knöchel weiß hervortraten. »Eure Mutter hat mir so viel gegeben. Mit niemandem habe ich so viel gelacht wie mit ihr. Mit niemandem hatte ich so viel Selbstvertrauen. Ich habe die glücklichsten Jahre meines Lebens mit ihr verbracht. Ganz abgesehen davon hat sie mir euch geschenkt, oder nicht?« Er lächelte wacklig zu ihnen hoch. »Euch wunderbare Mädchen, die so viel klüger und stärker sind als ich. Gott sei Dank.« Er presste kurz die Lippen zusammen. »Wie könnte ich also eine Sekunde der letzten Jahrzehnte bereuen, nur weil ich jetzt leide? Es ist okay, dass ich es tue. Erscheint mir nur fair im Gegenzug zu all dem Glück, das ich erlebt habe. Dafür müsst ihr euch wirklich nicht schlecht fühlen. Aber ich würde doch niemals wollen, dass *ihr* leidet. Ebenso wenig, wie es eure Mutter gewollt hätte. Also, Lucy: Nein, ich bereue nichts. Ich würde nichts ändern. Und ich war immer stolz darauf, was für mutige Mädchen ich großgezogen habe. Die keine Angst davor haben, ihren Träumen nachzurennen.«

Lucys Augen brannten erbarmungslos und hastig wischte sie sich eine Träne weg, die sich frech aus ihrem Augenwinkel gestohlen hatte. War sie das? Mutig und stark? So hatte sie sich die letzten Tage lang nicht gefühlt.

»Er hat recht«, murmelte Maddie. Sie lächelte ihr zu, nahm ihre Hand und drückte sie. »Du warst immer die Mutigste von uns allen. Hast dich in eine Männerdomäne geworfen. Duellierst dich jeden Tag mit Hundert-Kilo-Männern ...«

Lucy hickste und musste lächeln. »Ich *duelliere* mich nicht mit ihnen.«

»Da hat Matt mir was anderes erzählt«, meinte ihre Schwester bestimmt. »So oder so ... du bist nicht Dad. Und du verpasst was, wenn du dir Dax entgehen lässt.«

»Moment, Dax?« Ihr Vater runzelte die Stirn. »Dieser schreckliche Hockeyspieler?«

»Er ist nicht mehr schrecklich, Dad«, sagte Madison geduldig. »Du bist nicht mehr up to date.«

Ihr Vater antwortete irgendetwas, doch Lucy hörte ihnen längst nicht mehr zu. Denn in ihrem Kopf wiederholte sie die Worte ihres Vaters. Dass er nichts ändern würde. Dass es die glücklichsten Jahre seines Lebens waren. Dass sie stärker war. Hatte sie nicht die letzten zehn Jahre ihres Lebens damit verbracht, genau das zu beweisen? Dass sie verdammt noch mal stark war und sich nicht einschüchtern ließ? Nicht von ihren Dozenten, nicht von blöden Eishockeyspielern und erst recht nicht von ihren eigenen, verdammten Gefühlen?

»Shit«, fluchte sie leise und presste die Hände auf ihre Stirn. Was hatte sie getan?

Gott, wir konnte man nur ein so großer Angsthase sein? Sie lief hastig aus der Küche, den Flur entlang nach draußen, während Maddie und ihr Vater weiterdiskutierten, und zerrte ihr Handy aus der Tasche. Maddie hatte recht, ihr Vater hatte recht, Dax hatte recht. Sie musste es wiedergutmachen!

»Hallo?«

»Leslie«, sagte Lucy erleichtert. »Ich muss mit dir sprechen. Hast du morgen zufällig einen Termin frei? Morgen früh, direkt als Erstes.«

»Ähm, natürlich«, antwortete ihre Chefin verwundert. »Worum geht es denn?«

»Ich muss mit dir ... über wichtigen Papierkram reden«, murmelte sie und atmete tief durch. »Okay?«

»In Ordnung. Aber Lucy ...«

»Morgen mehr«, versprach sie und legte auf. Denn sie musste noch einen weiteren Anruf tätigen.

»Hallo, Jack West?«

»Jack. Hier ist Lucy«, sagte sie, außer Atem vor Aufregung.

»Lucy«, sagte er überrascht.

»Ja, hey.«

»Weißt du, Dax ist ziemlich fertig deinetwegen.«

»Jaja, ich weiß, aber ...«

»So fertig, dass er sogar mich in die Wohnung gelassen hat.«

»Echt?«, rutschte es ihr heraus. »Das ist ... toll. Ihr solltet euch wieder verstehen.«

»*Ihr* solltet euch wieder verstehen. Du solltest ...«

»Ich weiß, Jack!«, unterbrach sie ihn ungeduldig. »Weshalb, glaubst du, ruf ich an? Du musst mir einen Gefallen tun. Kannst du bitte dafür sorgen, dass Dax morgen beim Training auftaucht?«

»Wieso?«

»Einfach so. Bitte, ja? Matt rufe ich auch noch an, damit er ihn dazu bringt.«

»Schön«, sagte Jack steif. »Aber Lucy ... wehe, du brichst ihm noch mal das Herz.«

Ihre Augen brannten und sie schüttelte heftig den Kopf. »Hab ich nicht vor.«

KAPITEL 27

»Du siehst nicht gut aus, Temple.« Kritisch betrachtete Leon ihn mit geneigtem Kopf. »Sicher, dass du deine Magengeschichte überstanden hast und wieder trainieren solltest?«

Er runzelte die Stirn. »Meine Magengeschichte?«

»Ja, Lucy meinte, du hättest was Falsches gegessen.«

Ein Schnauben glitt über seine Lippen. Natürlich hatte sie das. »Mir geht es gut, danke«, sagte er abgehackt und war froh, als der Verteidiger als nächstes mit den Drills dran war. Ehrlich gesagt wusste er selbst noch nicht, ob es eine gute Idee gewesen war, wieder zum Training zu gehen. Aber Matt und Jack hatten nicht lockergelassen und gemeint, dass er sich nicht anstellen solle ... und er hatte nicht wie der letzte Lappen wirken wollen. Selbst wenn er sich zurzeit so fühlte.

»Alles okay?«, kam es über seine Schulter, diesmal von Fox.

»Großer Gott, was ist los mit euch?«, meinte er genervt. »Da ist man zwei Tage mal nicht beim Training ...«

»Du bist immer beim Training«, murmelte Fox. »Immer. Also, Alter, was ist los?« Er sah so ernst aus wie eine Atombombe. »Du weißt schon, dass du mit uns ... reden kannst, oder? Mit jedem Einzelnen?«

Er verdrehte die Augen. Doch gleichzeitig zog auch ein Lächeln an seinen Mundwinkeln. Er hatte immer geglaubt, eine der dysfunktionalsten Familien überhaupt zu haben, aber das war Schwachsinn. Seine richtige Familie war immer für ihn da. Ob er wollte oder nicht. Und gerade wollte er nicht.

»Es ist alles super«, log er. »Es ist …«

»Hey, Dax. Lucy fragt nach dir«, murmelte Moreau, der gerade an ihnen vorbeiskatete.

»Was?« Sofort flog sein Kopf in die Höhe.

Ihr Goalie deutete mit dem Daumen über seine Schulter – und Dax' Herz übersprang einen Schlag.

Da stand sie. Am Eingang zum Eis. In ihrer albernen hochgeschlossenen Bluse, dem zu engen Rock, doch sie trug die Haare offen. Sie fielen ihr in sanften Wellen auf die Schultern und augenblicklich wurde sein Mund trocken.

»Was will sie?«

Moreau hob eine Augenbraue. »Sie steht da, Dax. Frag sie selbst.« Er biss die Zähne zusammen. Seine Lunge machte alberne Dinge. Zog sich zu schnell zusammen, brauchte zu lange beim Ausdehnen. Der Weg vom einen Ende des Feldes zum anderen war ihm noch nie so lang vorgekommen.

Das Einzige, was ihn beruhigte, war, dass Lucy nicht stillstand. Sie fuhr sich ständig über imaginäre Falten im Rock, schob die Haare hinter die Ohren, senkte den Blick und sah wieder zu ihm auf. Allerdings konnte er nicht sagen, ob das was Gutes oder Schlechtes war.

Er kam keinen Meter vor ihr zum Stehen. Sie stand am Rand der Eisfläche auf seiner Höhe und wirkte trotzdem winzig. Obwohl sie wie immer High Heels trug. High Heels, die er nun zu intim kannte.

»Hey«, sagte er langsam und rieb seine Hände aneinander. Zog die Handschuhe aus, einfach damit er was zu tun hatte.

»Hi«, antwortete sie und hob unsicher einen Mundwinkel.

»Was gibt's?«

»Oh, ähm ... nur Papierkram«, murmelte sie und sein Herz sank. »Kannst du kurz hier unterschreiben? Wäre wichtig.« Sie hielt ihm einen Bogen Papier und einen Kugelschreiber hin.

»Du bist hier, um mit mir über Papierkram zu reden?«, echote er hohl.

Sie nickte. »Ja. Wie gesagt, ich brauche eine Unterschrift.«

Sein Kiefer knackte und er fuhr näher zu ihr heran, um das Papier betrachten zu können. »Klasse«, sagte er tonlos. »Und was ist das?«

»Eine ... wichtige Bescheinigung.«

Stirnrunzelnd beugte er sich vor und las laut die Überschrift. »*Bekanntgabe einer Beziehung am Arbeitsplatz.*« Er blinzelte. »Was?«

Sie atmete tief durch, schluckte und lächelte dann. »Na ja, es ist Geschäftspolitik in der Organisation der Hawks, dass man eine Liebesbeziehung an die Geschäftsführung bekanntgibt – damit beide Parteien von eventuellen Einflüssen der Beziehung geschützt sind. Damit ... klar ist, wo ein Interessenskonflikt besteht. Und ...« Sie holte erneut tief Luft. »Nun, ich kann nur für mich unterschreiben. Nicht für dich.«

Sein Magen flatterte und sein Herz sprang in seinen Hals. Er wollte etwas sagen. Vielleicht seufzen. Vielleicht nur »*Warum zur Hölle hast du so lang gebraucht?*« schreien. Sein Mund öffnete sich, doch er war unfähig zu sprechen. Da war ... zu viel in seiner Brust, um ihm Ausdruck zu verleihen.

»Es tut mir leid, Dax«, wisperte sie mit glänzenden Augen. Die Worte eng aneinandergedrängt. Als würde es ihr so leichter fallen, sie loszuwerden. »Ich habe das letztens nicht so super gelöst. Ich bin in Panik ausgebrochen und ich war noch nie wirklich verliebt und konnte das Gefühl nicht einordnen, aber ... ich bin nun offiziell zur Besinnung gekommen.«

Sein Nacken begann zu kribbeln, während sein Blut schneller durch den Körper pumpte. Sein Hals ließ endlich wieder genug Platz für Worte. »Bist du?«

Sie nickte. »Ja. Ich meine es ernst. Siehst du?« Sie wedelte mit dem Papier herum. »Ich habe Leslie heute Morgen von uns erzählt und sie war nicht happy, aber meinte, dass du dich dann hoffentlich mehr zusammenreißen würdest und dass es schon okay ist. Wir müssen nur diesen Wisch für sie unterschreiben. Damit meine Karriere ... nicht davon beeinflusst wird. Deine natürlich auch nicht.«

»Wow. Wer ...« Er räusperte sich, blinzelte. »Wer hätte ahnen sollen, dass Bürokratie so romantisch ist?« Es war lächerlich, wie ruhig seine Worte klangen, obwohl in seinem Inneren ein kleiner Orkan losgetreten worden war. Aber es war nur fair, sie noch ein wenig zappeln zu lassen, oder?

Lucy zog eine Grimasse und rang die Hände ineinander. »Ich bin nicht sehr gut in Romantik. Oder Beziehungen. Ich hatte nämlich noch nie eine. Aber weißt du ... es wäre vielleicht ganz cool, es mit dir zu probieren.«

Seine Mundwinkel verzogen sich. »Ganz cool, ja?«

Sie nickte. »*Sehr cool.*«

»Na dann«, murmelte er, nahm ihr den Stift ab und unterschrieb den Wisch. »Und jetzt?«

»Jetzt sind wir zusammen«, erwiderte sie.

»Ah.« Er nickte langsam und ließ die freie Hand in ihre Haare sinken. »Weißt du, da, wo ich herkomme, besiegelt man solchen Papierkram auch noch mit einem Kuss.«

»Ja, da wo ich herkomme, auch«, bestätigte sie sofort. »Aber hier sind sehr viele Leute und Hockeyspieler und ...«

»Hör auf zu reden, Lucy«, flüsterte er und senkte seine Lippen auf ihre. Zog sie hoch, auf seine Skates, und küsste ihr die Luft aus der Lunge. Er schloss die Arme eng um ihre

Mitte, damit sie ja nicht wieder weglief, und küsste sie so, wie er sie verdammt noch mal jeden Tag küssen würde, damit sie ja nicht vergaß, dass das mit ihnen eine fantastische Idee war. Um seinen Punkt weiter zu verdeutlichen, sollte er sie vermutlich auch noch gegen die nächstbeste Bande pressen und mit der Zunge ...

»Nein!«, drang ein zorniger Ruf an ihre Ohren. »Scheiße, nein, das kann nicht euer Ernst sein!«

Verwirrt löste er sich von Lucy und sah sich um. Der Schrei war von Leon gekommen, der mit angepisstem Blick übers Eis auf sie zukam.

»Alter, Temple! Was soll das? Und du!« Er deutete auf Lucy. »Du hast gesagt, du datest keine Spieler!«

Entschuldigend hob sie eine Schulter. »Sorry. Ist einfach passiert.«

Leon stöhnte. »Das ist so gemein!«

»Hör auf, zu jammern, Alvarez«, schaltete sich Jack dazu, der breit grinste. »Du bist sowieso viel zu jung für Lucy.«

»Sie ist nur drei Jahre älter!«, meinte der Verteidiger verärgert.

»Viel zu alt«, bestätigte Dax und zog Lucy enger an sich. »Also such dir deine eigene PR-Beraterin.«

»Bitte nicht«, sagte Lucy hastig. »Sonst dreht Leslie durch.«

Er lachte leise. »Na, das wollen wir nicht.«

»Nein«, bestätigte sie leise und ließ eine Hand in seinen Nacken gleiten. »Übrigens: Ich bin nicht mehr deine Image-Beraterin. Interessenskonflikt.«

»Na, so etwas Dummes. Wie soll ich es nur ohne aushalten?« murmelte er und küsste sie erneut.

Einfach, weil er es konnte. Und weil er es nie leid werden würde ...

EPILOG

»Deine Handflächen sind feucht. Es ist, als würde ich einen Fisch halten.«

»Was für ein lieblicher Vergleich. Es ist eben warm, Dax.«

»Es sind keine achtzehn Grad draußen.«

»Aber wenn man neben dir steht, sind es selten unter vierzig!«, erwiderte sie gespielt ernst.

Dax lachte leise und drückte ihre Finger, bevor er sie die Treppen hinaufschob. »Nicht, dass ich deine schmierigen Komplimente nicht wertzuschätzen wüsste ... Aber du bist nervös, Lucy. Schon wieder.«

Oh Gott, ja, das war sie. Selbst die alten, knarrenden Treppen konnten ihren flachen Atem nicht übertönen. »Meine Komplimente sind nicht schmierig. Sie sind höchst originell«, versicherte sie und blickte über die Schulter. »Und ich hab eben noch nie einen Typen meiner Schwester vorgestellt.«

Ungläubig hob er die Augenbrauen. »Noch *nie?*«

»Nein. Es war mir immer zu ... intim. Es hätte bedeutet, dass es ernst ist. Was es nie war. Aber jetzt ist es das. Maddie wird dir viel zu viel Aufmerksamkeit schenken und dich nach deinen Absichten fragen und wissen wollen, wie viele Kinder du willst und ob du eine standesamtliche einer kirchlichen Hochzeit vorziehst. Das könnte unangenehm werden.«

Auf Dax' Gesicht breitete sich ein gemächliches Lächeln aus, das sie tief in ihrem Magen spürte. »Also erstens: Zwei

Kinder. Zweitens: Der Teufel heiratet nicht kirchlich. Drittens: Es wäre sehr unterhaltsam, Maddie meine sehr keuschen Absichten im kleinsten Detail darzulegen. Ich kann ihr auch gern dreckige Bildchen malen.«

Lucys Wangen wurden heiß ... denn zwei Kinder und eine standesamtliche Hochzeit klangen gut. Doch abgesehen davon: »Ja, dreckige Bildchen machen es *weniger* unangenehm. Du hast vollkommen recht.«

»Schön, dann mal ich die Bilder nur mit meinen Worten«, versprach er mit dunkler Stimme. »Ich kann ihr genau erklären, wie ich dich gestern über ...«

»Leute, ihr seid nicht allein«, kam eine gequälte Stimme hinter Dax her und Lucy zuckte zusammen. Ups. Sie hatte vollkommen vergessen, dass Matt auch noch da war.

»Sorry, Matt«, sagte sie zerknirscht, als sie am obersten Absatz direkt vor Maddies Tür stehen blieb. »Kommt nicht wieder vor.«

»Das versprecht ihr mir seit Tagen, aber die Albträume hören einfach nicht auf. Weißt du, der einzige Kontext, in dem ich das Wort *Ohrläppchen* hören möchte, ist, wenn mir jemand seine hübschen neuen Ohrringe zeigt oder mir einen Fun-Fact darüber erzählt, wie man an den Ohrläppchen von Hühnern ihre Eierfarbe erkennen kann! Ausdrücke wie *knabbern* oder *lecken* haben nichts im selben Satz zu suchen!«

Dax verdrehte die Augen. »Jetzt stell dich mal nicht so an. Wir beide wissen, dass du ebenso wenig jungfräulich bist wie ich ... und was zur Hölle machst du überhaupt hier?«

»Lucy hat mich eingeladen?«

»Warum?«, fragte er und blickte verständnislos zu ihr.

Sie zuckte die Achseln. »Matt ist ein guter Puffer.«

»Ist er?«

»Bin ich. Das sollte dir klar sein, Dax. Da ich doch in allem gut bin, was ich tue«, bestätigte Matt.

Lucy seufzte und hob die Hand, doch bevor sie klopfen konnte, wurde die Tür bereits geöffnet.

»Meine Güte, man hört Matt schon aus zehn Meilen Entfernung jammern«, begrüßte Maddie sie lächelnd und zog Lucy in eine enge Umarmung. »Herzlichen Glückwunsch zur Beförderung«, verkündete sie. Das war die Ausrede, mit der sie Lucy und Dax heute hierhergelockt hatte. Lucys neues privates Büro und der Titel als Senior PR-Beraterin. »Hey, Dax. So schön, dich endlich kennenzulernen.« Sie ließ von Lucy ab, um sich ihrem neuen *heißen Hockey-Freund* zuzuwenden. »Ich hab schon eine Menge über dich gehört.«

Unsicher trat Dax vom einen Fuß auf den anderen. »Von Lucy oder von Matt?«

»Oh, von beiden!«

»Shit.«

Maddie lachte und winkte ab. »So schlimm ist es nicht. Aber stimmt es, dass du letztes Jahr dein Handgelenk verstaucht hast, als du über deine eigene Türschwelle gestolpert bist? Weil du einen Vogel an deinem Fenster beobachtet hast, nicht etwa weil du betrunken warst?«

»Oh, komm schon, Matt! Du meintest, du sagst es niemandem!«

Matt zuckte die Achseln. »Niemandem aus dem Team«, bestätigte er, grinste zu Maddie hinunter, wuschelte ihr zur Begrüßung durch die Haare und lief wie selbstverständlich an ihr vorbei in die Wohnung. Als wäre er andauernd hier.

Was er vielleicht auch war. Lucy war nicht ganz klar, wie eng ihre Schwester und er wirklich befreundet waren.

»Hey, Matt. Wie war denn eigentlich dein Date gestern?«, rief Maddie ihm sofort hinterher.

»Ach, ganz cool.« Matt ließ sich auf die blaue, abgewetzte Couch in Maddies enger Dachgeschosswohnung fallen. Dax und er waren beide so groß, dass sie sich fast die Köpfe stießen. »Du hattest recht. Genau mein Humor. Hat aber für meinen Geschmack zu viel übers Stricken geredet.«

Maddie nickte langsam. »Okay, ich mach mir eine Notiz. Ich verkuppele dich mit keinen Strick-Enthusiastinnen mehr.«

»Sehr gut. Sag mal, wolltest du nicht was wegen dem Wasserfleck da machen?« Er nickte zu einem gelben Fleck an dem Stück Wand direkt neben Maddies offener Küche.

»Wollte ich. Bin noch nicht dazu gekommen.«

Matt schnaubte laut. »Deine Rohre sind so alt und brüchig, Maddie, dass du dir dringend ein Schlauchboot besorgen solltest.«

Maddie blickte finster zu ihm hinüber. »Meine Rohre gehen dich überhaupt nichts an. Nur, weil dein Vater Handwerker ist, hast du nicht gleich Ahnung von irgendetwas.«

»Ich wusste nicht, dass du einen Wasserfleck hast, Maddie«, meinte Lucy verwirrt, während Dax gleichzeitig sagte: »Ich wusste nicht, dass du ein Date hattest, Matt.«

»Natürlich nicht, du bist in letzter Zeit anderweitig beschäftigt«, bemerkte Matt leichthin und nickte zu Lucy. »Aber das ist schon okay.«

»Ja, wirklich.« Maddie lächelte Lucy leuchtend an. »Ich freu mich voll für euch. Also, Dax: Erzähl doch mal. Was sind so deine Absich...«

»Verkuppelst du Matt öfter?«, unterbrach Lucy sie hastig. Dax würde die Frage nur als Anlass dazu nehmen, das Wort *Ohrläppchen* wieder völlig falsch zu benutzen und Matt somit zum Weinen zu bringen.

»Oh, andauernd«, antwortete Maddie lachend. »Ich gebe ihm die Nummern der Kundinnen, die sich bei mir bewerben, aber eigentlich nur nach was Lockerem suchen, was ihren Alltag nicht allzu sehr beeinflusst. Denn damit sind sie bei Matt genau richtig.«

»Wow. Echt? Du verschaffst Matt ungezwungene Dates?«

Das passte überhaupt nicht zu ihrer Schwester. Maddie hatte es zu ihrem Beruf gemacht, Menschen langfristig glücklich zu machen – nicht kurzfristig orgasmisch.

Maddie zuckte die Achseln. »Guck nicht so. Ich bin eben seine Wingwoman.«

»Das ist sehr nett von dir«, behauptete Dax beeindruckt. »Allein würde Matt nicht zum Zug kommen. Nicht mit dem Gesicht.«

Matt sah blinzelnd von der Couch auf. »Was ist mit meinem Gesicht?«

»Guck in den Spiegel. Ist selbsterklärend.«

Lucy ignorierte sie gekonnt. »Maddie, ich dachte, dein Ziel ist es, Seelenverwandte zu vermitteln, nicht One-Night-Stands.«

»Das ist es«, beteuerte Maddie sofort. »Matt ist doch kein Kunde! Das ist nur ein kleiner Freundschaftsdienst. Ich suche ihm die Frauen, die dasselbe wollen wie er. Damit niemand verletzt wird.«

Ungläubig öffnete Lucy den Mund. »Das ist voll gemein! Mir hast du das nicht angeboten! Obwohl ich auch nie was Ernstes wollte.«

Dax räusperte sich vernehmlich.

»Ähm, also jetzt ja offensichtlich schon«, sagte sie hastig und lehnte sich an seine Seite. »Ich ...«

Sie stockte, öffnete auf ein Neues den Mund ... und musste dann lachen, bevor sie ihre Stirn gegen Dax' Brust sinken ließ. »Oh Gott. Habe ich zu viel versprochen, als ich meinte: Ich bin nicht sehr geübt in Beziehungen?«

»Nein, überhaupt nicht«, erwiderte Dax ernst.

Matt prustete. »Du darfst nicht so herablassend sein. Ihr habt beide nicht gemerkt, dass ihr in einer Beziehung seid.«

Dax strich ihr über den Kopf und küsste sie sacht auf die Schläfe. »Wir kommen schon noch dahinter«, wisperte er. »Zumindest stellst du mich schon deiner Familie vor, das ist sehr beziehungsmäßig, oder? Und Sonntag gehen wir mit Jack und Anna essen. Noch mehr Familie.«

Sie nickte und fragte leise: »Wo essen wir denn eigentlich? Wieder bei Anna zu Hause? Oder wollen Jack und du euch endlich in der Öffentlichkeit zeigen und reinen Tisch machen?«

»Nope, wollen wir nicht.« Dax zog eine Grimasse. »Wir haben darüber gequatscht und sind beide der Meinung, dass die Welt es nicht wissen muss.«

»Dass die Welt was nicht wissen muss?«, fragte Matt abwesend mit vollem Mund. Er schien irgendwo Erdnüsse entdeckt zu haben.

»Na, dass Jack und Dax Brüder sind«, erwiderte Lucy ungeduldig. Manchmal war Matt wirklich etwas langsam.

Einige Sekunden war es mucksmäuschenstill. Dann rief Matt entgeistert: »Dass sie ... *Was?*«

Lucy seufzte, wandte sich zu ihm um, um es zu wiederholen ... und schlagartig floss ihr das Blut aus dem Kopf. »Oh Gott.« Schockiert schlug sie sich die Hand vor den Mund.

Was hatte sie getan?

Dax stöhnte leise und rieb sich über die Stirn. »Klasse.«

»Oh mein Gott. Es tut mir so leid, Dax!« Mit aufgerissenen Augen sah sie zu ihm hoch. »Ich dachte nur, das hier ist ein sicherer Ort und ... Scheiße, sorry. Ich hab überhaupt nicht darüber nachgedacht!«

Dax seufzte und legte ihr eine Hand in den Nacken, während Matt mit offenem Mund von der Couch aufsprang und Maddie verwirrt fragte: »Warum ist das interessant?«

»Sorry, sorry«, murmelte Lucy immer wieder zerknirscht und sah Dax besorgt an. »Oh Gott, ich fasse nicht, dass ich ... dass ich ... argh!«

Sie hatte sich die letzten Tage nur so lächerlich sicher gefühlt! War so erleichtert darüber gewesen, dass sie keine Geheimnisse mehr hüten musste. Dass jetzt alle wussten, dass Dax und sie zusammen waren. Sie war fest davon überzeugt gewesen, dass sie nichts mehr zu verbergen hatten. Dabei stimmte das überhaupt nicht.

»Schon okay.« Dax zog eine Grimasse und winkte ab. »Ich wollte es Matt ohnehin sagen. Aber niemand anderes wird es erfahren, verstanden?« Er sah ernst zu Maddie und Matt.

»What the fuck?«, war Matts freundliche Antwort.

Maddie seufzte schwer und drückte ihn an den Schultern in Richtung ihrer offenen Küche. »Komm, hilf mir, die Sektgläser vorzubereiten. Wir sind hier, um Lucy zu feiern.«

»Aber ... er und Jack West ... und ich ... das ...«

Maddie stopfte ihm einen Apfel in den Mund. »Hier. Iss was Gesundes. Erdnüsse haben zu viel Fett.«

Lucy kniff stöhnend die Augen zusammen und legte den Kopf in den Nacken. »Sorry, Dax. Ich fasse es nicht.«

Doch als sie die Augen wieder öffnete und Dax' Blick begegnete, sah er nicht wütend aus.

Im Gegenteil.

Er lächelte breit.

»Alles gut, Lucy. Ich wollte es ihm wirklich sagen. Und ehrlich gesagt beruhigt es mich, dass du nicht perfekt bist.« Er schlang die Arme um ihren Rücken. »Das nimmt mir eine Menge Druck.«

Sie schnaubte belustigt. »Damit du nicht der Einzige bist, mit dem etwas nicht stimmt?«

»Genau das.«

»Na, da bin ich ja beruhigt«, informierte sie ihn und reckte das Kinn. Nicht, um sich größer zu machen. Um ihn zu küssen. »Also ist es wirklich okay?«

»Dass wir beide sehr fehlerhafte Menschen sind?«, erwiderte er unschuldig. »Ja, sehr. Wäre doch langweilig, wenn wir perfekt wären.«

»Oh, langweilig wird es bestimmt nicht«, pflichtete sie ihm lächelnd bei und stellte sich auf die Zehenspitzen, während er die Hände um ihr Gesicht legte. So, als würde sie das immer tun. Als habe sie vor, es für den Rest ihres Lebens zu tun.

Und Lucy wusste, dass es genauso war.

ENDE

Du kriegst von „Love and Hockey" nicht genug?

Dann ist das hier was für dich ...

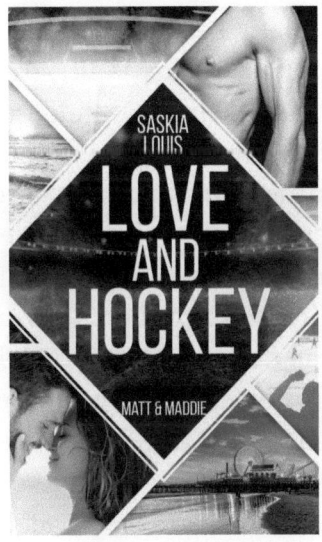

Werde niemals das Werbegesicht der Partnervermittlungsagentur deiner besten Freundin ... wenn du eigentlich nur sie willst!

Maddies Leben ist eine Katastrophe.
Sie ist nicht nur plötzlich obdachlos, sondern auch kurz davor, ihren Traum von der eigenen Partnervermittlungsagentur aufzugeben. Gott sei Dank trägt die Lösung zu all ihren Problemen einen Namen: Matthew Payne. Denn wozu hat man sonst einen berühmten

Eishockeyspieler als besten Freund, wenn nicht, um sein Gästezimmer und sein hübsches Gesicht zu benutzen? Sie muss ihm nur beibringen, wie man einer Frau das Gefühl vermittelt, die Liebe seines Lebens zu sein ... sie wünschte nur, Matt wäre ein schlechterer Schauspieler. Und nicht so oft nackt.

Matts Leben ist fantastisch!
Er hat den besten Job der Welt, stressfreie lose Affären und überhaupt keinen Grund, irgendetwas zu ändern. Weshalb er Maddie auf gar keinen Fall öffentlich "seine Traumfrau" suchen lassen wird. Erstens, weil eine solche Person nicht existiert. Zweitens, weil Maddie sofort damit aufhören muss, ihm mit vollem Körpereinsatz Flirttipps zu geben. Und drittens, weil die einzige Frau, an der er jemals ehrlich interessiert war, ihm vor Ewigkeiten einen Korb gegeben hat. Und jetzt auch noch in seinem Gästezimmer schläft ...

Das ist der 2. Band der Reihe. In jedem Band geht es um ein anderes Pärchen.